형제는 1950년대부터 소설적 발상을 주고받기 시작했고, 힘을 합쳐 쓴 첫 작품은 『외부로부터』로 1958년 잡지 《기술-청년들》에 발표되었다. 이듬해인 1959년에는 첫 단행본 『선홍빛 구름의 나라』가 출간되었고, 이후 『신이 되기는 어렵다』(1964) 『월요일은 토요일에 시작된다』(1964) 등 대표작들을 내놓으며 전성기를 맞았다.

젊은 시절 형제는 소련의 이념에 긍정적인 공산주의자들이었다. 그러나 차츰 혁명과 소련 체제에 의구심을 가졌고, 1968년 '프라하의 봄'을 목도하면서 소련 이념에 대한 환상을 잃는다. 그즈음의 작품은 검열과 비평가들의 혹평에 시달렸다. 이 같은 상황에 굴복해 글쓰기를 중단하는 것을 패배라 여긴 그들은 의도적으로 중립적이며 비정치적인 작품을 계속해서 써 나갔지만, 그조차 검열에서 자유롭지 않았다.

초기 작품에서는 기술과 문명의 진보가 초래한 도덕성 및 인간성 상실, 역사 앞에서의 개인의 책임이라는 철학적 문제를 탐구했고 후기로 갈수록 소비에트 관료제도 고발, 전체주의 사회에 대한 비판과 풍자에 더불어 통제와 감시로 고통받는 인간의 위기의식을 다양하게 제기했다.

스트루가츠키 형제의 작품은 발표될 때마다 큰 반향을 일으켰다. 『노변의 피크닉』(1972)은 안드레이 타르콥스키에 의해 영화 〈잠입자〉(1979)로 만들어졌다. 알렉산드르 소쿠로프는 『세상이 끝날 때까지 아직 10억 년』(1976)을 토대로 영화 〈일식의 날〉(1988)을 촬영했다. 그 외에도 여러 작품이 영화화되었다. 형제의 작품은 33개국 42개 언어로 번역되어 있다.

월요일은
토요일에
시작된다

ПОНЕДЕЛЬНИК
НАЧИНАЕТСЯ
В СУББОТУ

월요일은
토요일에
시작된다

아 르 카 디
스트루가츠키

·

보 리 스
스트루가츠키

———————

이 희 원   옮김

현대문학

차례

세 번째 이야기

온갖 난리 법석

일러두기

1. 이 책은 1965년 데트기스(국립아동문학출판사)에서 발행된 *Понедельник начинается в субботу / Ponedel'nik nachinaetsya v subbotu*를 번역한 것이며, 2017년 아스트 출판사 판본을 참고했다.

2. 본문의 삽화는 예브게니 티호노비치 미구노프의 1965년도 판본 삽화이다. 미구노프는 1979년과 1993년, 각각 두 차례에 걸쳐 삽화를 수정했다.

3. 저자들의 의도를 존중하여 원문에서 키릴 문자가 떨어져 쓰인 것은 고딕체로, 대문자로만 이루어진 것은 보통보다 큰 글자로, 볼드체는 동일하게 볼드체로 표시했다. 그 밖에 「해제」 원문의 이탤릭체는 기울임체로 표시했다.

4. 작중에서 도량형은 미터법과 야드파운드법, 러시아 고유 단위가 혼용되었는데 특별히 통일하지 않고 그대로 옮겼음을 밝혀 둔다.

5. 외래어 표기는 한국어 어문 규범의 외래어 표기법과 용례를 따랐다.

6. 이 책의 주석 가운데 저자들이 직접 붙인 것은 【원주】로 따로 표시해 두었으며, 그 외에는 모두 옮긴이 주이다.

ПОНЕДЕЛЬНИК
НАЧИНАЕТСЯ
В СУББОТУ

무엇보다 이상하고 무엇보다 이해할 수 없는 바는
어떻게 작가들이 그런 주제를 채택할 수 있는가 하는 것이다.
그것은 정말 이해할 수 없다, 그것은 정말……
아니, 아니, 정말 이해할 수 없다.

니콜라이 V. 고골

동화는 모두 천차만별이다. 어린이를 위한 동화도 있고, 어른을 위한 동화도 있다. 유쾌한 동화도, 슬픈 동화도 있다. 교훈적이고 유익한 동화도, 경박한 동화도 있다. 용이 나오는 동화도 있고, 나오지 않는 동화도 있다.

소설『월요일은 토요일에 시작된다』역시 동화이다. 저자들은 이 동화를 '젊은 과학자들을 위해' 창작했다. 그들은 호기심이 많고 과학적 활동을 추구하는 모든 사람을 그렇게 호칭했다. 집의 퓨즈를 과열시켜 태워 먹거나, 직접 제작한 로켓을 마당에서 실험하다가 폭발시키거나, 딱정벌레와 나비에 핀을 꽂아 보거나 하는, 물론 독서량도 엄청나고 박학다식한 그런 사람들을 말이다.

물론 저자들은 소설을 유쾌하게 만들고 싶어 했지만, 어쨌건 슬픈 대목도 있다. 저자들은 소설을 유익하고 교훈적으로 만드는 것을 자신들의 의무라고 생각했지만, 어찌 된 영문인지 다소 경박한 소설이 되고 말았다.

그리고 이 소설에는 모든 종류의 용들이 존재한다. 진정

한 동화적 주인공도 존재한다. 알렉산드르-왕자도 아니고, 알렉산드루시카-바보도 아니고, 평범하고 아주 현대적이며 진정한 진짜 젊은 과학자 말이다.* 마법의 성도 있는데, 진부한 '과학아카데미 요술과 마술 과학연구소'가 바로 그것이다. 소설에는 흡혈귀 무리도 있고, 불멸의 코셰이**도 몇 있으며, 조심성 없이 마술 지팡이를 남용하는 완전히 새로운 유형의 마법사와 마술사들도 끊임없이 출현한다. 마지막으로 이 동화 말미의 '위대한 미스터리'에 대해서는 주인공들도 저자들도 그 비밀을 밝혀내는 데 성공했는지의 여부를 확신할 수 없다. 그 외에도 이 동화에는 아주 많은 것들이 있다. 심지어 주석과 해설까지 있다. 사실 이 소설은 축구를 하거나 댄스파티에서 춤추는 것보다 과학에 전념하는 것을 훨씬 더 흥미로워하는 영광스럽고 유쾌한 일꾼들에 대한 이야기이다.

　단지 이 동화를 너무 진지하게 받아들이지 않는 것이 중요하다. (하긴 동화를 진지하게 받아들이는 사람이 있겠는가?) 하지만 그렇다고 이 동화를 할 일이 없어서 쓴 것이라고 생각해서는 안 된다. (동화란 잘 알려진 바와 같이 허구이지만, 분명히

---

* 러시아 민담과 동화의 주인공 '이반 왕자' '이바누시카 바보'(바보 이반)에 대해서 이 소설의 주인공 알렉산드르의 이름을 넣어 말장난한 것이다. 알렉산드루시카는 알렉산드르를 다정하게 부르는 애칭이다.
** 변신술과 여러 마법에 능하고 자신의 영혼과 생명력을 바늘구멍이나 다른 곳에 숨겨 두어 죽일 방법이 없는 동슬라브 신화의 악한 마법사.

시사하는 바가 있다.) 한마디로, 독자들은 제각각 자기 마음에 드는 것을 취하면 된다. 이 독자가 내일 중요한 시험에 합격하고, 아파트 누전으로부터 안전하고, 진짜 야외 사격장이나 진짜 연구소로 향하게 될 수 있다는 점도 전혀 배제할 수 없다.

소파를 둘러싼
난리 법석

제1장

교사 : 여러분, 문장을 받아쓰세요, '물고기가 나무에
앉아 있다'.

학생 : 정말로 물고기가 나무에 앉아 있을 수 있어요?

교사 : 음…… 그건 미친 물고기였단다.

—초등학교 유머

나는 내 목적지에 가까워 가고 있었다.* 내 주위로는 푸
르른 숲이 노랗게 무성해진 양버들에 드문드문 자리를 내
주며 길옆까지 바싹 밀려 들어와 있었다. 태양은 이미 저물
어 가고 있었지만 아직은 완전히 내려앉지 않고 지평선 위

---

* 이 첫 문장은 알렉산드르 세르게예비치 푸시킨의 『대위의 딸』(1836) 제2장
의 첫 문장을 그대로 인용한 것이다. 스탈린의 공포정치가 극에 달했던 1937
년, 푸시킨 타계 100주년을 맞아 모든 문화인에게 단어 하나하나에서 푸시킨
을 추모하도록 '명령'이 내려졌는데, 공포정치의 정점에서 문화적 추모를 강
요하는 그 아이러니한 상황에 패러디 작가 알렉산드르 그리고리예비치 아르
한겔스키는 이 『대위의 딸』 제2장 도입부를 당대의 소련 문학가들이 모방하
는 것으로 가장한 일련의 패러디 「대문호와 동시대인들Классик и современники」
을 창작했다. 1948년 아르한겔스키 타계 10주년을 기리며 출판된 이 패러디
산문을 스트루가츠키 형제는 외울 정도로 읽었다. 스트루가츠키 형제와 가까
운 작가들에게 이러한 도입은 작품의 풍자성에 대한 암시라는 것이 잘 알려
져 있었다고 한다.

에 낮게 매달려 있었다. 내 자동차는 자갈이 깔린 좁다란 길을 질주했다. 커다란 돌을 그대로 바퀴로 넘어 달렸기 때문에, 그때마다 매번 트렁크에서는 빈 깡통이 요란스레 덜그럭거렸다.

갑자기 오른편 숲에서 두 남자가 걸어 나와 길가로 나서더니, 내 차를 보고 멈춰 섰다. 그중 한 명이 팔을 치켜들었다. 나는 그들을 바라보며 브레이크를 밟았다. 내가 보기에 그들은 사냥꾼 같았고, 나보다 약간 나이가 많을 것 같은 청년들이었다. 팔을 들었던 청년이 차창 안으로 까무잡잡한 매부리코 얼굴을 들이밀더니 미소를 지으며 내게 물었다.

"솔로베츠까지 우리 좀 태워 주지 않으실래요?"

콧수염은 없지만 붉은 턱수염을 기른 나머지 한 사람 역시 그의 어깨 너머에서 나를 바라보며 미소를 지었다. 유쾌하고 기분 좋은 사람들이었다.

"타세요." 나는 승낙했다. "한 분은 앞에, 다른 분은 뒤에 타셔야겠네요. 그런데 뒷좌석이 짐투성이라서요."

"이렇게 감사할 데가!" 매부리코가 기쁘게 말하고는 어깨에 멘 총을 내리고 내 옆 좌석에 앉았다.

턱수염은 망설이며 차 뒷문을 흘끔거리더니 말했다.

"저…… 여기 좀 어떻게……"

나는 운전석에서 몸을 돌려 뒷좌석에 쌓아 놓은 침낭, 야영 텐트 등 짐 꾸러미를 한쪽으로 치워서 그에게 자리를 마련해 주었다. 턱수염은 총을 두 무릎 사이에 세우고 아주 조심스럽게 앉았다.

"문을 다시 잘 닫으셔야겠어요." 나는 말했다.

그러고는 다시 이전대로 진행되었다. 차는 출발했다. 매부리코는 몸을 뒤로 돌려 경차 드라이브가 걷는 것보다 얼마나 기분 좋은지 신이 나서 떠들기 시작했다. 턱수염은 떨떠름하게 동의하면서 줄곧 차 문을 쾅쾅거리며 닫기를 반복했다.

"판초가 낀 것 같아요." 룸미러로 뒷좌석을 보며 나는 말했다. "판초가 문에 끼었다고요."

5분쯤 지나서야 드디어 상황이 정리되었다. "솔로베츠까지는 한 10킬로미터 남았나요?" 하고 내가 물었다.

"네." 매부리코가 대답했다. "아니 조금 더 될지도 몰라요. 길이 엉망이잖아요, 트럭이나 다니는 길이죠."

"왜요, 길 괜찮은데요." 나는 말했다. "내가 절대 도착하지 못할 거라고 장담들을 했거든요."

"이 길로는 가을에도 다닐 수 있긴 해요."

"여기는 그렇지, 하지만 코로베츠부터는 비포장 길이라고."

"올해는 여름이 가물어서 다 바싹 말라 버렸어."

"자톤 근처에는 비가 온다는데." 턱수염이 뒷좌석에서 말했다.

"누가 그래?" 매부리코가 물었다.

"메를린이 그렇게 말하네."

그리고 그들은 왠지 낄낄거렸다.

나는 담배를 꺼내 들어 한 모금 피우고는 그들에게도 권했다.

"클라라쳇킨 담배 공장." 매부리코가 담뱃갑을 살펴보며 말했다. "레닌그라드에서 오신 거예요?"

"네."

"여행하시는 건가요?"

"네, 여행하고 있어요." 나는 대답하고 물었다. "여기 분들이세요?"

"토박이죠." 매부리코가 말했다.

"나는 무르만스크 출신이에요." 턱수염이 말했다.

"레닌그라드 사람들에게는 솔로베츠나 무르만스크나 아마 매한가지로 북쪽 촌일걸." 매부리코가 말했다.

"아니에요, 왜요." 나는 공손하게 말했다.

"솔로베츠에서 묵으실 건가요?" 매부리코가 물었다.

"당연하죠. 나도 솔로베츠로 가고 있는걸요."

"거기 친척이나 아는 사람이 있어요?"

"아니요. 그냥 친구들을 기다리기로 했어요. 강변을 따라서 오고 있는 친구들과 만나기로 한 곳이 솔로베츠예요."

그때 앞쪽에서 커다란 돌 더미를 발견한 나는 브레이크를 밟고 말했다. "꽉 잡으세요."

차는 심하게 요동치며 돌 더미를 뛰어넘었다. 매부리코는 총대에 코를 부딪치고 말았다. 엔진이 웅웅거렸고, 돌들이 차 바닥에 요란스레 튀어 올랐다.

"차가 불쌍하네요." 매부리코가 말했다.

"어쩌겠어요……" 나는 말했다.

"다들 자기 차로는 이런 길을 달리지 않지요."

"나라면 달리겠어요." 나는 대답했다.

돌 더미를 지나갔다.

"그러니까 이 차는 당신 게 아니군요." 매부리코가 넘겨짚었다.

"내게 무슨 차가 있겠어요. 렌터카예요."

"아, 알겠어요." 매부리코의 말투가 왠지 실망한 것처럼 느껴졌다. 나는 괜스레 겸연쩍었다.

"그저 아스팔트 길만 달리려고 차를 사는 게 무슨 재미가 있겠어요?"

"그럼요, 당연하죠." 매부리코가 정중하게 동의했다.

"차를 우상처럼 떠받드는 것은 멍청한 일이라고 생각해요." 나는 말했다.

"멍청한 일이죠." 턱수염이 말했다. "하지만 모두 다 그렇게 생각하지는 않으니까요."

우리는 차에 대해 이야기하기 시작했고, 만일 어떤 차든 사게 된다면 그것은 어디든 달릴 수 있는 전동구륜의 지프 'GAZ*-69'를 사야 한다는 결론을 내렸다. 하지만 아쉽게도 그 차는 판매되지 않고 있다.

그러고 나서 매부리코가 "그런데 어디서 일하세요?" 하고 물었고, 나는 대답했다.

"끝내주네요!" 매부리코가 소리쳤다. "프로그래머시군요! 우리한테 딱 프로그래머가 필요하거든요! 저기요, 그 연구소는 그만두고 우리 연구소로 오시죠!"

"그 연구소에는 뭐가 있는데요?"

"우리 연구소에 뭐가 있느냐고요?" 매부리코는 내게 되물으며 뒤돌아보았다.

"'알단-3'이 있죠." 턱수염이 말했다.

"비싼 기계네요." 내가 말하고는 물었다. "작동은 잘되나요?"

"네, 뭐라고 말씀드려야 할지……"

"아, 알겠어요." 나는 대답했다.

"사실은 아직 디버그 하지 못했어요." 턱수염이 말했다. "우리 연구소에 머무시죠. 디버그 해 주세요……"

---

* 니즈니노브고로드(옛 지명은 고리키)에 본사를 둔 러시아의 '고리키자동차공장'에서 생산한 자동차의 통칭. GAZ는 고리키자동차공장의 러시아어 약자를 로마자로 전사한 것이다.

"송금도 단번에 해 드리도록 할게요." 매부리코가 덧붙였다.

"그런데 무슨 연구를 하시는 거예요?" 내가 물었다.

"모든 학문이 그렇듯이 인간의 행복을 위해 연구하죠."

"아, 네. 무슨 우주과학 관련된 건가요?" 내가 물었다.

"우주도 연구하죠." 매부리코가 말했다.

"현재에 만족해야죠." 나는 말했다.

"대도시에서 괜찮은 월급 받는다는 거지." 턱수염이 작게 말했지만 나는 들었다.

"그렇게 생각하지 마세요." 내가 말했다. "돈으로 판단할 문제가 아니에요."

"아니, 나는 그냥 농담한 거예요." 턱수염이 말했다.

"저 친구는 저런 식으로 농담해요." 매부리코가 말했다. "우리 연구소보다 더 흥미진진한 곳은 그 어디에서도 못 보실걸요."

"왜 그렇게 생각하세요."

"틀림없어요."

"나는 확신이 없는데요."

매부리코는 웃었다. "이 얘기 또 하게 될 겁니다." 그는 덧붙였다. "솔로베츠에 오래 머무실 건가요?"

"길어야 이틀 정도요."

"그럼 이틀째 되는 날 다시 얘기하죠."

턱수염이 선언하듯 말했다. "개인적으로 이건 운명이라고 생각해요. 숲을 걷다가 프로그래머를 만나다니. 내 생각에 당신은 운명이에요."

"정말로 그렇게 프로그래머가 필요한 거예요?" 나는 물었다.

"우리는 정말 절실하게 프로그래머가 필요해요."

"친구들 만나서 말해 볼게요. 지금 있는 곳에 만족하지 못하는 친구를 알아요."

"우리는 아무 프로그래머나 필요한 게 아니에요." 매부리코가 말했다. "프로그래머는 몸값이 비싸서 싹수머리가 없다니까요. 우리는 인간이 된 프로그래머가 필요해요."

"그래요, 어려운 문제죠." 내가 대답했다.

매부리코는 손가락을 꼽아 가며 말했다. "우리는 프로그래머가 필요해요. 첫째, 인간이 된 프로그래머일 것. 둘째, 자원할 것. 셋째, 기숙사에 사는 데 동의할 것……"

"넷째." 턱수염이 가로챘다. "120루블 월급을 수락할 것."

"날개는 안 달아 주나요?" 내가 물었다. "아니면 머리 뒤로 이른바 후광 같은 것은 안 깔아 줘요? 1,000명에 한 명 될까 말까 할 텐데요!"

"우리는 딱 한 명만 필요해요." 매부리코가 말했다.

"프로그래머가 다 해야 900명이라면요?"

소파를 둘러싼 난리 법석

"0.9명이라는 데 동의하죠."

숲은 이제 멀어졌고, 우리는 다리를 건너 감자밭 사이를 달렸다.

"벌써 9시예요." 매부리코가 말했다. "어디서 묵으려고 하세요?"

"차에서 자려고요. 여기 가게는 몇 시까지 열죠?"

"여기 가게는 이미 다 닫았어요." 매부리코가 말했다.

"기숙사에서 잘 수 있어요." 턱수염이 말했다. "내 방에 여분의 간이침대도 있어요."

"기숙사에 들어갈 수는 없을걸." 곰곰이 생각하던 매부리코가 말했다.

"맞아, 아마 그렇겠지." 턱수염은 말하고는 왠지 낄낄 웃었다.

"차는 경찰서 근처에 세워 두면 돼." 매부리코가 말했다. "그건 말도 안 되지." 턱수염이 말했다. "내가 농담하며 관심을 끌 테니 네가 내 뒤로 들어가. 그런데 저 친구는 어떻게 기숙사를 통과하게 하지?"

"그러게, 젠장. 하루만 일을 안 해도 그 모든 작업을 잊어 버리니 말이야."

"이봐, 저 친구 공간이동 시키면 어떨까?"

"얼씨구." 매부리코가 말했다. "네가 무슨 소파나 되는 줄 알아? 넌 크리스토발 훈타도 아니잖아. 물론, 나도 아니지만······."

"염려들 마세요." 나는 말했다. "차에서 자면 돼요. 한두 번도 아닌걸요."

그런데 갑자기 평상시처럼 쭉 뻗어 자고 싶다는 생각이 몹시도 간절해졌다. 이미 나흘째 침낭에서 쭈그리고 잤던 것이다.

"이봐," 매부리코가 말했다. "하-하. 닭다리오두막이 있어!"

"맞아!" 턱수염이 소리쳤다. "루코모리예로 데리고 가면 되지!"

"아니, 괜찮다니까요, 난 차에서 잘 거예요." 나는 말했다.

"집에서 자게 될 거예요." 매부리코가 말했다. "비교적 깨끗한 시트를 깔고 말이죠. 우리도 어떻게든 신세는 갚아야죠······."

"50루블 정도 쥐여 드릴 수도 없고 말이죠." 턱수염이 말했다.

우리 차는 도시 안으로 들어섰다. 길가에는 오래되었지만 견고한 울타리들, 금속 틀의 작은 창문이 나 있고 지붕에는 나무 수탉이 조각된 거무죽죽한 거대한 통나무 귀틀집들이 늘어서 있었다. 철문이 달린 지저분한 건물도 몇 있었는데, 그 모습은 내 기억에서 '곡물 헛간'이라는 단어를 가물가물 상기시켰다. 직선으로 뻗은 거리는 널찍했고 '평화대로'라는 명칭이었다. 앞쪽 도심 가까운 곳의 열린 앞마당에 2층 슬레이트 건물이 보였다.

"다음 교차로에서 우회전하세요." 매부리코가 말했다.

나는 방향 지시 등을 켜고 브레이크를 밟으며 우회전했다. 그곳 골목길은 풀이 무성하게 자라나 있었는데, 어느 울타리 문 안쪽에는 최신형 자동차 '자포로제츠'가 쑤셔 박은 듯이 주차되어 있었다. 대문 위로 집 번지수가 걸려 있었지만, 표지판이 녹슬어 숫자가 거의 보이지 않았다. 골목 이름은 끝내줬다. '루코모리예* 거리'. 어쩌면 스웨덴 해적과 노르웨이 해적들이 이곳에 어슬렁거리던 시절에나 세워진 듯한 육중하고 낡은 울타리들 사이로 비좁은 골목이 나 있었다.

"스톱." 매부리코가 말했다. 나는 브레이크를 밟았고, 그는 또다시 총대에 코를 부딪쳤다. "자, 이제 이렇게 해요." 코를 문지르며 그가 말했다. "여기서 기다려요. 내가 가서 다 해결하고 올게요."

"정말로 그러실 필요 없어요." 나는 마지막으로 말했다.

"긴말할 필요 없다니까요. 볼로댜, 잘 붙잡고 있어."

매부리코는 차에서 내렸고 몸을 구부려 낮은 쪽문을 헤

---

* '루코모리예'는 슬라브 신화에서의 태곳적 공간일 뿐 아니라, 푸시킨의 극시 『루슬란과 류드밀라』(1820)의 제1장 첫 구절 '루코모리예의 푸르른 참나무'로 잘 알려진 심원한 문학적 공간이다.

집고 들어갔다. 높다란 회색 울타리 너머에 집은 보이지 않았다. 대문은 정말 보기 드문 것이었다. 마치 증기기관차처럼 1푸드*는 됨 직한 녹슨 쇠사슬을 매달고 있었다. 나는 깜짝 놀라서 현판을 읽었다. 현판은 세 개였다. 왼쪽 문짝에는 두터운 유리로 된 견고한 푸른 간판에 은색 글자가 육중하게 빛나고 있었다.

니이차보

닭다리오두막

고대 솔로베츠 유적

오른쪽 문짝 위쪽에는 녹슨 양철 판이 매달려 있었다. '루코모리예 거리, 13번지, N. K. 고리니치'. 그리고 그 아래쪽에는 되는대로 잉크로 흘려 쓴 글자가 합판 조각에서 뽐내고 있었다.

코트는 근무 안 함

행정실

"어떤 코트요?" 나는 물었다. "국방기술위원회 말인가

---

* 러시아의 무게 단위. 1푸드는 약 16.38킬로그램이다.

"야옹-야옹-야옹." 나는 습관적으로 소리 내었다.

요?"*

턱수염은 낄낄거렸다.

"중요한 것은 전혀 걱정하실 필요가 없다는 거예요." 그는 말했다. "여기가 아주 괴상하기는 하지만, 그래도 다 괜찮을 테니까요."

나는 차에서 나와 차 앞 유리창을 닦기 시작했다. 내 머리 위쪽에서 갑자기 부스럭거리는 소리가 났고, 나는 그쪽을 바라보았다. 대문 위에는 더 편하게 자리하려 애쓰면서, 엄청나게 거대한—그만한 것은 한 번도 본 적이 없었다—검회색의 고양이가 퍼질러 앉아 있었다. 자세를 잡고 나더니 고양이는 노란색 눈동자로 노곤하고 무관심하게 나를 바라보았다. "야옹-야옹-야옹." 나는 습관적으로 소리 내었다. 고양이는 날카로운 이빨이 가득한 주둥이를 공손하면서도 냉정하게 벌리고는 목에서 그르렁거리는 소리를 내더니, 이어 뒤돌아 마당 안을 내려다보았다. 그곳 울타리 안쪽에서 매부리코의 목소리가 들려왔다.

"이봐요, 친구, 바실리. 좀 성가셔도 이해해 줘요."

빗장이 삐거덕거리는 소리를 냈다. 고양이는 일어나서 아무 소리도 내지 않고 마당 안으로 사라졌다. 대문이 육중

* 정부 기관과 위원회를 약자로 줄여 부르는 관습에 기인하여, 주인공은 '코트KOT'가 '국방기술위원회Комитет Оборонной Техники'의 약자라고 추측하는데, '코트'는 러시아어로 '고양이'를 의미하는 단어이기도 하다.

하게 흔들리더니 삐걱거리고 우지끈거리는 소음이 요란하게 울렸고, 왼쪽 대문이 천천히 열렸다. 그러고 나서 열이 올라 시뻘게진 매부리코의 얼굴이 나타났다.

"은인 친구! 들어와요!" 그가 소리쳤다.

나는 차로 돌아가 천천히 마당 안으로 운전해 들어섰다. 마당은 대단히 넓었고, 깊은 안쪽으로 두꺼운 통나무집이 있었다. 집 앞에는 엄청나게 굵고 단단한 땅딸막한 참나무가 무성한 꼭대기를 지붕으로 숙이고 서서 위용을 뽐내고 있었다. 대문에서 집 쪽으로 참나무를 우회하여 판돌이 깔린 길이 나 있었다. 길 오른쪽에는 텃밭이 있었고, 왼쪽에는 풀밭 한가운데에 우물귀틀이 솟아 있었는데 우물 지붕은 오랜 세월을 말해 주듯 이끼로 검게 덮여 있었다.

나는 한쪽에 차를 세우고 시동을 끄고는 차에서 내렸다. 턱수염 볼로댜도 차에서 내려서 총을 트렁크 가장자리에 기대어 세우고는 배낭을 챙겨 멨다.

"자, 이제 집에 오셨네요." 그가 말했다.

매부리코는 삐걱거리고 우지끈거리는 소음을 내며 대문을 닫았고, 나는 아주 어색한 기분으로 무엇을 어째야 할지 몰라 주위를 둘러보며 서 있었다.

"아, 여기 주인 할머니가 오시네요!" 턱수염이 소리쳤다. "안녕하셨세요, 할매, 나이나 성뿔 키예브나!"

노파는 족히 100살은 된 것 같았다. 울퉁불퉁한 지팡이에 기대어 방수 천이 덮인 장화를 질질 끌면서 우리에게 천천히 걸어왔다. 노파의 검은 갈색 얼굴은 자글자글한 주름투성이였고, 마치 터키 장검처럼 구부러지고 날카로운 코는 위아래로 실룩거렸다. 생기 없이 탁하고 허연 눈동자는 그야말로 딱 백내장으로 덮여 있는 것 같았다.

"그래, 그래, 이보게, 안녕들 한가." 노파는 뜻밖에 쩌렁쩌렁한 중저음 베이스 목소리로 말했다. "그러니까 이치가 새 프로그래머라는 말이야? 안녕하셔, 친구. 어서 오시게……!"

나는 아무 말도 해서는 안 된다는 것을 눈치채고는 그저 고개를 숙여 인사했다. 턱 아래로 동여맨 검은색 누비 두건을 뒤집어쓴 노파의 머리는 온갖 색으로 알록달록한 아토

미움* 형상과 '브뤼셀 국제박람회'라는 글자가 여러 나라 언어로 쓰인 카프론 스카프로 덮여 있었다. 노파의 턱과 코 아래에는 좀처럼 보기 드문 뻣뻣한 회색 털이 삐죽 솟구쳐 있었으며, 노파는 검은 나사 천 원피스에 솜털 조끼를 입고 있었다.

"그러니까 말이에요, 나이나 키예브나!" 매부리코가 손바닥에 묻은 녹을 비벼 떨어내면서 노파에게 다가가며 말했다. "우리 새 동료가 이틀 정도 묵을 숙소가 필요하다는 말이에요. 여기 소개해 드릴게요, 음……음……"

"됐어." 노파는 나를 뚫어져라 훑어보며 말했다. "내가 알아. 프리발로프 알렉산드르 이바노비치. 1938년생. 남자. 러시아인. 레닌청년동맹** 단원, 아니, 아니, 가입하지 않았군. 단원이었던 적도 없고. 가진 것도 없구먼. 자네 말이야, 금쪽같은 친구, 앞길에는 관운이 있겠어. 그런데 자네, 천금 같은 친구, 붉은 머리 악인은 피하는 게 좋겠어. 그리고 말이야, 귀인 친구, 손잡이는 도금하는 게……"

"흠!" 매부리코가 크게 소리 냈고, 노파는 입을 다물었다. 불편한 침묵이 맴돌았다.

---

* 1958년 벨기에 브뤼셀에서 개최된 국제박람회를 기념하기 위해 만든 기념관. 전체적인 형태는 원자핵분열의 순간을 표현한 것이며, 한 개 구체(球體)의 크기가 철 분자의 1650억 배에 이른다.

** 전연방레닌주의청년공산주의자동맹. 1918년에 설립된 소련의 공산주의 청년 정치조직으로, 주로 '콤소몰'이라고 불린다.

"그냥 사샤*라고 부르시면 됩니다……" 나는 미리 생각해 두었던 말을 내뱉었다.

"어디에 이치를 재우라는 말이야?" 노파가 물었다.

"창고가 있잖아요." 화가 난 듯이 매부리코가 말했다.

"누구더러 책임지라고?"

"나이나 키예브나……!" 매부리코는 지방 극단의 비극 배우가 절규하듯 괴성을 지르며 노파의 팔을 부여잡고 집으로 끌고 갔다. 그들이 언쟁하는 소리가 들려왔다. "벌써 다 얘기된 거잖아요……!" "만약 저치가 뭐든 슬쩍하면 어쩌라고……?" "아, 좀 조용히 해요! 저 사람은 프로그래머라고요, 아시겠어요? 공산당원요! 학자란 말이에요……!" "만약에 돌변하면 어쩔 건데……?"

나는 어색하게 볼로댜를 돌아봤다. 볼로댜는 낄낄거렸다.

"좀 불편하네요." 나는 말했다.

"걱정 말아요, 다 잘될 거예요……"

그리고 그는 무언가를 더 말하려 했는데, 그 순간 노파가 맹렬하게 소리를 질러 댔다. "아, 소파! 소파가 있어……!" 나는 몸서리가 쳐졌고, 볼로댜에게 말했다.

"저기요, 나는 가는 게 좋겠어요, 네?"

---

* 알렉산드르의 애칭. '사시카' '사셴카' '사셴치야' 등으로도 불린다.

"그런 소리 하지도 마세요!" 볼로댜가 단호하게 말했다. "다 잘될 거라니까요. 할매는 그저 뇌물이 필요할 뿐이에요. 그런데 로만이나 나나 현금이 한 푼도 없어서요."

"내가 낼게요." 나는 말했다. 이제 정말로 떠나고 싶었다. 나는 이런 식의 소위 비루한 갈등을 참을 수가 없었다.

볼로댜는 고개를 저었다.

"절대 안 되죠. 아, 보세요, 저기 로만이 오잖아요. 다 잘된 거예요."

매부리코 로만이 우리에게 다가오더니, 내 팔을 붙잡고 말했다.

"자, 다 됐어요. 가자고요."

"저기요, 정말 불편한데요." 나는 말했다. "저 할머니가 뭐 그럴 의무도 없고요……"

하지만 우리는 이미 집으로 향하고 있었다.

"의무가 있어요, 있다고요." 로만이 말했다.

참나무를 빙 돌아 우리는 뒤쪽 현관으로 다가갔다. 로만은 인조가죽에 덮인 문을 밀었고, 우리는 널찍하고 깨끗하지만 어두침침한 복도로 들어섰다. 노파는 배 위에 두 손을 얹고 입술을 깨물고 서서 우리를 기다리고 있었다. 우리를 보자마자 노파는 적개심이 가득한 쩌렁쩌렁한 목소리로 외쳤다.

"접수증은 지금 당장 써……! 그러니까, 음…… 자……

여기, 이러이러한 그리고 누구누구가, 상기한 무엇 무엇을 아래 서명인으로부터 접수해서 이렇게……"

로만이 나지막하게 으름장을 놓았고, 우리는 내게 안내 된 방으로 들어섰다. 그곳은 꽃무늬 커튼이 드리워 쳐진 창 하나가 있는 서늘한 공간이었다. 로만이 긴장된 목소리로 말했다.

"자 이제 짐 풀고 내 집처럼 편히 쉬어요."

노파는 복도에서 악에 받쳐서 소리쳤다.

"설마 저치가 이를 갈지는 않겠지?"

로만은 뒤돌아보지도 않고 고래고래 소리 질렀다.

"이 안 갈아요! 걱정 마세요, 이가 아예 없으니까!"

"그럼 이제 접수증 쓰러 가자고……"

로만은 눈썹을 치켜뜨며 눈을 부라리고 이를 악물면서 고개를 저었지만, 어쨌건 나갔다. 나는 방을 둘러보았다. 방 안에 가구는 많지 않았다. 창가에는 수술 장식이 달린 낡은 회색 테이블보로 덮인 거대한 테이블이 놓여 있었으며, 테이블 앞에는 안락의자가 있었다. 아무것도 걸려 있지 않은 휑한 통나무 벽 앞에는 커다란 소파가 놓여 있었고, 다양한 크기의 온갖 벽지로 도배된 맞은편 벽에는 누비 재 킷, 털외투, 너덜너덜한 캡 모자, 귀덮개 모자 등 온갖 잡동 사니가 걸린 옷걸이가 있었다. 방에는 새로 회칠을 해서 돋 보이는 커다란 러시아 페치카가 불쑥 튀어나와 있었고, 그

소파를 둘러싼 난리 법석

맞은편 구석에는 낡아 빠진 테두리의 커다랗고 뿌연 거울이 걸려 있었다. 바닥은 평평했고, 줄무늬 매트가 깔려 있었다.

벽 너머에서는 두 목소리가 투덜대고 있었다. 노파는 천편일률적인 베이스 톤이었고, 로만의 목소리는 높아졌다 낮아졌다 했다. "테이블보, 품목 번호 245……" "수건도 하나하나 다 쓰지 그러세요……!" "테이블……" "페치카도 쓰실 거예요……?" "절차는 필요하니까…… 소파……"

나는 창가로 다가가서 커튼을 젖혔다. 창문 너머에는 참나무가 있었고, 다른 것은 아무것도 보이지 않았다. 나는 참나무를 바라보았다. 보아하니 아주 오래된 식물이었다. 나무껍질은 회색에 어쩐지 죽은 듯했고, 땅에서 솟구친 괴물 같은 뿌리는 붉고 흰 이끼로 덮여 있었다. "참나무도 쓰지 그러세요!" 벽 너머에서 로만이 말하고 있었다. 창턱에는 기름때에 전 두꺼운 책이 놓여 있었는데, 나는 아무 생각 없이 책장을 넘겨 보다가 창가에서 물러나 소파에 앉았다. 당장이라도 쓰러져 자고 싶었다. 그렇게 서두를 필요가 없었는데도 오늘 하루 운전만 열네 시간을 했다는 사실이 떠올랐고, 허리는 아프고 머릿속은 온통 혼란스럽고, 결국 저 지긋지긋한 노파가 나를 엿 먹일 것 같다는 생각이 들면서 어떻게든 모든 게 끝나고 그저 누워서 잠들고 싶은 마음만 간절했다……

"자, 됐어요." 문지방에 로만이 나타나서 말했다. "형식적인 절차는 다 끝났어요." 그는 잉크투성이 손가락을 어색하게 펼치고 손을 흔들었다. "아이고, 손가락이 아프네요. 쓰고 또 쓰고…… 이제 누워서 자도록 해요. 우리는 갈테니, 이제 편하게 누워서 잠자면 돼요. 내일은 뭐 할 거예요?"

"기다려야죠." 무심하게 나는 대답했다.

"어디서요?"

"여기서요. 중앙우체국 근처에서요."

"그럼 내일은 아마 떠나지 않겠죠?"

"내일은 아마 힘들지 않을까요…… 십중팔구 모레 가게될 거예요."

"그러면 우리 또 보게 되겠네요. 우리 우정은 이제부터죠." 그는 미소를 짓고 손을 흔들며 나갔다. 나는 로만을 따라 나가서 볼로댜와 인사해야 한다고 느릿느릿 생각했지만, 결국 눕고 말았다. 그런데 그 순간 노파가 방에 들어왔다. 나는 다시 일어났다. 노파는 한동안 나를 뚫어져라 바라보았다.

"이봐, 있잖아, 자네가 이를 갈지 않을까 내가 아주 걱정이거든." 노파는 안절부절못하며 말했다.

"이 갈지 않을 거예요." 나는 넌덜머리를 내며 말했다. "이제 잘 거예요."

"그래, 그럼 누워 자…… 다만 돈은 내고 나서 자……"

나는 지폐를 꺼내려고 뒷주머니에 손을 넣었다.

"얼마죠?"

노파는 눈을 들어 천장을 바라보았다.

"방 값으로 1루블…… 시트 값 50코페이카*…… 시트는 내 거란 말이야, 관물이 아니야. 그러면 이틀 밤에 3루블…… 거기에다가 내 너그러움에 대한 대가는 얼마로 쳐야 하지, 내 평온을 깨뜨린 대가는, 그러니까 얼마가 될지 나도 모르겠네……"

나는 노파에게 5루블을 건넸다.

"너그러움에 대해서는 일단 1루블 드릴게요. 지나 보면 알게 되겠죠."

노파는 생기가 넘쳐 돈을 낚아채고는 거스름돈 어쩌고 하고 중얼거리면서 나갔다. 꽤 한동안 오지 않았고, 나는 거스름돈도 됐고 시트도 됐다고 하고 싶었는데, 노파가 되돌아와서 테이블 위에 지저분한 동전을 한 움큼 내려놓았다.

"자, 여기 자네 거스름돈이야. 정확히 1루블이야, 세어 볼 필요도 없어."

"안 세어 볼 거예요." 나는 말했다. "시트는요?"

---

* 러시아의 화폐단위. 1루블은 100코페이카이다.

"이제 깔아 줄게. 자네는 잠깐 마당에 나가 산책 좀 하고 있어. 그동안 내가 시트를 깔아 놓을 테니."

밖으로 나가면서 나는 담배를 꺼냈다. 해는 마침내 완전히 졌지만, 백야가 시작이었다. 어디선가 개가 짖고 있었다. 참나무 아래 땅속으로 꺼져 가는 벤치에 앉아서 나는 담배를 피우며 별이 없는 창백한 하늘을 바라보았다. 어디선가 소리도 없이 고양이가 나타나서는 야광 눈동자로 나를 바라보다가 순식간에 참나무로 뛰어 올라가서 어두운 나뭇잎 사이로 자취를 감추었다. 나는 그 즉시 고양이를 잊어버렸고 갑자기 위쪽 어디에서 고양이가 뛰어다니자 흠칫 놀라고 말았다. 내 머리로 먼지와 티끌이 쏟아져 내렸다. "너 두고 봐……" 나는 소리 내어 말하고 티끌을 떨어냈다. 미치도록 자고 싶었다. 건물에서 노파가 나왔고 나를 보지도 못한 채 우물 쪽으로 허둥지둥 걸어갔다. 그 모습을 보고 나는 침구가 준비된 것으로 이해했고 방으로 돌아갔다.

사악한 노파는 내 잠자리를 바닥에 깔아 놓았다. 그렇게는 못 하지, 나는 생각했고, 문빗장을 걸어 잠그고는 소파 위로 침구를 끄집어 올린 후 옷을 벗기 시작했다. 어슴푸레한 불빛이 창문에서 비쳐 들었으며, 참나무에서는 요란스레 고양이가 돌아다녔다. 나는 머리를 흔들어 아직도 머리카락에 남아 있는 먼지와 티끌을 떨어냈다. 그 티끌은 매우

소파를 둘러싼 난리 법석

이상한 뜻밖의 것이었다. 아주 커다란 생선 비늘 같은 것이었다. 죽은 듯이 잘 거야, 나는 생각했고 베개에 얼굴을 파묻고 그 즉시 잠들었다.

제2장

……버려진 집은 여우와 오소리의 소굴로 바뀌었고,
그래서 여기에 이상한 요괴와 귀신들이 나타날 수
있었던 거겠지.

—우에다 아키나리*

한밤중에 나는 방 안에서 대화하는 소리에 잠이 깨었다. 들릴락 말락 하게 속삭이며 두 사람이 말하고 있었다. 두 목소리는 아주 비슷했지만, 하나는 약간 소리를 죽인 허스키한 목소리였고 다른 목소리는 극도로 흥분한 상태였다.

"목쉰 소리 좀 내지 마." 흥분한 목소리가 속삭였다. "목쉰 소리 안 낼 수는 없어?"

"있어." 소리 죽인 목소리가 대답하고는 기침을 했다.

"야, 좀 조용히 해……" 흥분한 목소리가 씩씩거렸다.

"목이 쉬어 가지고." 소리 죽인 목소리가 말했다. "흡연가의 아침 기침이지……" 그는 다시 기침을 했다.

---

* 우에다 아키나리(1734~1809). 일본 에도 시대 후기의 요미혼 작가, 가인, 국학자. 괴이소설 『우게쓰 이야기[雨月物語]』(1776)를 쓴 것으로 알려져 있다. 여기에 쓰인 제사는 『우게쓰 이야기』 중 「잡초 속의 폐가」에 나온다.

"여기서 꺼져." 흥분한 목소리가 말했다.

"그래도 여전히 자고 있잖아……"

"저 인간은 대체 뭐야? 어디서 굴러들어 온 거야?"

"내가 어떻게 알겠어?"

"진짜 열받네…… 정말 지지리도 운이 없다니까."

옆집이 또 안 자는군, 비몽사몽간에 나는 생각했다. 집에 있다고 생각한 것이다. 우리 옆집에는 물리학자 형제가 살고 있었는데, 그들은 밤에 작업하기를 좋아했다. 새벽 2시 무렵 담배가 떨어지면, 그들은 내 방으로 기어들어 서로서로 욕하며 가구를 덜커덩거리면서 뒤지곤 했다.

나는 베개를 집어 들어 허공에 던졌다. 불현듯 소음이 잦아들었고 그러고는 조용해졌다.

"베개 줘요." 나는 말했다. "그러고 나서 썩 꺼져요. 담배는 테이블 위에 있어요."

내 목소리가 결정적으로 잠을 깨웠다. 나는 일어나 앉았다. 구슬프게 개가 짖었고, 벽 너머에서는 노파가 천둥처럼 코를 골고 있었다. 그리고 나는 마침내 내가 어디에 있는 것인지 깨달았다. 방에는 아무도 없었다. 흐릿한 조명 아래 나는 바닥에 떨어져 있는 베개를 보았고, 옷걸이에서 떨어져 내린 옷가지를 보았다. 저놈의 할망구 목을 졸라 버릴 거야, 생각하며 나는 벌떡 일어났다. 바닥은 차가웠기 때문에, 나는 매트 위로 걸음을 내디뎠다. 할망구의 코 고는 소리가 멈췄다. 나는 순간 얼어붙었다. 마룻바닥이 삐걱거렸고, 구석에서 무언가가 바스락거렸고 사각사각 소리를 냈다. 할망구는 다시 쌕쌕거리면서 휘파람 불듯 코를 골기 시작했다. 나는 베개를 집어 소파 위로 던졌다. 헌 옷들에서 개 냄새가 났다. 옷걸이가 못에서 떨어져 비스듬히 매달려 있었다. 나는 옷걸이를 바로 하고는 옷가지를 주워 들었다. 내가 마지막 옷가지를 걸기가 무섭게 옷걸이는 벽지를 긁으며 떨어져 내려 다시 못 하나에만 매달렸다. 할망구의 코고는 소리가 다시 멈추었고, 나는 식은땀이 줄줄 흘렀다. 어디선가 가까운 곳에서 수탉이 목 놓아 울었다. 너 아주 가만 안 둬, 악에 받쳐서 나는 생각했다. 벽 너머에서 노파가 뒤척거리는지 침대 스프링이 삐걱거리고 철커덕거렸다. 나는 한 다리로 서서 기다렸다.

마당에서 누군가 조용히 말했다. "이제 자야지. 오늘 우리 너무 늦게까지 앉아 있었어." 젊은 여자 목소리였다.

"자면 자는 거지." 다른 목소리가 대답했다. 느릿느릿 늘어지는 하품 소리가 들렸다. "오늘은 더 물놀이하지 않을 거야?"

"왠지 좀 추운 거 같아. 이제 코 자자."

그러고는 조용해졌다. 할망구는 으르렁대고 중얼거리면서 잠꼬대를 했고, 나는 조심스럽게 소파로 돌아왔다. 아침에 일찍 일어나서 다 제대로 해 놓아야지……

소파를 둘러싼 난리 법석

나는 오른쪽으로 돌아누워서 귀까지 이불을 덮고 눈을 감았지만, 문득 전혀 자고 싶지 않다는 것을 깨달았다. 너무 배가 고팠다. 에구구, 나는 생각했다. 뭔가 당장 대책을 찾아야 했고, 나는 찾아냈다.

그러니까 말하자면, 천체 통계 방정식 유형의 두 개의 적분방정식 체계와 같은 것이다. 미지의 두 기능은 적분 처리한다. 적분 처리는 당연히 수치로만, 말하자면 고속 전자계산기로 해야 한다…… 나는 우리 연구소의 고속 전자계산기를 떠올렸다. 작동 패널이 크림색이다. 제냐는 그 패널 위에 신문으로 싼 꾸러미를 놓고 천천히 펼치곤 했다. "너 뭐 하는 거야?" "치즈와 햄 싸 왔어." 폴란드식 반훈제 둥근 햄이다. "어휴 너, 결혼해야 되겠다! 나는 수제 마늘 커틀릿인데. 또 오이 피클도 있어." 아니다, 오이 피클 두 개…… 커틀릿 네 개에는 커다란 오이 피클 네 개가 등가다. 그리고 버터 바른 빵 네 조각이 등가다……

나는 이불을 걷어 젖히고 일어나 앉았다. 어쩌면 차 안에 뭔가 남아 있지 않을까? 아니다. 차에 있던 것은 이미 모두내가 다 먹었다. 레즈네보에 사는 발카 엄마를 위한 요리책이 있을 뿐이다. 이건 어떨까…… 피칸 소스. 식초 반 컵에 양파 두 개…… 그리고 피망. 고기 요리에 곁들이는…… 지금 생각하면 작은 비프스테이크에 곁들인 것 같다. 아, 정말 지질하군, 나는 생각했다, 그저 비프스테이크가 아니라, 자-악-은 비프스테이크라니. 나는 벌떡 일어나 창가로 달려갔다. 밤공기에서 자-악-은 비프스테이크 냄새가 진하게 풍겨 왔다. 깊은 무의식 심연 어디선가 불쑥 소리가 들려왔다. "평범한 식당 음식이 그에게 차려졌다. 시큼한 양배추 수프, 소골 완두콩 스튜, 오이 피클(나는 군침을 삼켰다), 그리고 영원히 질리지 않는 달콤한 파이……" 생각을 다른 데로 돌려야 해, 나는 마음먹고는 창턱에 있던 책을 집어 들었다. 그것은 알렉세이 톨스토이의 소설 『흐린 아침』이었다. 나는 되는대로 책장을 펼쳤다. '열쇠를 부러뜨리고 나서 마흐노*는 호주머니에서 진주색 단도를 꺼내 그것으로 파인애플 깡통을 따고(또 먹는 얘기군, 나는 생각했다), 계속해서 프랑스산 로브스터 페이스트 깡통을 땄는데 그 냄새는 온 방에 순식간에 퍼졌다.' 나는 조심스레 책을 내려놓고 테이블 앞 의자에 앉았다. 갑자기 방 안으로 맛있는 냄새가 강렬하게 풍겨 왔다. 분명히 로브스터 냄새였다. 나는 왜 내가 여태껏 로브스터를 한 번도 먹어 보지 않았는지에 대해서 생각하기 시작했다. 아니, 굴도 마찬가지였다. 디킨스 소설에서는 모두들 굴을 먹고, 접이식 칼을 사용해서 두툼한 빵 조각을 자르고 버터를 바른다…… 나는 신경이 곤두서서 테이블보를 바라보았다. 테이블보에는 지워

* 네스토르 이바노비치 마흐노(1888~1934). 우크라이나의 정강주의 아나키스트이자 우크라이나 혁명반역군을 이끈 군벌 지도자.

지지 않은 얼룩이 있었다. 이 테이블보 위에서 모두들 맛있게 먹었겠지. 로브스터도 먹고 소골 완두콩 스튜도 먹었을 것이다. 피칸 소스에 작은 비프스테이크도 먹었을 것이다. 큰 비프스테이크도, 중간 크기의 비프스테이크도 먹었을 것이다. 배가 불러서 숨을 헐떡이고 만족스럽게 입을 다셨겠지…… 하지만 나는 숨을 헐떡거릴 이유가 전혀 없으니 그저 이를 갈기 시작했다.

너무 허기진 나머지 아마도 너무 크게 이를 갈았던 모양이다. 벽 너머에서 노파가 갑자기 침대에서 벌떡 일어나더니 화가 나서 중얼거리면서 무언가를 덜그럭거리는 소리를 내며 불쑥 내 방으로 들어왔다. 기다란 회색 잠옷을 입은 노파는 손에 접시를 들고 있었고, 방에는 순식간에 가짜가 아닌 진짜 음식 냄새가 퍼졌다. 노파는 미소를 지었다. 그러고는 접시를 바로 내 앞에 내려놓은 후 상냥하게 베이스 목소리로 말했다.

"어서 먹게, 이보게, 알렉산드르 이바노비치. 어서 먹어, 신이 주신 음식을, 나를 통해 보내 주신 것을……"

"왜 이러셨어요, 이러실 필요 없는데, 나이나 키예브나." 나는 중얼거렸다. "이렇게 수고하실 필요 없는데……"

하지만 이미 내 손에는 어디서 났는지 상아 손잡이 포크가 들려 있었고, 나는 먹기 시작했다. 노파는 내 옆에 서서 고개를 끄덕이며 말했다.

"어서 먹게나, 먹고 건강해야지……"

나는 깨끗이 먹어 치웠다. 그것은 버터를 잘 녹여 섞은 뜨거운 감자였다.

"나이나 키예브나." 나는 진지하게 말했다. "배고파 죽을 뻔했는데, 저를 구해 주셨어요."

"다 먹은 거야?" 나이나 키예브나는 왠지 불쾌하게 말했다.

"너무 잘 먹었어요. 정말 너무나 감사드려요! 제가 얼마나 감사한지 아마 상상도 못 하실 거예요……"

"상상 못 할 게 어디 있어." 노파는 이제 완전히 화가 나서 말을 가로챘다. "다 먹은 거냐고? 그럼 접시 이리 내…… 접시 달라고 말하잖아!"

"가…… 감사합니다……" 나는 말했다.

"'감사합니다, 감사합니다'…… 멕여 줬더니 기껏 감사합니다……"

"돈 드릴게요." 슬슬 화가 나기 시작한 내가 말했다.

"'돈 낸다, 돈 낸다'……" 노파는 문으로 걸어갔다. "그럼 돈을 내지 않을 작정이었단 말이야? 거짓말도 꿀떡같이 잘하는군……"

"아니, 거짓말이라니요?"

"거짓말했잖아! 이는 절대 안 갈 거라고 큰소리치더니……" 노파는 중얼거리며 문밖으로 사라졌다.

소파를 둘러싼 난리 법석

'저 할망구 대체 뭐야?' 나는 생각했다. '정말 이상한 할망구야…… 설마 옷걸이에 대해 눈치챈 건 아니겠지?' 나는 노파가 침대에서 몸을 뒤척이며 스프링을 삐걱거리게 하고 투덜거리는 소리를 들었다. 그러고 나서 노파는 어떤 야만스러운 곡조의 노래를 나지막이 불렀다. "날아가, 몰아가, 이바시카 고기를 씹어 먹자……"* 창밖에서 밤 한기가 밀려들었다. 나는 잠시 몸을 웅크렸다가 소파로 가려고 일어났는데, 그 순간 내가 자기 전에 방문을 잠갔다는 사실이 떠올랐다. 어리둥절해서 나는 문으로 다가갔고, 빗장을 확인하려고 팔을 뻗었다. 하지만 내 손가락이 차가운 금속에 닿기가 무섭게 모든 것이 눈앞에서 사라졌다. 나는 베개에 코를 박고 소파에 누워 있었고, 손가락으로 차가운 통나무 벽을 더듬고 있었던 것이다.

한동안 나는 어딘가 가까운 데서 노파가 코를 골고 방에서 대화 소리가 들리고 있다는 것을 깨달을 때까지 넋이 나가서 누워 있었다. 누군가가 속삭이며 교훈적으로 설교하고 있었다.

"코끼리는 현재 지구상에 살고 있는 모든 동물 중에 가장 큰 동물입니다. 코끼리 주둥이에는 코라고 부르는 커다란 고깃덩어리가 매달려 있는데, 그렇게 부르는 이유는 그

---

* 러시아 민담에 등장하는 마귀할멈 바바-야가의 전형적인 노래 구절.

것이 텅 비어 있고 마치 파이프처럼 길게 늘어나기 때문이지요. 코끼리는 그것을 늘이기도 하고 온갖 모양으로 구부러뜨리기도 하면서 손 대신 사용하곤 합니다……"

호기심에 등골이 오싹해지면서 나는 조심스럽게 오른쪽으로 돌아누웠다. 방에는 여전히 아무도 없었다. 목소리는 더 설교 조가 되어 계속 말했다.

"적당히 마시는 포도주는 위에 아주 좋습니다. 하지만 포도주를 너무 많이 마시게 되면, 사리분별 없는 짐승 수준으로 사람을 망가뜨리는 원인이 되고 맙니다. 아마 여러분은 고주망태가 된 사람을 가끔 보셨을 것이고, 그 사람에게 느끼게 되는 지극히 정상적인 혐오감을 기억하실 것입니다……"

나는 벌떡 일어나서 소파 아래로 다리를 내리고 앉았다. 목소리는 잠잠해졌다. 내 생각에는 어디선가 벽 너머에서 말하고 있는 것 같았다. 방 안의 모든 것은 여전히 이전 그대로였고, 옷걸이 역시 놀랍게도 제대로 매달려 있었다. 그리고 더 놀라운 것은 또다시 내가 허기졌다는 것이다.

"팅크 엑스 비트로 안티모니," 갑자기 목소리가 말했다. 나는 소름이 끼쳤다. "마기프테리움 안티모니 안젤리 살라에. 바필리 올레움 비트리 안티모니 알렉시테리움 안티모니알레!" 낄낄거리는 비웃음 소리가 분명하게 들렸다. "이런, 이렇게 횡설수설하다니!" 목소리는 말하고는 계속해

　　　　소파를 둘러싼 난리 법석

서 포효했다. "머지않아 주님의 영안이 더 크게 열리리니, 더 이상 태양은 보지 못하게 될 것이며, 용서와 은혜를 알리는 주님의 자비로움 없이는 주님이 눈을 감고 묵과할 그 어떤 죄도 없을 것이니…… 이것은 『성령, 그리고 영성가영*의 도덕적 사유 「밤 사색」으로부터 발췌』에서의 말씀입니다. 이 책은 상트페테르부르크와 리가의 스베시니코프 종교 서점에서 권당 2루블에 판매되고 있습니다." 누군가가 훌쩍거렸다. "역시 헛소리십니다." 목소리는 말하고는 낭송하듯 발음했다.

명예도, 아름다움도, 부유함도,

이 생의 모든 자랑은,

지나가고 약해지고 사라지리니,

아, 썩어 갈 것들, 행복도 거짓이니!

심장을 잠식하는 전염병들,

명예를 고수하기란 불가능하리……

이제 나는 어디서 이야기하고 있는지 깨달았다. 목소리는 뿌연 거울이 걸린 구석에서 나오고 있었다.

---

* 에드워드 영 (1683~1765). 종교적 명상 시를 창작한 영국 시인으로, 인생 유전, 죽음, 영혼 불멸 등에 대한 명상을 노래한 총 아홉 권의 『밤 사색 The Complaint: or, Night-Thoughts on Life, Death, & Immortality』 (1742~1745)으로 유명하다.

"자 이제," 목소리는 말했다. "다음. '만물은 아我와 일체이니, 즉 아는 세계의 아로다. 아의 빛을 잠식시키는 무지함과의 결합은 해탈의 경지로 가며 사라지게 되리니……'"

"이 말씀은 어디에 있는 거죠?" 나는 질문했다. 그렇지만 대답을 기다리지는 않았다. 잠자면서 꿈꾸는 것이라고 확신했기 때문이다.

"『우파니샤드』의 교훈입니다." 목소리는 준비된 듯이 대답했다.

"『우파니샤드』가 뭔데요?" 이제 나는 정말 내가 자고 있는지 확신이 없어졌다.

"모릅니다." 목소리가 대답했다.

나는 일어나서 까치발을 하고 살금살금 거울로 다가갔다. 내 모습이 비치지 않았다. 뿌연 거울에는 커튼도, 페치카 구석도, 그리고 다른 물건들도 다 비치고 있었다. 그런데 거울 속에 나는 없었다.

"무슨 일이시죠?" 목소리가 물었다. "질문이 더 있으신가요?"

"누구세요?" 나는 거울 뒤쪽을 들여다보며 물었다. 거울 뒤에는 수북한 먼지 속에 말라 죽은 거미들만 있었다. 그래서 나는 집게손가락으로 왼쪽 눈을 눌렀다. 환각을 보았을 때 하는 이 오래된 처방에 대해서는 V. V. 비트네르*의 『믿을 것인가 아니면 믿지 않을 것인가?』라는 재미있는 책에서 읽었다. 손가락으로 동공에 충분한 압력을 가하면, 모든 실제적 사물은, 환영이나 환각과 달리 이중으로 보이게 된다. 거울은 이중으로 보였고, 이윽고 거울 속에 잠에 취하고 놀란 모습의 내가 비쳤다. 다리 사이로 바람이 불었다. 손가락으로 눈을 꽉 누른 채로 나는 창가로 다가가 밖을 내다보았다.

창밖에는 아무도 없었고, 심지어 참나무도 없었다. 나는 눈을 비비고 다시 바라보았다. 분명히 내 눈앞에는 이끼 낀 우물 지붕과 대문과 대문 근처에 세워 둔 내 차가 보였다. 여전히 잠을 자고 있는 거야, 안심하려고 나는 생각했다. 내 시선은 창턱에 놓인 낡은 책에 가닿았다. 방금 전 꿈에 그것은 『고난 속을 걷다』의 3권 『흐린 아침』이었는데, 지금 내 눈앞의 책 표지에는 'P. I. 카르포프. 정신병자들의 창작, 그리고 과학, 예술, 공학 발전에 끼친 그들의 영향'이라고 적혀 있었다. 오한으로 이가 덜덜 떨리면서 책장을 넘기다가 나는 컬러 화보를 보았다. 그러고는 「시 2번」을 읽었다.

높이 뜬 구름 속으로

검은 날개 까마귀

* 빌겔름 빌겔모비치 비트네르(1865~1921). 리투아니아 카우나스 출신의 러시아 출판업자로 과학적 지식을 널리 대중화시킨 장본인이다.

홀로 근심하며

쏜살같이 땅 위로 비상하네.

밤에도 날아가는 까마귀

달빛이 비춰 주고

아무것에도 낙망하지 않고

모든 것을 아래로 내려다보네.

당당하고 공격적인 분노한 까마귀

그림자처럼 날아가면서

눈동자는 대낮처럼 빛나고 있네.

돌연 내 다리 아래 마루가 흔들렸다. 귀청을 찢을 듯한 마찰음이 지속해서 들리더니, 마치 먼 곳에서 울려오는 지진의 굉음처럼 우르렁거리는 소리가 났다. "쿠-웅⋯⋯ 쿠-우-웅⋯⋯ 쿠-우-웅⋯⋯" 그러자 오두막이 파도 위의 배처럼 흔들렸다. 창밖 마당은 한편으로 옮겨졌고, 창 아래에서는 발톱을 땅에 파묻은 거대한 닭다리가 솟구쳐 나왔다.* 바닥은 심하게 기울어졌고, 추락하는 느낌이 들어 나는 무엇인지 부드러운 것을 손에 닿는 대로 움켜쥐었지만 옆구리와 머리를 부딪쳤고 소파에서 떨어져 나동그라지고 말았다. 나는 함께 떨어진 베개에 처박혀 매트 위에 누

* 동슬라브 신화에서 '닭다리오두막'은 바바-야가가 사는 곳으로 알려져 있다.

위 있었다. 방은 아주 환하게 밝아졌다. 창밖에서 누군가가 마음껏 기침을 했다.

"그래, 자……" 잘 다듬어진 남자 목소리가 말했다. "옛날 옛적 이런저런 왕국에 한 왕이 살았는데, 그의 이름은…… 미-야-아-옹…… 음, 뭐 그리 중요한 것은 아니니까. 말하자면, 미-야-아-옹…… 폴루엑트…… 그에게는 왕자 아들이 셋 있었는데. 첫째는…… 미-야-아-옹…… 셋째는 바보였다네, 그런데 이 첫째는……?"

마치 사격하는 군인처럼 나는 몸을 웅크리고서 창가로 다가가 밖을 내다보았다. 참나무는 제자리에 있었다. 참나무를 등지고 고양이 바실리가 깊은 사색에 잠긴 채 뒷발로 서 있었다. 고양이는 입에 연꽃을 물고 있었다. 자기 발아래를 내려다보던 고양이는 길게 소리를 냈다. "미-야-아-옹……" 그러고는 머리를 흔들고 앞발을 등 뒤로 해서 뒷짐을 지더니, 마치 강의하는 두비노-크냐지츠키 박사처럼 등을 구부리고 미끄러지는 듯한 걸음걸이로 참나무 옆으로 향했다.

"좋아……" 고양이는 입술을 다물고 말했다. "그러니까 왕과 왕자들이 살았다 이거야. 왕의 아들 왕자 중에 하나가…… 미-야-아-옹…… 바보였어, 당연히……"

고양이는 화가 난 듯 꽃을 뱉더니 오만상을 찌푸리면서 이마를 문질렀다.

"절망적인 상황이야." 고양이는 말했다. "기억나는 것은 이런 거야! '하-하-하! 뭔가 맛난 음식을 먹을까. 점심으로 는 말고기를, 저녁으로는 우등생을⋯⋯' 어디서 이런 말이 나왔느냐고? 이반은, 다들 잘 아시겠지만, 바보라서 이렇게 대답하는 거야. '어휴, 이 이단 괴물 같으니, 차라리 백주 대낮에 백조를 잡아서 처먹지 그래!' 그다음에는 당연히, 이반은 불화살을 쏴서 용의 대가리 세 개를 처치하고, 심장 세 개를 도려내고는, 그 멍청이가 어머니 집으로 가져간 다는 말이야⋯⋯* 얼마나 대단한 선물이야!" 고양이는 가 소롭다는 듯이 웃더니, 이어 한숨을 쉬었다. "에구, 이 망할 놈의 병이라니, 지긋지긋한 근육경화증⋯⋯" 고양이는 말했다.

다시 한숨을 쉬더니 고양이는 참나무로 되돌아와서 목청 높여 노래를 부르기 시작했다. "꽤-꽥, 내 아이들아! 꽤-꽥, 내 새끼들아! 나는⋯⋯ 미-야-아-옹⋯⋯ 내가 피눈물로 너희를 키웠단다⋯⋯ 아니, 정확히는 사육했단 다⋯⋯" 고양이는 세 번째로 깊은 한숨을 쉬더니 한동안 아무 말 없이 걸어 다녔다. 그러고는 참나무와 나란히 서서, 갑자기 멜로디를 완전히 무시하고 목청을 높였다. "맛

* 러시아 민담의 대표적 주인공 이반 왕자와 바보 이반 이야기는 다양하게 변주되어 존재하는데, 여기서 고양이 바실리는 그 이야기들과 영웅담의 내용을 혼합해서 기억하고 있다.

있는 물건은 먹어도 못 봤네……!"

고양이 발에 난데없이 커다란 구슬리*가 나타났다. 나는 심지어 어디서 고양이가 구슬리를 가져왔는지 알아챌 겨를도 없었다. 고양이는 필사적으로 발로 구슬리를 연주했고, 발톱으로 구슬리 줄을 신경질적으로 잡아 뜯으며 더 크게 목청을 높이면서 마치 음악을 집어삼키려고 애쓰는 것만 같았다.

다스 임 탄발드 핀스터 이스트,

다스 마흐트 다스 홀츠,

다스…… 미야아-옹…… 마인 샤츠…… 아니면 카츠……?

* 러시아의 전통 발현악기. 말굽 모양, 직사각형, 한쪽이 둥근 모자 모양으로 된 것들이 있으며, 러시아의 민속 문화와 깊이 연관되어 있다.

그러고 나서 고양이는 또 한동안 말없이 거닐었고, 아무 말 없이 구슬리 줄을 잡아 뜯었다. 그다음에는 조용히, 머뭇머뭇하며 노래했다.

아, 그기 공원에 내 갔당께,
그랴, 당신들에게 진실을 다 말할랑께.
그저 그런디
양귀비만 파 부렀디.

고양이는 참나무로 돌아와서는 구슬리를 참나무에 기대어 놓고 앞발로 귀를 긁어 댔다.

"노동, 노동, 그리고 노동……" 고양이는 말했다. "오직 노동뿐이야!"

고양이는 다시 앞발로 뒷짐을 지고 중얼거리면서 참나무 왼쪽으로 갔다.

"위대한 왕에 대한 소문이 내게까지 들려왔지. 영예로운 도시 바그다드에 재단사가 살았더랬어, 이름은……" 고양이는 네발로 서서 등을 활처럼 구부리고는 악에 받쳐서 그릉그릉 소리를 냈다. "그 빌어먹을 이름이 나는 정말 혐오스럽다고! 아부…… 알리…… 이븐 어쩌고…… 아, 그래 좋아, 폴루엑트라고 하지. 폴루엑트 이븐…… 미-야-아-옹…… 어쨌든 생각 안 나, 그놈의 재단사에게 무슨 일이 있었는지. 빌어먹을, 개나 줘 버려. 다른 얘기 하지 뭐……"

나는 창턱에 배를 깔고 엎드려 쥐가 날 정도로 꼼짝 않고 바라보았다. 저 불행한 고양이 바실리가 참나무 근처를 오른쪽에서 왼쪽으로 어슬렁거리면서 중얼거리고 기침을 해 대며 악을 쓰고 그르렁거리고 열받아서 등을 구부리고 하는 것을, 한마디로, 표현할 수 없이 괴로워하는 것을 말이다. 고양이의 지식은 실로 엄청나게 방대한 것이었다. 그 어떤 동화든 노래든 반 이상은 알지 못했지만, 그것들은 러시아, 우크라이나, 서슬라브, 독일, 영국, 그리고 내가 알기로는, 심지어 일본, 중국과 아프리카의 동화, 전설, 우화, 발라드, 노래, 로망, 속요와 연애 가요 등을 망라했다. 근육경화증은 고양이를 미치게 만드는 것 같았다. 고양이는 몇 번이나 참나무 기둥에 달려들어 발톱으로 나무껍질을 긁어 댔고, 그르렁대며 욕을 해 댔는데 그때마다 눈은 악마처럼 활활 타올랐고, 장작개비처럼 두터운 털북숭이 꼬리는 하늘로 치솟기도 했다가 경련하듯 구부러지기도 했다가 옆구리 양옆을 채찍질하듯 흔들리기도 했다. 고양이가 끝까지 다 부른 유일한 노래는 〈치지크-피지크〉*였는데, 이 노래와 관련하여 고양이가 말한 유일한 이야기는, 조금씩 생

* 러시아의 풍자 노래. 1835년부터 1918년까지 존속한 상트페테르부르크의 황실법학교의 녹색 교복과 노란 깃털 모자가 검은머리방울새(러시아어로 '치시치즈')와 새끼 사슴(러시아어로 '피지크пыжик')을 연상시켜 학생들은 '치시키-피시키Чижки-пыжки'라는 별명을 얻었으며, 그들에 대한 이 노래가 작곡되었다.

57

략되기는 했지만 마르샤크*가 번역한 〈잭이 지은 집〉**이
었다. 점점 더, 아마도 지겨워서인 듯, 고양이의 말은 점점
더 분명한 고양이 발음이 되어 갔다. "근데 들퍼네 들퍼네
절로 쟁기가 간데, 근데…… 미-야-아…… 근데, 미-야-
아-옹……! 근데 절로 가는 쟁기 두편으로…… 미-야-아-
아-우……!" 결국 고양이는 기진맥진해서 꼬리를 깔고 앉
은 채 한동안 고개를 파묻고 있었다. 이윽고 조용히 구슬프
게 야옹거리더니, 구슬리를 겨드랑이에 끼고 이슬 맺힌 풀
밭을 세 발로 절뚝거리며 천천히 돌아다녔다.

나는 창턱에서 내려오다가 책을 떨어뜨렸다. 마지막으
로 보았을 때 『정신병자들의 창작』이었던 것을 나는 분명
히 기억하고 있었고, 바닥에 떨어진 것도 이 책이라고 확신
했다. 하지만 내가 집어 들어 창가에 놓은 것은 A. 스벤손
과 O. 벤델의 『범죄의 해부』였다. 나는 얼이 빠져 책을 펼
쳤고, 되는대로 몇 단락을 훑어보고 있었는데, 그 순간 참
나무에 무언가 매달려 있다는 것을 깨닫고 깜짝 놀랐다. 두
려워하며 나는 시선을 돌렸다. 참나무 아래쪽 가지에 축축
한 은녹색 상어 꼬리가 매달려 있었다. 새벽바람이 불어오

---

* 사무일 야코블레비치 마르샤크(1887~1964). 러시아의 시인, 극작가, 번역
가이자 소련 아동문학 창시자 가운데 한 사람이다. 소비에트 시기 영어권 작
품을 탁월하게 번역 소개하였다.

** 영국 동요 〈This Is the House That Jack Built〉의 러시아어 번역 제목.

는 대로 꼬리는 이리저리 육중하게 흔들렸다.

급하게 뒷걸음치다가 뭔가 단단한 것에 뒤통수를 부딪
쳤다. 전화벨이 요란스레 울려 댔다. 주위를 둘러보았다.
나는 소파에 비스듬히 누워 있었고, 이불은 미끄러져 바닥
에 떨어져 있었으며, 창밖에는 참나무 이파리에 아침 햇살
이 내리쬐고 있었다.

제3장

악마 또는 마법사와의 평범한 인터뷰는 과학적
명제를 교묘하게 이용하는 것으로 성공적으로 대체
가능하리라는 생각이 들었다.

—H. G. 웰스*

　전화벨이 울렸다. 나는 눈을 비비고 창문을 보았고(참나
무는 제자리에 있었다), 옷걸이를 보았다(옷걸이 역시 제자리에
있었다). 전화벨이 울렸다. 벽 너머 방의 노파는 아무 소리
가 없었다. 그제야 나는 바닥으로 뛰어내려 문을 열었고(빗
장도 걸린 채 그대로 있었다) 복도로 나갔다. 전화벨이 울렸다.
전화기는 커다란 통 위 선반에 놓여 있었다. 하얀 플라스틱
재질의 전화기는 완전히 최신식이었는데, 그런 전화기는
영화에서나 우리 연구소장 집무실에서나 보았을 뿐이다.
나는 수화기를 들었다.

　"여보세요……"

　"누구시죠?" 귀청을 찢을 듯한 여자 목소리가 물었다.

---

* 『H. G. 웰스의 과학 로맨스The Scientific Romances of H. G. Wells』(1933) 서문
에서.

"누구 찾으세요?"

"닭다리오두막 아닌가요?"

"뭐라고요?"

"거기 닭다리오두막이에요, 아니에요? 누가 전화 받는 거죠?"

"네, 오두막 맞아요." 나는 대답했다. "누구 바꿔 드릴까요?"

"아휴, 맙소사." 여자 목소리가 말했다. "전보 받으세요."

"네, 말씀하세요."

"받아 적으세요."

"잠깐만요, 연필이랑 종이 좀 가져올게요."

"아휴, 맙소사." 여자 목소리가 말했다.

나는 메모장과 샤프를 가져왔다.

"말씀하세요."

"전보 번호 206," 여자 목소리가 말했다. "수신자 시민 고리니치 나이나 키예브나……"

"그렇게 빨리 말하시면…… 키예브나…… 그리고?"

"'귀하에…… 통보합니다…… 오늘, 7월 27일…… 자정에…… 당해…… 연례 국가 비행 소집……' 받아 적었어요?"

"적었어요."

"'첫 회합…… 장소는…… 민둥산*에서. 복장은 정장.

기계 교통수단 사용…… 자비로 충당. 서명…… 기관장 하…… 엠…… 비이** '"

"누구요?"

"비이! 하 엠 비이."

"이해가 안 돼요."

"비이! 흐론 모나도비치! 뭐예요, 당신, 기관장도 모른다는 거예요?"

"몰라요." 나는 말했다. "철자대로 말해 주세요."

"정말 돌겠군! 좋아요, 철자대로. 베르볼프의 '비읍', 인큐버스의 모음 '이', 이비쿠스***의 '이'……, 받아 적었어요?"

---

* 동슬라브 신화와 민담에 나오는 민둥산은 마술과 초자연적 힘이 지배하는 장소이다. 민둥산은 니콜라이 바실리예비치 고골의 작품들과 미하일 아파나시예비치 불가코프의 『거장과 마르가리타』(1940)에 등장하며, 모데스트 페트로비치 무소륵스키의 교향시 〈민둥산의 하룻밤〉과 니콜라이 안드레예비치 림스키코르사코프의 동명 발레에서도 형상화되었다.

** 슬라브 전설에서 시선으로 사람을 죽이는 지하 세계의 괴물. 고골의 동명 소설로 널리 알려져 있는데, 고골은 소설 서문에서 비이에 대해 이렇게 설명한다. '비이는 민중이 만들어 낸 뛰어난 공상적 창조물이다. 지중해의 보물을 지킨다는 추악한 작은 귀신 드베르그의 우두머리이며 눈꺼풀이 길게 늘어져서 땅에 닿아 도움 없이는 눈을 뜨지 못하는 괴물을 소러시아(우크라이나)인들은 "비이"라고 부른다.'

*** 말하는 해골로 죽음의 상징이다. 러시아에서는 알렉세이 니콜라예비치 톨스토이의 소설 『죽음의 상징, 말하는 해골 이비쿠스Похождения Невзорова, или Ибикус』(1924)로 널리 알려졌으며, 작중에서 이비쿠스는 처녀 점성술사 르노르망의 카드점에서 등장한다.

소파를 둘러싼 난리 법석

"네, 그런 것 같아요." 내가 대답했다. "비이, 맞나요?"

"누구요?"

"비이!"

"당신 뭐예요, 단세포예요? 대체 알아들을 수가 없으니!"

"블라디미르의 '비읍'! 이반의 모음 '이'! 이반의 '이'!"

"맞아요. 전보 내용 확인해 주세요."

나는 확인해 주었다.

"맞아요. 전송자 오누치키나. 수령자는 누구죠?"

"프리발로프입니다."

"안녕하세요, 프리발로프! 근무한 지 오래되었나요?"

"근무는 개들이 하는 거예요." 욱해서 나는 대답했다. "나는 작업합니다."

"아, 네. 작업하세요. 회합에서 만나요."

통화 단절음이 들렸다. 수화기를 내려놓고 방으로 돌아왔다. 아침은 쌀쌀했고, 나는 서둘러 맨손체조를 하고 옷을 입었다. 일어난 일들은 내게 극도로 흥미로웠다. 전보는 이상하게도 내 의식 속에서, 어떤 이유인지는 명확히 설명할 수 없지만 지난밤 사건들과 연결되었다. 한마디로, 어떤 관념이 이미 내 의식에 들어왔지만, 내 상상력이 발휘되지 않고 있었다.

여기서 내가 목격한 모든 것은 내가 전혀 알지 못하는 것들이었지만, 이와 유사한 상황에 대해 언젠가 어디선가 읽었던 기억이 그제야 떠올랐다. 이런 유사한 상황에 처한 사람들은 항상 비정상적으로 극도로 흥분하곤 한다는 것이 내겐 우습게 여겨졌다. 어쩌면 행운의 기회가 될지도 모를 그 흥미로운 전망을 최대한 활용하는 대신, 대부분의 사람은 겁을 집어먹고 그저 평범한 일상으로 돌아가려고 애를 썼다. 심지어 어떤 주인공은 영적으로든 육체적으로든 불구가 될 것이라고 두려워하면서, 독자들에게 미지의 신비함을 빌미로 우리를 세상과 차단하는 장막에서 멀리 도망가라고 호소했다. 일이 어떻게 전개될지 전혀 예상하지 못하면서도, 나는 이미 기꺼이 열정적으로 뛰어들 준비가 되어 있었다.

바가지나 컵을 찾아 방을 어슬렁거리면서 나는 이런저런 생각을 이어 갔다. 이 소심한 사람들은 어쩌면 아주 완고하고 아주 성실하지만 상상력은 완전히 상실한, 그래서 조심성만 남은 몇몇 과학 실험가들과 똑같을지도 모른다. 평범하지 않은 실험 결과를 얻게 되면, 그들은 뒷걸음질을 치고 실험의 오류라고 황급히 설명하면서 사실상 새로운 결과에서 멀어지고 만다. 권위 있는 이론의 틀 안에서 편안하게 형성된 낡은 관습에 너무 익숙했기 때문이다…… 나는 변신하는 책(그 책은 여전히 창턱에 놓여 있었고, 이제는 알드리지*의 『마지막 추방자』였다)을 실험할 방법도, 말하는 거울과 고함 소리를 실험할 방법도 이미 생각해 두었다. 고양이 바실리에게도 몇 가지 질문이 있었고, 그리고 어쨌든 시간이 가면서 내가 꿈에서 본 것이라고 여겨지기는 했지만 참나무에 사는 루살카**에게도 질문이 있었다. 나는 루살카에게 하등의 반감도 없지만, 어떻게 나무를 기어올라 다닐 수 있는지 상상할 수 없었다…… 설령 비늘이 있다고 하더라도……

바가지는 전화기 아래 통에서 찾아냈지만, 통 안에 물이 없었기 때문에 나는 우물로 향했다. 태양은 이미 높이 떠 있었다. 어디선가 자동차가 부릉거렸고, 경찰 호루라기 소리가 들려왔고, 하늘에는 헬리콥터가 우렁찬 프로펠러 소리를 내며 날아가고 있었다. 나는 우물로 다가갔고, 다행스럽게도 이끼 낀 양철 두레박을 매단 사슬을 찾아내서 우물 뚜껑을 열었다. 두레박은 우물 벽에 부딪치며 어두운 심연을 내려갔다. 첨벙 소리가 났고 사슬이 팽팽해졌다. 도르래

---

* 제임스 알드리지(1918~2015). 오스트레일리아계 영국 작가, 저널리스트, 사회 활동가. 제2차 세계대전 때 중동에서 종군기자로 복무하면서 크레타 전투를 보도했다.

** 슬라브 신화에 두루 등장하는 처녀 물의 정령. 러시아와 체코, 폴란드에서는 루살카, 루마니아에서는 루살리이, 세르비아에서는 빌라, 불가리아에서는 사모빌리 등으로 불린다. 러시아에서는 실연당하거나 버림받는 억울한 일을 당한 처녀가 물에 투신해 죽으면 루살카가 되어 남성을 유혹해서 물에 빠뜨려 복수한다고 믿고 있다. 이후 루살카의 이미지는 한스 크리스티안 안데르센의 『인어 공주』(1837), 프리드리히 데 라 모테 푸케의 『운디네』(1811)의 이미지와 결합되어 두려움과 동시에 동정과 연민의 복합적인 형상으로 변화한다.

를 감으면서 내 차 '모스크비치'를 바라보았다. 자동차에
는 먼지가 수북했고, 운전석 유리는 주행 중에 달려들어 산
산조각 난 하루살이 사체가 말라붙어 지저분할 대로 지저
분했다. 냉각수도 더 채워야 하는데, 하고 나는 생각했다.
그리고 또……

두레박은 이상하게 몹시도 무거웠다. 내가 두레박을 귀
틀에 올려놓자마자, 물에서 온통 이끼투성이인 커다란 꼬
치고기의 녹색 머리가 불쑥 튀어나왔다. 나는 화들짝 놀라
펄쩍 뛰어 뒤로 물러섰다.

"또 시장에 끌고 가려는 겨?" 억센 사투리로 꼬치고기가
말했다. 나는 너무 놀라서 아무 말도 할 수가 없었다. "나

좀 지발 그냥 냅 둬, 이 욕심쟁이야! 대체 월매나 더 해야 하는 겨……? 겨우겨우 진정하고 쉬겠다고 자리 잡고 간신히 이자 잠들만 하는디 또 끄집어내는구먼! 이자 나도 젊지가 않당께, 나이도 이자 할망구보다 더 먹었구만…… 아가미도 이자 성치가 않다구……"

꼬치고기가 말하는 것을 보고 있는 것은 정말 이상했다. 마치 인형극장의 꼬치고기처럼, 발음과 입 모양이 이상하게 어긋나면서 날카로운 이빨이 빼곡한 주둥이가 크게 벌어졌다 닫혔다 하면서 말했다. 경련이 일어나는 듯 턱을 오므리며 꼬치고기는 마지막 단어를 발음했다.

"글고 공기는 내게 해롭다고 허지 않았어." 꼬치고기는 계속 말했다. "내가 질식해서 뒈지기라도 하면 워쩔 건디? 이 욕심쟁이 할망구야…… 죄다 쟁겨 놓기만 하고, 대체 뭘 위해 쟁겨 놓는 건지 알고는 있는 겨……? 표트르 마지막 개혁 때 싹 다 홀랑 불타 버리고는, 안 그려? 그리고 또! 예카테리나 때는 워떻고? 뒤주를 밀봉당하지 않았당가! 맞어, 케렌스키 지폐는 또, 워찌 됐당가! 케렌스키 지폐로 싹 다 아궁이 불쏘시개 하지 않았는 겨……*"

---

* 여기서 꼬치고기는 근현대 러시아 역사에서 단행된 일련의 화폐개혁을 언급하고 있다. 1700년부터 시작된 표트르 대제(1세, 1672~1725)의 화폐개혁은 코페이카에서 루블까지 러시아 제국의 화폐 체계를 근본적으로 변화시키며 그 토대를 만들었다. 표트르 대제 시기 최초로 은루블 동전이 제작되었고, 5코페이카 '퍄타키', 10코페이카 '그리베니키', 50코페이카 '폴티니키' 등이 통

"저…… 저기요……" 나는 겨우 정신을 차리고 말했다.

"워매, 이건 누구여?" 꼬치고기는 놀라서 말했다.

"저…… 저는 여기 우연히…… 그저 잠깐 세수 좀 하려고 했어요."

"세수한다고! 워매, 나는 또 할망구인 줄 알았구만…… 내가 잘 보지를 못햐, 늙어 가지고 말이여. 그라고 뭍에서 굴절률은 또 물에서랑은 사뭇 다르다고 하잖여. 뭍에서 쓰는 안경을 샀는디 잃어버려 가지고 말이여, 찾을 수가 있어야제…… 그란디 자네는 워떻게 되는가?"

"여행객이에요." 나는 짧게 대답했다.

"워매, 여행객…… 근디 나는 또 할망구인 줄 알았지 뭐여. 할망구가 그간 내게 보통 했어야제! 나를 붙잡아설랑은 그라고는 또 시장으로 끌고 가제, 그라고 거기서 또 팔아 버린당께. 생선국 끓이라 이거제. 그라믄 내가 워째야 하는가? 당연히 나를 산 인간에게 말하는 거제. 나를 놓아 줘 아그들에게 보내 달라고. 당연히 내게 뭔 아그들이 있겠어. 살아 있어도 이미 할배들이제. 그랴도 말해야 허제. 나

용되었다. 예카테리나 여제(2세, 1729~1796) 시기에는 무겁고 부피가 큰 동전 대신 25, 50, 75, 100루블 지폐가 처음으로 유통되었다. 1917년 2월 혁명으로 수립된 임시정부의 수장 알렉산드르 표도로비치 케렌스키(1881~1970)의 이름을 따서 붙여진 케렌스키 화폐는 '케렌키'라고도 불렸는데, 백지 시트에 수채화 물감으로 40장의 지폐가 인쇄되었으며, 초인플레이션으로 인해 자르지도 않은 채 시트째 통용되기도 했다.

를 놓아주면 소원 들어주제. 그저 이렇게 말만 하면 된당께. '꼬치고기 가라사대, 내가 원하는 대로······' 그라믄 다 놓아준당께. 워떤 놈들은 무서워서, 워떤 놈들은 착혀서, 워떤 놈들은 욕심이 사나워서······ 그렇게 다시 강에서 헤엄치게 되는 거제, 차갑고, 류머티즘이 돋는 겨······ 그라믄 다시 우물로 돌아오제. 돌아오기가 무섭게 저놈의 할망구가 또 두레박을 가지고 와서는······" 꼬치고기는 물속으로 들어가더니 물을 꼴깍꼴깍 마시고서 다시 머리를 내밀었다. "그려, 뭔 소원을 빌랑가, 병사? 그저 좀 간단한 거면 좋겠구먼. 웬 놈은 텔레비전인가 뭔가 달라지 않나, 웬 놈은 또 트랜지스터라나 뭐라나······ 일전에 한 놈은 완전히 돌았당께. 제발 뭐라나, 산림 수렵 1년 치 계획을 내놔 달라나 뭐라나······ 이저 나는 세월이 예전 걷지가 않어······ 나무 톱질할 때가 아니란 말여······"

"네······" 나는 말했다. "그래도 어쨌든 텔레비전을, 그러니까 해 주실 수 있다는 건가요?"

"당치도 않제." 꼬치고기는 솔직하게 인정했다. "텔레비전은 못 혀. 그리고 그 뭐시기····· 레코드플레이어 전축인지 뭔지도 못 혀. 나는 그딴 거는 안 믿으니께. 자네는 뭐 좀 간단헌 거 말혀 봐. 장화 같은 거 말여, 천 리를 가는 장화나 아니믄 투명인간 모자나 그런 거 말여······ 응?"

오늘만은 차 '모스크비치'의 윤활유 주입을 회피하고 싶었던 내 바람은 사라졌다.

"네, 걱정 마세요." 나는 말했다. "저는 아무것도, 정말 필요 없어요. 이제 놓아드릴게요."

"그려, 잘됐구먼." 태평하게 꼬치고기는 말했다. "요런 사람들이 좋당께. 일전에도 그렸어. 웬 치가 시장에서 나를 샀는디, 내가 차르의 딸을 주겠다고 약속혔지 뭐여. 풀려나서 강을 헤엄치는디, 워메, 창피스럽더랑께…… 눈깔을 워데 두어야 헐지 모르겠더라구. 근디 눈이 침침혀서 또 그물에 들어갔지 뭐여. 나를 또 잡아당기제. 그러니 워쩌. 또 거짓부렁 허야겄네 생각했제. 그런디 웬걸? 그치가 워쨌는지 아는감? 나를 잡아설랑은 주둥이를 벌리지도 못허게 입을 열십자로 틀어쥐는 거여. 워메, 이제는 증말 끝장이구먼, 끓여 버리고 말겠구먼 생각했제. 근디 뭐여, 그것이 아니었어. 그치가 내 지느러미에 뭔가를 엄청 시게 박아 넣더니 그라고는 나를 다시 강으로 던져 버리는 게 아니었어. 워메!" 꼬치고기는 두레박 밖으로 몸을 기울여서 금속 클립이 압착된 지느러미를 내밀었다. 금속 클립에서 나는 이런 글자를 읽었다. '이 어종은 솔로프강에서 1854년 방류됨. 제공 E. I. V. 과학아카데미, 상트페테르부르크.'

"할망구헌티는 말허지 말어." 꼬치고기는 신신당부했다. "이 금속 클립도 채 갈 거구먼. 월매나 탐욕스러운지 몰러. 월매나 수전노인지 모른다구."

'뭐든 꼬치고기에게 부탁해 볼까?' 왠지 들떠서 나는 생각했다.

"어떻게 기적을 행하는 거예요?"

"뭔 기적을 말하는 거여?"

"뭐…… 소원을 성취해 주는 거요……"

"아…… 그거 말이여? 워찌헌담…… 기냥 소싯적에 배운 대로, 기냥 그렇게 하는 것이여. 나도 몰러, 내가 워떻게 알게 된 것인지…… 황금물고기는 더 잘혔는디…… 다들 죽어 부렀당께. 운명이란 것은 피할 수 없는 것이제."

내가 보기에 꼬치고기는 한숨을 쉬는 것 같았다.

"늙어서 죽은 거예요?" 나는 물었다.

"늙어 죽긴 뭐가 늙어 죽어! 젊었제, 엄청 건강했제…… 해저 어뢰에 부딪쳤당께…… 배때기를 위로 하고 죽어 부렀제, 글고 그 옆을 지나던 뭔 잠수험인가 뭔가도 가라앉아 부렀제. 황금물고기라 구해 줄 수도 있었을 텐디, 물어 보지도 않고 보자마자 어뢰가 냅다…… 그럴 수도 있드라구……" 꼬치고기는 말을 멈추었다. "그려, 나를 풀어 줄 거여 아니여? 답답한 거 본께 천둥이 쳤구먼……"

"아, 네. 물론이죠." 나는 화들짝 정신을 차리고 말했다. "어떻게 해요, 그냥 던져요, 아니면 두레박으로……?"

"기냥 던져 부러, 병사, 던지랑께."

나는 조심스럽게 두레박 안에 손을 넣어 꼬치고기를 끄

집어냈다. 꼬치고기는 족히 8킬로그램은 더 나갈 것 같았다. 꼬치고기는 중얼거렸다. "그려, 혹시 뭐, 저절로 식탁을 차리는 식탁보나, 아니면 그니께, 하늘을 나는 양탄자나, 그런 게 필요하면 와, 난 여기 있을 테니께…… 내가 신세는 잊지 않으니께……"

"안녕히 가세요." 나는 말하고 손을 펼쳤다. 요란스럽게 첨벙 소리가 났다.

한동안 나는 온통 이끼투성이가 된 내 손바닥을 들여다보며 서 있었다. 정말 이상한 기분이었다. 가끔씩, 마치 바람이 불어오듯이 정신이 들었고, 나는 방 안 소파에 앉아 있는 것이라는 생각이 들었다. 하지만 머리를 흔들면 나는 다시 우물 옆에 서 있었다. 그러다가 그 증상은 사라졌다. 나는 시리도록 차가운 물로 세수를 하고는, 차 냉각수를 채우고 나서 면도도 했다. 노파는 여전히 나타나지 않았다. 뭔가 먹고 싶기도 했고, 벌써 나를 기다리고 있을지도 모를 동료들을 만나러 시내의 중앙우체국에도 가야 했다. 나는 차 문을 잠그고 대문을 나섰다.

회색 항공 재킷 주머니에 손을 찔러 넣고 나는 발길 닿는 대로 서두르지 않고 천천히 루코모리예 거리를 따라 걸었다. 내가 제일 아끼는 청바지 뒷주머니에서는 '지퍼'를 달았는데도 노파가 거슬러 준 동전이 짤그락거렸다. 나는 곰곰이 생각했다. '지식' 협회의 빈약한 브로슈어는 내게 동물은 말할 수 없다고 가르쳤다. 어릴 적에 읽었던 동화들은 그 반대라고 주장했다. 물론 나는 브로슈어에 동의했다. 단한 번도 말하는 동물을 본 적이 없었기 때문이다. 심지어 앵무새도 그랬다. 나는 마치 호랑이처럼 으르렁거릴 줄 아는 어떤 앵무새를 알았지만, 그 앵무새 역시 사람처럼 말할 줄은 몰랐다. 그런데 여기에서는 지금, 꼬치고기, 고양이 바실리, 심지어는 거울까지도 말을 한다. 한마디로 영혼이 없는 물질들이 시시때때로 말을 하고 있는 것이다. 그리고 이런 상상은 한 번도, 심지어 우리 조상 시대에조차 해 보지 않은 것이다. 우리 조상들의 시각에서 보자면, 어쩌면 말하는 고양이는, 쉰 목소리로 말하고 울부짖고 연주를 하고 다양한 언어로 이야기하는 왁스 칠을 한 나무 상자보다는 덜 환상적일지도 모른다. 고양이는 그럭저럭 이해할 수도 있다. 하지만 말하는 꼬치고기는 어떻게 설명할 것인가? 꼬치고기는 폐가 없다. 그것은 확실하다. 물론 꼬치고기에게 부레가 있기는 하다. 그리고 내가 알기론, 어류학자들도 부레의 기능을 아직까지도 확실하게 밝혀내지 못하고 있다. 내가 아는 어류학자 젠카 스코로마호프는 심지어 부레의 기능에 대해서는 밝혀진 것이 전혀 없다고 주장한다. 그래서 내가 '지식' 협회의 브로슈어를 근거로 부레에 대해 입증하고자 했을 때, 젠카는 으르렁거리며 거품을 물었다. 마치 자기가 본래 가지고 있는 인간 언어의 능력을 완전히 상실한 것처럼 굴었다…… 나는 동물들의 능력에 대해 우리가 알고 있는 것은 여전히 아주 적다는 생각이 들었다. 물고기와 해양 동물들이 해저에서 신호를 주고받는다는 사실도 얼마 전에야 비로소 밝혀졌다. 돌고래에 대해서 매우 흥미로운 글이 있다. 또 원숭이 라파일도 있다. 그 녀석은 나도 직접 보았다. 원숭이 라파일은 물론 말하지는 못했지만, 그 대신 반사 능력이 연마되었다. 초록 등은 바나나, 붉은 등은 전기 충격이다. 모든 것은 순조롭게 진행되었다. 초록 등과 붉은 등이 동시에 켜지기 전까지는. 그때 라파일은 마치 젠카처럼 행동했다. 몹시도 화를 냈다. 실험자가 앉아 있는 창 쪽으로 달려가 꺅꺅 소리를 지르고 울부짖으며 덤벼들었다. 그리고 또 이런 농담도 있다. 한 원숭이가 다른 원숭이에게 물었다. "너 조건반사가 무엇인지 알아? 그건 말이야, 종이 울리면 흰 가운을 입은 가짜 원숭이들이 바나나와 사탕을 들고 우리에게 달려온다는 뜻이야." 물론, 이 모든 것은 아주 복잡한 문제다. 전문용어가 개발되어 있지 않다. 이런 조건에서 동물의 잠재 능력이나 심리에 대한 문제를 해결하려 들자면 자신이 한없이 무능하다고 느낄 수밖에 없다. 하지만 이와는 다르게, 미지의 함수로 천체 통계를 적분하는 적분방정식 체계를 대할 때면 기분이 한결 낫다. 그러니까 중요한 것은 생각하는 것이다. 파스칼이 말한 그대로다. '잘 사유하는 법을 배우는 것, 그것이야말로

도덕의 기본 원칙이다.'

나는 평화대로로 걸어 나왔고, 이윽고 기이한 광경에 사로잡혀 걸음을 멈추었다. 양손에 유치한 깃발을 든 사람이 다리 위를 걸어가고 있었고, 그의 뒤를 따라 열 걸음쯤 떨어져서 엄청난 연기를 뿜어내는 커다란 실린더 형태의 탱크를 싣고 거대한 흰 'MAZ'*가 굉음을 내며 천천히 굴러오고 있었다. 탱크에는 '화기 조심'이라고 쓰여 있었는데, 왼쪽 오른쪽 양옆으로는 빨간 소방차들이 호위하듯 탱크를 조금 앞질러 소화기를 높이 들고 역시 천천히 달리고 있었다. 시시때때로 부르릉거리는 엔진 소리 사이로 기분 나쁘게 심장을 얼어붙게 만드는 다른 어떤 소리가 파고들었고, 그 소리와 함께 탱크 해치에서는 노란 불꽃을 내뿜는 화염이 솟구쳐 나왔다. 소방 헬멧을 쓰고 있는 소방관들의 표정은 용감하고 엄숙해 보였다. 퍼레이드 주위로 구름 떼처럼 몰려든 사람들 앞에 아이들이 신나게 뛰어다니며 큰 소리로 쩌렁쩌렁 노래를 불렀다. "피리리, 피리리, 용을 끌고 왔네!" 지나가던 어른들은 두려운 듯 울타리 쪽으로 빠짝 붙어 움츠려 있었다. 그들의 얼굴에는 행여나 얼룩이 옷에 튈까 조심하는 표정이 역력했다.

* 민스크에 본사를 둔 벨라루스 최대의 국영기업 '민스크자동차공장'에서 생산한 자동차. MAZ는 민스크자동차공장의 러시아어 약자를 로마자로 전사한 것이다.

"일가를 끌고 왔구먼." 불쑥 내 귓전에 대고 익숙한 허스키 베이스 목소리가 말했다.

나는 돌아보았다. 내 뒤에는 온통 찌푸린 얼굴의 나이나 키예브나가 파란색 설탕 봉지로 가득한 망태기를 들고 서 있었다.

"끌고 왔어." 나이나 키예브나는 다시 말했다. "매주 금요일마다 끌고 오지……"

"어디로 가는 거예요?" 내가 물었다.

"사격장으로 가는 거라네, 이보게, 뭐든 다 실험해 대니까…… 그것 말고 할 일도 없다고."

"누구를 데려온 거예요, 나이나 키예브나?"

"그게 뭔 말이야, 누구라니? 자네 눈으로 직접 보면서 그래……?"

노파는 몸을 홱 돌리더니 저쪽으로 가 버렸고, 나는 황급히 뒤쫓아 갔다.

"나이나 키예브나, 할머니 앞으로 아까 전보가 왔어요."

"누가 보냈는데?"

"하 엠 비이라네요."

"뭣 땜에 보냈대?"

"오늘 무슨 회합이 있다던데요." 나는 노파를 유심히 바라보며 말했다. "민둥산에서요. 복장은 정장을 하래요."

노파는 유별나게 기뻐했다.

소파를 둘러싼 난리 법석

아이들이 큰 소리로 쩌렁쩌렁 노래를 불렀다.

"정말이야?" 노파가 말했다. "에구, 거참 잘됐네……! 전보는 어디에 있어?"

"복도 전화기에 두었어요."

"회비에 대해서는 아무 말 없었어?" 노파는 목소리를 낮추고서 물었다.

"무슨 뜻이에요?"

"뭐, 그러니까, 있잖아, 빚을 갚아야 하거든, 일천칠백……" 그러고 나서 갑자기 노파는 입을 다물었다.

"아니요. 그런 말은 전혀 없었어요."

"그래, 아주 잘됐네. 교통편은 어떻게 된대? 차를 보내준대 어쩐대?"

"망태기 이리 주세요, 제가 들어 드릴게요." 내가 말했다.

노파는 손사래를 쳤다.

"이게 왜 자네에게 필요해?" 노파는 의심스럽다는 듯 따졌다. "자네 이거는 내버려 둬, 싫다고…… 망태기를 이 녀석에게 왜 준담……! 젊은 놈이, 그래 뻔해, 어려서부터……"

이 노파 정말 싫다, 나는 생각했다.

"그러니까 교통편은 어떻게 된다는 거야?" 노파가 다시 물었다.

"각자 부담이래요." 나는 화가 나서 말했다.

"에휴, 망할 노랭이들!" 노파는 신음 소리를 내며 끙끙거렸다. "빗자루는 박물관으로 뺏어 가고, 절구는 고쳐 주지도 않고 회비는 5루블씩 어음 지폐로 갈취해 가고, 그런데 민둥산에 자비로 오라니! 교통비가 얼만데, 이보게, 택시가 얼마나 비싼 줄 알아……"

인상을 찌푸리고 기침을 해 대며 노파는 내게서 돌아서서 멀리 가 버렸다. 나는 손을 비비고는 역시 내 갈 길로 갔다. 내 예측은 맞았다. 놀라운 사건의 연쇄는 이후로도 이어졌다. 그리고 이 일들은, 인정하기 창피스럽기는 하지만, 반사 포물선 모델링 작업보다 훨씬 더 흥미롭게 여겨졌다.

평화대로에는 이미 인파가 사라지고 텅 비어 있었다. 교차로에는 아이들 무리가 자치기 같은 것을 하며 놀고 있었다. 나를 보더니 아이들은 막대기를 내던지고 가까이 다가왔다. 뭔가 불길한 예감에 나는 서둘러 아이들을 지나쳐 도심 쪽으로 향했다. 내 등 뒤에서 신이 나서 합심해 외치는 흥분한 소리가 들려왔다. "스틸랴가!"* 나는 발걸음을 재촉했다. "스틸랴가!" 여러 목소리가 한꺼번에 외쳐 댔다. 나는 거의 도망치듯 걸었다. 아이들은 내 뒤에서 울부짖듯 외쳐 댔다. "스틸랴-아가! 삐삐 마-알라-빠-아진! 아

---

* 1950~1960년대 러시아에서 서구 문화를 모방한 복장을 하고 서구 대중 예술에 심취했던 젊은이들을 일컫는 말.

빠의 '승리'……!" 지나가는 사람들이 나를 불쌍하다는 듯이 쳐다보았다. 그런 상황에서는 어디로든 빨리 몸을 숨기는 게 상책이다. 나는 바로 보이는 상점 안으로 몸을 숨겼다. 식료품점인 그곳 매대를 돌아다니며 설탕은 있지만 소시지와 당과 종류는 그리 많지 않고, 대신 소위 어류 매대는 상상을 초월할 만큼 종류가 엄청나게 다양한 것을 확인했다. 게다가 거기 어류 품종은 연어며 송어며 모두 품질이 끝내줬다……! 탄산수 한 병을 다 들이켜고 거리를 내다보았다. 아이들은 없었다. 그제야 나는 상점에서 나와 더 걸어갔다. 상점들과 임시 시설물, 통나무 오두막들은 곧 끝나고, 이어서 마당이 개방된 현대적인 2층 건물들이 나타났다. 마당에서는 어린아이들이 기어 다니고 있었고, 노년의 여인들은 뭔가 따뜻한 것을 뜨개질하고 있었으며, 노년의 남성들은 도미노 놀이를 하고 있었다.

도시 중앙에는 2층, 3층 건물로 둘러싸인 꽤 넓은 광장이 있었다. 광장은 아스팔트로 덮여 있었지만, 한가운데에는 푸르러 가는 작은 공원이 있었다. 푸른 나뭇잎 위로는 '명예의 전당'이라고 적힌 커다란 붉은 게시판이 있었고, 도표와 다이어그램이 있는 약간 작은 게시판도 몇 개 있었다. 중앙우체국은 바로 그곳 광장에 있었다. 우리는 도시에 먼저 도착한 사람이 자신이 있는 곳을 명기한 수신자 확인 메모를 남겨 두기로 약속했다. 메모가 없었기에, 나는 내가 머물고 있는 주소와 닭다리오두막으로 오는 길을 알려 둔 메모를 남겼다. 그러고 나서 나는 아침을 먹기로 했다.

광장을 빙 돌아가면서 내가 발견한 것들은 이랬다. 영화 〈코자라〉*가 상영 중인 영화관, 정산을 위해 문을 닫은 서점, 먼지를 뒤집어쓴 채 주차되어 있는 'GAZ' 몇 대가 늘어선 소비에트 인민대표회의 건물, 늘 그렇듯 빈방은 하나도 없는 호텔 '차가운 대양', 탄산수와 아이스크림을 파는 간이매점 두 곳, 2호 상점(잡화점)과 18호 상점(가정용품점), 정오에 문을 여는 11호 식당, 아무 알림 없이 문이 닫혀 있는 3호 간이식당. 그러고 나서 시 경찰서를 발견했고, 경찰서의 열린 문 앞에서 경사 직위의 아주 젊은 경찰에게 주유소는 어디 있으며 레즈네보까지 가는 길은 어떻게 되는지 설명을 들었다. "차는 어디에 두신 겁니까?" 광장을 둘러보며 경찰이 물었다. "아는 사람 집에요." 나는 대답했다. "아, 아는 사람 집……" 경찰은 의미심장하게 말했다. 그는 나를 각별히 기억해 두려는 듯 메모를 했다. 나는 소심하게 인사했다.

'염장생선가공공급수요협회 중앙위원회'의 3층짜리 거대한 건물 옆에서 드디어 나는 자그맣지만 깔끔한 16/27

---

* 1942년 코자라 전투에서 활약한 파르티잔을 다룬 1962년 유고슬라비아 영화. 코자라 전투는 제2차 세계대전 중 추축국 나치 독일, 크로아티아 독립국, 헝가리 왕국에 맞서 일어난 유고슬라비아 파르티잔 저항운동이다.

호 찻집을 발견했다. 찻집은 좋았다. 사람도 별로 많지 않았고, 정말로 차를 마시며 일상적이고 이해할 수 있는 이야기들을 나누고 있었다. 코로베츠 근교에 장대비가 쏟아지더니 다리가 끊어져 결국 지금은 걸어서 갈 수밖에 없다는 둥, 15킬로미터 이내의 교통경찰 초소가 철거된 지 벌써 일주일째라는 둥, '불꽃은 짐승, 코끼리를 죽일 테고, 엿이나 먹어라……' 같은 구절을 읊기도 했다. 휘발유 냄새와 튀긴 생선 냄새가 진동을 했다. 대화를 나누고 있지 않던 사람들은 내 청바지를 유심히 쳐다보았는데, 나는 바지 엉덩이에 직업을 암시하는 얼룩이 묻어 있는 것이 정말 다행스러웠다. 그저께 나는 멍청하게 고체 기름 호스를 깔고 앉았던 것이다.

나는 접시 한가득 튀긴 생선을 담고, 차 석 잔, 훈연어 등살을 얹은 오픈샌드위치 세 개를 쟁반에 올려놓고, 노파가 거스름돈으로 준 동전 무더기로 계산을 했다. ("교회 앞에서 구걸을 했나……" 점원이 중얼거렸다.) 그러고는 후미진 구석 테이블에 자리를 잡고서 허스키한 목소리로 대화를 나누며 줄담배를 피우는 사람들을 흡족하게 바라보면서 음식을 먹었다. 햇볕에 검게 그을린 자주적이고 생활력 있는, 온갖 풍파를 겪은 듯한 그 사람들이 왕성한 식욕을 자랑하며 먹어 대고 무척 맛깔나게 담배를 피우고 신명 나서 대화를 하는 모습을 바라보고 있으려니 흐뭇했다. 햇빛과 엔진

소파를 둘러싼 난리 법석

에 달구어지고 먼지로 답답한 운전석에서 오래도록 털털 대고 달려야 할 지루한 여정을 앞두고 그들은 마지막 한 순간까지 휴식 시간을 만끽했다. 만일 내가 프로그래머가 아니었다면, 나는 틀림없이 운전기사가 되었을 것이다. 꾀죄죄한 경차나 몰고 다니는 것이 아니라 대형 버스를, 아니면 운전석에 올라타려면 발판을 내려야 하고 바퀴를 갈려면 소형 기중기를 사용해야 하는 그런 덤프트럭을 운전하고 다녔을지도 모른다.

내 뒤 테이블에는 젊은이 둘이 앉아 있었는데, 운전사로는 보이지 않았기 때문에 처음에 나는 그들에게 별 관심을 두지 않았다. 그리고 그들 역시 내게 별 관심을 보이지 않았다. 하지만 내가 두 번째 찻잔을 비울 즈음, '소파'라는 말이 들려왔다. 이어 그들 중 한 명이 말했다. "……그렇다면 이해할 수 없어, 대체 왜 그 닭다리오두막이 존재해야 하는 거야……" 그때부터 나는 귀를 기울여 듣게 되었다. 아쉽게도 그들은 작은 소리로 대화했고, 게다가 나는 그들을 등지고 앉아 있었기 때문에 더 안 들렸다. 하지만 왠지 내게 익숙한 목소리들이었다. "……그 어떤 명제도 없어……그저 소파만……" "……그 털보에게……?" "……소파……16단계……" "……변환 절차는 14단계야……" "……변환기를 더 간단히 설계해야……" "……낄낄대지 않을 사람이 어디 있겠어……!" "……면도기를 사 줘야겠어……"

"……소파 없이는 안 돼……" 그들 중 한 명이 갑자기 기침을 해 댔고, 그 소리가 너무나 익숙해서 나는 순식간에 어젯밤 일이 떠올라 뒤를 돌아보았다. 그러나 그들은 이미 출구로 나가고 있었다. 둘 다 어깨가 딱 바라지고 스포츠머리를 한 건장한 청년들이었다. 한동안 나는 창밖으로 그들을 바라보았고, 그들은 광장을 가로질러 작은 공원을 돌아서 다이어그램 뒤로 사라졌다. 나는 차를 다 마시고 오픈샌드위치를 다 먹고는 찻집을 나섰다. 그들을 놀라게 하는 것은, 보다시피, 소파였다, 라는 생각이 들었다. 루살카는 그들을 놀라게 하지 않았다. 말하는 고양이에게도 그들은 전혀 흥미가 없다. 그런데 그들은 소파 없이는, 보다시피, 안 된다는 것이다…… 나는 그곳에 있던 소파가 어떤 것이었는지 기억해 내려 했지만, 특별한 그 무엇도 떠오르지 않았다. 그저 그런 소파였다. 괜찮은 소파였다. 편했다. 그저 거기서 자면 꿈으로 이상한 현실이 나타난다는 것뿐이다.

이제는 집으로 돌아가서 소파를 둘러싼 그 모든 일들을 신중하게 해 보는 것이 좋을 것 같다. 변신하는 책도 실험해 보고, 말하는 고양이 바실리와도 솔직하게 대화해 보고, 닭다리오두막에 뭔가 더 흥미로운 것이 없는지 살펴보는 거다. 하지만 집에서는 내 차 '모스크비치'가 나를 기다리고 있었고, **일관**도 **기정**도 해야 할 필요가 있었다. **일관**이야 그저 '일상적 관리'로, 깔개를 털고 압력 호스로 차체를 세척하는 것인데 어쩔 수 없을 때는 정원용 물뿌리개나 양동이로 물을 뿌려서 닦아 내는 것으로 대체할 수도 있으니 좀 미뤄도 상관은 없다. 하지만 이 **기정**은…… 청결함을 유지하는 사람에게 이렇게 더운 날 **기정**은 생각만 해도 끔찍하다. 왜냐하면 **기정**은 다름 아닌 '기술정비'를 말하는 것이며, 기술정비를 한다는 것은 내가 자동차 밑에 누워 유압기를 손에 들고 유압기 내용물을 끊임없이 유압 캡 안으로만 주입해야 할 뿐만 아니라, 내 얼굴로도 쏟아져 내리는 것을 감당해야 함을 의미했다. 자동차 밑은 무덥고 답답할뿐더러, 차 밑바닥은 온통 오염물과 진흙이 말라붙어 두터운 더께로 뒤덮여 있다…… 한마디로, 나는 정말 집으로 가고 싶지 않았다.

제4장

누가 이 악마적 장난을 허락했는가? 그를 붙잡아
가면을 벗겨서, 아침녘에 성벽에 목 매달릴 자가
누군지 우리 모두가 알게 하리라!

—에드거 앨런 포*

나는 그저께 일자 《프라브다》 신문을 샀고, 탄산수를 들
이켠 다음 '명예의 전당' 게시판 그늘 아래 작은 공원 벤치
에 앉았다. 11시였다. 나는 신문을 주의 깊게 살펴보았다.
그러는 데 7분이 걸렸다. 그리고 수중 재배에 대한 기사를
읽고, 칸스크의 걸인들에 대한 칼럼, 또 화학 공장 노동자
들이 편집진에게 보낸 기나긴 편지도 읽었다. 그러는 데 다
해 봐야 22분 걸렸다. 영화관이나 가 볼까, 하고 생각했다.
하지만 〈코자라〉는 이미 봤던 영화다. 한 번은 영화관에서,
다른 한 번은 텔레비전으로 방영되는 것을 보았다. 그래서
나는 물이나 마시자 하고 생각했고, 신문을 접고 일어섰다.
노파가 준 그 많던 동전 중에서 이제는 5코페이카짜리 딱

* 단편소설 「적사병 가면」(1842)에서.

하나만 남았다. 다 퍼마셔 버릴 거야, 나는 생각했고, 시럽을 넣은 물을 마시고, 거스름돈 1코페이카를 받아 옆 매점에서 성냥 한 갑을 샀다. 시내 중심가에서 내가 할 수 있는 일은 정말 아무것도 없었다. 그래서 나는 그저 발길 닿는 대로 걷기 시작했다. 2호 상점과 11호 식당 사이로 나 있는 넓지 않은 거리를 걸었다.

거리에 다니는 사람은 거의 없었다. 요란스럽게 덜커덩거리며 트레일러를 끌고 가는 먼지투성이 커다란 트럭이 나를 앞질렀다. 창밖으로 팔꿈치와 머리를 내민 운전기사는 자갈이 깔린 포장도로를 지친 듯이 바라보고 있었다. 내리막길은 오른쪽으로 급경사를 이루고 있었는데, 커브 길옆 인도 가까이에는 오래된 무쇠 대포 총신이 불쑥 튀어나와 있었고 총구에는 흙과 담배꽁초가 가득 쑤셔 박혀 있었다. 길은 얼마 가지 않아 강으로 향해 있는 낭떠러지 앞에서 끝났다. 나는 절벽 끝에 앉아 경치를 구경하다가, 반대쪽 길로 건너가서 다시 되돌아 걸었다.

신기하다, 그 큰 트럭은 어디로 사라진 거지? 문득 생각났다. 절벽에서 내려가는 길은 없었다. 나는 거리 쪽에서 문을 찾으며 주위를 둘러보았고, 이윽고 음침한 벽돌 창고 건물 두 채 사이에 끼인 듯이 서 있는 크지 않은 아주 이상한 건물을 발견했다. 건물 아래층 창문들은 철창으로 막혀 있었고 절반에는 흰 칠이 되어 있었다. 건물로 들어가는 문이라고는 전혀 없었다. 문이 없다는 것을 금세 알 수 있었던 건 보통 현관문이나 출입구에 붙어 있는 현판이 이 건물에는 두 창문 사이에 붙어 있었기 때문이다. 현판에는 이렇게 적혀 있었다. '소비에트사회주의공화국연방 과학 아카데미 니이차보'. 나는 거리 중간쯤으로 물러섰다. 2층 에는 각각 창문이 열 개씩 있었지만 문은 단 하나도 없었 다. 그리고 왼쪽 오른쪽으로는 창고 건물이 양쪽에서 바짝 붙어서 있었다. 니이차보НИИЧАВО, 나는 생각했다. '과학 연구소Научно-исследовательский институт'······ '차보Чаво' 는? 무엇이라는 의미지? '특수자동무장경비Чрезвычайно Автоматизированной Вооруженной Охраны'인가? 아니면 '동 오세아니아흑회Черных Ассоциаций Восточной Океании'? 맞아, '닭다리오두막', 하고 생각했다. 그곳이 바로 이 니이 차보의 박물관이었잖아. 내 동행자들도 아마 이곳에서 일 하고 있을 것이다. 그리고 그 찻집에 있던 사람들 역시······ 건물 지붕에서 까마귀 떼가 날아오르더니 까악까악 울부 짖으면서 거리 위를 배회했다. 나는 돌아서서 다시 광장으 로 걷기 시작했다.

우리 모두는 순진한 유물론자들이야, 하고 생각했다. 또 한 우리 모두는 이성주의자들이다. 우리는 모든 것이 그 즉 시 이성적으로 설명되기를, 즉 이미 잘 알려진 사실들의 뭉 텅이로 편입되기를 원한다. 우리 중 그 누구도 전혀 변증법적이지 않다. 아무도 알려진 사실과 어떤 새로운 현상 사이에 미지의 대양이 놓여 있을 수 있다는 생각을 하지 않으며, 그래서 우리는 새로운 현상을 초자연적인 것이라고, 그렇기에 불가능한 것이라고 설명해 버린다. 예를 들어, 몽테스키외 남작이었다면 심정지로 사망 판정을 받은 사람이 죽은 지 45분 후에 다시 소생했다는 보고를 어떻게 받아들였을까? 총검을 들이댄다면 승인할 수밖에 없을 것이다. 말하자면 무력으로 강요했다면 말이다. 하지만 철저한 이성주의자였던 그이기에 반계몽주의와 신비주의라고 선언했을 것이다. 가능하다면 그런 보고 자체를 손사래 치며 거부했을 것이다. 하지만 만일 그런 일이 그의 눈앞에서 벌어졌다면, 그는 얼마나 난처한 상황에 놓이게 되었을까. 마치 지금의 나처럼 말이다. 단지 나는 조금 익숙해져 가고 있었다. 그러나 그는 이 부활을 사기라고 간주하거나, 또는 자신의 감정을 부정하거나, 아니면 유물론을 포기해야 했을 것이다. 짐작건대 십중팔구 그는 부활을 사기라고 간주했을 것이다. 그래도 남은 평생 동안 그 불편한 마술에 대한 기억은 눈엣가시처럼 그의 생각을 괴롭혔을 것이다……
하지만 우리는 다른 세기의 인류다. 우리는 온갖 것을 보고 말았다. 살아 있는 다른 개의 등에 이어 붙여진 살아 있는 개의 머리도 보았고, 상자만 한 크기의 인공신장도, 살아 있는 신경으로 조종되는 강철 팔도 보았다. 그러므로 사람들은 태평하게 말할 수 있게 될 것이다. "그건 이미 내가 처음 죽은 후에 일어난 일이야……" 그렇다. 우리 시대에 살았다면 몽테스키외는 유물론자로 남아 있기 어려웠을 것이다. 그러나 우리는 이렇게 건장하게 살아 있고, 그리고 아무렇지도 않다! 물론 때때로 난해한 경우가 생기기는 한다. 갑자기 우연한 바람이 인식하지 못한 아득한 대륙으로부터 대양을 가로질러 난생처음 보는 이상한 꽃잎을 우리에게까지 실어 오곤 할 때처럼 말이다. 특히나 발견한 것이 찾던 것이 아닌 경우에는 더 그렇다. 아마도 조만간 동물 박물관에는 화성이나 금성에서 온 첫 번째 동물 같은 놀라운 동물들이 나타나게 될 것이다. 물론 우리는 그 동물들을 바라보며 무릎을 칠 것이다. 우리는 이미 오래전부터 이런 동물을 기다려 왔고, 이들의 출현에 매우 잘 준비되어 있었노라고. 만일 그 동물이 없다고 판명되거나, 아니면 그들이 있더라도 우리가 아는 고양이나 강아지와 비슷하게 생겼다면 우리는 훨씬 더 실망하고 낙담하게 될 것이다. 원칙적으로 우리가 믿는(때로는 맹목적으로 믿는) 과학은 다가올 기적에 미리, 그리고 오래전부터 우리를 준비시키는 것이고, 심리적 충격은 우리가 예측할 수 없는 상황에 직면하게 되었을 때 발생하는 것이다. 4차원에 있는 어떤 구멍이라든가, 아니면 생물학적 전파 연결이라든가, 아니면 사람이 사는 행성 같은 것 말이다…… 또는 말하자면 닭다리오두막

소파를 둘러싼 난리 법석

이거나…… 매부리코 로만의 말이 정말 맞았다. 이곳은 아주, 아주, 아주 흥미롭다……

나는 광장으로 나와 탄산수를 파는 가판대 앞에 멈춰 섰다. 이제 내게 동전은 없다는 것을 분명히 기억하고 있었고, 지폐를 내야 한다는 생각에 탄산수 하나에 지폐를 거슬러 주는 것을 몹시 싫어할 판매원의 비위를 맞출 미소까지 이미 준비하고 있었다. 그런데 문득 내 청바지 주머니에서 5코페이카 동전을 발견했다. 나는 놀라면서도 기뻤는데, 기쁜 마음이 보다 컸다. 시럽을 넣은 탄산수를 다 마시고, 축축한 1코페이카를 거스름돈으로 받고 나는 판매원과 날씨에 대해 이야기를 했다. 그러고는 어서 **일관도 기정**도 해치우고, 이성적-변증법적 해석에 몰두하기 위해 이제는 단호하게 집으로 가기로 마음먹었다. 거스름돈 1코페이카를 주머니에 쑤셔 넣다가 나는 멈춰 섰다. 내 주머니에 또다시 5코페이카 동전 하나가 있는 것이다. 나는 동전을 꺼내 살펴보았다. 5코페이카 동전은 약간 축축했고, '1961년 5코페이카'라고 쓰여 있었는데, 숫자 '6'이 약간 파여 뭉그러져 있었다. 그 순간 내가 이미 경험했던 그 찰나의 느낌, 내가 평화대로에 서 있지만 동시에 멍청하게 옷걸이를 바라보며 소파에 앉아 있는 듯한 그 느낌이 없었더라면, 나는 어쩌면 그 작은 사건에 특별히 주목하지 않았을지도 모른다. 그리고 꼭 이전처럼 머리를 흔들자 그 느낌은 사라졌다.

한동안 나는 멍하니 5코페이카 동전을 던졌다가 손으로 잡기를 반복하며 (손바닥을 펴 보면 동전은 항상 '뒷면'이었다) 천천히 걸으면서 정신을 차리려고 애썼다. 그러고 나서 아침에 아이들을 피해 들어갔던 식료품점을 보게 되었고, 그리로 들어갔다. 5코페이카 동전을 두 손가락으로 잡고서, 나는 곧장 주스와 물을 파는 매대로 가서 내키지도 않는 시럽 없는 물 한 컵을 마셨다. 그러고는 거스름돈을 주먹에 움켜쥐고 한쪽으로 가서 주머니를 확인했다.

이것은 심리적 충격을 받지 않는 바로 그런 경우였다. 아마도 주머니에 5코페이카 동전이 없었더라면 나는 더 놀랐을지 모른다. 동전은 있었다. 축축한, 1961년 발행, 숫자 '6'이 약간 파여 뭉그러진. 사람들이 나를 밀치면서 서서 자느냐고 물었다. 정신을 차려 보니 나는 계산대 줄에 서 있었다. 나는 자지 않는다고 대꾸하고는, 성냥 세 갑 가격을 지불하고 영수증을 끊었다. 성냥을 받는 줄에 서서 나는 주머니에서 또다시 5코페이카 동전을 발견했다. 이제 나는 전혀 아무렇지도 않았다. 성냥 세 갑을 받아 들고서 상점을 나왔고, 광장으로 돌아와서 실험을 하기로 했다.

내 실험은 한 시간 정도 걸렸다. 그 한 시간 동안 나는 광장을 열 바퀴 돌았고, 물을 하도 마셔 대서 배가 터질 듯했으며, 성냥갑과 신문으로 주머니는 불룩해졌고, 온갖 판매원과 점원들을 알게 되었다. 그리고 흥미로운 일련의 결과를 얻었다. 5코페이카 동전으로 지불하면 동전은 주머니로 되돌아온다. 만일 5코페이카 동전을 단순히 던지거나 분실하거나 잃어버리거나 하면, 동전은 떨어진 그 자리에 그대로 남는다. 5코페이카 동전은 판매원의 손에서 구매자의 손으로 거스름돈이 넘어오는 바로 그 순간 주머니로 돌아온다. 만일 주머니에 손을 넣고 있으면 5코페이카 동전은 다른 주머니에 나타난다. '지퍼'로 잠근 주머니에는 절대로 나타나지 않는다. 만일 두 주머니 모두에 양손을 넣고 거스름돈을 팔꿈치로 챙기면, 5코페이카 동전은 몸 어디에서든 나타난다. (내 경우에는 구두 속에 나타났다.) 계산대의 동전 놓는 접시에서 5코페이카 동전이 사라지는 바로 그 순간을 목격하는 것에는 실패했다. 5코페이카 동전은 온갖 동전 사이로 그 즉시 섞여 들었고, 5코페이카 동전이 주머니로 옮겨 오는 그 순간에도 동전 접시에는 아무런 움직임이 없었다.

그렇게 지불 기능을 수행하는 과정에서 소위 거슬러지지 않는 5코페이카 동전 사건이 있게 되었다. 거슬러지지 않는다는 사실 자체는 내게 별다른 관심을 불러일으키지 않았다. 내 상상력은 무엇보다도 물질적 실체의 초공간적 전위 가능성으로 인해 자극받았다. 판매원에게서 구매자에게로의 5코페이카 동전의 비밀스러운 이동은 내게 완전히 명확한 것이었다. 그것은 과학환상소설이나 판타지 애호가들에게는 잘 알려진, 다름 아닌 초이동, 비정형 도약, 타란토가* 현상으로도 불리는, 유명한 제로-운송의 개별적 경우에 해당되는 것이었다…… 발견의 전망은 눈부셨다.

내게는 실험 도구가 아무것도 없었다. 평범한 실험실의 소형 온도계라도 있었다면 더 많은 무언가를 찾을 수도 있었을 텐데, 그마저도 내겐 없었다. 어쩔 수 없이 나는 완전히 주관적인 시각적 관찰에 제한되어 있을 수밖에 없었다. 광장을 마지막으로 돌기 시작하면서 나는 스스로에게 이런 실험 과제를 설정했다. '동전 접시에 5코페이카 동전을 놓고 거스름돈을 받기 전까지 가능한 한 판매원이 5코페이카 동전을 다른 동전과 섞지 못하도록 하면서 5코페이카 동전이 공간에서 전위되는 과정을 눈으로 지켜보고, 동시에 전위가 예상되는 궤도 주변의 공기 온도의 변화를 대략적으로나마 감지하도록 노력한다.' 하지만 실험은 시작도 못 하게 되고 말았다.

내가 판매원 마냐에게 다가갔을 때, 바로 그 경사 직위의 젊은 경찰이 이미 나를 기다리고 있었다.

"자." 그는 직업적인 톤으로 말했다.

---

* 아스트랄 스테르누 타란토가. 폴란드 작가 스타니스와프 렘의 일련의 소설에 등장하는 인물로, 우주동물학자이자 발명가이다.

나는 뭔가 불길한 기분에 탐색하듯이 그를 바라보았다.

"신분증 좀 보여 주시죠, 선생님." 경례를 하는 동시에 나를 바라보면서 경찰관이 말했다.

"무슨 일이시죠?" 나는 여권을 제시하며 물었다.

"그리고 5코페이카 동전 좀 주십시오." 내 여권을 받아 들며 경찰관이 말했다.

나는 아무 말 없이 그에게 5코페이카 동전을 건넸다. 마냐는 화가 난 눈초리로 나를 쏘아보고 있었다. 경찰관은 만족스럽다는 듯 "아하……" 하는 소리를 내며 5코페이카 동전을 살펴보았고, 내 여권을 펼쳤다. 그는 마치 장서 수집가가 인큐나불라*를 연구하듯 내 여권을 꼼꼼히 살폈다. 나는 애타게 기다렸다. 내 주변으로 천천히 인파가 늘어나고 있었다. 사람들은 내 사건에 대해 여러 의견을 쏟아 냈다.

"같이 좀 가 주셔야겠습니다." 드디어 경찰관이 말했다.

우리는 광장을 통과해 갔다. 우리가 걸어가는 동안, 따라오는 인파 속에서는 내 복잡한 이력에 대한 몇 가지 설이 만들어졌고, 모두가 목격자인 이 사건의 조사 이유가 공식화되었다.

경찰서에서 경사는 5코페이카 동전과 내 여권을 당직

---

* 1500년 이전에 서양에서 인쇄된 서적. 단어의 원뜻은 '기저귀'로, 인쇄술에 있어 요람기라는 의미에서 이같이 명명되었다.

경위에게 건네주었다. 경위는 5코페이카 동전을 살펴보더니 내게 앉으라고 권했다. 나는 자리에 앉았다. 경위는 태평하게 말했다. "거스름돈도 내놓으시죠." 그러고는 마찬가지로 내 여권 연구에 몰두했다. 나는 주머니에서 동전들을 모두 끄집어냈다. "세어 봐, 코발료프." 경위가 말했고 여권을 덮고 나서 내 눈을 바라보았다.

"많이 샀어요?" 그는 물었다.

"네, 많이요." 나는 대답했다.

"그것도 다 내놓으세요."

나는 그가 앉은 책상에 엊그제 일자 《프라브다》네 부, 지역신문 《어부》세 부, 《문학신문》두 부, 성냥 여덟 갑, 캐러멜 '황금 열쇠' 여섯 조각, 그리고 할인해 팔던 난로 청소솔을 내놓았다.

"물은 내놓을 수가 없네요." 나는 무뚝뚝하게 말했다. "시럽 물 다섯 컵과 시럽 없는 물 네 컵요."

나는 무슨 일이 벌어진 것인지 이해하기 시작했고, 무언가 해명해야 한다는 생각에 이르자 극도로 불편하고 불쾌했다.

"74코페이카입니다, 경위님." 젊은 코발료프가 보고했다.

경위는 신문 더미와 성냥갑들을 심사숙고하며 관찰했다.

소파를 둘러싼 난리 법석

"장난친 겁니까, 뭡니까?" 그는 내게 물었다.

"아니면 뭐겠어요." 나는 침울하게 대답했다.

"무모하군요." 경위가 말했다. "무모하다고요. 어디 그럼 이야기해 보세요."

나는 이야기했다. 이야기를 마치며 경위에게 내 행동을 그저 신형 자동차 '자포로제츠'를 사겠다고 돈이나 모으려는 시도로 간주하지 말아 달라고 간곡하게 부탁했다. 내 귀는 불타듯 빨개졌다. 경위는 웃었다.

"그렇게 간주하지 않을 이유가 뭐죠?" 그가 신문하듯 물었다. "이렇게 돈을 긁어모은 사건인데요."

나는 어쩔 수 없다는 듯 어깨를 으쓱했다.

"정말입니다, 제가 어떻게 그런 생각을 할 수 있겠어요…… 그러니까 제 말씀은…… 정말 그럴 생각은 전혀 없었다고요……!"

경위는 한참 동안 침묵했다. 젊은 코발료프는 내 여권을 집어 들고 다시 살피기 시작했다.

"그런 생각을 한다는 게 이상한 거 아닌가요……" 나는 망연자실해서 말했다. "미친 계획 아니겠느냐고요…… 코페이카로 돈을 긁어모으다니……" 나는 또다시 어깨를 으쓱했다. "그러려면 차라리, 다들 말하는 것처럼, 교회 문 앞에서 구걸을 하는 게 낫겠어요……"

"구걸은 척결해야 합니다." 의미심장하게 경위가 말했

다.

"네, 맞아요, 그렇죠, 당연하죠…… 그런데 저는 정말 이
해할 수 없네요. 제가 대체 여기서 왜……" 말하면서 나는
무의식중에 수없이 어깨를 으쓱했고, 그래서 이제 앞으로
는 더 이상 어깨를 으쓱거리지 말자고 스스로 다짐하기까
지 했다.

경위는 다시금 5코페이카 동전을 바라보면서, 아주 지
쳤다는 듯 오래도록 침묵했다.

"어쨌든 조서는 작성해야 합니다." 마침내 그가 말했다.

나는 어깨를 으쓱했다.

"그러세요, 물론이죠…… 비록……" 하지만 '비록'이 무
슨 의미인지 나조차도 알 수 없었다.

경위는 내가 말을 마저 하기를 기다리며 한동안 나를 바
라보았다. 하지만 그때 나는 형사법 어느 조항에 내 행동이
적용될지를 생각하고 있었다. 그러자 경위는 종이를 자기
앞으로 끌어당겨 조서를 작성하기 시작했다.

젊은 코발료프는 자기 자리로 돌아갔다. 경위는 펜으로
서걱서걱 소리를 내면서 수시로 펜을 잉크에 적시며 탁탁
소리를 냈다. 나는 앉아서 벽에 걸린 플래카드들을 멍청히
바라보면서, 만일 내 자리에 로모노소프*가 앉아 있다면
여권을 낚아채서 창밖으로 뛰어내릴 것이라는 엉뚱한 생
각을 했다. 대체 핵심이 무엇인가? 하고 생각했다. 핵심은

인간이란 스스로 자기에게 잘못이 있다고 생각하지 않는 다는 것이다. 그런 의미에서 나는 잘못이 없다. 하지만 생 각해 보면 잘못은 객관적이기도 하고 주관적이기도 하다. 그리고 사실은 사실로 남아 있다. 74코페이카 규모에 달하 는 이 모든 동전은 법적으로 5코페이카 동전이라는 기술 적 수단의 도움을 받아 자행된 절도의 결과다……

"읽어 보고 서명하세요." 경위는 말했다.

나는 조서를 읽었다. 조서는 이렇게 명시하고 있었다. 나, 아래 서명한 A. I. 프리발로프는 해명할 수 없는 방법으 로 현재 통용되는 GOST** 718-62 모델의 5코페이카 동 전을 소유하여 교환되지 않는 형태로 악용함. 나, 아래 서 명한 A. I. 프리발로프는 본인의 행동이 일종의 학술 실험 의 목적이었을 뿐 그 어떤 사리사욕도 취할 의도가 없었 음을 확인함. 나는 1루블 55코페이카 금액에 해당하는 국 가 손실을 배상함. 나는, 마지막으로, 솔로베츠 시의회의 1959년 3월 22일 자 법령에 따라, 상기한 현재 통용되며 교환되지 않는 5코페이카 동전을 경찰서 당직 U. U. 세르 기옌코 경위에게 제출하고 그 대신 소비에트 연방 모든 영

---

* 미하일 바실리예비치 로모노소프(1711~1765). 러시아의 시인, 철학자, 과학 자로 '만능인homo universalis'의 전형. 질량보존의 법칙 확립, 오로라 현상 해 명을 비롯해 무수한 업적을 남겼다.

** 소비에트 연방 국가 표준.

토에서 통용되는 액면가 5코페이카의 다른 동전을 수령함. 나는 서명했다.

경위는 내 서명을 여권에 있는 서명과 대조했고, 동전 무더기를 다시 한번 꼼꼼하게 세어 보더니, 캐러멜과 난로 청소 솔 가격을 확인하기 위해 어디론가 전화를 했고, 영수증을 쓰고 난 후 영수증과 함께 현재 통용되는 액면가 5코페이카의 동전을 내게 주었다. 신문과 성냥, 캐러멜과 청소 솔을 돌려주며 경위는 말했다.

"그리고 물은, 직접 시인하신 대로, 다 마셨습니다. 그래서 선생님이 내실 돈은 총 81코페이카입니다."

어깨에서 태산을 내려놓는 홀가분한 기분으로 나는 기꺼이 돈을 지불했다. 경위는 또다시 주의 깊게 내 여권을 넘겨 보더니 내게 돌려줬다.

"이제 가셔도 됩니다, 프리발로프 씨." 그는 말했다. "그리고 앞으로는 더 신중하게 행동하세요. 솔로베츠에 오래 머무실 겁니까?"

"내일 떠납니다." 나는 대답했다.

"그렇다면 내일까지 더 조심하세요."

"어휴, 네, 노력하겠습니다." 여권을 집어넣으며 나는 대답했다. 그러고는 갑자기 충동적으로 목소리를 낮추면서 그에게 물었다. "저기 말입니다, 경위 동무, 여기 솔로베츠가 이상하지 않으세요?"

소파를 둘러싼 난리 법석

경위는 이미 다른 서류를 보고 있었다.

"저는 이미 여기서 오래 살고 있어요." 그는 무심하게 대답했다. "이젠 익숙합니다."

제 5 장

"당신은 개인적으로 유령을 믿으시나요?" 청중 가운데
한 사람이 강연자에게 질문했다.
"물론 안 믿죠." 강연자는 대답하더니 천천히 공기
중으로 사라져 버렸다.

—믿을 만한 이야기

저녁이 될 때까지 나는 극도로 조심하려고 애를 썼다. 경
찰서에서 나와서 나는 곧장 루코모리예에 있는 숙소로 향
했고, 그곳에 도착해서는 그 즉시 자동차 아래로 기어들어
갔다. 몹시 더웠다. 천둥이 칠 것 같은 검은 먹구름이 서쪽
에서 천천히 몰려오고 있었다. 내가 자동차 밑에 누워서 온
통 기름을 뒤집어쓰고 있을 동안, 갑자기 아주 상냥하고 친
절해진 노파 나이나 키예브나가 두 번이나 다가와서는 민
둥산 회합에 태워 달라고 부탁했다. "있잖아, 이보게, 차를
너무 오래 세워 두면 안 좋다고 하더라고." 앞 범퍼 아래를
들여다보면서 쇳소리로 웅얼거리며 노파가 말했다. "차는
나다녀야 오래간다고 하더란 말이지. 내가 돈 낼게, 걱정
하지 마……" 민둥산까지 운전해서 가고 싶지 않았다. 첫

"있잖아, 이보게, 차를 너무 오래 세워 두면 안 좋다고 하더라고."
쇳소리로 웅얼거리며 노파가 말했다.

째는 동료들이 언제든 도착할 수 있기 때문이다. 둘째는 갑자기 웅얼거리며 상냥한 태도로 돌변한 노파가 심술궂을 때보다 더 기분 나빴기 때문이다. 게다가 알고 보니, 민둥산까지는 가는 거리만 90베르스타*나 되었다. 어쨌건 내가 길 상태에 대해 물었을 때 노파는 뛸 듯이 기뻐하며 걱정할 것 없다고 길은 아주 평탄하다고 장담하면서, 혹시라도 무슨 일이 있다면 자기가, 그 노인네가 직접 자동차를 밀어 주겠다고 했다. ("자네는 걱정하지 마, 내가 나이는 많아도 아주 건강하고 힘이 세다고.") 첫 시도가 실패하자 노파는 잠시 물러났고 오두막으로 가 버렸다. 그러자 자동차 밑에 있는 내게 고양이 바실리가 왔다. 잠시 그는 내 손의 움직임을 주의 깊게 지켜보더니, 그다음에는 작은 목소리였지만 분명히 알아듣게 발음했다. "가지 말라고 충고하고 싶어, 친구…… 미-야-아-옹…… 말리고 싶어. 죄다 모일 거야……" 그러고 나서 곧바로 꼬리를 흔들며 사라졌다. 나는 진심으로 조심하고 싶었고, 그렇기 때문에 노파가 정말 끝장을 보고 말겠다는 듯 두 번째로 돌진해 왔을 때, 노파에게 수고비로 50루블을 요구했다. 노파는 나를 대단하다는 듯 바라보더니, 그 즉시 더 이상 성가시게 하지 않았다.

나는 **일관**도 **기정**도 모두 마치고는, 극도로 조심하며

---

* 러시아의 거리 단위. 1베르스타는 약 1.067킬로미터이다.

주유소에 가서 차에 기름을 채웠고, 11호 식당에서 점심을 먹은 후, 경각심이 가득한 코발툐프의 검문에 또다시 걸렸다. 노파에게 한 짓이 양심에 꺼림칙해서 나는 코발툐프에게 민둥산까지 가는 길이 어떤지를 물었다. 젊은 경사는 어처구니가 없다는 듯이 나를 바라보더니 말했다. "길이라고요? 지금 무슨 말씀 하시는 겁니까, 선생님. 거기에 무슨 길이 있다는 말씀이죠? 거기에는 길이라곤 없습니다." 집으로 돌아오는 길에는 억수 같은 비가 내렸다.

노파는 부재 중이었다. 고양이 바실리는 사라지고 없었다. 누구인지 우물에서 두 목소리가 노래를 부르고 있었는데, 그건 정말 오싹하면서도 서글펐다. 장대비는 머지않아 구슬프게 내리는 이슬비로 바뀌었다. 그리고 어두워졌다.

나는 내 방으로 가서 변신하는 책을 실험하려고 했다. 하지만 책은 왠지 더 이상 변신하지 않았다. 아마도 내가 무언가 잘못했거나, 아니면 날씨가 영향을 주었을지도 모르겠다. 내가 아무리 꾀를 부려도, 책은 있던 그대로 F. F. 쿠지민의 『구문과 구두점 실습수업』인 채 변하지 않았다. 이런 책을 읽는 것은 거의 불가능한 일이었기에, 나는 거울을 시험해 보기로 했다. 하지만 거울은 있는 것들 모두를 그대로 비추면서 잠잠했다. 그래서 나는 소파에 누웠고, 계속해서 누운 채로 있었다.

지루함과 빗소리에 이미 나는 꾸벅꾸벅 졸기 시작했다.

그때 갑자기 전화벨이 울렸다. 나는 복도로 나가서 수화기를 들었다.

"여보세요……"

수화기 너머에서는 말은 없고 탁탁 소리만 들려왔다.

"여보세요." 말하고 나서 나는 송화구를 후 불어 봤다. "버튼을 누르세요."

그래도 답이 없었다.

"전화기를 한번 쳐 보시죠." 나는 조언했다. 그래도 말이 없었다. 나는 다시 한번 송화구를 후 불었고, 전화 줄도 잡아당겨 보고는 말했다. "다른 전화기로 다시 전화해 보세요."

그제야 수화기에서 무례하게 묻는 소리가 들렸다.

"알렉산드르?"

"그런데요." 나는 놀랐다.

"너 왜 전화 안 받는 거야?"

"전화 받고 있잖아요. 누구시죠?"

"페트롭스키야. 염장 노동조합에 가서, 책임자에게 내게 전화하라고 말해."

"어떤 책임자요?"

"어휴, 오늘 근무하는 사람이 누구야?"

"모르겠는데요……"

"모르겠다니, 무슨 말이야? 알렉산드르 맞아?"

"이보세요, 저기요." 나는 말했다. "몇 번에 전화하신 거예요?"

"72번…… 거기 72번 아닌가요?"

나는 알지 못했다.

"아마 아닌 것 같은데요." 나는 대답했다.

"그런데 왜 알렉산드르라고 하신 거예요?"

"제 이름이 알렉산드르니까요!"

"제기랄……! 거기 콤비나트 아닌가요?"

"아니에요." 나는 말했다. "여기는 박물관이에요."

"아…… 그럼 죄송하게 되었네요. 그러니까 책임자를 불러 주지는 못하시겠네요……"

나는 수화기를 내려놓았다. 한동안 나는 복도를 둘러보며 서 있었다. 복도에는 문이 다섯 개 있었다. 내 방 문, 마당을 향한 문, 노파 방 문, 화장실 문, 그리고 커다란 자물쇠가 달린 철문이 있었다. 지루하군, 하고 나는 생각했다. 외로웠다. 전등은 먼지를 잔뜩 뒤집어쓰고 뿌옜다…… 다리를 질질 끌면서 방으로 돌아온 나는 순간 문턱에 멈추어 섰다.

소파가 없었다.

다른 모든 것은 여전히 그대로 있었다. 테이블도, 페치카도, 거울도, 옷걸이도, 의자도 그대로였다. 그리고 책도 창턱에 내가 놓아둔 그 자리에 그대로 있었다. 그런데 소파가 있던 자리만 정방형으로 먼지투성이에 지저분한 흔적이 바닥에 남아 있을 뿐이었다. 이어 나는 옷걸이 아래에 이부자리가 가지런히 개어져 놓인 것을 보았다.

"방금 전에 여기 소파가 있었잖아." 나는 소리 내어 말했다. "내가 소파에 누워 있었는데."

집 안은 무언가 변화되고 있었다. 방에는 불분명한 소음이 점점 가득해졌다. 누군가 이야기를 나누고 있었고, 음악이 들려왔고, 어디선가 웃고 기침을 하고 발을 질질 끌면서 걸어 다녔다. 잠시 흐릿한 그림자가 전등 빛을 가리더니, 마루판이 요란스럽게 삐걱거렸다. 그러고는 갑자기 약국 냄새가 났고, 내 얼굴로 한기가 밀려들었다. 나는 뒷걸음쳤다. 그런데 그 순간 누군가가 다급하고 또렷하게 현관문을 노크했다. 소음은 순식간에 잦아들었다. 전에 소파가 있던 자리를 바라보면서 나는 방에서 나가 현관으로 향했고, 문을 열었다.

내 앞에는 비현실적으로 깨끗한 짧은 크림색 망토의 옷깃을 세운 키가 크지 않은 남자가 이슬비를 맞으며 서 있었다. 그는 모자를 벗고 아주 품위 있게 발음했다.

"실례합니다, 알렉산드르 이바노비치*. 5분만 이야기를

---

* 주인공 사샤의 이름과 부칭父稱. 러시아인의 성명은 이름-부칭-성으로 되어 있다. 보통 친한 사이에는 이름이나 이름의 애칭을 부르고, 사무적인 관계에서는 이름과 부칭을 함께 부르며, 서류상 및 공식적인 자리에서는 전체 성명을 부른다.

나눌 시간을 할애해 줄 수 있으신지요?"

"물론이죠." 나는 넋이 나가서 말했다. "들어오세요……"

그 사람을 나는 난생처음 보았기에, 이 지역 경찰과 관련된 이가 아닌가 하는 생각이 스쳤다. 낯선 사람은 복도로 성큼성큼 걸어 들어와 곧장 내 방으로 가려고 움직였다. 나는 그의 길을 막아섰다. 내가 왜 그랬는지 스스로도 모르겠지만, 바닥이 왜 먼지투성이로 지저분한지 그 이유에 대해 물어볼까 봐 그랬던 것 같다.

"저, 죄송한데요." 나는 중얼거렸다. "여기서 말씀하시죠…… 방이 지저분해서요. 앉을 곳도 없고……"

낯선 사람은 고개를 홱 돌렸다.

"아니, 앉을 곳이 없다니요?" 그가 작게 말했다. "소파는요?"

한동안 우리는 아무 말 없이 서로의 눈을 바라보며 서 있었다.

"음…… 그러니까, 소파 말씀인가요?" 나는 왠지 속삭이며 물었다.

낯선 사람은 시선을 떨구었다.

"아, 그렇게 되었군요." 천천히 그는 발음했다. "이해합니다. 아쉽군요. 그럼 할 수 없죠. 실례했습니다……"

그는 공손하게 고개를 숙여 인사하고 모자를 쓰더니 단호하게 화장실 문으로 향했다.

"어디 가세요?" 내가 소리쳤다. "그쪽이 아니에요!"

낯선 사람은 뒤돌아보지 않은 채 중얼거렸다. "어휴, 아무 차이 없습니다." 그러고는 문을 열지도 않고 관통해 문 뒤로 사라졌다. 나는 기계적으로 화장실 불을 켜 주었고, 한동안 서서 듣고 있다가, 이내 문을 활짝 열었다. 화장실에는 아무도 없었다. 나는 조심스럽게 담배를 꺼내 들어 불을 붙였다. 소파라…… 나는 생각했다. 도대체 왜 소파인가? 소파에 대한 동화는 들어 본 적도 없다. 하늘을 나는 양탄자는 있었다. 식탁을 저절로 차리는 식탁보도 있었다. 투명인간-모자도 있었고, 천 리를 가게 하는 장화도 있었고, 저절로 연주하는 구슬리도 있었다. 마법의 거울도 있었다. 하지만 기적의 소파는 없었다. 앉거나 눕거나 하는 것일뿐, 소파는 그저 너무도 평범한 그런 것이다…… 도대체 그 어떤 환상이 소파에서 영감을 얻을 수 있단 말인가……?

방으로 돌아오자마자 내가 보게 된 것은 '난쟁이'였다. 그는 천장 아래 페치카에 앉아 있었는데, 아주 불편해 보이는 자세를 하고 몸을 비틀고 있었다. 주름으로 자글자글한 얼굴은 면도가 되어 있지 않았고, 귀에는 회색 털이 무성했다.

"안녕하세요." 나는 이제 지겨워졌다.

'난쟁이'는 기나긴 입술을 고통스럽게 실룩거렸다.

"안녕하세요." 그가 말했다. "죄송합니다, 나를 여기로

　　　　소파를 둘러싼 난리 법석

데려다 놓았네요, 어떻게 왔는지 나는 몰라요…… 소파에 대해서 말씀드리는 거예요."

"소파라면 한발 늦으셨어요." 나는 테이블에 앉으며 말했다.

"보고 있어요." '난쟁이'는 조용히 말하고 불편하게 몸을 꾸물거렸다. 석회가 떨어져 내렸다.

나는 담배를 피우며 생각에 잠겨 그를 바라보았다. '난쟁이'는 머뭇거리며 아래를 내려다보았다.

"도와드릴까요?" 다가가면서 나는 물었다.

"아니에요, 고맙습니다." '난쟁이'는 침울하게 말했다. "내가 스스로 하는 게 더 나아요……"

석회를 묻혀 가면서 '난쟁이'는 페치카 가장자리로 움직였고, 어색하게 몸을 젖히더니 머리를 아래로 하고 뛰어내렸다. 나는 놀라서 심장이 두근두근했지만, '난쟁이'는 공중에 매달려 경련을 일으키듯 팔과 다리를 펼치더니 천천히 내려오기 시작했다. 보기에 참 흉측한 장면이었지만, 재미있었다. 팔과 다리로 착지하고 나서, '난쟁이'는 곧바로 일어나 땀에 젖은 얼굴을 팔로 문질렀다.

"이젠 완전히 늙었어요." 쉰 목소리로 그는 말했다. "100년 전이었으면, 그러니까 곤자스트 시절에 이렇게 착지했다면 아마 나는 학위를 박탈당했을 겁니다. 정말이에요. 알렉산드르 이바노비치."

"뭘 전공했는데요?" 담배를 두 대째 피우면서 내가 물었다.

그는 내 말을 듣지 않았다. 내 맞은편 의자에 앉더니, 비통하게 말을 이어 갔다.

"예전에는 말입니다, 내가 젝스처럼 공중 부양을 했거든요. 그런데 지금은 말이죠, 죄송하게도, 귀 털조차 감당하기 힘드네요. 정말 궁상맞기 짝이 없어요…… 그런데 어쩌면 재능이 없는 건 아닐까요? 내 이력은 대단하답니다, 온갖 학위들, 직위들, 권위 있는 상들, 그런데 재능이 없는 겁니다! 우리 중에는 대기만성인 사람이 많지요. 코리페예프는 물론 아니지만요. 지안 자코모, 크리스토발 훈타, 주세페 발사모,* 그리고 또한 키브린 표도르 시메오노비치 동무 등…… 털이라고는 전혀 없었지요!" 그는 의기양양하게 나를 바라보았다. "저-언-혀! 매끈한 피부에, 우아하고 말쑥했어요……"

"죄송하지만, 지금 주세페 발사모라고 하셨나요…… 그 사람이 바로 칼리오스트로 백작이잖아요! 그런데 톨스토

---

* 주세페 발사모(1743~1795). 이탈리아의 여행가이자 사기꾼, 신비주의자, 연금술사. 별명은 알레산드로 디 칼리오스트로이고, 스스로는 칼리오스트로 백작이라고 칭했다. 마리 앙투아네트가 연루된 유명한 사기 사건인 '목걸이 사건'(1785)으로 체포되기도 했으며, 러시아에서는 예카테리나 여제 시기 1779년 페테르부르크에 9개월 동안 체류하면서 다양한 마법을 보이고 귀신을 쫓으며 명성을 얻었다.

이는 백작이 아주 비대하고 흉측하게 생겼다고 묘사했어 요……*"

'난쟁이'는 딱하다는 듯 나를 바라보더니, 비웃음을 지었다.

"당신은 어떻게 된 일인지 전혀 모르고 계시네요, 알렉산드르 이바노비치." '난쟁이'는 말했다. "칼리오스트로 백작은 위대한 발사모와 전혀 달라요. 그 사람은…… 어떻게 설명드려야 할지…… 그건 발사모의 실패한 복제랍니다. 발사모는 젊은 시절에 자신의 모형을 만들었어요. 그는 정말 비범한 사람이었고, 비범한 재능이 있었지요. 하지만, 젊은 시절에 이런 작업을 하게 되면…… 서두르고 서투르고…… 되는대로 하게 마련이죠. 그래서 그렇게 된 겁니다…… 그렇게 된 거죠…… 그런데 어디 가서 발사모와 칼리오스트로가 같은 사람이라고 절대로 말하지 마세요. 우스운 사람이 되어 창피스럽고 불편해질 테니까."

나는 불편해졌다.

"네. 저야 물론 전공자가 아니니까요. 그런데…… 좀 무례한 질문이라도 이해해 주세요. 대체 여기 있던 소파와 무슨 상관이 있다는 거죠? 누구한테 소파가 필요한 건가요?"

---

* 동명의 인물을 주인공으로 하는, 알렉세이 톨스토이의 『칼리오스트로 백작 *Граф Калиостро*』(1921)의 내용을 이야기하는 것이다.

'난쟁이'는 흠칫 놀랐다.

"정말 용서할 수 없는 독선입니다." '난쟁이'는 큰 소리로 말하고는 일어났다. "나는 실수를 했고 무엇이든 솔직하게 인정할 준비가 되어 있습니다. 그렇게 위대한 위인들도 그랬으니까요…… 그런데 어떻게 새파랗게 젊은 녀석들이 시건방지게……" 그는 창백한 손바닥으로 가슴을 움켜쥐고 고개를 숙여 인사했다. "죄송합니다, 알렉산드르 이바노비치, 너무 실례를 했군요…… 다시 한번 정중하게 사과드립니다. 그리고 이제 당장 떠나겠습니다." '난쟁이'는 페치카로 다가가더니 두려운 듯 위를 바라보았다. "나는 늙었어요, 알렉산드르 이바노비치." 깊은 한숨을 내쉬며 그가 말했다. "늙어 빠졌어요……"

"저기 혹시, 당신이 더 편하게…… 저기…… 통과하는 게…… 그러니까…… 당신 전에 어떤 사람이 왔다 갔는데, 그 사람이 그렇게 했어요."

"에이, 이보세요, 그 사람이 바로 크리스토발 훈타잖아요! 그 사람에겐 얼음층이 열 겹으로 쌓인 운하를 통과하는 것쯤은 아무것도 아니에요……" '난쟁이'는 비통하게 손을 내저었다. "우리는 더 단순한 것만 할 수 있어요…… 소파는 그가 직접 가져갔나요, 아니면 공간이동 시켰나요?"

"모-모르겠어요." 나는 말했다. "사실은 그 사람도 소파가 사라진 후에 왔거든요."

'난쟁이'는 어처구니없다는 듯 오른쪽 귀 털을 잡아 뜯었다.

"사라진 다음에 왔다고요? 그 사람이? 믿을 수가 없네요…… 어찌 됐든, 우리가 여기서 이러쿵저러쿵하는 게 무슨 의미가 있겠습니까? 안녕히 계세요, 알렉산드르 이바노비치. 너그럽게 이해해 주세요."

보기에도 명백하게 그는 안간힘을 쓰며 벽을 통과하더니 사라졌다. 나는 바닥에 있는 먼지 더미로 담배꽁초를 던졌다. 대단한 소파로군! 그것은 말하는 고양이와는 또 다른 차원이었다. 뭔가 더 묵직한 느낌이었다. 무슨 드라마 같았다. 어쩌면 사고실험의 드라마인지도 모르겠다. 어쩌면 아마 또 누군가, 뒤늦은 사람이 또 올지도 모른다…… 아마 올 것이다. 나는 먼지 더미를 바라보았다. 내가 어디서 빗자루를 봤더라?

빗자루는 전화기 아래 나무통 옆에 세워져 있었다. 내가 먼지와 쓰레기를 쓸어 담으려 빗자루를 집어 드는데, 갑자기 무언가 둔탁한 것이 빗자루 아래에서 방 한가운데로 굴러 나왔다. 나는 그것을 바라보았다. 그것은 집게손가락 크기의 빛나는 직사각형 실린더였다. 나는 빗자루로 그것을 건드려 보았다. 실린더가 흔들리더니 무슨 탁탁 갈라지는 소리가 났고, 방 안에는 오존 냄새가 퍼졌다. 나는 빗자루를 내던지고 실린더를 집어 들었다. 실린더는 반질반질했고 매끈거리는 감촉에 따뜻했다. 내가 실린더를 손톱으로 탁탁 치자, 실린더는 다시 탁탁 갈라지는 소리를 냈다. 실린더 옆면을 살펴보기 위해 내가 실린더를 뒤집자마자, 그 즉시 다리 아래 바닥이 꺼져 내리는 듯한 느낌이 들었다. 모든 것이 눈앞에서 뒤집어졌다. 무언가가 내 발뒤꿈치를 세게 후려쳤고, 그다음에 어깨와 정수리를 아프게 때려서 나는 실린더를 떨어뜨리며 넘어지고 말았다. 나는 아주 멋들어지게 나동그라졌고, 페치카와 벽 사이 좁은 틈에 처박혀 쓰러졌다는 것을 당장에는 깨닫지 못했다. 머리 위에서 전등이 흔들렸고, 올려다보니 놀랍게도 천장에 줄무늬 내 구두 발자국이 선명하게 찍힌 것을 발견했다. 끙끙거리며 간신히 틈에서 빠져나와 구두창을 살펴보았다. 구두창에는 백묵 가루가 묻어 있었다.

"어쨌든, 하수구에 처박히지 않은 게 어디야……!" 나도 모르게 소리 내어 말했다.

나는 시선을 돌려 실린더를 찾았다. 실린더는 한 귀퉁이 바닥에서 균형을 유지하는 모든 가능성을 배제하려는 듯 사각 옆면 모서리로 서서 흔들리고 있었다. 나는 조심스럽게 다가가서 실린더 근처에 쪼그려 앉았다. 실린더는 조용하게 탁탁 소리를 내며 흔들렸다. 나는 오래도록 실린더를 바라보다가, 목을 길게 빼고 실린더에 후 하고 바람을 불

소파를 둘러싼 난리 법석

어 보았다. 실린더는 더 세차게 흔들리며 기울어졌고, 이어
내 등 뒤에서 목쉰 독수리 울음소리 같은 것이 들리면서 바
람이 불어왔다. 무심코 뒤돌아본 나는 바닥에 주저앉고 말
았다. 털이 없는 긴 목을 늘이고 험상궂게 구부러진 부리가
달린 커다란 그리핀이 페치카 위에 단정하게 날개를 접고
앉아 있었다.

"안녕하세요." 나는 말했다. 그리핀이 말을 할 것이라고
믿어 의심치 않았다.

그리핀은 머리를 갸웃거리더니 한쪽 눈으로 나를 바라
보았고, 그 모습은 완전히 닭처럼 보였다. 나는 반갑다는
듯 손을 흔들었다. 그리핀은 부리를 열었지만, 말을 하지는
않았다. 그러고는 날개를 쳐들더니 겨드랑이 아래를 부리
로 잡아 뜯기 시작했다. 실린더는 여전히 흔들리며 탁탁 소

리를 냈다. 털을 잡아 뜯기를 멈추고서 그리핀은 어깨 아래로 머리를 끌어당기더니 샛노란 눈꺼풀을 감았다. 그리핀에게 등을 보이지 않으려고 애쓰면서 나는 먼지를 치우고 청소를 끝냈고, 문밖으로 가서 비 오는 어둠 속으로 쓰레기를 던져 버렸다. 그리고 방으로 돌아왔다.

그리핀은 자고 있었고, 여전히 오존 냄새가 났다. 시계를 보았다. 12시 20분이었다. 나는 잠시 실린더 앞에 서서 에너지 보존법칙에 대해서, 동시에 물질성이란 것에 대해서 생각했다. 과연 그리핀이 무에서 응축되어 만들어질 수 있단 말인가. 만일 여기, 솔로베츠에 이 그리핀이 나타났다면, 그것은 캅카스나 또는 그리핀이 사는 어느 다른 곳에서 다른 어떤 그리핀(반드시 이 그리핀이 아닐지라도)은 사라졌음을 의미하는 것이다. 나는 에너지 전이를 헤아리면서, 미심쩍게 실린더를 바라보았다. 실린더를 건드리지 않는 게 좋겠어, 하고 나는 생각했다. 무언가로 실린더를 덮어 놓고 그대로 두는 게 낫겠다. 나는 복도에서 바가지를 가지고 와서 조심조심 실린더를 겨냥해서 숨도 쉬지 않고 바가지로 덮었다. 그러고 나서 의자에 앉아 담배를 피워 물었고, 또 무슨 일이 벌어질지 기다리고 있었다. 그리핀은 쌔근쌔근 소리를 내며 잠을 자고 있었다. 전등 빛에 비친 그리핀 깃털은 구릿빛을 띠었고, 커다란 발톱은 페치카 석회 틀에 파묻혀 있었다. 그리핀에게서 서서히 곰팡이 냄새가 풍겨 왔다.

"공연한 짓을 하셨군요, 알렉산드르 이바노비치." 듣기 좋은 남자 목소리가 말했다.

"대체 무엇을요?" 나는 거울을 바라보며 물었다.

"움클라이데트 말입니다……"

말하고 있는 것은 거울이 아니었다. 누군가 다른 사람이 말하고 있었다.

"무슨 말씀인지 모르겠네요." 나는 말했다. 방에는 아무도 없었기 때문에 나는 불안해졌다.

"움클라이데트 말하는 겁니다." 목소리가 말했다. "당신이 그것을 양철 바가지로 덮은 건 정말 쓸데없는 짓입니다. 움클라이데트는, 아니면 당신들이 부르는 명칭으로 마술 지팡이는, 극도로 조심스럽게 다루어야 합니다."

"그래서 제가 덮어 두었잖아요…… 나와서 말씀하시죠, 이렇게 대화하는 것은 아주 불편하군요."

"고맙습니다." 목소리가 말했다.

그러고는 곧바로 내 앞에 기가 막히게 딱 맞는 회색 정장을 입은 아주 말쑥하고 단정한 남자가 서서히 응축되어 나타나기 시작했다. 고개를 약간 기울여 인사한 후 남자는 품위 있고 정중하게 물었다.

"부디 제가 너무 놀라게 한 것이 아니기를 바랍니다."

"전혀요." 나는 일어서며 말했다. "좀 앉으시죠, 편하게 계세요. 차라도 드릴까요?"

"감사합니다." 낯선 이는 말하고는 아주 세련된 동작으로 바지 자락을 끌어 올려 내 맞은편에 앉았다. "차는, 알렉산드르 이바노비치, 감사하기는 하지만 됐습니다. 방금 저녁 식사를 마쳤거든요."

한동안 그는 귀족 같은 미소를 머금고 내 눈을 응시했다. 나도 역시 미소를 지었다.

"당신도 아마 소파 때문이겠죠?" 내가 말했다. "하지만 어쩌죠, 소파는 없는걸요. 매우 유감이지만, 어떻게 된 건지 저는 전혀 모릅니다……"

낯선 이는 손뼉을 쳤다.

"그런 시시한 것을!" 그가 말했다. "얼마나 많은 소동이, 죄송한 표현이지만, 그따위 헛소리 때문에 일어나는지 모릅니다, 실제로는 아무도 믿지 않는 그런 것 때문에요…… 어디 직접 판단해 보세요, 알렉산드르 이바노비치, 옥신각신 싸움판을 만들고, 황당무계한 추격영화들을 만들고, 사람들을 신화─나는 이 신화라는 단어를 두려워하지 않습니다─로 딱 '백색이론'의 신화로 불안하게 만들지요…… 냉정하게 사고할 줄 아는 모든 사람은 소파를 그저 보편적인 변환기로 생각합니다. 규모가 좀 크기는 하지만 작업하는 것은 안정적이고 견고하지요. 게다가 '백색이론'을 떠들어 대는 늙은 무식쟁이들의 말은 얼마나 우스운가

요······ 아, 그만하죠, 그 소파에 대해 이야기하고 싶지 않
군요."

"원하는 대로 하시지요." 나는 이 표현에 최대한 품위를
담아 말하고자 노력했다. "뭐든 다른 이야기를 하시지요."

"미신입니다······ 편견이고요······" 낯선 이는 무심하게
말했다. "이성의 나태함이지요. 그리고 질투입니다. 머리
카락 한 올 한 올에 스며 있는 질투 말입니다······" 그는 말
을 멈추었다. "죄송합니다만, 알렉산드르 이바노비치, 감
히 부탁드리건대 허락하신다면 저 바가지 좀 치우면 안 될
는지요. 안타깝게도 철제는 하이퍼자기장을 실질적으로
차단하기 때문에, 하이퍼자기장의 농축도가 작은 용적 안
에서 증가하게 되면······"

나는 양팔을 치켜들었다.

"그러세요, 뭐든 원하는 대로 하시죠! 바가지를 치우세
요······ 그리고 저것······ 움······ 움······ 저 마술 지팡이도
치우시죠······" 그런데 그 순간 나는 놀라서 멈추었다. 바
가지는 이미 사라지고 없었다. 실린더는 착색된 수은처럼
보이는 액체 웅덩이에 서 있었다. 이내 액체는 순식간에 증
발해 버렸다.

"그렇게 두는 편이 낫습니다, 제 말을 믿으세요." 낯선 이
는 말했다. "그리고 움클라이데트를 치워 달라는 당신의
정중한 제안에 대해서 저는, 유감스럽게도, 그렇게 할 권리

가 없다는 말씀을 드릴 수밖에 없습니다. 그것은 이미 도덕과 윤리의 문제이자, 양심의 문제, 뭐 그런 유사한 문제에 해당됩니다…… 관습이란 그토록 힘이 센 것이죠! 감히 조언드리는 바는 더 이상 움클라이데트를 건드리지 마시라는 겁니다. 제가 보니 이미 타박상을 입으셨군요. 그리고 이 독수리는…… 제 생각에는 이미 느끼실 거라고 생각하지만…… 예…… 그러니까 약간의 악취를……"

"네," 나는 냄새를 느끼며 말했다. "정말 지독한 냄새를 풍기는군요. 마치 원숭이 우리 안에 있는 것 같아요."

우리는 독수리를 바라보았다. 그리핀은 고개를 웅크리고 졸고 있었다.

"움클라이데트를 조종하는 것은 예술입니다." 낯선 이가 말했다. "그건 정말 복잡하고 정교한 예술이지요. 당신은 절대로 낙담하거나 자책하시면 안 됩니다. 움클라이데트를 조종하기 위해서는 8학기의 교과과정을 거쳐야 하고, 양자역학 연금술에 대한 기본적 지식이 필요합니다. 당신은 프로그래머니 아마도 큰 어려움 없이 전자 레벨의 움클라이데트, 소위 UEU-17에 익숙해질 것이 분명합니다…… 하지만 양자 레벨의 움클라이데트는…… 하이퍼 자기장이라서…… 공간이동의 전형이죠…… 로모노소프와 라부아지에의 일반화 법칙입니다……" 그는 미안하다는 듯 손을 펼쳤다.

"무슨 말씀이세요!" 나는 서둘러 대답했다. "저는 전혀 자격이 없는걸요…… 또 전혀 준비가 되어 있지도 않고요."

그러고는 문득 생각이 나서 그에게 담배를 권했다.

"감사합니다만, 대단히 유감스럽게도 저는 담배를 하지 않습니다." 낯선 이가 말했다.

그래서 나는 공손하게 손가락을 움직이면서 질의했다. 질문한 것이 아니라, 정확하게, 질의했다.

"우리의 이 즐거운 만남은 어떻게 이루어질 수 있었던 것인지 제가 알 수 있을까요?"

낯선 이는 시선을 떨구었다.

"무례하게 보일까 저어됩니다만," 그는 말했다. "사실은, 꽤 한참 전부터 제가 이곳에 있었음을 고백하지 않을 수 없네요. 구체적인 실명을 거론하고 싶지는 않습니다만, 제 생각에 심지어 이 모든 것을 잘 모르는 당신에게조차, 알렉산드르 이바노비치, 소파를 둘러싸고 뭔가 비정상적인 난리 법석이 벌어지고 온갖 추태가 발생하고 분위기가 험악해지고 긴장이 팽팽해진다는 사실이 명백할 것입니다. 그런 상황에서는 실수가 불가피하고 매우 바람직하지 않은 사고가 나게 마련입니다…… 사례를 거론하면서 괜히 논지에서 벗어날 필요는 없을 것 같습니다. 누군가가, 다시 말씀드리지만 실명을 거론하고 싶지는 않습니다,

게다가 존중받을 만한 자격이 있는 직원 중 누군가가 말입니다. 그런데 제가 말씀드리는 존중이란 태도를 의미하는 것이 아니라 뛰어난 재능과 헌신성을 의미하는 것입니다. 자, 그러니까 바로 그 누군가가 신경과민이 되어 서두르다가 움클라이데트를 여기서 잃어버렸고, 그래서 움클라이데트가 사건장의 중심이 된 것입니다. 이 사건장에서는 상기한 그자와 전혀 관계없는 사람마저도 연루되게 마련이죠……" 그는 내 쪽으로 몸을 숙였다. "그리고 그런 경우에는 어떻게든 해로운 영향을 중화시키는 반작용이 절대적으로 필요합니다……" 그는 천장에 찍힌 발자국을 의미심장하게 바라보았다. 그러고는 내게 미소를 지었다. "저는 추상적인 이타주의자로 보이고 싶은 마음은 추호도 없습니다. 물론 이 모든 사건은 전문가로서도 관리자로서도 제게 매우 흥미롭긴 하지만 말입니다…… 어쨌든, 당신이 움클라이데트를 실험할 의도가 더 이상은 없다는 점을 제게 명확하게 밝히신 이상, 당신을 더 방해하고 싶은 의향은 없습니다. 이제 여기서 물러나도록 허락해 주십시오."

그는 일어섰다.

"무슨 말씀이세요!" 나는 소리쳤다. "가지 마세요! 당신과 대화하는 것이 저는 너무나 즐겁습니다. 당신께 드릴 질문도 태산같이 많아요……!"

"당신의 상냥함은 정말 대단히 귀한 것이라고 인정합니

다, 알렉산드르 이바노비치. 하지만 당신은 지쳤어요, 휴식이 필요합니다……"

"전혀 그렇지 않아요!" 나는 펄펄 뛰며 반박했다. "정반대예요!"

"알렉산드르 이바노비치," 낯선 이는 상냥하게 미소를 지으면서 내 눈을 뚫어질 듯 응시하며 말했다. "하지만 당신은 **정말** 지쳐 있습니다. 그리고 **정말** 쉬고 싶어 하고 있어요."

그러자 그 즉시 나는 잠에 빠지는 느낌이 들었다. 내 눈은 감기고 있었다. 더 이상 이야기를 하고 싶지 않았다. 그무엇도 하고 싶지 않았다. 그저 미치도록 자고 싶기만 했다.

"당신을 알게 되어 예외적으로 반갑고 기쁩니다." 낯선 이는 조용히 말했다.

나는 그가 하얗게 되기 시작하더니 더 하얗게 되고 그러고는 서서히 대기 중으로 사라지는 것을 보았다. 그가 있던 자리에는 고급 향수 냄새가 희미하게 남았다. 나는 겨우겨우 매트리스를 바닥에 편 후에, 얼굴을 베개에 파묻고 그즉시 잠들어 버렸다.

나를 깨운 것은 퍼덕거리는 날갯소리와 불쾌한 새 울음소리였다. 방 안에는 이상하게 푸르른 어스름이 깔려 있었다. 독수리는 페치카 위에서 꼴사납게 부스럭거리고 요란스레 끄억끄억 소리를 내며 날개로 천장을 툭툭 치고 있었다. 나는 일어나 앉았다. 방 한가운데 공기 중에 트레이닝 바지를 입고 알로하셔츠를 바지 밖으로 내놓은 건장한 사내가 수증기처럼 어른대고 있었다. 그는 실린더 위에서 어른대면서, 실린더를 건드리지 않고 두드러지게 뼈가 돌출된 커다란 발을 거침없이 흔들어 댔다.

"무슨 일이시죠?" 나는 물었다.

건장한 사내는 어깨 너머로 나를 슬쩍 쳐다보고는 고개를 돌렸다.

"대답 안 해요?" 나는 화가 나서 말했다. 나는 여전히 너무도 자고 싶었다.

"조용히 해, 죽으려고." 쉰 목소리로 사내가 말했다. 그는 동작을 멈추더니 바닥에서 실린더를 집어 들었다. 그의 목소리는 내게 익숙하게 여겨졌다.

"이봐, 친구!" 나는 위협적으로 말했다. "그 물건 제자리에 내려놓고 여기서 사라져."

사내는 나를 바라보더니 턱을 실룩거렸다. 나는 시트를 걷어차고 일어섰다.

"이봐, 움클라이데트 내려놓으라고!" 나는 목청껏 고함쳤다.

사내는 바닥으로 내려와서 두 다리로 견고하게 착지하더니 부동자세를 취했다. 전등을 켜지 않았는데도 방 안은 훨씬 밝아졌다.

"애야." 사내는 말했다. "밤에는 자야 하는 거란다. 너 스스로 눕는 게 좋을 거다."

사내는 싸울 만큼 바보는 아닌 게 분명했다. 그리고 그것은 나도 마찬가지였다.

"그래, 마당으로 나갈까?" 바지를 추켜올리며 능청스럽게 내가 말했다.

갑자기 누군가가 낭독하듯 말했다. "'정욕과 자기애에서 자유로운 숭고한 나에 생각을 집중하고, 영혼의 열병을 치유한 후에, 그러고 나서 싸우라, 아르주나!'"

나는 몸서리쳤다. 사내 역시 몸서리쳤다.

"『바가바드 기타』*의 말씀입니다!" 목소리는 말했다. "제3장, 시편 30번."

"거울이 말하는 거야." 나도 모르게 말했다.

"나도 알아." 사내는 중얼거렸다.

"움클라이데트 내려놔." 나는 다시 요구했다.

"너 왜 그렇게 소리 지르는 거야, 아픈 코끼리처럼." 사내

---

* 『베다』 『우파니샤드』와 함께 고대 인도의 힌두교 3대 경전의 하나로 꼽히는 철학서이다. 왕권을 차지하기 위해 골육상잔을 일삼는 현실에 회의를 품은 고대 인도국 왕자 아르주나가 스승인 크리슈나에게 고뇌를 털어놓으면서 나눈 대화를 묶은 것으로 모두 700구의 시로 이루어져 있다. '바가바드 기타'는 거룩한 신의 노래라는 의미이며, 인도의 대서사시 『마하바라다』의 제6권에 들어 있다.

는 말했다. "네 거라도 돼?"

"그럼 네 거라도 된다는 거야?"

"그래, 내 거야!"

그 순간 나는 퍼뜩 생각이 났다.

"그러면 소파도 역시 네가 끌고 갔어?"

"네 일도 아니면서 괜히 참견하지 마." 사내는 충고했다.

"소파 되돌려 놔." 나는 말했다. "소파도 접수증에 적혀 있단 말이야."

"빌어먹을!" 사내는 주위를 둘러보며 말했다.

그 즉시 방 안에는 또 다른 두 명이 나타났다. 말라깽이와 뚱뚱이였는데, 둘 다 싱싱 교도소*의 수감자 같은 줄무늬 파자마를 입었다.

"코르네예프!" 뚱뚱이가 고함을 쳤다. "소파를 훔쳐 간 게 당신이었소?! 정말 추잡하기 짝이 없군!"

"그냥들 가세요……" 사내가 말했다.

"정말 망나니구먼!" 뚱뚱이가 외쳤다. "당신은 해고되어야 해! 내가 당신을 고발하고 말겠소!"

"그러시든지요." 코르네예프는 침울하게 말했다. "고발이든 고소든 마음대로 하세요."

"감히 내게 그따위로 말하지 마시오! 아직 새파랗게 젊

---

* 최고의 보안을 자랑하는 미국의 교도소.

은 친구가! 당신 정말 망나니구먼! 움클라이데트를 여기서 잃어버린 것도 당신이잖소! 이 젊은 친구가 공연히 고생할 수도 있었잖소!"

"이미 고생하고 있어요." 내가 끼어들었다. "소파는 없고, 그래서 개처럼 바닥에서 자고요. 밤마다 떠들어 대고…… 저 독수리는 악취를 풍기고……"

뚱뚱이는 화들짝 놀라며 내게로 몸을 돌렸다.

"듣도 보도 못한 규율 위반이오." 그는 공표했다. "문제 제기 하셔야 합니다…… 그리고 당신은 부끄러운 줄 아시오!"그는 다시 코르네예프에게로 돌아서서 말했다.

코르네예프는 침울하게 움클라이데트를 뺨에 찔러 댔다. 말라깽이가 불쑥 조용히 위협적으로 물었다.

"당신, '마법'은 해제한 거요, 코르네예프?"

사내는 음울하게 코웃음을 쳤다.

"참 내, '마법' 따위는 없어요." 그는 말했다. "대체 왜들 그런 황당한 소리를 하시는 거예요? 저희가 소파를 훔치기 원하지 않으신다면, 저희에게 다른 변환기를 달라고요……"

"당신, 보관고의 물품 반출 금지 명령을 읽었소?"위협하듯 말라깽이가 질의했다.

코르네예프는 호주머니에 손을 찔러 넣고 천장을 바라보았다.

"당신, 과학위원회 규정을 알고는 있소?" 말라깽이가 또다시 질의했다.

"제가 알고 있는 건요, 됴민 동지, 월요일은 토요일에 시작된다는 것입니다." 코르네예프는 침울하게 말했다.

"악선전으로 선동하지 마시오." 말라깽이가 말했다. "지금 당장 소파를 되돌려 놓고, 다시는 이곳으로 돌아올 꿈도 꾸지 마시오."

"소파는 돌려 놓지 않을 거예요." 코르네예프가 말했다. "실험을 끝마치면, 그때 돌려 두지요."

뚱뚱이는 참지 못하고 길길이 날뛰었다. "아주 제멋대로군……!" 그는 악다구니를 썼다. "망나니 같으니……!" 그리핀은 또다시 흥분해서 울부짖었다. 코르네예프는 호주머니에서 손을 빼지 않은 채 뒤돌아 걸어가 벽을 통과해 사라졌다. 뚱뚱이는 그의 등에 대고 미친 듯이 소리를 질렀다. "두고 봐, 당신 말이야, 소파 돌려 놓게 될 거야!"

말라깽이는 내게 말했다. "뭔가 착오가 있었습니다. 다시는 이런 일이 없도록 우리가 조치를 취하겠습니다."

그는 고개를 숙여 인사하고는 역시 벽으로 걸어갔다.

"잠깐만요!" 나는 외쳤다. "독수리요! 독수리 데려가세요! 저 악취도 없애 주세요!"

이미 반쯤은 벽 안으로 들어간 말라깽이는 다시 돌아와 독수리를 손가락으로 불렀다. 그리핀은 요란스럽게 페치카에서 내려오더니 발톱으로 그를 움켜쥐고 앉았다. 말라 깽이는 사라졌다. 푸른빛이 서서히 사라지더니 이윽고 어두워졌고, 다시 비가 창을 두드렸다. 나는 불을 켜고 방을 둘러보았다. 방 안의 모든 것은 이전 그대로였고, 단지 페치카에 깊게 파인 그리핀 발톱 자국과 천장에 엉망진창으로 황당하게 얼룩진 내 구두의 줄무늬 발자국만 또렷이 남아 있었다.

"암소 안에 투명한 기름이 있네." 백치 같은 심오한 의미로 거울이 말했다. "식용으로 못 쓰겠지만, 적절한 방법으로 가공하면 가장 좋은 영양분을 공급하게 되리."

나는 불을 끄고 누웠다. 바닥은 딱딱하고 한기가 올라왔다. 내일 노파에게 단단히 당하겠군, 나는 생각했다.

제6장

"아닙니다." 내 시선이 보내는 끈질긴 질문에 그는
이렇게 대답했다네. "나는 클럽 회원이 아닙니다, 나는
유령이에요."

"좋습니다. 하지만 그렇다고 한들 당신에게 클럽을
어슬렁거릴 권리가 생기지는 않습니다."

—H. G. 웰스*

아침에 소파는 제자리에 있었다. 나는 놀라지 않았다. 단
지 어쨌든 간에 노파가 애초의 목적을 달성했다는 생각이
들었다. 소파는 한구석에 있고, 나는 다른 구석 바닥에 누
워 있으니까. 침구를 정리하고 체조를 하면서, 놀라는 것
에도 일정한 한계가 존재하는 것 같다는 생각을 했다. 그리
고 보아하니 나는 이미 오래전에 그 한계를 넘어선 것 같았
다. 심지어 조금은 지겹기까지 했으니까. 나는 지금 당장
나를 놀라게 할 만한 무언가를 상상해 보고자 애썼지만, 내
상상력은 부족했다. 그것은 아주 기분 나빴다. 놀랄 줄 모

---

* 단편소설 「미숙한 유령 이야기The Story of the Inexperienced Ghost」(1902)에서.

르는 부류의 인간들을 나는 견딜 수 없기 때문이었다. 사실 내 심리는 '이얼마나신기한가경탄하는' 것과는 거리가 멀었고, 내 상태는 『이상한 나라의 앨리스』를 연상시키는 것이었다. 꿈에서 모든 기적을 당연하게 받아들이듯이, 나는 말 그대로 단순히 입을 벌리고 눈을 비비는 반응 이상을 요구하는 모든 기적을 당연하게 받아들일 준비가 되어 있다.

내가 여전히 체조를 계속하고 있을 때, 복도에서 문을 쾅 닫는 소리, 발을 질질 끌고 구두 굽을 터벅거리는 소리, 누군가 기침하는 소리, 무언가가 요란하게 철커덕거리고 떨어지는 소리, 그리고 명령조로 "고리니치 동무!" 하고 부르는 소리가 났다. 노파가 대답하지 않자, 복도에서 이야기들을 나누기 시작했다. "이 문은 대체 뭐요……? 아, 알겠소. 그럼 이 문은?" "박물관 입구입니다." "그럼 여기는……? 이게 대체 뭐요, 죄다 잠겨 있고, 자물쇠까지……" "아주 알뜰한 여성이죠, 야누스 폴루엑토비치. 여기에 전화가 있습니다." "그 유명한 소파가 대체 어디에 있는 거요? 박물관에 있소?" "아닙니다. 여기 창고에 있습니다."

"바로 여기입니다." 낯익은 침울한 목소리가 말했다.

내 방 문이 활짝 열리면서 문지방에 아주 멋진 백발에 검은 눈썹, 검은 수염, 그리고 깊은 검은 눈동자를 가진 키가 크고 비쩍 마른 노인이 나타났다. 나를 보고는(나는 팬티 하

"이게 그 소파요?" 반질반질한 남자가 물었다.

나만 입은 채 양손을 한쪽으로 뻗고 다리는 어깨너비로 벌리고 서 있었다), 멈춰 서더니 우렁찬 목소리로 말했다.

"아니, 이런."

그의 왼쪽, 오른쪽으로 또 다른 얼굴들이 방 안을 들여다보았다. 나는 "죄송합니다"라고 말하고는 얼른 내 청바지 있는 데로 달려갔다. 그렇지만 내게는 관심들이 없었다. 방 안으로 네 명이 들어왔고, 소파 근처로 모여들었다. 그중 두 명은 안면이 있었다. 면도하지 않고 눈도 뻘건 침울한 코르네예프는 여전히 그 경박스러운 알로하셔츠를 입고 있었고, 얼굴이 거무스레한 매부리코 로만은 내게 눈을 찡긋하고는 손으로 이해할 수 없는 신호를 보내더니 그 즉시 돌아섰다. 백발 신사는 내가 모르는 사람이었다. 마찬가지로 내가 처음 본 다른 또 한 남자는 반질반질하게 광택 나는 검은 양복을 입었는데 뚱뚱하고 털이 많았고, 휘젓고 다니며 주인처럼 행세했다.

"이게 그 소파요?" 반질반질한 남자가 물었다.

"이건 소파가 아닙니다." 침울하게 코르네예프가 말했다. "이것은 변환기입니다."

"내게 이건 소파요." 반질반질한 남자가 수첩을 들여다보며 말했다. "부드러운 천으로 된, 1.5인용, 품목 번호 1123." 그는 몸을 숙여 소파를 만지작거렸다. "이봐요, 코르네예프, 당신이 빗속에 끌고 와서 이렇게 축축해진 거 아니오. 자 이제 스프링은 녹이 슬고 가장자리 천은 너덜거린 다고 해도 될 지경이오."

"이 물품의 가치는……" 내가 보기에도 매부리코 로만 은 노골적으로 비아냥거리며 말했다. "있지도 않은 스프링 이나 가장자리 천 따위에 있는 것이 전혀 아닙니다."

"작작 좀 하시오, 로만 페트로비치." 반질반질한 사람은 품위 있게 말했다. "그리고 코르네예프를 더 이상 변호하 지도 마시오. 소파는 이제 우리 박물관에서 순회 진열하고 그곳에 보관할 것이오……"

"이것은 기구입니다." 코르네예프는 절망적으로 말했 다. "이 기구로 작업하면……"

"그런 것은 난 모르오." 반질반질한 사람이 말했다. "소 파로 하는 작업 따위 모른단 말이오. 내 집에도 소파가 있 고, 나는 거기 앉아서 작업한다는 것만 알지."

"그건 저희도 압니다." 로만이 조용히 말했다.

"작작 좀 하시오." 반질반질한 사람이 로만에게로 돌아 서며 말했다. "당신 여기가 지금 술집인 줄 아시오, 여긴 기 관이라는 걸 명심하시오. 대체 무슨 의미로 하는 말이오?"

"제 말은 이것은 전혀 소파가 아니라는 겁니다." 로만이 말했다. "당신에게 소파로 보일 뿐이지, 이것은 전혀 소파 가 아닙니다. 이것은 그저 소파의 모양을 한 도구입니다."

"내가 그 헛소리 좀 그만하라지 않았소." 반질반질한 사람은 단호하게 말했다. "무슨 보이는 모습이 어떻고 그따위 소리 그만해요. 이제 각자 맡은 일을 하도록 하시오. 내일은, 이 헛소문을 멈추게 하는 것이고, 이제 그것을 금지하오."

"자……" 백발이 우렁차게 말했다. 그러자 순식간에 조용해졌다. "내가 크리스토발 호제비치와 표도르 시메오노비치와 대담을 나누었습니다. 그들은 이 소파-변환기는 단지 유물로서 가치를 가지고 있을 뿐이라고 간주하고 있더군요. 원래는 루돌프 2세*의 소유였으니, 그러니까 그 역사적 가치는 논쟁할 필요도 없겠지요. 그 외에도, 한 2년 전인가, 만일 내 기억이 틀리지 않았다면, 우리는 이미 일련의 변환기를 등록해 놓았습니다…… 누가 등록했었는지 기억하시는지요, 모데스트 마트베예비치?"

"잠시만 기다려 주십시오." 반질반질한 모데스트 마트베예비치가 말하고는 재빨리 수첩을 뒤적였다. "잠시만요…… 복합 가동 변환기 TDH-80E 키테즈그라드** 공

---

* 루돌프 2세(1552~1612). 신성 로마 제국 황제이자 보헤미아의 왕, 헝가리 왕국의 왕, 크로아티아 왕국의 왕, 오스트리아 공작이다.

** 키테즈그라드는 지금의 니즈니노브고로드 지방 볼가강 상류의 스베틀로야르 호수에 가라앉은 것으로 전해지는 러시아의 전설적인 도시이다. 전설에 따르면 키예프 대공국 블라디미르 대공의 증손자이자 모스크바를 창건한 유리 돌고루키의 손자인 동시에 프스코프 공후인 유리 브세볼로도비치가 건립한 것으로 알려져 있다. 1165년 5월 1일에 건설이 시작되어 1167년 9월 30일에 완성된 도시 중앙에는 '성 십자가의 승천과 성모 마리아의 안식' 교회가 세

장······ 발사모 동무 신청으로······"

"발사모는 그 변환기로 24시간 작업합니다." 로만이 말했다.

"게다가 그 TDH는 고물이에요." 코르네예프가 덧붙였다. "분자 수준밖에 감지하지 못합니다."

"그래, 그래요." 백발이 말했다. "기억납니다. TDH 연구에 대한 발표가 있었죠. 사실 선별 곡선이 매끄럽지 못했습니다만······ 맞아요. 그러니까 이게······ 그······ 소파라는 겁니까?"

"수제 도구죠." 재빨리 로만이 말했다. "완전무결합니다. 뢰브 벤 베찰렐***의 설계입니다. 벤 베찰렐은 이미 300년 전에 조립하고 정비까지 완료했습니다······"

"그러니까 말이오!" 반질반질한 모데스트 마트베예비치가 말했다. "바로 그렇게 작업해야 하는 거요! 늙은이였지만, 그래도 직접 다 했잖소."

워졌다. 1239년 몽골 칸 바투가 침략하여 도시를 불사르고 황폐하게 했으며 유리 브세볼로도비치를 죽이고 그의 시신을 가져갔다. 그리고 도시는 스베틀로야르 호수에 가라앉았다. 1871년 작가이자 민족학자 파벨 이바노비치 멜니코프-페체르스키가 스베틀로야르 호수가 있던 볼가강 상류 지역 주민들이 간직하던 이 전설을 소설 『숲에서 В лесах』에서 소개하며 널리 알려졌는데, 오직 마음과 영혼이 순수한 사람만이 키테즈그라드를 볼 수 있다고 한다. 시간이 흐르면서 키테즈그라드는 러시아에서 '아틀란티스'의 동의어로도 사용되었다.

*** 유다 뢰브 벤 베찰렐(?1512~1609). 16세기 '프라하의 대왕'이라 일컬어지던 대랍비. 유대 민담을 토대로 골렘 설화를 창조했다.

거울이 갑자기 기침을 하더니 말했다.

"그들 모두는 물속에서 한 시간을 보내고는 더 젊어졌고, 스무 살 때 그랬던 것처럼 아름답고 홍조 띤 젊고 건강하고 또 삶을 기뻐하는 모습으로 물 밖으로 나왔다."

"바로 그렇소." 모데스트 마트베예비치가 말했다. 거울은 이번에 백발의 목소리로 말했다.

백발은 언짢다는 듯 얼굴을 찌푸렸다.

"지금 이 문제를 결정하지는 않겠습니다." 그는 말했다.

"그럼 언제요?" 무례한 코르네예프가 물었다.

"금요일 학술위원회에서 결정합니다."

"우리는 유물을 저잣거리에 내놓을 수 없소." 모데스트 마트베예비치가 첨언했다.

"그럼 저희는 어떻게 해요?" 무례한 코르네예프가 물었다.

거울은 저승에서 울려 퍼지는 듯한 위협적인 목소리로 중얼거렸다.

　나는 직접 보았지, 검은 드레스 자락을 걷어 올리고,
　머리를 풀어 헤치고 울부짖으며 맨발의 카니디아가 걸어
　가는 것을.
　그녀와 함께 가는 사가나도 몇 년은 늙어 버렸고, 둘 다 창
　백하기 그지없었네.

바라보기 끔찍했지, 거기서 손톱으로 땅을 파헤치기 시작
하더니
그 둘은 검은 어린양을 이로 물어뜯었네······*

백발은 얼굴을 온통 찌푸리며 거울로 다가가 팔을 어깨
높이로 들어 올리더니 무언가로 거울을 찰싹 쳤다. 거울은
입을 다물었다.

"자." 백발이 말했다. "당신들 문제에 대해서도 역시 위
원회에서 결정하겠습니다. 그리고 당신은······" 그의 얼굴
로 보아, 코르네예프의 이름과 부칭을 잊어버린 것이 분명
했다. "당신은 당분간 그러니까······ 박물관 출입을 자제하
세요."

이 말을 끝내고 그는 방에서 나가 버렸다. 문을 관통해
서.

"당신들 하고 싶은 대로 멋대로군요." 코르네예프가 모
데스트 마트베예비치를 바라보며 이를 악물고 말했다.

"저잣거리에 내놓게는 안 하지." 모데스트 마트베예비
치는 안주머니에 수첩을 집어넣으며 짧게 대꾸했다.

"저잣거리에 내놓는다고!" 코르네예프가 말했다. "당신

---

* 고대 로마의 시인 호라티우스의 『풍자시 Sermones』 제1권 여덟 번째 시의 내
용을 이야기하고 있다. 카니디아와 사가나는 호라티우스의 안티-뮤즈로, 무
덤을 훼손하고 납치하고 살인하고 독을 쓰고 고문하는 마녀들이다.

들은 이 모두 다에 신경 안 쓰잖아요. 그저 결산보고만 걱정할 뿐이죠. 한 줄 더 추가하고 싶지 않은 거죠."

"당신은 작작 하시오." 완강한 모데스트 마트베예비치가 말했다. "그리고 별도의 위원회를 소집해서 유물이 손상되지는 않았는지 검토하도록 하겠소……"

"품목 번호 1123입니다." 목소리를 낮추고 로만이 덧붙였다.

"그리고 이런 **상항***에서는," 무슨 왕이나 되는 듯이 모데스트 마트베예비치가 말하고는 돌아서서 나를 보았다. "대체 당신은 여기서 무엇을 하고 있소?" 그는 물었다. "대

---

* 저자들은 여기서 모데스트의 잘못된 언어 습관을 강조하기 위해, 러시아어 аспект(아스펙트)를 의도적으로 자음이 전치된 표기인 аксепт(악셉트)로 기재하고 있다. 저자들의 의도를 반영하여 '상황'을 '상항'으로 오기한다.

체 왜 여기서 자고 있는 거지요?"

"저는……"나는 입을 열었다.

"당신, 소파에서 잤다니요."마치 첩자를 선별해 내는 정보 요원처럼 나를 뚫어지게 바라보며, 얼음장처럼 차가운 어조로 모데스트가 말했다. "당신, 이것이 도구라는 것을 알고 있소?"

"아니요." 나는 말했다. "그러니까, 지금은, 물론 알고 있습니다."

"모데스트 마트베예비치!" 매부리코 로만이 소리쳤다. "이 사람은 새로 온 저희 프로그래머라고요, 사샤 프리발로프요!"

"그런데 왜 이 사람이 여기서 자고 있는 거요? 기숙사에서 자지 않고?"

"아직 등록을 못 했어요." 내 허리를 안으며, 로만이 말했다.

"그러니까 더 안 된다는 얘기요!"

"그럼, 길바닥에서 자게 두라는 겁니까?" 코르네예프가 악에 받쳐 물었다.

"당신은 작작 좀 하시오." 모데스트가 말했다. "기숙사도 있고, 호텔도 있는데, 게다가 여기는 박물관이오. 국가기관이란 말이지. 만일 모두가 박물관에 와서 자겠다고 들면…… 당신은 어디서 왔소?"

"레닌그라드에서 왔습니다." 나는 침울하게 대답했다.

"그럼 내가 레닌그라드에 가서 에르미타시에서 잠잔다면 어떻겠소?"

"그러시죠, 뭐." 나는 어깨를 으쓱하며 말했다.

로만은 여전히 내 허리를 끌어안고 있었다.

"모데스트 마트베예비치, 당신 말이 정말 맞습니다. 질서가 없었지요. 하지만 오늘은 제 방에서 재울 거예요."

"그렇다면 다른 문제지. 그건 괜찮소." 모데스트가 관대하게 허락했다. 그는 관리자다운 눈초리로 방을 둘러보았고, 천장의 발자국을 발견하더니 그 즉시 내 발을 바라보았다. 다행히도 나는 맨발이었다.

"그리고 이런 상황에서는," 그가 말하고는 옷걸이의 잡동사니를 바로잡더니 나가 버렸다.

"머—엉텅구리." 코르네예프는 속에서 쥐어짜듯 말했다. "얼간이 같으니." 그는 소파에 앉더니 머리를 감싸 쥐었다. "다들 엿 먹으라 그래. 오늘 밤에 또 끄집어낼 거야."

"진정해." 달래듯이 로만이 말했다. "걱정하지 마. 그저 우리가 운이 좀 없었을 뿐이야. 그런데 너 어떤 야누스인지 알아챘어?"

"아니." 코르네예프가 절망적으로 말했다.

"저 사람이 A—야누스야."

코르네예프는 고개를 들었다.

"어떤 차이가 있는데?"

"엄청난 차이가 있지." 로만이 말하고는 눈을 찡긋했다. "왜냐하면 U-야누스는 모스크바에 갔거든. 그것도 딱, 이 소파 문제로. 알겠냐, 이 박물관 유물 도둑아?"

"이봐, 네가 나를 살리는구나." 코르네예프가 말했고, 나는 처음으로 그가 웃는 것을 보았다.

"어떻게 된 일이냐 하면, 사샤." 로만이 내게 말했다. "우리 연구소 소장은 정말 끝내주는 사람이거든. 두 얼굴의 사나이야. A-야누스 폴루엑토비치가 있고, U-야누스 폴루엑토비치가 있어. U-야누스는 국제적 명성을 가진 거물급 학자야. 그런데 이 A-야누스로 말하자면, 그저 평범한 행정가라고 할 수 있지."

"쌍둥이야?" 조심스럽게 내가 물었다.

"아니야. 똑같은 사람이야. 그냥 한 사람이 두 얼굴을 하고 있을 뿐이야."

"알겠어." 나는 구두를 신기 시작했다.

"괜찮아, 사샤. 이제 곧 전부 알게 될 거야." 로만이 격려하듯 말했다.

나는 고개를 들었다.

"무슨 뜻인지?"

"우리는 프로그래머가 필요하다고." 로만이 간곡하게 말했다.

"내게는 정말로 프로그래머가 필요해." 코르네예프가 생기를 되찾으며 말했다.

"모두가 프로그래머를 필요로 해." 나는 다시 구두를 신으며 말했다. "그리고 제발 최면 같은 것이나 마법의 장소 같은 건 없었으면 해."

"이 친구 이미 다 알아채고 있네." 로만이 말했다.

코르네예프는 무언가를 말하려고 했는데, 그 순간 창밖에서 요란하게 고함 소리가 터져 나왔다.

"이것은 우리 5코페이카가 아니오!" 모데스트가 고함치고 있었다.

"그럼 누구의 5코페이카란 말입니까?"

"나도 모르지, 누구의 5코페이카인지! 내가 알 게 뭐요! 그건 당신의 일이지, 위조 동전을 만든 게 누군지 잡아내는 것은 말이오, 경사 동무……!"

"5코페이카 동전은 무슨 프리발로프라는 사람에게 압수한 겁니다, 바로 여기 당신네 숙소에, 닭다리오두막에 머물고 있다고요……!"

"허, 프리발로프에게 압수했다? 내가 그 자식 도둑놈일 줄 알았어, 대번에 알아봤지!"

A-야누스가 질책하는 목소리로 말했다.

"이봐요, 모데스트 마트베예비치……!"

"아닙니다, 죄송하지만요, 야누스 폴루엑토비치! 이것

은 도저히 묵과할 수 없는 일입니다! 경사 동무, 체포하시오……! 지금 집 안에 있소…… 야누스 폴루엑토비치, 창문 쪽에 서 계세요, 그놈이 뛰어내리지 못하게! 내가 증명하고 말겠어! 고리니치 동무에게 혐의를 두게 만드는 것은 용납할 수 없으니까……!"

나는 등골이 오싹해졌다. 하지만 로만은 이미 모든 상황을 파악하고 있었다. 그는 옷걸이에서 기름때에 전 모자를 집어 들더니 내 귀까지 푹 눌러 씌웠다.

나는 사라졌다.

그건 정말 이상한 느낌이었다. 모든 것은 제자리에 그대로, 나만 제외하고, 모두가 그대로 남아 있었다. 그러나 로만은 내가 그 새로운 경험을 충분히 만끽하도록 내버려 두지 않았다.

"이건 투명인간 모자야." 그가 속삭였다. "저기 한쪽 구석으로 가서 잠자코 있어."

나는 까치발을 하고 구석으로 달려갔고 거울 아래 쪼그려 앉았다. 그 순간 흥분한 모데스트가 젊은 경사 코발료프의 팔을 끌면서 방 안으로 쳐들어왔다.

"어디 있소?" 모데스트가 방을 둘러보며 고함을 쳐 댔다.

"여기요." 로만이 소파를 가리키며 말했다.

"걱정 마세요, 제자리에 있으니까요." 코르네예프가 덧붙였다.

"내가 묻는 것은, 그 당신들…… 프로그래머가 어디 있느냐고?"

"어떤 프로그래머요?" 로만이 놀란 척하며 되물었다.

"당신은 작작 좀 하시오." 모데스트가 말했다. "여기 프로그래머가 있었잖소. 팬티 차림에 구두도 안 신고 서서."

"아하, 그 말씀이시군요." 로만이 말했다. "그건 저희가 장난친 거예요, 모데스트 마트베예비치. 프로그래머라곤 여기에 그림자도 없었어요. 그건 단지……" 그리고 로만은 팔을 들어 어떤 동작을 했고, 그러자 방 한가운데에 티셔츠와 청바지를 입은 사람이 나타났다. 나는 뒷모습만 봤기 때문에 어떻다고 말할 수 있는 게 전혀 없었지만, 젊은 코발료프는 고개를 젓더니 말했다.

"아닙니다, 이 사람이 아니에요."

모데스트는 허깨비 주변을 한 바퀴 돌면서 중얼거렸다.

"티셔츠…… 바지…… 구두는 안 신고…… 이 사람이야! 이게 그자요."

허깨비는 사라졌다.

"아닙니다, 그 사람이 아니었어요." 코발료프 경사가 말했다. "그 사람은 젊었어요. 턱수염도 없었고요……"

"턱수염이 없었다고?" 모데스트가 재차 물었다. 그는 몹시도 무안한 모양이었다.

"턱수염이 없었습니다." 코발료프는 확인해 주었다.

"음…… 그런가……" 모데스트가 말했다. "내 생각에는 턱수염이 있었던 것 같은데……"

"자, 그럼 선생님께 소환장을 위탁하겠습니다." 젊은 코발료프가 말하며 모데스트에게 관청 양식의 종잇장을 건넸다. "선생님이 직접 그 프리발로프와 그 고리니치 문제를 해결하도록 하십시오……"

"내가 말하지 않소, 이건 우리 5코페이카가 아니라고!" 모데스트는 악을 써 댔다. "프리발로프란 놈에 대해 하는 말이 아니오, 프리발로프란 놈이 어떻게 되든 간에 전혀 상관없지만…… 하지만 고리니치 동무는 우리 직원이란 말이오……!"

젊은 코발료프는 가슴에 손을 갖다 대면서 무언가 말하고자 했다.

"나는 당장 이 일을 해결할 것을 요구하오!" 모데스트는 소리소리 질러 댔다. "당신은 이제 내게 작작 좀 하시오, 경찰 동무! 이 소환장은 우리 연구소 전체에 혐의를 두는 것이란 말이오! 당신이 찾아낼 것을 요구하오!"

"저는 명령을 받아서……" 코발료프가 말하기 시작했지만, 모데스트의 고함에 막혔다. "당신 작작 좀 하시오! 내가 요구하잖소!" 그러고는 그에게 달려들더니 그를 끌고 방에서 나가 버렸다.

"박물관으로 끌고 가는 거야." 로만이 말했다. "사샤, 어디 있어? 모자 벗고, 가서 보자……"

"모자를 쓰고 있는 게 더 낫지 않을까?" 내가 물었다.

"괜찮아, 벗어." 로만이 말했다. "자네는 이제 허깨비야. 자네 존재를 아무도 안 믿어, 행정부도, 경찰도……"

코르네예프가 말했다.

"몰라, 나는 이제 자러 가겠어. 사샤, 자네는 점심 먹고 와. 우리 기계 공장 둘러보고 그리고 또……"

나는 모자를 벗었다.

"자네들 작작 좀 하지." 내가 말했다. "나는 휴가 중이라고."

"가자, 가자고." 로만이 말했다.

복도에서 모데스트는 한 손으로는 단단히 경사를 붙들고, 다른 손으로는 견고하게 매달린 자물쇠를 열고 있었다. "이제 내가 우리 5코페이카를 보여 주지!" 그는 악을 썼다. "모두 다 목록에 기입되어 있소…… 모두 다 제자리에 있다고."

"제가 뭐라고 했나요." 코발료프가 소심하게 변명했다. "제가 드리는 말씀은 단지 5코페이카가 하나가 아닐 수도 있다는……" 모데스트가 문을 활짝 열어젖혔고, 우리 모두는 광활한 공간으로 들어갔다.

그곳은 정말로 버젓한 박물관이었다. 전시대, 다이어그램, 진열장, 견본과 모형들이 가득했다. 전체적인 풍경은 범죄과학 박물관을 연상시켰다. 입맛 떨어지게 하는 사진과 전시물이 많았다. 모데스트는 경사를 곧장 전시대 뒤 어딘가로 끌고 갔고, 거기서 둘이 대화하는 소리는 마치 술통 안에서처럼 웅웅거렸다. "이게 바로 우리 5코페이카요……" "제가 뭐라고 했나요……" "고리니치 동무는……" "저는 명령을 받았을 뿐이라고요……!" "당신 작작 좀 하시오……!"

"구경해, 사샤, 맘껏 구경하라고." 로만이 말하고는 기지개를 크게 켜더니 입구 옆 등받이 의자에 앉았다.

나는 전시품이 늘어서 있는 벽을 따라 움직였다. 나는 아무것에도 놀라지 않았다. 그저 아주 재미있을 뿐이었다. '생명수. 농도 52%. 복용 한도 0.3'(마개가 유색 밀랍으로 봉인된 낡은 직사각형 물병). '생명수 추출 공업 도식'. '세제곱미터당 생명수 증류 모형'. '베시콥스키-트라우벤바흐의 사랑의 묘약'(독성 있는 샛노란 연고가 담긴 약병). '손상된 일반 혈액'(검은 액체가 든 납땜한 앰풀)…… 이 모든 전시품 위로는 안내판이 붙어 있었다. '12~18세기 활성 화학약품'. 그리고 또 수많은 병들, 깡통들, 레토르트들, 앰풀들, 시험관들, 작동하거나 작동하지 않는 가열기, 증류기, 농축기 등이 진열되어 있었다. 나는 다음으로 걸어갔다.

'신검'(매우 녹슨 물결무늬 칼날의 양손 검은 사슬에 묶여 철제 진열대에 매달려 있었고 진열장은 꼼꼼하게 봉인되어 있었다). '드

나는 아무것에도 놀라지 않았다.

라큘라 자두나이스키 백작의 (작동하는) 오른쪽 눈이 달린 치아'(내가 퀴비에*는 아니었지만, 그 치아로 판단컨대 드라큘라 자두나이스키 백작은 정말 끔찍하고 혐오스러운 사람이었을 것 같았다). '평범한 발자국과 돌출한 발자국. 석고 주조물'(두 발자국은 내가 보기에 전혀 차이가 없었지만, 한 주조물은 틈이 갈라져 있었다). '이류 마당의 절구. 9세기'(회색 타공 주철로 제작된 강력한 마력 구조물)…… '용 고리니치,** 실제 크기의 1/25 골격'(머리가 셋 달린 디플로도쿠스***의 골조와 유사했다)…… '가운데 머리의 화염 분비선 제작 개요'…… '중력 순응적 천 리를 가는 장화, 작동하는 모델'(아주 커다란 고무장화)…… '중력 저항적 나는 양탄자, 작동하는 모델'(부족 산을 배경으로 젊은 체르케스 아가씨를 안고 있는 체르케스 남자가 묘

---

* 조르주 퀴비에(1769~1832). 프랑스의 동물학자이자 정치가. 동물계의 분류표를 만들었으며, 고생물학을 창시했다. 장 바티스트 라마르크의 진화론을 부정하고, 천변지이설天變地異說을 주창하여 종種의 불변을 주장했다.

** 여기서 '용'으로 번역한 '즈메이'는 러시아어로 뱀을 뜻하지만, 사실상 동슬라브 신화와 민담에서의 뱀은 용의 형상과 동일하다. 용 고리니치는 동슬라브 신화에 등장하는 용 중에서 가장 널리 알려진 존재로, 기독교 수용 이전에는 신성한 동물로 표상되었으나 기독교 수용 이후 민가와 농지를 불사르고 여성을 납치하거나 해치는 사악한 존재로 변화된다. 세 개의 머리가 달린 용 고리니치는 첫 번째 머리에서 화염을, 다른 머리에서 폭풍 같은 바람을, 세 번째 머리에서는 거센 물줄기를 쏟아 낸다. 나이나 키예브나의 성 고리니치는 용 고리니치에서 유래한 것이다.

*** '두 개의 기둥(줄기)'이라는 뜻의 공룡. 몸의 길이는 30미터 정도이며, 목과 꼬리가 길다. 쥐라기 후기에 살았던 초식 공룡으로 대부분 물속에서 생활한 것으로 보인다.

사된 사방 1.5미터의 양탄자)……

  내가 '철학적 돌 사상의 발전'이라는 진열대에 도달했을 때, 코발료프 경사와 모데스트 마트베예비치가 다시 홀로 들어왔다. 짐작건대 그들은 아직도 담판을 짓지 못한 것 같았다. "당신 작작 좀 하시오"라고 귀찮은 듯 모데스트가 말했다. "저는 명령을 받았을 뿐이라고요" 하고 역시 귀찮은 듯 코발료프가 대꾸했다.

  "우리 5코페이카는 제자리에 있소……"

  "그럼 노파에게 오라고 해서 제시하도록 하시죠……"

  "그럼 우리가, 당신 생각에, 위조 동전을 만든다는 거요……?"

  "저는 그런 말 한 적 없습니다……"

  "모든 구성원에게 혐의를 둔다는 거요……?"

  "밝혀내면 되지 않습니까……"

  코발료프는 나를 주목하지 않았지만, 모데스트는 멈춰 서더니 내 머리끝부터 발끝까지 멍청하게 훑어보고는 귀찮은 듯 소리 내어 낭독하듯 말했다. "호-문쿨-루스 실험용이야, 완전한 형태네." 그리고 걸어가 버렸다.

  나는 뭔가 불길한 예감에 사로잡혀 그들 뒤를 따라 걸어 나왔다. 로만은 문 근처에서 우리를 기다리고 있었다.

  "그래 어떻게 되었나요?" 그가 물었다.

  "엉망진창이오." 모데스트가 귀찮은 듯 말했다. "관료주의자들이야."

"저는 명령을 받았습니다." 이미 복도로 들어선 경사 코발료프가 완강하게 반복했다.

"자, 나오시오, 로만 페트로비치, 나와요." 모데스트는 열쇠를 철컥거리며 말했다.

로만은 나갔다. 나는 그의 뒤에 숨어 나왔지만, 모데스트가 나를 제지했다.

"실례하겠소." 그가 말했다. "당신은 어디 가는 거요?"

"어디라니요?" 나는 풀 죽은 목소리로 물었다.

"제자리로 가요, 제자리로."

"어떤 자리요?"

"그러니까, 당신 원래 어디 진열되어 있었소? 당신, 실례지만, 그러니까…… 함-문쿨루스 아니오? 가서 전시된 곳에 서 있으시오……"

나는 내가 죽었다는 것을 깨달았다. 그리고 나는 아마도 죽었을 것이다. 왜냐하면 보아하니 로만 역시 당황했기 때문이다. 하지만 바로 그 순간에 튼튼한 검은 염소를 밧줄로 끌고서 나이나 키예브나가 요란한 발걸음 소리를 쿵쿵거리며 복도로 쳐들어왔다. 경사를 보자마자 염소는 미친 듯이 불쾌하게 음메메 울어 댔고 저쪽으로 쏜살같이 뛰어가 버렸다. 나이나 키예브나는 넘어졌다. 모데스트는 복도로 달려 나왔고, 상상을 뛰어넘는 고성과 악다구니가 오갔

다. 요란스러운 소음을 내며 빈 물통이 굴러다녔다. 로만은
내 손을 낚아채듯 붙잡더니 속삭였다. "가자고, 가자……!"
그러고는 내 방으로 뛰어들었다. 우리는 문을 쾅 닫고 숨을
헐떡이면서 문에 기대어 섰다. 복도에서는 난리 법석, 고함
과 함성이 요란했다.

"신분증 제시하십시오!"

"이보게 당신들, 대체 왜 이러나!"

"염소가 웬 말입니까? 왜 주거지에 염소가 있는 거죠?!"

"음-메-에-에……"

"동무 작작 좀 하시오, 여기가 무슨 술집인 줄 아시오!"

"난 당신네 5코페이카 알지도 못하고 보지도 못했어!"

"음-메-에……!"

"선생님, 염소 좀 치워 주시죠!"

"작작 좀 하시오, 기록된 염소요!"

"어떻게 기록되었다는 겁니까?!"

"이건 염소가 아니니까! 우리 직원이라고!"

"그렇다면 신분증 제시하세요……!"

"창문을 넘는 거야, 그리고 자동차로 곧장 달려!" 로만이
지시했다.

나는 재킷을 집어 들고 창문 너머로 뛰었다. 내 다리 아
래로 고양이 바실리가 물컹하더니 잽싸게 피했다. 몸을 낮
게 숙인 채 나는 자동차로 달려갔고 문을 활짝 열고 운전석

으로 뛰어들었다. 로만은 이미 대문을 열고 있었다. 시동이 걸리지 않았다. 거듭거듭 시동을 걸면서 나는, 오두막 문이 활짝 열리더니 복도에서 검은 염소가 나는 듯이 뛰어나와 껑충껑충 도약하며 엄청나게 빨리 어딘가 구석으로 질주해 가는 것을 보았다. 부르릉 시동이 걸렸다. 나는 자동차를 몰고 거리로 뛰쳐나갔다. 참나무 대문은 삐거덕거리는 소리와 함께 쾅 닫혔다. 로만은 쪽문으로 기어 나오더니 전속력으로 달려와 내 옆자리에 앉았다.

"가자고!" 그는 유쾌하게 말했다. "시내로!"

우리가 평화대로로 회전해 들어갔을 때, 로만이 물었다.

"그래, 우리 연구소 어때?"

"마음에 들어." 나는 말했다. "단지 너무 시끄러워."

"나이나 집은 항상 시끄러워." 로만이 말했다. "정말 심술궂은 노파야. 자네를 막 대하지는 않았어?"

"아니." 나는 대답했다. "거의 마주치지도 않았어."

"잠깐만." 로만이 말했다. "잠깐 세워 봐."

"왜?"

"저기 볼로댜가 오네. 볼로댜 기억하지?"

나는 차를 세웠다. 턱수염 볼로댜는 뒷좌석에 올라탔고, 아주 기쁜 듯이 웃으면서 우리와 악수했다.

"야, 이렇게 딱 마주치다니!" 그가 말했다. "마침 자네들한테 가던 중이었어!"

소파를 둘러싼 난리 법석

"그래. 거기에 네가 없던 게 아쉬웠어." 로만이 말했다.

"그래, 어떻게, 모두 처리되었어?"

"아무 일 없었어." 로만이 말했다.

"그럼 이제 어디로들 가는 거야?"

"연구소로." 로만이 말했다.

"뭐 하러?" 내가 물었다.

"일하러." 로만이 말했다.

"나는 휴가 중이라니까."

"그건 상관없어." 로만이 말했다. "월요일은 토요일에 시작하니까. 그리고 올해 8월은 7월에 시작하게 될 거야!"

"내 친구들이 기다릴 거야." 나는 간곡하게 말했다.

"그건 우리가 알아서 할게." 로만이 말했다. "친구들은 완전히 아무것도 모를 거야."

"정말 미치겠네." 내가 말했다.

우리는 2호 상점과 11호 식당 사이를 달렸다.

"이 친구 이미 어디로 갈지를 알고 있네." 볼로댜가 알아챘다.

"정말 멋진 친구야." 로만이 말했다. "위인이야!"

"나는 처음부터 이 친구가 좋았어." 볼로댜가 말했다.

"정말 프로그래머가 절박하게 필요한가 보군." 내가 말했다.

"우리는 아무 프로그래머나 필요한 게 아니야." 로만이

반박했다.

　나는 창문 사이에 '니이차보'라는 현판이 달린 그 이상한 건물 근처에 차를 세웠다.

　"이게 뭘 의미하는 거야?" 내가 물었다. "적어도 내 작업을 필요로 하는 곳이 어디인지는 알아야 하는 거잖아?"

　"그럼." 로만이 말했다. "자네는 이제 뭐든 다 해도 돼. 이곳은 '요술과 마술 과학연구소'야…… 자, 뭐 하고 섰어? 차를 몰고 들어가야지!"

　"어디로?" 나는 물었다.

　"정말 안 보여?"

　그리고 나는 보게 되었다.

　그러나 그것은 이미 완전히 다른 이야기다.

난리 법석 중의
난리 법석

제1장

소설의 인물들 중 한두 명의 주인공만이 구별되며,
나머지 모두는 부차적인 인물로 간주된다.

—『문학 교수법』*

낮 2시쯤 '알단'의 시동 안전장치가 또다시 과열되었을 때, 전화벨이 울렸다. 전화한 이는 행정관리실 실장 모데스트 마트베예비치 캄노예도프였다.

"프리발로프!" 엄하게 그가 말했다. "대체 왜 또 자리를 비운 거요?"

"자리를 비우다니요?" 나는 화가 났다. 오늘은 하루 종일 정신없이 바빴고, 그래서 나는 또 잊고 말았다.

"당신 작작 좀 하시오." 모데스트 마트베예비치가 말했다. "이미 5분 전에 당신은 내 지시를 받으러 와 있어야 했잖소."

"빌어먹을!" 나는 수화기를 내려놓았다.

---

* 러시아 교육학 박사이자 인문학 교수법의 권위자 바실리 바실리예비치 골룹코프(1880~1968)의 1938년 저작으로, 문학 방법론, 문학 연구 방법, 독해, 구술 및 연설문의 특징, 작문 등에 대한 깊이 있는 연구서이다.

나는 기계를 끄고 실험 가운을 벗은 후에, 근무하는 아가씨들에게 전류 차단하는 것을 잊지 말라고 당부했다. 커다란 복도는 텅 비어 있었고, 반은 얼어붙은 창문 너머에서는 무지막지한 눈보라가 거세게 휘몰아치고 있었다. 재킷을 걸치면서 나는 관리 부서로 뛰어갔다.

반질반질한 양복을 입은 모데스트 마트베예비치는 자신의 접견실에서 위엄 있게 앉아 나를 기다리고 있었다. 그의 등 뒤로는 털북숭이 귀의 자그마한 드베르그*가 장황한 계정서를 기를 쓰며 잡아당기고 있었다.

"당신, 프리발로프, 이 무슨…… 함-문쿨루스가……" 모데스트가 말했다. "아무튼 당신은 자리를 지키는 적이 없군."

모데스트 마트베예비치와는 모두가 되도록이면 좋은 사이를 유지하려고 애썼다. 그는 막강한 권력을 가지고 있었을 뿐 아니라, 절대로 고집을 굽히는 법이 없고 환상적으로 무식하고 예의가 없는 사람이었기 때문이다. 그래서 나는 크게 소리쳤다. "네, 말씀하십시오!" 그리고 구두 뒤축

---

* 노르드(북유럽) 신화에서 산맥 깊은 곳과 지하 세계에 산다는 난쟁이 종족. 주로 지혜, 대장일, 광산업, 공예와 관련된 존재로 등장한다. 거인들의 조상이자 우주 최초의 존재인 이미르가 죽은 후, 그의 시체에서 들끓었던 구더기에서 비롯되었다. 처음에는 구더기의 모습이었으나 신들이 이들에게 인간의 모습과 지성을 주었다. 오늘날 영어에서 '난쟁이'를 뜻하는 '드워프dwarf'와 어원적으로 관련이 있다.

을 착 붙였다.

"모든 것은 다 제자리에 있어야만 하오." 모데스트 마트베예비치는 계속했다. "언제나 말이오. 당신은 그렇게 고등 학력자면서, 안경도 쓰고 수염도 그렇게 났으면서, 그토록 단순한 공식도 이해하지 못하다니."

"더 이상 그런 일 없도록 하겠습니다!" 나는 눈을 커다랗게 뜨고 말했다.

"당신 작작 좀 하시오." 모데스트 마트베예비치는 조금 누그러져서 말했다. 그러고는 주머니에서 종잇장을 꺼내 한참을 들여다보았다. "자, 그러니까, 프리발로프." 마침내 그는 말을 시작했다. "오늘 당신이 당직이군요. 축일 동안 기관의 당직은 아주 책임감 있는 업무라 할 수 있소. 이것들은 절대 누르면 안 되는 버튼들이오. 첫째, 화재경보기. 이게 첫 번째요. 자연발화는 절대로 용납해서는 안 되오. 당신이 담당하는 생산 시설의 전류가 차단되었는가를 잘 주시해야 하오. 중요한 것은 당신을 이분하거나 교란하는 마술은 쓰지 말고 당신이 직접 주시해야 한다는 거요. 그러니까 당신의 복제나 분신은 안 된다는 말이오. 화재 요인이 감지되면 지체 없이 01번으로 전화해서 즉각 필요한 조처를 취하도록 하시오. 그 경우를 대비하여 비상 팀 호출 경보용 호루라기를 받으시오……" 그는 내게 품목 번호 목록과 함께 백금 호루라기를 건네주었다. "그리고 절대로 그 누구도 출입하게 해서는 안 되오. 이것이 실험실 야간작업이 허가된 구성원들의 명단이오. 하지만 이들 역시 절대로 출입하게 해서는 안 되오. 축일이니까. 그러니까 연구소 전체에 살아 있는 영혼은 단 하나도 없어야 한다는 말이오. 그 외에 다른 영혼은 허락해도 되지만, 살아 있는 영혼은 절대로 단 하나도 없어야 하오. 악마와는 출입구에서 이야기하시오. 상황이 이해된 거요? 살아 있는 영혼은 절대로 들어와서는 안 되고, 다른 영혼들은 절대로 나가서는 안 되는 것이오. 왜냐하면 이미 절-례가 있기 때문이오. 마귀가 도망쳐서 달을 훔쳤단 말이오. 잘 알려진 절-례는 심지어 영화에까지 나왔소." 그는 의미심장하게 나를 바라보더니 난데없이 신분증을 보여 달라고 했다.

　나는 순종했다. 그는 내 통행증을 주의 깊게 탐구하고 나서 내게 되돌려 주며 말했다.

　"다 정확하오. 왠지 나는 당신이 혹시 복제가 아닌지 의심스러웠단 말이지. 자 그럼 말이오. 그러니까 15시 정각부터 근무 규정에 상응하여 근무시간은 끝나고, 모든 사람은 자기 작업 공간의 열쇠를 모두 당직자인 당신에게 제출해야 하오. 그리고 당신은 모든 작업 공간을 직접 살펴보아야 하지. 그 후에는 반드시 세 시간마다 직접 순찰을 돌며 자연발화 대상을 살펴보도록 하시오. 당직 기간 동안 적어도 2회 이상은 테라리엄을 방문해 살펴봐야 하오. 만일 관

리인이 차를 마시고 있으면 금지하도록 하시오. 이미 절–
례가 있었기 때문이오. 거기서 마시는 게 차가 아니었던 거
지. 상항이 그렇게 된 거요. 당신의 당직 위치는 소장 접견
실이오. 소파에서 쉬는 것은 허용하오. 내일 16시 정각에
오이라–오이라 실험실의 포치킨 블라디미르 동무가 당신
과 교대하게 될 거요. 충분히 이해했소?"

"완전히 이해했습니다." 나는 말했다.

"내가 밤에 그리고 내일 낮에 전화하도록 하겠소. 내가
직접 말이오. 명일 인사위원장 동무 쪽에서 감독할 수도 있
소."

"잘 알겠습니다." 나는 대답하면서 목록의 명단을 훑어
보았다.

명단 첫 번째에는 연필로 '두 견본'이라고 표시되어 연
구소장 야누스 폴루엑토비치 넵스트루예프가 제시되어
있었다. 두 번째에는 모데스트 마트베예비치 당사자가 제
시되어 있었고, 세 번째는 인사위원장 동무 묘민 케르베르
프소예비치가 있었다. 그 뒤로는 내가 한 번도 본 적도 그
어디서도 만난 적도 없는 이름들이 나열되어 있었다.

"뭐 이해 안 되는 거라도 있소?" 시샘하듯 나를 관찰하던
모데스트 마트베예비치가 물었다.

"여기 말입니다." 나는 손가락으로 명단을 가리키며 근
엄하게 피력했다. "명단에 있는 근무자들이 그러니까……

음-음-음…… 제가 알지 못하는 견본이 스물둘이나 됩니다. 이 이름들을 실장님과 함께 환기했으면 하는데요." 나는 그의 눈을 똑바로 응시하며 단호하게 덧붙였다. "미연에 대처하기 위해서 말입니다."

모데스트 마트베예비치는 명단을 집어 들더니 팔을 뻗어 멀리해서 훑어보았다.

"다 정확하오." 무시하는 어조로 그가 말했다. "단지, 프리발로프, 당신이 잘 모르는 것뿐이오. 4번부터 25번까지 일일이 호명된 인물과 마지막 인물까지 포함해서, 거명된 이름들은 죽은 후에 야간작업에 투입되는 인물들로 명단에 기입된 것이오. 과거 그들의 업적을 인정하는 차원에서 말이오. 이제 이해가 되는 거요?"

이 모든 것에 익숙해지기란 어쨌건 정말 어려웠기에 나는 조금 멍해졌다.

"근무 위치로 가도록 하시오." 모데스트 마트베예비치가 근엄하게 말했다. "행정부를 대표하여 내 지위에서, 프리발로프 동무, 새해를 축하하고 새해에는 업무에서나 사생활에서나 상응하는 성취가 있기를 기원하오."

나 역시 그에게 상응하는 성취를 기원해 주고는 복도로 나왔다.

내가 당직으로 지명되었다는 것을 어제 알았을 때 나는 무척 기뻤다. 로만 오이라-오이라*를 위한 수치 산정 하나를 마무리할 생각이었다. 하지만 지금 나는 상황이 그렇게 단순하지 않음을 느끼게 되었다. 연구소에서 밤을 보내게 된다는 기대는 내게 갑자기 완전히 새로운 의미로 다가왔다. 물론 이전에도 나는 수위가 절약하려고 모든 복도마다 전등 다섯 개 중 네 개를 꺼 버리고, 그래서 털북숭이 유령처럼 소심하게 더듬거리며 간신히 출구로 갈 만큼 늦게까지 남아서 작업한 적이 자주 있었다. 처음에는 그런 상황이 정말 특별한 인상을 남겼지만, 이내 익숙해졌다. 그러나 어느 날 큰 복도를 더듬으며 귀가하고 있을 때, 갑자기 뒤에서 발톱으로 바닥을 툭-툭-툭 치는 규칙적인 소리를 듣고 돌아보았다가, 어떤 형광 동물이 내 뒤를 따라 달려오는 것을 똑똑히 발견한 후로는 더 이상 익숙해지지 않았다. 코니스**로 사람들이 나를 구조해 주었을 때, 그 동물은 직원 중 한 사람이 기르는 평범한 강아지였음이 밝혀졌다. 그 직원은 사과하러 찾아왔고, 오이라-오이라는 미신의 해악에 대해 나를 조롱하듯 일장 연설을 늘어놓았지만, 그래도 내 마음에는 무언가 꺼림칙한 것이 남아 있었다. 제일 먼저 악마와 대화해 볼 거야, 하고 나는 생각했다.

소장 접견실 입구에서 나를 맞은 것은 침울한 비티카 코르네예프였다. 그는 우울하게 고갯짓으로만 인사하고 나

* 로만의 전체 성명은 로만 페트로비치 오이라-오이라이다.
** 서양식 건축 벽면에 수평의 띠 모양으로 돌출한 부분.

를 그냥 지나치려고 했지만, 나는 그의 팔을 붙잡았다.

"왜?" 퉁명스러운 코르네예프가 멈춰 서며 물었다.

"나 오늘 당직이야." 내가 말했다.

"그래서 뭐, 이 바보야." 코르네예프가 말했다.

"너는 여전히 퉁명스럽구나, 비티카." 나는 말했다. "이 제 더는 너와 이야기하지 않을 거야."

비티카는 스웨터 옷깃을 손가락으로 잡아당기더니 재 미있다는 듯 나를 바라보았다.

"그래서 너 뭐 하려고 하는데?" 그가 물었다.

"뭐든 찾아봐야지." 나는 좀 당황해서 말했다.

비티카는 갑자기 활기를 띠었다.

"잠깐만." 그가 말했다. "너 뭐야, 당직 처음이야?"

"그래."

"아하." 비티카가 말했다. "그래, 너 어떻게 행동할 작정 이야?"

"당직 규정에 따라서." 나는 대답했다. "악마와 대화해 보고 누워 자야지. 자연발화 대상에서. 그런데 너는 어디 가는 거야?"

"저기 모임이 하나 있어." 어딘지 명확하지 않게 비티카 가 말했다. "베로치카 실험실에서…… 그런데 너 들고 있 는 게 뭐야?" 그는 내게서 명단을 낚아챘다. "아, 죽은 영혼 들……"

"아무도 드나들지 못하게 할 거야." 나는 말했다. "살아 있는 혼도, 죽은 혼도."

"잘 생각했어." 비티카가 말했다. "원칙론적인 결정이야. 단지 내 실험실도 좀 들여다봐 줘. 복제가 일하고 있을 거야."

"누구 복제가?"

"내 복제지, 당연히. 누가 내게 자기 것을 주겠어? 내가 문을 잠그고 가두어 놓기는 했어. 자, 여기 열쇠 받아, 네가 당직이니까."

나는 열쇠를 받았다.

"이봐, 비티카. 10시까지는 복제가 일하도록 두겠지만, 그다음에는 모든 전류를 차단할 거야. 규정에 따라서 그래야 해."

"그래, 알았어. 가 보면 알게 될 거야. 그런데 너 에디크 못 봤어?"

"응, 못 봤는데." 나는 말했다. "연료 탱크 잊지 마. 10시에 모든 전류 차단할 거니까."

"내가 뭐 반대라도 했어? 전류 차단하라고. 도시 전체라도 하라지."

그때 접견실 문이 열리더니, 야누스 폴루엑토비치가 복도로 나왔다.

"자……" 우리를 보고는 그가 말했다.

나는 공손하게 머리를 숙여 인사했다. 야누스 폴루엑토비치의 표정으로 보아, 내 이름을 잊어버린 게 분명했다.

"자, 여기 있어요." 내게 열쇠들을 건네며 그가 말했다. "당신이 당직이죠, 내가 잘못 안 것이 아니라면…… 그건 그렇고……" 그는 주저주저했다. "내가 어제 당신과 담소를 나누었던가요?"

"네, 그렇습니다. 어제 전자 작업장에 오셨었죠."

그는 고개를 끄덕였다.

"맞아요, 맞아. 그랬지요…… 실습생들에 대해서 우리 얘기했었죠……"

"아닙니다." 나는 공손하게 부인했다. "그게 전혀 아니고요. 중앙공급아카데미로 보낸 우리 서류에 대해 이야기했습니다. 전자 부착물 관련해서요."

"아하, 그렇군요." 그가 말했다. "그래, 좋습니다. 부디 평온한 당직이 되길 빕니다…… 빅토르 파블로비치,* 잠시나 좀 볼 수 있을까요?"

그는 비티카의 팔을 잡더니 복도 저쪽으로 데려갔고, 나는 접견실로 들어갔다. 접견실에는 야누스 폴루엑토비치 2호가 금고를 잠그고 있었다. 나를 보더니 그는 "이런," 하고 말하고는 다시 열쇠를 쟁그랑거렸다. 그는 A-야누스였

---

* 비티카 코르네예프의 정식 이름과 부칭. 비티카는 빅토르의 애칭 중 하나이며 비탸라고도 부른다.

고, 이미 나는 그들을 구별하는 법을 약간은 터득했다. A-
야누스는 좀 더 젊어 보였고 인사성이 없었으며, 매사에 절
도가 있었고 말을 적게 했다. 그는 일을 많이 한다고들 이
야기했고, 오래도록 그를 알고 지낸 사람들은 이 평범한 행
정가는 천천히, 하지만 정확하게 위대한 과학자로 변신한
다고 확신했다. U-야누스는 반대로 항상 친절했고 아주
주의 깊었으며, 누구에게든 항상 "내가 어제 당신과 담소
를 나누었던가요?"라는 질문을 하는 이상한 습관이 있었
다. 변함없이 세계적인 명성을 가진 과학자임에도, 최근 그
가 아주 노쇠했다는 소문이 돌았다. 어쨌든 간에 A-야누
스와 U-야누스는 동일한 사람이라는 것이다. 하지만 나는
아무리 애를 써 봐도 그것이 전혀 이해되지 않았다. 심지어
그 사실이 의심스럽기까지 했고, 단지 은유일 뿐이라고 생
각했다.

A-야누스는 마지막 열쇠를 잠그고는, 내게 열쇠 일부를
건네주고 싸늘하게 인사하고서 나가 버렸다. 나는 비서 책
상에 앉아 내 앞에 명단을 펼쳐 놓고, 내 전자 작업장으로
전화를 했다. 아무도 전화를 받지 않았다. 근무하는 아가씨
들은 이미 퇴근한 듯했다. 오후 2시 30분인데 말이다.

오후 2시 31분에 시끄럽게 바닥을 쿵쿵대고 요란스럽게
숨을 헐떡이며 위대한 마술사이자 마법사, '1차행복' 부서
의 책임자인 유명한 표도르 시메오노비치 키브린이 접견

실로 뛰어 들어왔다. 표도르 시메오노비치는 멋진 미래에 대한 수정할 수 없는 믿음과 낙관주의로 유명했다. 하지만 그에게는 몹시도 힘든 과거가 있었다. 이반 바실리예비치, 즉 뇌제雷帝 치세에는 이웃 디야크*가 밀고하여 당시 국가 보위국 장관이었던 오프리치니크 말류타 스쿠라토프**가 농담 반 훈계 반으로 마치 고기만두처럼 그를 나무통에 집 어넣어 불태워 버렸다. 알렉세이 미하일로비치, 즉 가장 온 화한 차르 치세에는 그를 무지막지하게 몽둥이질하고 그의 모든 작품집을 그의 알몸 위에서 태워 버렸다. 표트르 알렉세예비치, 즉 대제 치세에는 처음에 화학과 광물에 조예가 깊은 전문가로 추앙받았지만, 로모다놉스키 어쩌고 하는 공후-군주***의 비위를 맞추지 못해서 툴라 지방 무기 제조소로 노역을 갔고, 거기서 탈출해서는 인도로 도망 쳐서 오래도록 떠돌며 방랑했다. 그러다가 독사와 악어에

* 16~18세기 초반 러시아의 관청 '프리카스'나 귀족회의의 비서관을 맡은 관리.

** 그리고리 루키야노비치 스쿠라토프-벨스키(?~1573). 러시아의 귀족. 흔히 말류타 스쿠라토프로 알려져 있으며, 1569년부터 공식 문헌에서 거론된다. 이반 4세(이반 뇌제)의 신임을 얻어 오프리치니크(친위대) 총책으로 근무한 잔악하고 무자비한 정치 테러의 화신이자, 러시아 정치경찰의 기초를 놓은 인물이다. 말류타 스쿠라토프의 딸이 후에 보리스 고두노프와 혼인한다.

*** 표도르 유리예비치 로모다놉스키(1640~1717). 러시아 귀족 정치가. 표트르 1세가 유럽 사절로 수도를 비웠던 1697년 3월 9일부터 1698년 8월 25일까지 실질적으로 차르로서 러시아를 통치했다. 러시아 비밀경찰인 '비밀총국'의 수장을 역임했다.

물렸지만, 아무 감각도 없어 요가를 마스터했고 푸가초프
의 난*이 한창일 때 다시 러시아로 돌아왔는데, 폭동자들
을 치료해 주었다는 혐의를 받아 숨구멍 하나 없는 곳에 갇
혀 솔로베츠에 영원히 유폐되었다. 솔로베츠에서 역시 온
갖 험한 꼴을 다 당하다가 간신히 니이차보에 도달해서는
재빨리 부서장의 직위를 차지했고, 최근까지 인간 행복의
문제에 대해 열심히 연구하면서, 인간 행복의 근간은 만족
하는 것이라고 생각하는 모든 동료들과 혼신의 힘을 다해
싸우고 있었다.

"아-안녕하세요!" 베이스 목소리로 그가 말하고, 자기

---

* 예카테리나 2세 치하의 러시아에서 일어난 대농민반란(1773~1775). 돈 코
사크(기병대) 출신의 예멜리얀 푸가초프가 스스로를 표트르 3세라 참칭하고,
농노해방, 인두세 폐지 등을 주창하며 일으켰으나 실패했다.

실험실 열쇠를 내 앞에 내려놓았다. "아-안됐군요. 어-어쩌면 좋아요? 이-이런 날 밤은 흐-흥겹게 보내야 하는데, 이-이게 무슨 바-바보짓이냐고 내가 모데스트에게 저-전화해야겠네요. 내가 지-직접 다-당직을……"

지금 막 뇌리에 이런 생각이 떠오른 것이 분명해 보였고, 그래서 그는 그 생각에 극도로 흥분하고 있었다.

"그-그래, 어-어때요? 여기 어디 그의 저-전화번호가 있죠? 제-제기랄, 저-절대로 저-전화번호는 기-기억을 모-못 한다니까…… 일-일-오였던가 아니면 오-일-일이었던가……"

"무슨 말씀이세요, 표도르 시메오노비치. 감사하긴 하지만!" 나는 소리쳤다. "그러실 필요 없어요! 안 그래도 마침 오늘 작업하려고 했어요!"

"아하, 이-일한다고요! 그-그렇다면 다-다른 문제죠! 기건 조-좋아요, 기건 자-잘됐군요. 암튼 다-당신 대-대단해요……! 나는, 제-제기랄, 전기라면 저-전혀 모르는데…… 배-배워야 하는데, 이-일들이 마-많아서, 마-마술 주문, 고-고물들, 시-심리장의 요-요술-마술, 위-원시시대…… 조-조상들 바-방식대로……"

그는 자리를 뜨지 않고 그 자리에서 즉시 커다란 안토노프 사과* 두 알을 만들어 내서, 하나를 내게 주고 다른 하나를 단번에 반은 베어 물고 과즙을 터뜨리며 사각사각 씹어 먹었다.

"이-이런, 비-빌어먹을, 또다시 버-벌레 먹은 사과를 마-만들었네…… 당신 것은 어-어때요, 괜-괜찮아요? 기건 괜찮군요…… 아, 내가 다-당신에게, 사샤, 이따가 한 번 더 들를게요. 아-아직도 나는 며-명령 체계가 와-완전히 이-이해 안 돼요…… 보-보드카 한 잔만 마시고 그러고 드-들를게요…… 스-스물아-아홉 번째 티-팀이 거-기기 기-기계에서 작업해요…… 기-기계가 거-거짓말하는 건지, 도-도대체 나는 이-이해가 아-안 돼요…… 추-추리소설 가-가져다줄게요, 가-가드너요. 여-영어 읽을 줄 아-아나요? 자-잘됐군요, 그 악당이 저-정말 재미있어요! 페-페리 메이슨이 가-가드너 소설에서는 저-정말 아-악당-변호사예요, 아-아세요……? 그다-다음에는 뭐 다-다른 거 가져다줄게요. 뭐-뭐든 사-사이언스-픽션으로…… 아-아시모프나 아니면 브-브래드버리……"

그는 창가로 다가가더니 뛸 듯이 기뻐하며 말했다.

"누-눈 폭풍이에요, 제길, 너-너무 좋아요……!"

그때 밍크코트로 몸을 감싼 가녀리고 우아한 크리스토발 호제비치 훈타가 들어왔다. 표도르 시메오노비치는 뒤돌아보았다.

---

* 러시아 동부에서 흔한 사과 품종. 당도가 낮으나 향이 좋아서 주로 파이나 술로 만든다.

"아 크-크리스토!" 그는 소리를 질렀다. "이-이것 봐, 캄노예도프 이 자식은, 머-멍청이가 이 저-젊은 치-친구를 새-새해에 다-당직을 세워 놨어. 그-그러니까 저 친구 보내 주고 우리 둘이 남아서 예-옛 추-추억을 떠-떠올리며 하-한잔하는 게 어때, 응? 뭐-뭐 하러 여-어기서 저 친구가 괴롭게 있어……? 저-젊은 친구가 아-아가씨들하고 추-춤을 춰야지……"

훈타는 책상에 열쇠를 놓고는 건성으로 대꾸했다.

"아가씨들과의 교제는 오직 장애를 물리치고 성취하는 경우에만 만족감을 줄 수 있지……"

"아-아이구, 그러셔!" 표도르 시메오노비치가 천둥처럼 소리쳤다. "매-매력적인 여인을 가-갖기 위해서는 피-피도, 노-노래도 쏘-쏟아지게 마련이야…… 그-그런데 자-

자네는 어-어때……? 그저 목적만 서-성취하는 사람은 '두려움'이라는 다-단어를 모르게 마-마련이지……"

"그래, 바로 그거야." 훈타가 말했다. "그리고 거기에 덧붙이자면, 나는 자선이라는 게 딱 싫어."

"자-자선이 딱 싫대! 아니, 그럼 누가 내게 오디흐만티예프*를 애걸복걸했었지? 무-무리해서 마-마술을 부렸는데, 기-기억할 거 아냐, 그 조교…… 이제 샤-샴페인이나 한 벼-병 갖다 놔, 저-적어도…… 아, 아-아니, 이-이봐, 샴페인은 됐고! 아몬티야도** 가져와! 자-자네 아직 토-톨레도 성당 비축물 나-남아 있지?"

"우리를 기다리고들 있어, 테오도르.***" 훈타가 상기시켰다.

"아-아, 그래, 맞아…… 네-넥타이도 찾아야 하는데…… 그리고 부츠도 찾아야 해. 태-택시 잡기 어-어려울 거야…… 우리는 가-갈게요, 사샤. 여기서 시-심심해하지 마세요."

"새해 밤 연구소 당직은 전혀 안 심심해." 훈타가 작은 소리로 말했다. "특히 신참에게는 말이야."

---

* 동슬라브 신화와 영웅담에서 체르니고프시와 키예프시 사이에 출몰하는 녹색 괴물로, 강도를 일삼아 '강도꾀꼬리'로 더 알려져 있다. 러시아 고대 영웅서사시의 주요 인물인 일리야 무로메츠에 의해 퇴치된다.

** 견과류 향이 짙은 스페인산 셰리.

*** '표도르'를 스페인식으로 부른 것.

그들은 문으로 향했다. 훈타는 표도르 시메오노비치를 앞서 나가게 했고, 나가기 전에 나를 곁눈질로 바라보더니 재빨리 손가락으로 벽에 있는 솔로몬의 별을 가리켰다. 그러자 별이 반짝이더니 마치 오실로그래프* 패널의 전자 빔 흔적처럼 서서히 어두워졌다. 나는 왼쪽 어깨 너머로 침을 세 번 뱉었다.**

'삶의의미' 부서의 책임자 크리스토발 호제비치 훈타는 아주 멋진 사람이었지만, 보아하니 그는 완전히 냉혈한인 듯했다. 언젠가 아주 젊은 시절에 그는 오래도록 '대심문관'이었는데, 그 후에, 소문에 의하면 스페인 제5열*** 반대 투쟁기에, 이단에 빠져 지금까지도 그에게 아주 유용한 그 당시의 버릇을 유지하고 있었다. 자신의 거의 모든 난해한 실험을 그는 자신에게 직접 행하거나 아니면 동료들에게 행했으며, 이것이 문제가 되어 내가 있는 동안에도 이미 노동조합 총회에서 격앙된 토론이 오갔다. 훈타는 삶의 의미에 대한 연구에 전념했는데, 아직까지는 그리 진척이 없

* 기계적 진동이나 전류, 전압 따위의 시간적 변화를 관측, 기록하는 장치.
** 러시아인들은 불운의 전조나 불길한 현상을 맞닥뜨렸을 때 왼쪽 어깨 너머로 침을 세 번 뱉는 관습이 있다. 왼쪽은 악마의 측면이라고 간주하기 때문이다.
*** 수단과 방법을 가리지 않고 국가의 단결을 깨뜨리려 하는 비밀 집단을 가리키는 말로, 스페인 내전 때 반란군 부사령관이었던 에밀리오 몰라가 처음 사용한 용어이다. 공격 대상이 되는 국가의 내부에 지지자들을 침투시켜 핵심 부서를 장악한 뒤 사보타주, 역정보, 간첩 등의 활동을 한다.

었다. 예를 들어, 이론적으로 볼 때 죽음은 전혀 삶의 필수적인 징후가 아니라는 점을 증명하면서 일련의 흥미로운 결과를 얻었다고 주장하는 식이다. 철학 세미나에서 발표한 최근의 이 발견에 대해서도 모두들 황당해했다. 그는 자신의 집무실에는 절대로 아무도 드나들지 못하게 했지만, 연구소에서는 그 안에 엄청나게 흥미로운 물건들이 가득하다는 불분명한 소문이 무성했다. 집무실 구석에는 크리스토발 호제비치의 오랜 지인 한 사람의 끝내주는 미라가 놓여 있다고들 했다. 단안경을 쓰고 단검을 차고 철 십자가와 떡갈나무가 새겨진 계급장과 온갖 견장을 매단 완전한 예장을 하고 있는 미라는 나치 친위대 연대지도자라고 했다. 훈타는 정말 뛰어난 박제사였다. 연대지도자 역시, 크리스토발 호제비치의 말에 의하면, 마찬가지였다. 하지만 크리스토발 호제비치가 먼저 성공했다. 그는 언제나 모든 것에 먼저 성공하는 것을 좋아했다. 그에게도 일부 회의론은 낯설지 않았다. 그의 실험실 중 한 곳에 걸린 거대한 플래카드에는 이렇게 쓰여 있었다. '우리는 우리에게 필요한가?' 정말 비범한 사람이다.

3시 정각이 되자, 근무 규정에 상응해서 암브로시 암브루아조비치 비베갈로 박사가 열쇠를 가지고 왔다. 가죽으로 덧댄 부츠를 신고 악취가 나는 조잡한 털외투를 입은 그의 목깃 아래로는 지저분한 턱수염이 솟구쳐 있었다. 그는

항상 바가지를 뒤집어쓴 것처럼 이발을 했기 때문에 아무도 그의 귀를 본 사람이 없었다.

"여기……" 다가오면서 그는 말했다. "내 방에서 어쩌면 오늘 누가 부화할지도 몰라. 그러니까 내 실험실에서 말이지. 가서 좀 들여다봐 줬으면 해. 물론 내가 거기에 여분의 식량을 두기는 했지만 말이야. 빵 덩어리, 그러니까 통빵 다섯 개하고, 그리고 또 찐 호밀이랑 탈지유도 두 양동이 놔두었어. 그런데 말이지, 만약 그걸 다 먹어 치우고 나면, 아마 뛰쳐나오려고 덤벼들기 시작할 거란 말이야. 그러니까 자네는, 몬 셰르,* 다이얼 좀 돌리도록 해."

그는 내 앞에 마치 헛간 열쇠 같은 꾸러미를 내려놓더니, 나를 빤히 쳐다보며 왠지 입을 열기를 주저했다. 그의 시선

*몽 셰르mon cher. 프랑스어로, 친한 사이에 사용하는 호칭이다. 암브로시 암브루아조비치의 발음에 대해서는 이후 저자들의 원주에서 설명한다.

은 투명했고, 턱수염에는 밥풀이 묻어 있었다.

"어디로 다이얼을 돌리란 말이죠?" 나는 물었다.

나는 그가 몹시도 싫었다. 그는 뻔뻔하기 짝이 없었고, 그리고 정말 멍청했다. 한 달에 350루블씩이나 받으며 진행하는 연구는 감히 우생학이라는 이름이 붙어 있었지만, 아무도 그렇게 부르지 않았다. 괜히 엮이기 싫었기 때문이다. 이 비베갈로는 모든 불행은 불만족에서 비롯되는 것이므로, 만일 인간에게 모든 것을 준다면, 말하자면 빵 덩어리와 찐 호밀을 넉넉히 준다면, 인간이 아니라 천사가 될 것이라고 주장했다. 이 멍청한 발상을 그는 온갖 방법을 동원하고 분해해서 여덟 권짜리 전집으로 떠들썩하게 발행했는데, 그 내용이란 것이 자기에게 맞지 않는다고 생각되는 모든 것은 가차 없이 생략하고 무시하고, 닥치는 대로 가져온 인용문으로 도배한, 이루 말할 수 없이 유치한 것이었다. 비베갈로가 한창 잘나갈 때에는 학술위원회마저 이 통제 불가능하고 심지어는 일차원적인 그의 선전 선동의 맹렬한 기세에 벌벌 떨었고, 결국 비베갈로의 연구 주제는 연구소 계획에 포함되고 말았다. 이 계획을 엄격하게 준수하고 자신의 성과를 백분율로 부지런히 환산하면서, 아울러 환산된 결과물의 회전율을 증대시킬 수 있는 절약 규정과 삶의 관계를 어떻게든 연결시키려고 하면서, 비베갈로는 세 가지 실험 모델을 상정했다. 완전히 실패한 인간 모델, 위장 기관이 실패한 인간 모델, 완전히 만족스러운 인간 모델. 완전히 실패한 유인원이 첫 번째로 성공했지만, 2주 전에 사멸하고 말았다. 마치 욥과 같이 궤양으로 뒤덮여 절반은 썩어 가던 이 불쌍한 존재는 온갖 알려진 병과 알려지지 않은 병으로 고통당했고, 오한과 신열에 동시에 시달린 끝에 복도로 굴러 나와 알아들을 수 없는 절규로 온 연구소를 뒤흔들다가 죽고 말았다. 비베갈로는 뛸 듯이 기뻐했다. 그러니까 이제 증명된 셈이었다. 만일 인간을 먹이지 않고, 물도 주지 않고, 치료하지 않으면, 그 인간은 불행하게 되고 심지어는 죽을 수도 있다는 사실이 말이다. 그렇기에 그것이 죽은 것이다. 학술위원회는 경악했다. 비베갈로의 획책은 더 어처구니없는 규모로 이어졌다. 결국 비베갈로의 작업에 대한 검증위원회가 조직되었는데, 그럼에도 그는 전혀 당황하지 않고 증명서 두 장을 제출했다. 하나는 그의 실험실 조교 세 명이 피감被監 국영 농장에 매년 파견되어 일한다는 것이고, 다른 하나는 언젠가 차르 전제정치의 수감자이기도 했던 자신, 비베갈로가 이제는 시 강연장과 지방 기관들에서 정기적인 대중 강연을 진행하고 있다는 것이었다. 당황한 위원회가 발생한 일의 전후 사정을 파악하기 위해 노력할 동안, 비베갈로는 피감독하는 어류 가공 공장에서 위장 기관이 실패한 인간 모델에게 제공한다면서 (생산 작업과 관련 있다는 빌미로) 가공하지 않은 생청어 트럭 넉 대 분량을 버젓이 끌고 가 버렸다. 위원회는 보고서를 작성했고, 연구소는 두려워하며 차후에 일어날 일을 기다리고 있었다. 비베갈로와 같은 층을 쓰는 연구원들은 모조리 월차를 내 버렸다.

"대체 어디로 다이얼을 돌리란 말이에요?" 나는 다시 물었다.

"다이얼? 집으로. 새해에 대체 또 어디로 간단 말이야. 도덕이 있어야지, 친구. 새해는 집에서 맞이해야 하는 거라고. 그렇게 될 거라고 생각하지, 뇨스 파?*"

"집으로 가는 것은 알겠어요. 몇 번으로 전화하느냐고요?"

"어휴, 이봐, 여기 전화번호부 있잖아, 보면 될 거 아니야. 글 읽을 줄 알지? 이거 봐, 그러니까, 전화번호부 말이야. 우리 연구소에는 비밀이란 없다고, 다른 모든 곳들과는 완전히 달라. 안 마스.**"

"좋아요." 나는 말했다. "다이얼을 돌리죠."

"다이얼 돌려, 몬 셰르, 다이얼 돌리라고. 그런데 만일 그

---

* 【원주】(프랑스어) 그렇지 않아?
비베갈로는 말할 때 프랑스어 단어 조합을, 그의 표현에 따르면, 프랑스어 사투리를 끼워 넣는 것을 아주 좋아했다. 비베갈로의 발음으로는 도저히 알아들을 수 없기 때문에, 우리 저자들은 번역을 제공하는 수고를 감내하기로 했다.

** 【원주】(프랑스어) 대부분.

녀석이 물어뜯기 시작하면, 자네는 그 녀석 뺨따구를 때려 줘, 망설일 거 없어. 세 라 비.*"

나는 용기를 내서 투덜거렸다.

"우리 대화가 너무 격이 없는 것 아닌가요?"

"뭐라고?"

"아무것도 아니에요, 그냥요." 나는 말했다.

한동안 그는 그 무엇도 표현하지 않는 무색의 시선으로 나를 가만히 바라보더니, 말했다.

"그래, 아무것도 아니란 말이지, 그래 다행이네, 아무것도 아니라니. 새해 잘 보내게나. 건강히 있으라고. 그러니까, 아리부아르.**"

그는 귀를 덮는 모자를 꽉 눌러쓰고는 가 버렸다. 나는 서둘러 쪽문을 열었다. 양가죽 옷깃의 녹색 외투를 입은 로만 오이라-오이라가 날 듯이 뛰어 들어와 매부리코를 훌쩍거리면서 물었다.

"비베갈로 가 버렸어?"

"가 버렸어." 나는 대답했다.

"뭐, 그래. 자, 이거 받아, 청어야. 열쇠도 여기 있고. 너 저 작자가 트럭 한 대를 어디에 처박아 두었는지 알아? 지안 자코모 창문 아래야. 집무실 바로 아래. 새해 선물이라

---

* 【원주】 (프랑스어) 그게 인생이야.

** 【원주】 (프랑스어) 잘 있어.

는 거지. 네 담배 한 대 피운다."

그는 커다란 가죽 소파에 쓰러지더니, 외투를 풀어 헤치고 담배를 피웠다.

"자, 그럼 시작해 봐." 그는 말했다. "주어진 것은 염장 청어 냄새, 강도는 세제곱미터당 16마이크로도끼……" 그는 방을 둘러보았다. "뭐, 네가 해결할 수 있겠네. 해는 바뀌고 있고, 토성이 천칭자리에 있으니…… 냄새 좀 없애 버려!"

나는 귀를 긁었다.

"토성이라니…… 대체 왜 나한테 토성 얘기를 하는 거야…… 마법장좌표 벡터는 어떻게 되는데?"

"이봐, 친구." 오이라-오이라는 말했다. "그건 네가 직접 해야……"

나는 다른 쪽 귀를 긁었고, 머릿속으로 대략 벡터를 추산하고는 말문이 막혀 음향 작용을 수반시켰다(소리 내어 주문을 외웠다). 오이라-오이라는 코를 움켜쥐었다. 나는 눈썹에서 털 두 개를 뽑았고(끔찍하도록 아프고 미련스러웠다) 그러고 나서 벡터를 분극시켰다. 냄새는 다시 심해졌다.

"끔찍하군." 질책하듯 오이라-오이라가 말했다. "너 지금 뭐 하는 거야, 마술학도야? 너 쪽문 열려 있는 거 안 보이냐?"

"아, 그래." 나는 대꾸하고 나서 발산과 회전축을 계산하고는 운동점성률 스토크스 방정식을 머리로 풀고자 애를 썼지만, 헷갈려서 입으로 숨을 쉬며 다시 또 털 두 개를 잡아 뽑았다. 이제 냄새에는 익숙해졌고 아우에르스 주문*을 중얼거리면서 내가 또 눈썹을 뽑으려 하는 순간, 문득 접견실이 자연통풍 되고 있다는 사실을 알아챘다. 그리고 로만은 눈썹을 아끼는 게 좋겠다고 조언하면서 쪽문을 닫았다.

"그럭저럭 됐어." 그는 말했다. "이제 물질화해 보자."

한동안 우리는 물질화에 전념했다. 내가 배를 만들어 냈더니, 로만은 내게 먹어 보라고 요구했다. 내가 먹기 싫다고 했더니, 그는 다시 만들어 보라고 강요했다. "뭔가 먹을 만한 것을 얻기 전까지는 계속 작업해야 할 거야." 로만은 말했다. "그리고 이건 모데스트에게 주자. 그는 돌도 씹어 먹을 인간이니까."** 나는 마침내 진짜 배를 만들어 냈다. 커다랗고, 노랗고, 마치 버터처럼 부드럽고 키니네처럼 쌉싸름한 진짜 배 말이다. 나는 배를 먹어 치웠고, 로만은 내게 휴식을 허락했다.

그때 언제나처럼 수심이 가득하고 분노에 차 있는 뚱뚱한 흑마법학사 마그누스 표도로비치 레디킨이 열쇠를 가

---

* 백마법에 항상 등장하는 주문으로, 앞에서부터 읽으나 뒤에서부터 읽으나 같은 로마자 소문자 팰린드롬을 공백 없이 이어 쓴 일련의 소리이다.
** 모데스트 마트베예비치의 성 '캄노예도프'는 러시아어로 '돌도 먹을 사람'이라는 의미를 가지고 있다.

지고 왔다. 그는 300년 전에 투명인간-바지를 발명하여 학사 학위를 취득했다. 그때부터 그는 계속해서 그 바지를 완성하고 또 완성해 갔다. 투명인간-바지는 처음에는 투명인간-칠부바지였다가, 그다음에는 투명인간-헐렁 바지였다가, 그러고는 드디어 바로 얼마 전에 투명인간-정장 바지라고 불리기 시작했다. 하지만 레디킨은 아무리 해도 바지를 디버그 할 수 없었다. 최근의 흑마법 세미나에서, 레디킨이 자신의 정례 보고서 「레디킨의 투명인간-바지의 몇 가지 새로운 특성에 대하여」를 발표할 때, 또다시 그에게 불운이 닥쳤다. 개조한 모델을 선보이는 동안 바지 지퍼를 올리고 내리는 시스템 어딘가에서 무언가가 오작동했고, 바지는 갑자기 요란한 소리를 내며 발명가를 보이지 않게 하는 대신 바지 자체만 보이지 않게 만들어 버렸다. 아주 민망한 상황이 벌어진 것이다. 그 와중에도 마그누스 표도로비치는 거의 내내 「완전히 표상되지 않는 인간 행복에 대한 시그마적 임의 기능의 근거로서의 물질화와 '백색이론'의 선형 귀화」라는 논문 작업을 하고 있었다.

거기서 그는 의미 있고 중요한 결과들을 얻게 되었는데, 그것은 만일 '백색이론' 자체를 찾는 데 성공하기만 한다면 인류는 완전히 표상되지 않는 행복 속에 빠져 말 그대로 허우적거리게 될 것이므로, 중요한 것은 '백색이론'이 무엇인지를, 또한 어디서 찾을 것인지를 이해하는 것이라고 밝히고 있다.

'백색이론'에 대한 언급은 오로지 벤 베찰렐의 일기에서만 찾을 수 있다. 벤 베찰렐은 '백색이론'을 어떤 연금술적 반응의 부차적인 결과물로 분류했고, 그래서 마치 그런 사소한 데 전념할 시간이 없었다는 듯 그 내용을 부수적인 요소로 간주해서 자신의 어떤 도구에 편집해 두었다. 이미 감옥에 갇혀 있던 중에 쓴 마지막 회상록 가운데 하나에서 벤 베찰렐은 이렇게 이야기했다. '그리고 당신은 상상할 수 있습니까? 그 "백색이론"은 내 기대에 미치지 못했다는 것을 말입니다. 당시 나는 그것에서 어떤 유익이 있을 수 있을지를 숙고했습니다. 나는 모든 사람의 행복에 대해, 누릴 수 있는 만큼 누릴 수 있는 행복에 대해 말하고 있는 것입니다. 그런데 지금 나는 내가 그것을 어디에 편집해 두었는가를 잊어버리고 말았습니다.' 언젠가 벤 베찰렐에게 소속

되어 있던 도구는 연구소를 통틀어 일곱 개였다. 레디킨은 그중 여섯 개를 나사못 하나까지 샅샅이 뒤졌지만 아무것도 찾아내지 못했다. 일곱 번째 도구가 소파-변환기였다. 그러나 소파는 비티카 코르네예프의 손을 탈 대로 탔고, 그래서 레디킨의 단순한 영혼은 가장 흉악한 음모론으로 들끓게 되었다. 그는 비티카의 뒤를 밟기 시작했다. 비티카는 그 즉시 맹수처럼 포악해졌다. 그들은 심하게 다투고 철천지원수가 되어 지금까지도 그 상태로 남아 있다. 마그누스 표도로비치는 나를 정밀과학의 대표자로서 대접하며 호의적으로 대해 주었다. 내가 '그 표절자'와 친한 사이로 지내는 것에 대해 이러쿵저러쿵하기는 했지만 말이다. 전체적으로 레디킨은 꽤 괜찮은 사람이었다. 아주 성실했으며 집념이 매우 강했고, 탐욕이라고는 완벽하게 없었다. 그는 행복에 대한 수만 가지 정의를 방대하게 수집해서 대단한 분석 작업을 완수해 냈다. 거기엔 단순하기 짝이 없는 부정적인 정의('행복은 돈에 있지 않다'), 간결하기 짝이 없는 긍정적인 정의('최상의 만족, 완전한 풍요, 성공, 성취'), 궤변적인 정의('행복이란 불행의 부재') 등과 같은 것이 있었고, 패러독스적인 정의('광대, 바보, 백치와 게으름뱅이들은 양심의 가책이라는 것을 알지 못하거나, 유령이나 여타 좀비들을 두려워하지 않거나, 다가올 재앙에 대한 두려움으로 고통받지 않으며, 미래의 행복에 대한 희망에 홀리지도 않는다')도 있었다.

마그누스 표도로비치는 책상 위에 열쇠 상자를 내려놓고는 의심스럽다는 듯 눈을 치켜뜨고 우리를 바라보더니 말했다.

"내가 또 다른 정의 하나를 찾아냈어요."

"어떤 건데요?" 내가 물었다.

"그건 마치 시 같아요. 단지 각운이 없을 뿐이죠. 들어 볼래요?"

"물론이죠, 듣고 싶어요." 로만이 말했다.

마그누스 표도로비치는 수첩을 꺼내 들더니, 버벅거리면서 읽어 나갔다.

당신은 물었지,

세상에서 가장 큰 행복을

무엇이라고 내가 생각하는지.

두 가지가 있다네.

영혼의 상태를 이 즉시 바꾸듯이

펜스를 실링으로 바꿀 수 있다면.

그리고

젊은 아가씨의

노래를 들었지

내 경로 밖에서 내 뒤를 따라오더니

내 길이 어디인지 알아보았네.

“무슨 소리인지 하나도 모르겠어요.” 로만이 말했다. “줘 보세요, 제 눈으로 읽어 볼래요.”

레디킨은 그에게 수첩을 건네고는 설명했다.

“크리스토퍼 로그*예요. 영어에서 번역했어요.”

“멋진 시네요.” 로만이 말했다.

마그누스 표도로비치는 한숨을 내쉬었다.

“어떤 사람들은 이렇게 말하고, 다른 사람들은 또 다르게 말하고.”

“힘들죠.” 나는 측은해서 말했다.

“정말 그렇죠? 아니, 이걸 어떻게 연결시키면 좋겠어요? 아가씨들 노래를 듣고…… 그래도 아무 노래는 아닐 텐데 말이죠, 그리고 그의 경로 밖에 있던 그 젊은 아가씨들이 말이죠, 어떻게 바로 대번에 그에게 길을 물을 수가 있죠…… 과연 이게 가능한 거예요? 이런 것을 알고리즘 변환 할 수 있는 건가요?”

“설마요.” 내가 말했다. “저라면 작업하지 않을 거예요.”

“그러니까 말이에요!” 마그누스 표도로비치가 내 말을 가로챘다. “당신 같은 사람이 우리 전자계산센터 센터장이어야 해요! 누가 또 있겠어요?”

“그런데 말이에요, 만약 아예 없다면 어쩌시겠어요?” 로

* 크리스토퍼 로그(1926~2011). 영국의 시인, 번역가, 극작가.

만이 영화 변사 같은 목소리로 말했다.

"뭐가요?"

"행복 말이에요."

마그누스 표도로비치는 그 즉시 언짢아했다.

"어떻게 없을 수가 있나요?" 품위 있게 그가 말했다. "내가 끊임없이 행복을 느끼고 있는데요?"

"펜스를 실링으로 바꾸면서요?" 로만이 물었다.

마그누스 표도로비치는 더 언짢아져서 로만에게서 수첩을 낚아챘다.

"당신은 아직 젊으니까……" 그가 말을 시작했다.

바로 그때 요란스럽게 쿵 하는 소리, 쩍쩍 갈라지는 소리가 나더니 불꽃이 번쩍이고 유황 냄새가 풍겨 왔다. 접견실 중앙에 메를린이 나타난 것이다. 예상치 못한 상황에 기겁한 마그누스 표도로비치는 창문 쪽으로 황급히 피하고는 말했다. "으악, 쳇!" 그는 저 멀리 달아나 버렸다.

"Good God!" 오이라-오이라가 말하면서 뿌연 먼지로 덮인 눈을 비볐다. 그러고는 "Canst thou not come in by usual way as decent people do···? Sir"* 하고 덧붙였다.

"Beg thy pardon."** 메를린은 만족스럽게 말하며 흡족

---

* 【원주】 (고대영어) 맙소사! / 그냥 평범한 사람들이 다니는 일반적인 길로는 정녕 올 수 없으신가요……? 나리.

** 【원주】 (영어) 실례합니다.

하다는 듯 나를 바라보았다. 아마도 자연발화로 몹시 놀란 내가 지나치게 창백해졌기 때문인 것 같았다.

메를린은 좀이 슨 망토를 단정하게 걸치고, 열쇠 뭉치를 책상으로 집어 던지더니 말했다.

"날씨가 어떤지 알고 있나요, 신사분들?"

"예언한 대로요." 로만이 말했다.

"바로 그렇습니다, 오이라-오이라 씨! 예언한 바로 그대로죠!"

"그러니까요, 라디오는 참 쓸모 있는 물건이죠." 로만이 말했다.

"나는 라디오는 듣지 않습니다." 메를린이 말했다. "나는 나만의 방법이 있지요."

그는 망토 가장자리를 문질렀고, 바닥에서 1미터쯤 높이로 부양했다.

"샹들리에 조심하세요." 내가 말했다.

메를린은 샹들리에를 쳐다보더니 불쑥 말하기 시작했다.

"오, 서구 물질주의, 저급한 중상주의와 공리주의 정신으로 양육된 당신의 영적 빈궁함은 자질구레하고 침울한 근심 걱정의 혼돈과 어둠을 뚫고 상승할 능력이 없구려…… 친애하는 신사분들, 작년 우리가 지역위원회 위원장 페레야슬라블스키와 함께했던 것을 회상하지 않을 수가 없소이다……"

오이라-오이라는 가슴이 미어지듯 하품을 했고, 나 역시도 울적해졌다. 아마 그렇게 고풍스럽고 자신만만하지 않았더라면 메를린은 비베갈로보다 훨씬 나쁜 인간이었을 것이 분명했다. 누군가의 부주의로 메를린은 '예언과 선견' 부서의 책임자 자리를 꿰차게 되었는데, 그것은 아직 중세 초기였던 시기에 이미 그가 모든 질의서에 양키의 제국주의와 절대 타협할 수 없는 자신의 투쟁 의지에 대해 장황하게 서술했으며, 더구나 마크 트웨인에서 인용한 해당 쪽의 공증된 인쇄 사본을 질의서에 첨부해서 제출했기 때문에 가능한 것이었다. 그러고 나서는 내부 상황의 변화와 국제적으로 온난화의 문제가 부각되면서, 그는 다시 기상청장으로 자리를 옮겼고, 그래서 지금은 마치 천 년 전에 그랬던 것처럼 기후 현상의 예언에 종사하고 있었다. 예언은 마술적 수단의 도움으로 한다고 했는데, 그것은 독거미의 행동이 변화하거나 류머티즘 통증이 심해지거나 솔로베츠의 돼지가 진흙에 드러눕거나 우리를 빠져나가려고 하거나 하는 따위에 근거한 것이었다. 그건 그렇고, 소문에 의하면, 1920년대 솔로베츠 박람회에서 젊은 기술자가 훔친 광석 라디오를 통해 행해지는 아주 저급한 무선 도청이 메를린이 하는 기상 예측의 주요 공급원이라고 했다. 연구소에서 그는 경로 우대로 대접받았다. 특별히 나이나 키예

난리 법석 중의 난리 법석

브나 고리니치와 각별한 우정을 유지하고 있을 뿐만 아니라, 거대한 털북숭이 여자가 숲에서 출현했다는 둥, 한 여대생이 옐브루스산의 설인雪人에게 잡혀 있다는 둥 하는 소문을 나이나 키예브나와 함께 수집하고 퍼뜨리는 일에 종사했다. 또 들리는 말로는, 메를린은 하 엠 비이와 호마 브루트*, 그리고 다른 악당들과 함께 국립 민둥산 철야 회합에 시시때때로 참가한다고도 했다.

나와 로만은 입을 다물고 메를린이 사라지기를 기다렸다. 하지만 그는 망토를 뒤집어쓰고 샹들리에 아래 편하게 자리를 잡고서, 그러니까 본인, 메를린이 솔로베츠 지역위원회 위원장인 페레야슬라블스키 동무와 함께 어떻게 지역을 돌며 검열 여정을 완수했는가 하는, 이미 오래전에 모두에게 신물 날 대로 신물 난 장황한 이야기를 늘어놓았다. 그 모든 이야기는 마크 트웨인 소설을 제멋대로 서투르게 각색한 완벽한 공갈이었다. 자신에 대해 말할 때 그는 항상 삼인칭을 사용했고, 지역위원회 위원장을 가끔 헷갈려하면서 아서왕이라고 부르곤 했다.**

"그렇게 지역위원회 위원장과 메를린은 여정을 떠났

* 앞서 언급되었던 고골의 작품 『비이』(1835)의 주인공으로, 키예프 신학교 학생이다.

** 마크 트웨인의 『아서왕 궁전의 코네티컷 양키』(1889)를 이야기한다. 기술 문명을 신봉하는 19세기의 미국인이 과학보다 미신이 앞서는 6세기 영국의 아서왕 시대로 건너가 벌이는 모험을 그린 소설이다.

고, 양봉업자 노동 영웅 옷셸니첸코 경에게 도착했던 거요. 그는 정말 훌륭한 기사이자 유명한 꿀 수집가였소. 옷셸니첸코 경은 자신의 노동 성과에 대해 보고하고는, 아서경의 좌골신경통을 꿀벌의 독으로 치료해 주었소. 지역위원회 위원장은 그곳에서 사흘을 머물렀고 좌골신경통이 가라앉자, 그들은 다시 길을 떠났소. 그런데 가던 중에 아서…… 위원장이 말하는 거요. '내 칼이 없어요.' '걱정 말아요.' 메를린이 말했소, '내가 당신 칼을 가져다줄 테니'. 그들은 큰 호수에 도착했고, 그리고 아서는 보게 되었소. 호수 한가운데서 굳은살이 가득한 손이 솟구쳤는데, 낫과 망치를 들고 있었던 거요. 그러자 메를린이 말했소. '자, 저게 바로 내가 가져다주겠다고 약속한 칼이에요……'"

그 순간 전화벨이 울렸고, 나는 너무 기뻐서 잡아채듯 수화기를 들었다.

"여보세요." 나는 말했다. "여보세요, 말씀하세요."

수화기에서 뭐라고 중얼거리고 있는데, 메를린이 콧소리로 길게 말했다. "……그래 레즈네보 근처에서 그들은 펠리노르 경을 만났지, 하지만 메를린은 펠리노르 경이 위원장을 알아보지 못하도록 만들었어……"

"메를린 경 씨," 내가 말했다. "좀 조용히 해 주실 수 없어요? 아무 소리도 들을 수가 없네요."

메를린은 입을 다물었지만, 언제든 다시 이어 갈 모양새를 하고 있었다.

"여보세요." 나는 다시 송화구에 대고 말했다.

"전화 받는 게 누구요?"

"누구 찾으시죠?" 나는 예전 습관대로 말했다.

"당신은 작작 좀 하시오. 당신이 지금 저잣거리에 있는 게 아니오, 프리발로프."

"아, 죄송합니다, 모데스트 마트베예비치. 당직자 프리발로프입니다."

"그렇게 해야죠. 보고하시오."

"뭘 보고하란 말씀입니까?"

"이봐요, 프리발로프. 당신은 마치 내가 누구인지 모른다는 듯이 또 행동하는군. 대체 거기서 누구와 이야기하고 있는 거요? 왜 당직 위치에 외부인이 있는 거요? 대체 왜 근무 규정을 위반하는 거요, 대체 왜 근무시간이 종료된 후에 연구소에 사람이 남아 있는 거요?"

"메를린입니다." 내가 대답했다.

"목이라도 잡아 끌어내시오!"

"기꺼이 그렇게 하겠습니다." 내가 말했다. (의심할 바 없이 엿들은 게 분명한 메를린은 뿌연 먼지로 몸을 숨기더니 말했다. "미개인 같으니!" 그러고는 공기 중에 용해되어 사라졌다.)

"기꺼이 하지만 재미는 없겠지. 하지만 나는 상관없소. 여기 당신에게 반납한 열쇠 무더기를 당신이 그냥 책상에 넣어놓고 있다는 시그널이 들어왔소. 열쇠는 금고에 넣어 잠가 두어야 하는데 말이오."

비베갈로가 고해바친 거야, 하고 나는 생각했다.

"왜 아무 말도 하지 않는 거요?"

"그렇게 하도록 하겠습니다."

"자 그런 상황이오." 모데스트 마트베예비치가 말했다. "경각심을 최고로 유지하도록 하시오. 알겠소?"

"알겠습니다."

모데스트 마트베예비치는, "내 말은 끝났소" 하고 말했다. 이어 단절음이 들렸다.

"그래, 좋아." 녹색 외투를 여미면서 오이라-오이라가 말했다. "가서 통조림을 따고 샴페인 마개를 뽑아야지. 잘 있어, 사샤. 내가 이따가 또 들르도록 할게."

제2장

컴컴한 복도를 내려갔다가 다시 올라가면서 나는 걷고 있었다. 나는 혼자였다. 나는 소리를 질렀지만, 아무도 대답하는 이가 없었다. 미로처럼 광활하고 얽히고설켜 있는 이 건물에서 나는 완전히 혼자였다.

—기 드 모파상*

재킷 주머니에 열쇠 꾸러미를 쑤셔 넣고 첫 순찰에 나섰다. 내가 기억하기로 언젠가 아프리카에서 황족의 얼굴이 연구소에 방문했을 때 딱 한 번 가 본 적이 있는 중앙 계단을 따라 내려갔고, 몇백 년이 넘은 건축장식들로 겹겹이 꾸며진 끝없이 광활한 로비에 도착한 후 스위스 전시실 창을 들여다보았다. 희뿌연 야광 안개 속에 맥스웰의 초소형 도깨비** 두 마리가 어렴풋이 보였다. 도깨비들은 놀이 중에서도 가장 확률에 의존하는 동전 던지기를 하고 있었다. 전자현미경 아래에서 보면 거대하고 굼뜨고 형용할 수 없이

---

* 단편소설 「누가 알까?」(1890)에서.

** '맥스웰의 도깨비'는 영국의 물리학자 제임스 클러크 맥스웰이 1871년 한 사고실험으로, 열역학 제2법칙을 위반하는 것이 가능한가에 대해 묻는다.

우스꽝스러운, 마치 식민지 시대 소아마비 바이러스와 유사해 보이는 그들은 하도 오래 입어서 너덜너덜해진 하인 제복을 입고서 쉬는 시간이면 계속 이 놀이를 했다. 흔히들 맥스웰의 도깨비는 평생토록 문을 열고 닫는 일에만 전념한다고 생각한다. 여기 있는 맥스웰의 도깨비들은 경험 많고 잘 훈련된 견본들이었지만, 둘 중 출구 문을 담당하는 견본은 은하계와 맞먹을 만큼 나이가 많아 이미 은퇴할 때가 되었고, 끊임없이 치매기를 보이며 헛소리를 지껄였다. 그러자 '기술정비' 부서의 누군가가 압축 아르곤 가스가 가득 찬 스위스 전시실로 우주 비행복을 입고 기어 들어가 노인네에게 감각을 되찾아 주었다.

근무 규정을 준수하면서, 다시 말해 정보 채널을 차단하고 입출력장치를 잠그면서 나는 그 둘에게 말을 걸어 보았다. 도깨비들은 아무 반응도 하지 않았다. 그럴 겨를이 없었던 것이다. 한 도깨비가 이기면 다른 도깨비는 당연히 질 수밖에 없는데, 그것은 그들을 몹시 불안하게 했다. 통계적 평형상태가 깨지기 때문이었다. 나는 방패로 창문을 닫고 로비를 돌아 나왔다. 로비는 축축하고 어두침침하고 소리가 울렸다. 연구소 건물은 전체적으로 꽤나 오래되었는데, 보아하니 로비부터 건축한 듯했다. 곰팡이가 핀 구석에서는 쇠사슬에 묶어 놓은 뼈대가 희끄무레하게 어른거렸고, 어디선가는 규칙적으로 물 떨어지는 소리가 들렸다. 원주

로비는 축축하고 어두침침하고 소리가 울렸다.

사이 움푹 들어간 공간에는 녹슨 갑옷을 입고 부자연스러운 포즈를 취한 조각상이 불쑥 튀어나와 있었고, 입구 오른쪽 벽에는 고대 우상들의 유물 조각이 우뚝 솟아 있었는데, 그 위로는 부츠를 신은 석고 다리가 돌출되어 있었다. 천장 아래 퇴색해 가는 초상화들에는 엄숙한 시선으로 응시 중인 숭앙받는 수도사들이 그려져 있었는데, 그들의 얼굴에서는 표도르 시메오노비치, 지안 자코모 동무 그리고 다른 부서 주임들의 익숙한 특징이 드러나 있었다. 옛날 옛적에 이 고풍스러운 폐물들을 처분하고 벽에 창을 내고 형광등을 설치했어야 했지만, 모데스트 마트베예비치는 그 모든 것은 반입된 것이고, 유물 목록에 기입되어 있기 때문에 낭비할 수 없다는 이유로 폐기하는 것을 몸소 금지했다.

원주 기둥머리와 거무스레해진 천장에 매달려 미로처럼 얽힌 거대한 샹들리에에는 온갖 박쥐류가 바스락거리고 있었다. 모데스트 마트베예비치는 박쥐들과는 단호하게 투쟁했다. 그는 박쥐들에 테레빈유와 크레오소트를 쏟아붓고 가루 살충제를 분사하고 헥사클로로시클로헥산 살충제를 뿜어 댔고, 박쥐들은 수천 마리가 죽었지만 또다시 수만 마리로 부활하곤 했다. 그들은 돌연변이가 되었고, 그중에는 노래하고 말하는 종까지 나타났다. 가장 오래된 종의 후손들에는 이제 구충제가 섞인 제충국제가 살포되었는데, 연구소 영상 기사인 사냐 드로즈드는 한번은 여기서 인사위원장과 똑같이 생긴 큰집박쥐를 두 눈으로 똑똑히 보았다고 거듭 맹세했다.

냉랭한 악취가 풍겨 오는 후미진 공간 깊숙이에서 누군가가 신음하면서 사슬을 철커덕거렸다. "당신 이제 작작 좀 하시오." 엄격하게 나는 말했다. "어이없게 스릴러 흉내라니! 부끄럽지도 않나요……!" 후미진 공간은 조용해졌다. 나는 관리인답게 밀려 있는 양탄자를 똑바로 해 놓고 계단을 올라갔다.

잘 알려진 바대로, 바깥에서 연구소 건물은 2층으로 보였다. 하지만 실제로는 적어도 12층 이상이었다. 나는 12층 이상으로는 한 번도 올라가 본 적이 없었는데, 그 이유는 엘리베이터가 항상 수리 중이었고 내가 날 줄 아는 것도 아니었기 때문이다. 창문이 열 개씩 있는 건물 정면 역시 대부분의 건물 정면이 그렇듯 착시로 인한 것이었다. 로비의 왼쪽과 오른쪽으로 연구소는 적어도 1킬로미터는 뻗어 있었지만, 그럼에도 불구하고 모든 창문은 예의 그 구부러진 거리와 창고 방향으로 단호하게 향해 있었다. 그것은 나를 극도로 놀라게 했다. 처음에 나는 대체 어떻게 이런 현상이 공간적 특성에 대한 고전적 아니면 적어도 상대성이론의 관념과 결합될 수 있는지 설명해 달라고 오이라-오이라에게 졸라 댔다. 그의 설명은 아무것도 이해되지 않았지만, 나는 꾸준히 익숙해져 갔고 놀라지도 않게 되었다.

한 10년이나 15년 후에는 어떤 초등학생도 지금의 전문가보다 일반상대성이론을 훨씬 더 잘 이해할 것임을 나는 확신했다. 그러자면 시공간적 굴절이 어떻게 일어나는지 전혀 이해할 필요가 없고, 단지 어려서부터 생활 속에서 이러한 관념에 익숙해지는 것이 필요할 뿐이다.

1층은 온통 '1차행복' 부서가 차지하고 있었다. 여기는 표도르 시메오노비치가 통치하고 있었다. 여기서는 사과와 침엽수림 냄새가 났고, 여기에서는 가장 아름다운 아가씨들과 가장 훌륭한 청년들이 근무했다. 여기에는 그 어떤 음침한 맹신자도, 흑마법 통달자도 추종자도 없었으며, 여기서는 아무도 고통으로 얼굴을 찌푸리거나 욕설을 하면서 자기 머리카락을 쥐어뜯지 않았으며, 아무도 비정상적인 빠른 말하기 같은 주문을 중얼거리지도 않았고, 불길한 날짜에 이반 쿠팔라 축일*이 걸려 보름달이 뜨는 자정이 되면 살아 있는 두꺼비나 까마귀를 끓이지도 않았다. 여기서는 낙관주의로 작업했다. 여기서는 개별적인 각각의 인간들은 물론이고 모든 인간 집단의 정신적 활력을 상승시

---

* 슬라브 문화권의 하지夏至 축제. 물의 정령 쿠팔라를 기리는 축제가 기독교가 들어오면서 세례자 요한(이반)의 축일을 겸하는 물세례 축제가 되었다. 사람들은 이날 꽃과 풀을 모으고, 화환을 만들고, 점을 치고 서로에게 물을 뿌린다. 그리고 모닥불을 피워 그 위를 뛰어넘고, 태양을 상징하는 바퀴 모양의 인형을 만들어 태운다. 민간신앙에 따르면, '이반 쿠팔라'로 넘어가는 밤에 1년에 딱 한 번 고사리 꽃이 피는데, 이 꽃은 자기를 찾는 사람에게 행복을 주고 소원을 들어준다고 한다.

키기 위해 가능한 한 모든 것을 백마법의 범위 내에서, 마법의 하위 분자들과 인프라 인공신경망의 범위 내에서 최선을 다해 만들어 냈다. 여기서는 유쾌하고 악의 없는 유머가 수집되었고 온 세상으로 유포되었다. 우정을 강화시키고 반목을 불식시키는 행동과 관계의 모델을 개발하고 실험하고 정착시켰다. 알코올이나 다른 마약 성분은 분자 단위조차도 전혀 포함하지 않은 진통제 엑기스를 승화시키고 추출해 냈다. 여기서는 휴대용 범용 악 분쇄기를 제작하여 이제 현장 테스트를 준비하고 있었고, 희귀하기 짝이 없게 합금한 지혜와 선량함의 새로운 브랜드를 개발하고 있었다.

나는 중앙 홀의 자물쇠를 열고 문턱에 서서 밴더그래프 발전기*와 어딘가 비슷한 '아동 웃음'의 거대한 증류기가 작업하고 있는 모습을 감상했다. 밴더그래프 발전기와 다른 점이 있다면, 이 '아동 웃음' 증류기는 완벽하게 아무 소음 없이 작업하고, 그 근처에서는 정말 좋은 냄새가 난다는 것이다. 근무 규정에 따르면 나는 중앙 홀의 황금색 조명이 꺼지고 어둡고 서늘하게 정지되도록 제어장치에 있는 두 개의 커다란 흰 차단기를 내려야 했다. 한마디로 근무 규정은 내가 생산 장소의 모든 전류를 차단할 것을 요구하고 있

---

* 미국의 물리학자인 로버트 J. 밴더그래프가 고안한 정전 고압 발생 장치. 전자, 양자 따위를 가속하는 데 쓴다.

었다. 그러나 나는 심지어 망설이지도 않고 복도로 뒷걸음 질해서 문을 잠가 버렸다. 표도르 시메오노비치 실험실의 전류를 차단하는 것은 내게 전적으로 신성모독이나 마찬 가지였다.

나는 실험실들 문마다 걸려 있는 아주 흥미로운 그림들을 감상하며 천천히 복도를 따라 걸었고, 그러다가 구석에서 이 그림들을 그리고 밤마다 바꿔 걸어 놓는 도모보이* 티혼을 만났다. 우리는 악수를 했다. 티혼은 랴잔 지방에서 온 유명한 회색 도모보이였는데 무슨 죄목인가를 씌워서 비이가 솔로베츠로 유배를 보낸 것이었다. 누군가에게 제대로 인사를 하지 않았다던가 아니면 독사 팬케이크를 먹지 않겠다고 했던가 그랬다…… 표도르 시메오노비치는 티혼을 환영했고, 깨끗이 목욕시켰고, 만성 알코올 중독에서 치료해 주었고, 그렇게 그는 여기 1층에서 살게 되었다. 티혼은 비스트루프**의 사회적 풍자만화풍으로 그림을 정말 끝내주게 그렸으며, 사리 분별이 명확하고 냉철한 행동으로 지역 도모보이들 사이에서 명망이 높았다.

이제 나는 2층으로 올라가고 싶었지만, 테라리엄이 떠

* 동슬라브 신화에서 집과 가족과 집안일을 보살펴 주는 수호 정령인 도모보이는 종종 '도모보이 할아버지'로도 불리는 친근하고 존경받는 존재이다.
** 헤를루프 비스트루프(1912~1988). 덴마크의 캐리커처 화가이자 공산주의 사회 활동가.

올라서 지하층으로 내려갔다. 테라리엄 간수는 복권된 흡혈귀 알프레드였는데, 그는 차를 마시고 있었다. 나를 보자마자 그는 찻주전자를 책상 아래로 감추려고 하면서 얼굴이 뻘게져서 고개를 숙였다. 나는 그가 불쌍해졌다.

"새해 축하합니다." 나는 아무것도 못 본 척하며 말했다.

그는 기침을 하더니 손바닥으로 입을 가리고 씩씩거리며 대답했다.

"성은이 망극합니다. 새해 축하드립니다."

"별일 없는 거죠?" 나는 동물 우리와 마구간을 들여다보며 물었다.

"브리아레오스 손가락이 부러졌습니다." 알프레드가 말했다.

"어쩌다 그랬어요?"

"그런지 좀 됐습니다. 열여덟 번째 오른팔 손가락입죠. 코를 파다가 불편하게 돌아선 거죠, 팔이 100개나 되니 굼뜰 수밖에요. 그래서 부러졌습니다."

"그럼 수의사를 부르세요." 나는 말했다.

"괜찮습니다! 처음 그런 것도 아닌데요……"

"아니요, 그렇게 하면 안 됩니다." 나는 말했다. "가시죠, 좀 봐야겠어요."

우리는 테라리엄 깊이 들어가, 귀리 포대에 얼굴을 처박고 꾸벅꾸벅 졸고 있는 곱사등이 망아지*를 지나고, 잠이 덜 깬 눈으로 우리를 배웅하는 하르피이아가 있는 큰 새장을 지나고, 이 계절에는 뚱하고 말이 없는 히드라가 갇혀 있는 감옥을 지나갔다…… 하늘의 신 우라노스와 대지의 여신 가이아의 첫 자식들로 100개의 팔과 50개의 머리를 지닌 거인 3형제 헤카톤케이레스는 두꺼운 쇠창살로 고립되어 광대한 콘크리트 동굴에 갇혀 있었다. 기게스와 코토스는 눈을 감고서 푸르스름하게 면도한 머리를 내밀고 털북숭이 팔을 힘없이 늘어뜨린 채 거대하고 흉측한 매듭으로 웅크려 자고 있었다. 브리아레오스는 녹초가 된 상태였다. 그는 철창에 바짝 붙어 쪼그리고 앉아서 아픈 손가락이 있는 팔을 다른 일곱 개의 팔로 받쳐서 통로로 내밀고 있었다. 다른 아흔두 개의 팔은 쇠창살을 부여잡고 머리를 떠받치고 있었다. 머리 중 몇몇은 잠들어 있었다.

"어때?" 나는 불쌍해서 물었다. "아파?"

자지 않고 있던 머리들이 그리스어로 뭐라고 떠들어 대면서 러시아어를 아는 머리 하나를 깨웠다.

"미치도록 아파요." 러시아어를 하는 머리가 말했다. 나머지 머리들은 조용해지더니 입을 헤벌리고 나를 뚫어지게 쳐다보았다.

* 19세기 러시아 민담 작가 표트르 파블로비치 예르쇼프가 1834년 발표한 동화 담시 「곱사등이 망아지」에 등장하는 마법 망아지. 농민의 아들 이반이 등이 굽은 망아지의 도움으로 공주를 아내로 맞이한다는 내용이다.

나는 손가락을 살펴보았다. 지저분한 손가락은 부어 있었지만 완전히 부러진 것은 아니었다. 그냥 접질린 것 같았다. 우리 연구소 체육관에서는 이 정도 부상은 의사 없이도 치료했다. 나는 손가락을 붙잡고는 있는 힘을 다해서 잡아당겼다. 브리아레오스는 50개의 목을 온통 휘저으며 으르렁거리더니 뒤로 나자빠졌다.

"자-자-자," 손수건으로 손을 닦으며 나는 말했다. "이제 다 되었어, 끝났다고······"

브리아레오스는 코를 훌쩍거리면서 손가락을 살펴보기 시작했다. 뒤에 있는 머리들이 호기심에 들끓어서 목을 길게 빼고, 시야를 가리지 말라고 앞에 있는 머리의 귀를 참을성 없이 물어뜯었다. 알프레드는 비죽 웃었다.

"혈액을 조금 누수 시키는 것이 유익할 듯합니다." 그는 오래전에 사라진 표현으로 말했고, 이어 한숨을 쉬더니 덧붙였다. "단 저 녀석 피가 어떨지는, 보나마나 매한가지일 것입니다. 한마디로 좀비니까 말입니다."

브리아레오스는 일어섰다. 50개의 모든 머리가 축복을 받은 듯 일제히 미소를 지었다. 나는 그에게 손을 흔들고 뒤돌아 걸어갔다. 불멸의 코셰이 근처에서 좀 지체하게 되었다. 이 위대한 악당은 양탄자가 깔려 있고 에어컨과 책장이 있는 별도의 격실에 거주했다. 격실 벽마다 칭기즈 칸, 하인리히 힘러, 카트린 드 메디시스, 보르자 가문의 누군가와

골드워터 아니면 매카시의 초상화가 걸려 있었다. 번쩍거리는 가운을 입은 코셰이는 거대한 보면대 앞에 다리를 꼬고 서서는 『마녀 잡는 망치』* 오프셋 인쇄판을 읽고 있었다. 그러는 중에도 코셰이는 그 기다란 손가락들을 움직이며, 나사를 조이는 것도 아니고 무언가를 칼로 찌르는 것도 아니고 무언가의 가죽을 벗기는 것도 아닌 아주 불쾌한 동작을 계속했다. 끝없는 그의 범죄 행각에 대해 재판에서 끝없는 심리가 진행되는 동안 그는 끝없는 사전 구금 상태에 처해졌다. 연구소에서는 그를 매우 귀하게 대접했는데, 왜냐하면 그는 연구소의 독특한 몇몇 실험에 동원되었고, 또한 용 고리니치와의 의사소통 시 통역사로 사용되었기 때문이다. (용 고리니치는 낡은 보일러실에 갇혀 있었고, 그곳에서는 용 고리니치의 강철 같은 코 고는 소리와 잠꼬대 소리가 들려왔다.) 나는 선 채로 생각에 잠겼다. 만약 아주 먼 훗날 어디선가 코셰이에게 형을 선고한다면, 누가 되었든지 간에 판사들은 아주 이상한 처지에 놓이게 될 것이다. 불멸의 죄수에게 사형을 집행하는 것은 불가능하고, 또 종신형은 사전 구금 기간을 감안하면 이미 형기를 마치게 될 것이기 때문이다……

*『모든 마녀와 이단을 창과 같이 심판하는 망치』, 통칭 『마녀 잡는 망치 *Malleus Maleficarum*』는 로마 가톨릭 교회 도미니크회 수도사인 야코프 스프렝거와 하인리히 크라머가 쓰고 교황 인노켄티우스 8세가 서명하고 인증해 준 마녀사냥의 교본이다.

그때 내 바지 자락을 잡아당기면서 술에 전 목소리가 말했다.

"그래, 강도 놈아, 어떻게 삼등분할까?"

나는 간신히 빠져나왔다. 옆 우리에 있던 흡혈귀 세 마리가 200볼트 전류가 흐르는 쇠창살에 회청색 낯짝을 꽉 붙이고 탐욕스럽게 나를 바라보고 있었다.

"팔을 짜부라뜨려, 저 안경쟁이 멀대 같은 놈!" 한 흡혈귀가 말했다.

"너, 붙잡지 마!" 내가 말했다. "회초리질 당하고 싶어?"

그때 알프레드가 덩굴 채찍을 철썩거리면서 뛰어왔고, 그러자 흡혈귀들은 어두운 구석으로 숨어 버리고는 그 즉시 쌍욕을 해 가며 자기들이 만든 타로 카드를 서로에게 집어 던지면서 싸우기 시작했다.

나는 알프레드에게 말했다.

"네, 괜찮네요. 내 생각에는 다 별일 없는 것 같아요. 그럼 이제 가 볼게요."

"살펴 가십시오." 알프레드는 기다렸다는 듯이 대답했다.

계단을 오르면서 나는 알프레드가 찻주전자를 요란스레 덜그럭거리면서 꼴깍꼴깍 마시는 소리를 들었다.

기계실을 들여다보며 나는 발전기가 작동하는 것을 살펴보았다. 연구소는 도시 에너지원에 의존하지 않았다. 그

대신, 결정론의 원리가 확립된 후부터 잘 알려진 '행운의 수레바퀴'를 무상 에너지 원천으로 사용하기로 결정했다. 기계실 시멘트 바닥 위로는 거대한 바퀴의 광택이 빛나는 가장자리 극히 일부분만이 솟아 있었고, 바퀴의 회전축은 어딘가 무한대에 놓여 있는 듯했다. 바퀴의 가장자리는 한쪽 벽에서 나와 다른 쪽으로 사라지는 벨트컨베이어처럼 보였기 때문이다. 한동안은 박사 학위 논문 주제로 '행운의 수레바퀴'의 굴곡 반경을 규명하는 것이 유행이었지만, 그 모든 논문들의 결과는 10메가파섹에 달할 만큼 극단적으로 정확도가 떨어졌기 때문에 연구소 학술위원회는 초은하계 통신수단이 개발되어 측정 정확도가 실질적으로 상승할 때까지 이 주제의 박사 논문에 대한 심사를 중단하기로 결정했다.

직원들에게 서비스를 제공하는 몇몇 악마들이 바퀴 근처에서 놀고 있었는데, 수레바퀴 가장자리로 뛰어 올라가 벽까지 달려갔고, 뛰어내린 후에는 반대 방향으로 질주했다. 나는 그들에게 질서를 준수하라고 단호하게 명령했다. "너희 작작 좀 해!" 나는 말했다. "이게 너희 장난감인 줄 알아!" 그들은 변압기 덮개 뒤로 도망가 숨더니 거기서 종이를 씹어 나를 겨냥해 뱉어 대기 시작했다. 나는 그런 유치한 어린놈들과 엮이지 말자고 생각하고 제어 콘솔을 따라 밖으로 나와서는, 모두 다 별일 없는 것을 확인하고 2층으로 올라갔다.

2층은 아주 고요했고 어둡고 먼지가 많았다. 반쯤 열린 낮은 문 근처에서는 프레오브라젠스키 연대* 제복과 삼각모를 쓴 늙고 노쇠한 병사가 긴 수발총에 기대어 졸고 있었다. 이곳에는 '국방마법' 부서가 위치하고 있었는데, 근무자들은 이미 오래전부터 살아 있는 영혼이라고는 하나도 없었다. 아마도 표도르 시메오노비치를 제외한 우리 연구소의 모든 노인들은 한창때에 이 분야의 마법에 경의를 표했다고 할 수 있다. 벤 베찰렐은 궁정 쿠데타 당시 골렘을 아주 성공적으로 이용했다. 뇌물을 받는 것에는 무관심하고 그 어떤 독에도 불사신인 이 점토 괴물은 실험실을 보호하는 동시에 제국의 보물 창고를 수호해 냈다. 주세페 발사모는 역사상 최초로 빗자루 항공 기병대를 창설하여 백년전쟁의 전투 현장에서 대활약을 하게 했다. 그러나 이 빗자루 항공 기병대는 꽤 순식간에 사라지고 말았다. 마녀의 일부는 시집을 갔고, 나머지 마녀들은 종군 상인이 되어 흑기병대 뒤를 따라갔다. 솔로몬왕은 비슷비슷한 이프리트들을 잡아서 마법을 걸었고, 그들로 별도의 코끼리 박멸 화염 방사 부대를 조직했다. 크리스토발 훈타는 젊은 시절에 중국 무어인들의 용을 닥치는 대로 끌어모아 카롤루스 대

* 1691년 표트르 대제가 창설한 러시아 제국군의 근위 보병 연대로 러시아의 가장 오래되고 잘 알려진 연대 중 하나이다.

제의 친위대로 데려갔다가, 황제가 무어인들이 아닌 바스크족 부류들과 전쟁을 하려 한다는 것을 알고는 노발대발해서 군대를 해체시켜 버렸다. 수십 세기에 걸친 전쟁 역사가 진행되는 동안 여러 마법사들은 뱀파이어(야간전투를 위해서), 바실리스크(적군이 두려움으로 완전히 얼어붙어 패배하게 하기 위해서), 비행기 양탄자(적국 도시들에 오물을 투척하기 위해서), 여러 가지 쓰임새가 있는 신검(소수의 아군을 보호하기 위해서), 그리고 그 밖에 많은 것들을 전쟁에 적용하라고 제안해 왔다. 하지만 이미 제1차 세계대전 이후로는, 독일군의 고성능 대포 베르타가 나온 후로는 겨자탄, 염화마그네슘 방어 마법은 쇠락하기 시작했다. 부서에서 근무자들의 대거 이탈이 시작되었다. 그곳에 가장 오래 남아 있던 이는 무슨 피티림 슈바르츠였는데, 전직 수도사이자 구식 소총 버팀대를 발명한 그는 램프의 요정 진-폭격기 프로젝트에 헌신적으로 전념했다. 프로젝트의 핵심은 적어도 3천 년 이상 진이 갇혀 있던 병을 적국의 도시에 투하하는 것이었다. 잘 알려진 것처럼, 자유로운 상태에서의 진은 오로지 도시를 파괴하거나 아니면 궁전을 세우거나 둘 중에 하나만 할 수 있다. 따라서 기본적으로 갇혀 있던 진은 (피티림 슈바르츠가 판단한 대로) 병에서 해방되면 궁전을 세우지 않을 것이고, 적은 혼비백산하게 될 것이다. 이러한 발상을 실현하는 데에는 몇 가지 걸림돌이 있었는데, 무엇보다 진이 갇혀 있는 병이 충분하지 않다는 것이 문제였다. 하지만 슈바르츠는 홍해와 지중해에 깊이 가라앉아 있는 저인망 여분으로 보충할 수 있다고 생각했다. 전해지는 말로는, 수소폭탄과 세균전에 대해 알게 되고 나서 피티림 노인은 정신적 균형 감각을 상실하고, 자기가 보유하고 있던 진 병을 부서원들에게 죄다 나누어 주고는 삶의 의미를 연구하기 위해 크리스토발 훈타를 찾아갔다고 한다. 그리고 이후에 그를 본 사람은 아무도 없었다.

내가 문턱에 멈추어 서자, 병사는 한 눈으로 나를 바라보더니 쉰 목소리로 말했다. "금지입니다, 그냥 지나가세요……" 그러고는 다시 졸기 시작했다. 나는 이상한 모형들의 파편과 맞춤법이 틀린 도표의 찢어진 조각들로 어수선한 텅 빈 방을 둘러보았고, 입구 근처에서 나뒹굴고 있는 '일급 기밀. 읽기 전에 불태울 것'이라는 뭉그러진 인장이 표지에 찍힌 서류철을 구두코로 건드려 보고는 다음으로 걸어갔다. 이곳에는 전류를 차단할 것이 아무것도 없었지만, 자연발화는 그 무엇이든 일으킬 수 있는 까닭에 오래전에 이곳에서는 이미 자연발화가 일어난 적이 있었다.

2층에는 서적 보관소도 위치하고 있었다. 먼지투성이의 어두운 서적 보관소는 로비와 비견할 만큼 넓었지만, 훨씬 더 광활했다. 서적 보관소의 면적에 대해서 다들 말하기로는 입구에서 0.5킬로미터 떨어진 깊은 곳에 선반을 따라서 킬로미터 단위마다 이정표가 부착된 좋은 고속도로가 있다고 했다. 오이라-오이라는 '19' 표시까지 가 보았다고 했고, 고집불통의 비티카 코르네예프는 소파-변환기에 대한 기술 문서를 찾기 위해 축지법 부츠를 어렵게 구해서 '124' 표시까지 가 봤다고 했다. 그는 더 가고자 했지만, 누비옷을 입고 분쇄 망치를 든 다나이데스* 여단이 그를 막아섰다. 커다란 얼굴의 카인의 감독을 받으며 다나이데스는 아스팔트를 부수고 무슨 파이프를 박아 넣었다. 학술위원회는 서적 보관소에서 책을 빌리는 사람들을 위해 고속도로를 따라 고전압 전송 회선을 설치하는 건을 수십 차례 발의했지만, 모든 긍정적인 제안은 번번이 자금 부족이라는 평계로 무산되었다.

서적 보관소에는 아틀라스어부터 피진잉글리시까지 포함해서 세계의 모든 언어로 쓰인 흥미진진한 책들과 역사서들이 입추의 여지 없이 꽉 들어차 있었다. 하지만 그곳에서 내가 가장 흥미로웠던 것은 여러 권으로 구성된 『운명의 서書』였다. 『운명의 서』는 기름종이같이 얇은 종이에 8포인트 작은 활자로 인쇄되어 있었고, 연대기적 순서로 73,619,024,511번째 호모 사피엔스까지 그럭저럭 완전한

---

* 그리스 신화에서 아르고스의 왕 다나오스의 50명의 딸들을 말한다. 맏딸을 제외하고 아버지의 지시에 따라 결혼식 날 밤 남편을 죽인 49명의 딸들은 밑 빠진 욕조에 영원토록 물을 채우는 형벌을 받았다.

목록을 망라했다. 1권은 자바직립원인 피테칸트로푸스 에렉투스부터 시작되었다. ('기원전 965543년 8월 2일 출생, 기원전 965522년 1월 13일 사망. 부모 라마피테쿠스, 부인 라마피테쿠스. 자녀는 수컷 아드-암, 암컷 에-우아. 아라라트 계곡을 따라 라마피테쿠스 부족과 유목함. 근심 걱정 없이 먹고 마시고 잠. 돌에 첫 구멍을 뚫음. 사냥 중에 동굴곰 우르수스 스펠라에우스를 먹어 치움.') 작년에 출판된 정규 발행본 마지막 권의 마지막 차례에는 프란시스코-카에타노-아우구스틴-루시아-마누엘-호세파-미겔-루카-카를로스-페드로 트리니다드가 등재되어 있었다. ('기원후 1491년 7월 16일 출생, 1491년 7월 17일 사망. 부모 : 페드로-카를로스-루카-미겔-호세파-마누엘-루시아-아우구스틴-카에타노-프란시스코 트리니다드와 마리아 트리니다드 [참고]. 포르투갈인. 무뇌증. 성기사 작위, 연대장.')

제시된 자료들로 볼 때 분명 『운명의 서』는 단 한 권씩만 발행되었고, 이 마지막 권이 인쇄된 것은 열기구를 발명한 몽골피에 형제의 비행이 진행 중이던 시기였음이 분명했다. 아마도 동시대인들의 요구를 어떻게든 만족시키기 위해 출판사는 긴급 비정규 발행본 출판을 시도하면서 단지 출생 연도와 사망 연도를 제시할 수밖에 없었을 것이다. 그런 발행본 중 하나에서 나는 내 이름을 발견했다. 그러나 서둘러 인쇄한 탓에 이 발행본은 오자들을 양산해 냈고, 나는 놀랍게도 내가 1611년에 죽는다는 사실을 알게 되었다.

8권에는 내 이름이 나오기 전에도 눈에 띄는 오자가 수두룩했는데 전혀 교정되지 않은 채 인쇄되어 있었다.

『운명의 서』발행을 감독한 것은 '예언과선견' 부서의 특별 팀이었다. 하지만 '예언과선견' 부서는 메를린이 짧게 통치한 이후 몰락했고 방치된 채 재건되지 못했으며, 연구소는 비어 있는 '예언과선견' 부서장 직위 후보자를 여러 차례 초빙했지만, 매번 그 직위에 지원서를 제출하는 것은 오로지 유일하게 메를린뿐이었다.

학술위원회는 지원서를 공정하게 검토했고, 순조롭게 그를 탈락시켰다. 44인의 목소리 중 43인의 목소리가 '반대'였고, 단 한 목소리만 '찬성'이었다. (전통에 따라 메를린 자신도 학술위원회 위원이었기 때문이다.)

'예언과선견' 부서는 3층 전체를 차지하고 있었다. '커피 침전물 점술 그룹' '점술가 그룹' '피티아 그룹' '날씨 점술 그룹' '카드점 그룹' '솔로베츠 신탁' 등의 문패가 달린 문들을 하나하나 살펴보며 나아갔다. 이 부서들은 모두 초를 켜고 작업했기 때문에, 내가 전류를 차단할 것이 하나도 없었다. 날씨 점술 그룹의 문에는 이제 막 분필로 쓴 듯한 글이 적혀 있었다. '구름 속에 무엇이 있는지는 아무도 모른다.' 매일 아침마다 메를린은 자신을 질투하는 부류들이 무슨 흉계를 꾸밀지 모른다고 저주하면서 이 글을 젖은 걸레로 닦아 냈고, 매일 밤마다 다시 소생시켰다. 전체적으로

난리 법석 중의 난리 법석

이 부서의 권위는 대체 무엇으로 지탱되는 것인지 나는 도통 이해가 가지 않았다. 부서원들은「점술가의 눈[目] 표현에 관하여」또는「1926년 수확한 모카커피 침전물로 치는 점술의 특성들」같은 것처럼 아주 이상한 주제의 연구문을 시시때때로 발표했다. 가끔은 피티아 그룹에서 무언가 정확하게 예언할 때가 있었는데, 그때마다 피티아들은 자기들이 더 놀라고 당황해서 성공한 예언의 효과는 모두 헛수고로 돌아가곤 했다. U-야누스는 교양 있고 섬세하기 그지없는 사람이었지만, 피티아들과 점술가들의 세미나에 참석할 때마다 그 유명한 알 수 없는 미소마저도 지을 수 없는 듯했다.

4층에 갔을 때 드디어 나는 일거리를 발견했다. '영원한 젊음' 부서의 격실에서 켜진 채로 있던 불을 끈 것이다. 이 부서에는 젊은이들은 없었고 수천 년 된 경화증으로 괴로워하는 늙은이들만 일했는데, 그들은 나가면서 불을 끄는 것을 언제나 잊었다. 어쨌건 나는 그것이 단지 경화증의 문제만은 아니라고 생각하고 있었다. 그들 대부분은 아직까지도 감전될까 봐 두려워했다. 그들 모두는 아직도 전차를 주철이라고 부르고 있었다.

승화 실험실에서는 영원히 젊은 청년의 침울한 모델이 하품을 하면서 손을 주머니에 찌르고 기다란 테이블 사이를 어슬렁거리고 있었다. 2미터가 넘는 그의 회색 수염은 바닥에 질질 끌렸고, 의자 다리에 걸리곤 했다. 혹시 몰라서 나는 의자에 세워져 있던 차르스카야 보드카 병을 캐비닛 안으로 치우고는 내 전자 작업장으로 향했다.

여기에 내 '알단'이 놓여 있었다. '알단'이 얼마나 압축적이고 멋지며 은은하게 광택이 나는지, 나는 한동안 서서 감상했다. 연구소에서 우리를 대하는 태도는 각양각색이었다. 예를 들어, 회계사는 나를 만나면 양팔을 활짝 벌리고 요란스럽게 포옹했고, 책임 회계사는 수줍게 미소를 지으면서 그 즉시 내게 지긋지긋한 월급과 수익 채산 산정표를 한가득 안겨 주었다. '종합변환' 부서 책임자 지안 자코모도 처음에는 마찬가지로 우리를 좋아했지만, '알단'이 원소 단위 납 입방체를 금 입방체로 변형시키는 계산조차 해내지 못한다는 것을 확인하고는 내 전자계산기에 냉담해졌고, 우리에게 관심을 보이는 것은 오로지 드문 회의에서 우연히 만날 때뿐이었다. 대신 '알단'에 넋이 나가 열광하는 수제자 비티카 코르네예프는 구제 불능이었다. 그리고 오이라-오이라 역시 무리수학 영역에서만큼은 혀를 내두르게 하는 자기 작업들마저 내 작업장으로 가지고 와서는 끊임없이 나를 졸라 댔다. 모든 것에서 1등이 되기를 좋아하는 크리스토발 훈타는 자신의 중추신경계를 밤마다 '알단'에 접속시키도록 하는 규정을 만들었다. 그래서 다음 날이면 그의 머리에서는 줄곧 무언가가 윙윙거리고 짤깍

난리 법석 중의 난리 법석

짤깍 소리를 냈다. 하지만 '알단'은 과부하로 완전히 혼선을 일으켜 이진법 체계로 계산하지 않고 무언가 내가 이해할 수 없는 방식으로 고대 육십진법으로 전환되었고 심지어는 배중률을 완전히 부정하고 있었다. 게다가 표도르 시메오노비치 키브린은 마치 어린애가 장난감을 가지고 놀 듯 '알단'을 가지고 놀았다. 그는 몇 시간씩 '알단'을 가지고 짝수-홀수 놀이를 하거나 일본 장기를 가르치기도 했고, 더 재미있게 만들기 위해서 누군가의 불멸의 영혼을, 말하자면 낙천적이고 근면 성실한 영혼을 '알단'에 정주시켰다. 야누스 폴루엑토비치(A-였는지 U-였는지는 이미 기억나지 않는다)는 '알단'을 딱 한 번 사용했다. 그는 자그마한 반투명 상자를 가지고 와서 '알단'에 접착시켰다. 그러자 10초 후쯤 이 접착된 상자로 인해 '알단'의 모든 퓨즈가 나가 버렸고, 야누스 폴루엑토비치는 미안하다고 사과하고는 자신의 상자를 떼어 내서 가지고 나갔다.

그러나, 그 모든 사소한 훼방들과 마찰들에도 불구하고, 또한 이제 영혼이 생긴 '알단'이 가끔 출력기에 '생각하고 있습니다. 방해하지 말아 주세요' 하는 말을 인쇄해 내보내는 상황까지 되었음에도 불구하고, 또한 여분의 계산 유닛이 부족한 상태에서 '인큐버스 변환의 사이버장에서 기하학적 불일치의 위배'에 대해 논리적 분석을 하도록 요구받았을 때 무력감이 나를 덮쳐 왔음에도 불구하고, 그러니까 그 모든 것에도 불구하고 여기서 작업하는 것은 극도로 재미있었고, 내가 여기서 분명히 필요한 사람이라는 것이 자랑스러웠다. 나는 양극성 호문쿨루스의 유전 메커니즘에 대한 오이라-오이라 연구의 모든 계산을 해 주었다. 비티카 코르네예프를 위해서는 9차원 마술 공간에서 소파-변환기의 M-필드 강도에 대한 도표를 작성해 주었다. 우리 관할하에 있는 어류 공장들에 줄 작업 견적도 내가 계산했다. '아동 웃음' 묘약의 가장 경제적인 운송을 위한 차트도 작성했다. 심지어 카드점 그룹을 위해 카드점 '매머드' '국회' '나폴레옹의 무덤'의 점괘 확률을 계산해 주었고, 크리스토발 호제비치가 열반에 드는 방법을 내게 가르쳐 준 보답으로 그의 산술법으로 모든 구적법을 풀어 주었다. 시간은 늘 부족했고 내 삶은 의미가 충만한 것이 나는 아주 만족스러웠다.

아직은 이른 시간인 7시였다. 나는 '알단'을 켜고 한동안 작업을 했다. 저녁 9시가 되어 문득 나는 정신을 차렸고, 아쉬워하면서 전자 작업장의 전류를 차단하고 5층으로 올라갔다. 거센 눈보라는 아직도 잦아들지 않고 있었다. 그야말로 진정한 새해 눈보라였다. 눈보라는 쓸모없어진 낡은 굴뚝 속에서 포효하면서, 창틀에 쌓인 눈 더미를 휘몰아쳤고, 드문드문 서 있는 거리의 가로등을 뽑아낼 듯 포악하게 흔들어 댔다.

문 양쪽에는 건장한 이프리트 둘이 보초를 서고 있었다.

나는 행정관리 부서 구역을 지나가고 있었다. 모데스트 마트베예비치의 접견실 입구는 열십자 모양으로 H-빔이 가로막고 있었는데, 문 양쪽에는 이 빠진 긴 칼을 든 건장한 이프리트 둘이 터번을 쓰고 완전 전투 복장을 한 채 보초를 서고 있었다. 둘 다 코가 감기로 벌겋게 부어 있었으며, 품목 번호가 기재된 주석 판이 달린 묵직하고 튼튼한 황금 고리를 코뚜레로 매달고 있었다. 주변에서는 유황과 양털 냄새, 그리고 소염 연고 냄새가 났다. 우리 위도에서 이프리트는 대단히 희귀한 존재이기 때문에 나는 한동안 그들을 구경하며 서 있었다. 그런데 한쪽 눈에 검은 안대를 하고 면도를 하지 않은 오른쪽 보초 이프리트가 눈초리로 나를 먹기 시작했다. 그가 사람을 잡아먹는다는 끔찍한 소문이 파다했기 때문에 나는 서둘러 다음 장소로 걸어갔다. 내 뒤에서 그가 코를 내밀어 냄새를 맡으면서 쩝쩝 입맛을 다시는 소리가 들려왔다.

'절대지식' 부서가 위치한 곳에는 모든 환기창이 열려 있었다. 그래서 비베갈로 교수의 청어 대가리 냄새가 여기까지 풍겨 오고 있었다. 창틀로는 눈보라가 휘몰아쳤고, 라디에이터 아래 흥건히 고인 물은 검게 보였다. 나는 환기창을 닫고, 부서원들의 청결한 책상 사이를 거닐었다. 책상 위에는 아직 잉크를 적시지 않은 새 만년필들이 멋지게 놓여 있었지만, 잉크병에는 담배꽁초들이 쑤셔 박혀 있었다.

난리 법석 중의 난리 법석

정말 이곳은 이상한 부서였다. 부서의 슬로건은 이런 것이었다. '영원함에 대한 인식은 영원한 시간을 필요로 한다!' 그 의견에 나는 반대하지 않지만, 이 슬로건으로부터 부서는 뜻밖의 결론을 도출해 냈다. '그렇기 때문에 일하든 일하지 않든 매한가지다.' 그들은 우주 엔트로피 증가의 불가역 과정에 대해서는 작업하지 않았다. 적어도 그들 중 대다수가 그랬다. "안 마스", 비베갈로는 그렇게 말할 것이다. 본질적으로, 이들 작업의 과제는 상대적 인식이 절대적 진리에 근접해 가는 영역에서 상대적 인식의 왜곡을 분석하는 것이었다. 그렇기 때문에 부서원들 중 한 부류는 항상 데스크톱 '메르세데스'로 0을 0으로 나누는 작업에 전념했고, 또 다른 부서원들 부류는 무한대로 가는 출장을 요청하고 있었다. 출장을 다녀올 때면 그들은 포식해서 활기에 넘쳤고, 그러고는 즉시 건강 상태를 핑계로 또 휴가를 얻곤 했다. 출장을 가기 전 짬이 날 때마다 그들은 이 부서 저 부서를 돌아다니면서 작업대 위에 주저앉아 담배연기를 내뿜으며 로피탈 정리의 부정형 극한을 구하는 방식에 대한 우스갯소리를 지껄였다. 쉴 새 없이 면도하여 상처 난 귀와 공허한 시선을 한 이 부서원들은 대번에 알아볼 수 있었다. 내가 연구소에서 보낸 반년 동안 그들은 딱 하나의 작업만 '알단'에 의뢰했는데, 그것 역시 똑같이 0을 0으로 나누는 작업이었고 그 어떤 절대 진리의 내용은 하나도 포함되지 않은 것이었다. 아마도 그들 중 누군가는 절대 진리에 대한 작업을 하고 있는지도 모를 일이지만, 그에 대해서 내가 아는 것은 하나도 없다.

10시 반이 되어서야 나는 암브로시 암브루아조비치 비베갈로의 층에 도착했다. 손수건으로 얼굴을 가리고 되도록이면 코로 숨을 쉬지 않으려고 노력하면서 나는 직원들 사이에서는 '출산의 집'으로 유명한 실험실로 곧장 향했다. 여기에서는, 비베갈로 교수가 단언하는 바에 따르면, 레토르트 속에서 이상적인 인간 모델이 태어난다. 그러니까 부화한다는 것이다. 콤프레네 부?*

실험실은 답답하고 어두웠다. 나는 불을 켰다. 그리스 신화 속 의학의 신 아스클레피오스, 파라켈수스,** 그리고 바로 암브로시 암브루아조비치 자신의 초상화들로 장식된 혐오스러운 회색 벽이 불빛에 드러났다. 암브로시 암브루아조비치는 귀족적인 곱슬머리에 검은 모자를 쓰고서 가슴에는 무엇인지 식별하기 어려운 훈장을 단 모습으로 그려져 있었다. 언젠가 어떤 초상화가 걸려 있었을 네 번째

---

* 【원주】 (프랑스어) 이해되세요?
** 테오프라스투스 필리푸스 아우레올루스 봄바스투스 폰 호엔하임 (1493~1541). 독일계 스위스인으로 '연금술 의학'의 아버지라 불리는 의사이자 연금술사. 영적, 신비적 요소를 가진 연금술에 점성술까지 가미한 마술과 과학의 경계선을 넘나든 의화학 학문 분야를 개척했다. 그는 20대 중반 자신의 이름을 파라켈수스로 바꾸었는데, 파라켈수스란 '켈수스를 넘어선다'는 의미로, 켈수스는 1세기 무렵에 활동한 로마의 명의였다.

증기압력기의 심연에서 째깍거리는 소리가 들려왔다.

벽에는 지금은 그저 초상화 때문에 까매진 정방형 흔적과 녹슬고 구부러진 못 세 개만 남아 있었다.

실험실 중앙에는 증기압력기가 있었고, 구석에는 더 큰 다른 증기압력기가 있었다. 중앙의 증기압력기 주위에는 빵 덩어리들이 그냥 바닥에 놓여 있었으며, 푸르스름한 탈지유가 담긴 아연 양동이와 찐 밀기울이 담긴 커다란 통이 있었다. 어딘가 가까운 곳에서 청어 머리 냄새가 났지만, 도대체 어디인지 나는 알 수가 없었다. 증기압력기의 심연에서 규칙적으로 째깍거리는 소리가 들려올 뿐 실험실은 정적에 잠겨 있었다.

저도 모르게 나는 까치발을 하고 살금살금 중앙 증기압력기로 다가갔고, 관측 창을 들여다보았다. 끔찍한 악취가 풍겨 오고 구토가 날 지경이었지만, 그 어떤 특이한 것도 보이지는 않았다. 푸르스름한 어스름 속에서 허옇고 형체가 없는 무언가가 천천히 너울대고 있었다. 나는 불을 끄고 나와서는 애를 써서 문을 잠갔다. '그 인간 따귀를 때려야 해.' 나는 생각했다. 알 수 없는 막연한 느낌이 나를 불안하게 했다. 그제야 나는 문지방 주위에 히브리 문자로 표시된 두툼한 마법 경계선이 작용하고 있음을 알아차렸다. 자세히 관찰해 보니 그것은 아귀-지옥의 배고픈 악령을 퇴치하는 주문이었다.

조금은 마음이 가벼워져서 나는 비베갈로의 통치 영역

난리 법석 중의 난리 법석

을 도망치듯 벗어났고, 6층으로 올라가기 시작했다. 6층은 지안 자코모와 그의 동료들이 '종합 변환' 이론과 실험에 전념하는 곳이었다. 층계참에는 공동 도서관 건립을 촉구하는 시 구절이 다채로운 색채로 적힌 플래카드가 걸려 있었다. 그 아이디어는 지역전문위원회가 낸 것이었고, 시는 내가 쓴 것이었다.

자신들의 지하실을 파헤쳐라,
그리고 캐비닛을 뒤흔들어라,
온갖 종류의 책과 잡지들을
가능한 한 만큼 가지고 오라.

나는 얼굴이 빨개졌고 서둘러 걸음을 옮겼다. 6층에 들어서자마자 바로 비티카의 실험실 문이 활짝 열려 있는 것을 보았고, 내 귀에 노래를 부르는 허스키한 목소리가 들려왔다. 나는 살금살금 문으로 다가갔다.

제3장

그대를 영화롭게 하기를 원하노니,

겨울 저녁의 눈보라를 뚫고 질주해 온 그대를.

그대의 강인한 호흡과 그대 심장의 규칙적인

박동을……

— 월트 휘트먼*

아까 비티카는 모임에 간다면서, 실험실에는 복제가 남아 작업할 것이라고 말했다. 복제, 그것은 정말 재미있는 사기라고 할 수 있다. 일반적으로 복제는 자기 원조에 충실한 복사본이다. 만일 일손이 부족한 사람이 있다면, 그는 두뇌도 없고 책임도 없는 대신 그 일만큼은 완벽하게 해내는 자기 복제를 만들어 연락받는 일을 대신하게 하거나 짐꾼으로 쓰거나 받아쓰기를 시키거나 한다. 또는 만일 어떤 실험을 하기 위해 유인원 모델이 필요한 사람이 있다면, 그는 두뇌도 없고 책임도 없는 대신 그 일만큼은 완벽하게 해내는 자기 복제를 만들어 단지 천장 위를 걸어 다니게 하거

* 시 「겨울의 기관차에게To a Locomotive in Winter」(1875)에서.

나 아니면 텔레파시를 받게 하거나 한다. 아니면 그보다 더 단순한 경우도 있다. 예를 들어, 월급을 수령하느라 줄을 서서 시간을 낭비하고 싶지 않은 사람이 있다면, 그는 누구도 새치기하지 못하게 하고 수령증에 서명하고 수령 창구를 떠나지 않고 금액을 확인하는 것만큼은 완벽하게 해내는 자기 복제를 대신 보내는 것이다. 물론 누구나 복제를 창조할 수 있는 것은 아니다. 나 역시 아직 복제를 만들 줄 모른다. 지금까지 내가 시도했던 내 복제는 아무것도 할 줄 몰랐다. 심지어 걷지도 못했다. 어쩌다 설 줄 아는 게 만들어졌지만, 줄에 서 있더라도 비티카나 로만이나 볼로댜 포치킨이 와도 그 누구와도 이야기를 나누지 못했다. 망부석처럼 서서 꼼짝도 안 하고 숨도 쉬지 않고 한 발자국도 움직이지 않고 누구에게도 담배를 달라고 하지도 않았다.

지금의 부서 주임들은 아주 복잡하고 정교하고 복합 프로그램이 작동하는 자율 학습 능력을 가진 복제를 창조해낼 수 있다. 바로 그런 슈퍼복제를 여름에 로만이 만들어서 나 대신 자동차를 운전하게 했다. 그리고 내 동료들 누구도 그것이 내가 아님을 알아차리지 못했다. 복제는 내 차 '모스크비치'를 끝내주게 운전했고, 모기가 물면 욕설을 했고, 아주 흡족하다는 듯 합창을 했다. 레닌그라드로 돌아오면서는 함께 갔던 모두를 각자 집까지 데려다주었고, 혼자서 렌터카를 반납하고 비용을 지불하고 난 후 그 즉시 렌터

카 사장이 보는 앞에서 그를 혼비백산하게 만들면서 공중
으로 사라져 버렸다.

한동안 나는 A-야누스 그리고 U-야누스는 복제이자 원
본이라고 생각했다. 하지만 그것은 전혀 그렇지가 않았다.
두 소장 모두 여권도, 학위도, 통행증도 다른 모든 서류도,
각각 가지고 있었다. 가장 고도의 복제라 할지라도, 그런
개인 증명서를 가질 수는 없다. 자기 사진에 공증 인장이
찍힌 것을 보게 되면 복제들은 악에 받쳐 그 즉시 증명서를
갈기갈기 찢어 버렸다. 이런 수수께끼 같은 복제들의 특징
에 대해서는 마그누스 레디킨이 오래도록 연구하고 있지
만, 이를 규명하는 것은 그에게 역부족이라는 사실이 분명
했다.

그뿐만 아니라, 야누스들은 단백질로 구성된 존재들이
었다. 복제를 둘러싸고는 아직까지도 그들을 생명체로 간
주할 것인가 아닌가의 문제로 철학과 사이버네틱스 간에
격렬한 논쟁이 그치지 않고 있다. 대부분의 복제는 규소-
유기체의 구조로 이루어져 있었고, 일부 복제는 게르마늄
을 기반으로 만들어졌으며, 최근에는 알루미늄 중합체 복
제가 유행했다.

그리고 마지막으로, 가장 중요한 것은 A-야누스도, U-
야누스도, 아무도 인공적으로 만들어진 존재가 아니라는
사실이다. 그들은 복제도 원본도 아니었고, 그들은 쌍둥이

형제도 아니었다. 그들은 동일한 한 사람이었다. 야누스 폴루엑토비치 넵스트루예프. 연구소에서 그것을 이해하는 사람은 아무도 없었지만, 모두들 그것을 확고하게 알고 있었기에 아무도 이해해 보려고 노력하지는 않았다.

비티카의 복제는 손바닥으로 실험대를 짚고 서서, 자동 제어장치 '애슈비'의 작업에 시선을 고정하고 지켜보고 있었다. 그러면서 그는 언젠가 아주 유행했던 가락을 콧노래로 흥얼거렸다.

우리는 데카르트도, 우리는 뉴턴도 아니라네,
과학이란 우리에게 어두운 숲
기적이라네.
하지만 우리 평범한 천-문학자들은, 그래!
하늘에 있는 별들만으로도 충분하지……

나는 복제가 노래를 부른다는 이야기를 이전에 한 번도 들은 적이 없었다. 하지만 비티카의 복제에게는 무엇이든 기대할 만했다. 언젠가 비티카의 복제 중 하나가 심리 에너지에 사용된 부적절한 지출에 대해서 감히 모데스트 마트베예비치에게 직접 따졌던 것이 기억났다. 심지어 내가 만든, 팔도 다리도 없는 허수아비들조차 경기를 일으킬 정도로 무서워하는 모데스트 마트베예비치는 아마도 어처구

비티카의 복제는 손바닥으로 실험대를 짚고 서 있었다.

니가 없었을 것이다.

복제 오른쪽 구석의 타르 칠을 한 덮개 아래에는 키테즈그라드 마법기술 공장의 비수익 제품인 복합 가동 방식 변환기 TDH-80E가 놓여 있었다. 실험대 옆에는 세 개의 거대한 반사경으로 조명된 가운데에 가죽을 덧댄, 내가 익히 아는 물품이 위풍당당하게 놓여 있었다. 소파였다. 소파 위에는 유아용 욕조가 놓여 있었는데, 욕조 안에는 배를 위로 뒤집은 죽은 농어가 떠 있었다. 실험실에는 또한 온갖 기구들이 꽉 들어찬 다층 선반이 있었고, 문 바로 옆에는 30리터짜리 커다란 녹색 유리병이 먼지를 뒤집어쓴 채 놓여 있었다. 유리병에는 진이 갇혀 있었는데, 그 속에서 그가 눈을 희번덕거리며 꿈지럭거리는 것을 볼 수 있었다.

비티카의 복제는 자동 제어장치를 관찰하는 것을 멈추고, 욕조가 놓인 소파에 앉아서 역시 움직이지 않는 시선으로 죽은 물고기를 응시하면서 이런 후렴구를 노래했다.

제어 기구를 통제하-기 위해
무식을 전파하-기 위해
어둠을
세계상에 도입하자, 그러자!
그리고 지그시 바라보자, 세상이 어떻게 되는지를……

농어는 아무 변화 없이 멈추어 있었다. 그러자 복제는 소파 안으로 깊숙이 손을 집어넣더니 씩씩거리면서 그 속에서 무언가를 힘들게 뒤섞었다.

소파는 변환기였다. 소파는 주변에 M-자기장을 형성하는데, 쉽게 말하자면, 그것은 현실을 동화적 현실로 변형시킨다. 나이나 키예브나의 오두막에서 잊을 수 없는 그 밤에 나는 그것을 경험했고, 그때 내가 온전할 수 있었던 것은 오로지 소파가 암전류에서 작용하게 되면서 자기 능력의 4분의 1만 사용했기 때문이다. 그렇지 않았다면 나는 장화를 신은 '엄지손가락 톰'*이 되어 아침을 맞았을지도 모른다. 마그누스 레디킨에게 소파는 미지의 '백색이론'을 가능하게 만들 용기였다. 모데스트 마트베예비치에게 소파는 저잣거리에 돌아다녀서는 안 될 품목 번호 1123의 박물관 소장품이었다. 비티카에게 소파는 제일가는 도구였다. 그래서 비티카는 매일 밤 소파를 훔쳐 댔고, 마그누스 표도로비치는 시샘해서 이 사실을 인사위원회 됴민 동무에게 고해바쳤으며, 모데스트 마트베예비치에게 이 모든 난리법석을 중단시키도록 업무 지시가 내려진 것이다. 표도르 시메오노비치와 긴밀한 관계에 있던 야누스 폴루엑토비치가 최고회의 과학아카데미 위원 네 명의 친필 서명이 들

* 영국 동화 속 엄지손가락 크기의 주인공.

어간 공식 서한을 근거로 지안 자코모의 전폭적 지지하에 레디킨의 시도를 완전히 무력화시키고 모데스트 마트베예비치의 입지를 약간 제한하는 데 성공해서 개입할 때까지, 비티카는 끊임없이 소파를 훔쳐 댔다.

모데스트 마트베예비치는 물질적 책임을 져야 하는 직위의 인물로서 자신은 아무 말도 듣고 싶지 않고, 단지 자신이 바라는 것은 품목 번호 1123의 소파가 소파를 위해 마련된 특별한 공간에 자리하기를 바랄 뿐이라고 천명했다. 그런데 만일 그렇지 않은 경우에는, 모두가, 과학아카데미 위원들까지 포함하여 시말서를 쓰게 될 것이라고 모데스트 마트베예비치는 위협적으로 말했다. 야누스 폴루엑토비치는 기꺼이 시말서를 쓰겠다고 했고, 표도르 시메오노비치 역시 그랬지만, 비티카는 재빨리 소파를 자신의 실험실로 끌고 온 것이다. '절대지식' 부서의 빈둥거리는 인간들과 달리, 비티카는 사실 매우 진지한 연구자였고, 우리 행성의 바다와 대양의 모든 물을 생명수로 바꾸고 싶어 했다. 물론 그 계획은 아직 실험 단계에 머물러 있었다.

욕조 속의 농어는 꿈틀대더니 배를 아래로 뒤집었다. 복제는 소파에서 손을 빼냈다. 농어는 무감각하게 지느러미를 흔들고 하품을 하고 옆으로 드러눕더니 다시 배를 뒤집었다.

"이 명-텅구리." 복제는 열이 받아 말했다.

나는 그 즉시 정신이 번쩍 들었다. 그 말은 감정이 담긴 것이었다. 그 어떤 실험용 복제도 그런 식으로는 말하지 못한다. 복제는 주머니에 손을 찌르고 천천히 일어나더니 나를 보았다. 몇 초 동안 우리는 서로서로를 바라보고 있었다. 그러고서 나는 심술궂게 질의했다.

"일하는 거야?"

복제는 멍하니 나를 바라보았다.

"아니, 됐어, 됐어." 내가 말했다. "잘 알겠어."

복제는 아무 말이 없었다. 그는 마치 얼어붙은 듯 미동도 하지 않았다.

"그래, 자 이렇게 하자." 나는 말했다. "지금이 10시 반이 니까. 10분을 줄게. 모두 다 정리하고, 이 죽은 생선을 치우고 나서, 댄스파티에 가도록 해. 전기는 내가 직접 차단할 테니."

복제는 입술을 나팔 모양으로 내밀더니 뒷걸음치기 시작했다. 그는 아주 조심스럽게 뒷걸음질하면서, 마치 우리 사이에 실험대가 놓여 있는 것처럼 소파를 빙 돌아 걸어갔다. 나는 보란 듯이 시계를 바라보았다. 복제는 주문을 외웠고, 그러자 실험대에 '메르세데스' 만년필 그리고 깨끗한 종이 뭉치가 나타났다. 복제는 무릎을 구부리고 공중으로 부양해서는, 끊임없이 나를 힐끔힐끔 쳐다보면서 무언가를 써 내려갔다. 그 모습이 비티카와 너무도 똑같아서 의심스럽기까지 했다. 하지만 나에게는 사실을 규명할 믿을 만한 수단이 있었다. 복제는 일반적으로 고통에 완전히 무감각하다. 호주머니를 뒤적여서 나는 작고 날카로운 펜치를 꺼내어 의미심장하게 딱딱거리면서 복제에게로 다가갔다. 복제는 쓰는 것을 멈추었다. 그의 눈을 뚫어져라 응시하면서, 나는 테이블 위로 튀어나온 못대가리를 펜치로 잡아 뽑고는 말했다.

"그래, 말 안 들어?"

"너 왜 나를 이렇게 못살게 구는 거야?" 비티카가 질의했다. "뭐야, 안 보여? 사람이 일하고 있잖아."

"너는 복제잖아." 내가 말했다. "감히 내게 그따위 말투가 뭐야?"

"펜치 치워." 그가 말했다.

"바보짓 하지 마." 내가 말했다. "복제는 다 마찬가지야."

비티카는 소파 가장자리에 주저앉더니 피곤하다는 듯 귀를 문질렀다.

"오늘 되는 일이 하나도 없어." 그가 말했다. "오늘 나는 완전히 멍청이야. 복제를 창조했는데, 이건 완전히 무뇌의 바보가 나왔어. 죄다 떨어뜨리지를 않나, 움클라이데트 위에 앉지를 않나, 그냥 짐승이야…… 내가 따귀를 때렸더니, 팔을 부러뜨렸어…… 게다가 농어는 아주 체계적으로 죽어 버렸어."

나는 소파로 다가가서 욕조를 들여다봤다.

"농어가 어떻게 된 건데?"

"내가 어떻게 알아?"

"어디서 가져온 거야?"

"시장에서."

나는 꼬리를 잡고 농어를 들어 올렸다.

"네가 원하는 게 뭔데? 이건 그저 평범한 죽은 생선이잖아."

"복제를 만들 거야." 비티카가 말했다. "물이 생명수란 말이야……"

"아하…… 그랬구나." 나는 대꾸하고 나서 무언가 그에게 조언할 말을 생각하기 시작했다. 생명수의 작동 메커니즘에 대해서 내가 아는 것은 거의 없었다. 그저 바보 이반 왕자와 회색 늑대 동화*에서 읽은 것뿐이었다.

병 속의 진은 끊임없이 움직이면서 먼지로 뒤덮인 유리를 손바닥으로 닦으려고 했다.

"병을 닦았으면 좋았을걸." 나는 아무 생각 없이 말했다.

---

* 차르 비슬라프의 세 아들 중 막내인 이반 왕자는 불새를 잡아 오라는 아버지의 명령에 길을 떠나 회색 늑대의 도움으로 불새를 잡고 아름다운 옐레나 공주와도 사랑에 빠진다. 하지만 돌아오는 길에 두 형에게 죽임을 당해 30일을 누워 있었으나 갈까마귀에게 생명수를 받은 회색 늑대의 도움으로 살아나서 결국 아버지 왕국으로 돌아가 아름다운 옐레나 공주와 행복하게 산다는 내용의 전래 동화이다.

"뭐라고?"

"병의 먼지를 닦으라고. 저 안에서 얼마나 심심하겠어."

"빌어먹을, 내가 알 게 뭐야, 저놈이 심심하든지 말든지." 건성으로 비티카가 말했다. 그리고 그는 다시 소파에 손을 찔러 넣고, 또다시 그 안에서 무언가를 뒤섞었다. 농어는 살아났다.

"봤어?" 비티카가 말했다. "전류를 최대치로 높였더니 제대로 되네."

"견본은 실패작이네." 나는 지레짐작으로 말했다.

비티카는 소파에서 손을 빼더니 나를 뚫어지게 쏘아봤다.

"견본이……" 그가 말했다. "실패작이라고……" 그리고 그의 눈은 복제의 눈처럼 되었다. "견본 류푸스 에스트 견본……"*

"그리고 그건 아마, 얼어 죽었을 거야." 나는 대담해져서 말했다.

비티카는 내 말을 듣지 않았다.

"그럼 대체 어디서 물고기를 가져오지?" 그는 두리번거리며 호주머니마다 부스럭거리면서 말했다. "물고기를 대체……"

* 【원주】 라틴어 어구 '인간의 적은 인간'의 패러프레이즈.

"뭐 하러?" 내가 물었다.

"맞아." 비티카는 말했다. "뭐 하러? 다른 물고기가 없다면 말이야." 그가 추론했다. "그렇다면 다른 물을 가져오지 못할 게 뭐야? 안 그래?"

"어휴, 그 말이 아니잖아." 나는 반대했다. "그렇게는 안 돼."

"그럼 어떻게 해?" 비티카가 간절하게 물었다.

"그냥 여기서 사라져." 내가 말했다. "이곳을 떠나라고."

"어디로?"

"가고 싶은 곳으로."

그는 소파를 타고 넘어와 내 멱살을 거머쥐었다.

"너 내 말 들어, 알겠어?" 그는 위협적으로 말했다. "이 세상에 똑같은 것은 하나도 없어. 모든 것은 가우스 함수에 따라 위치하는 거야. 물은 물과 다르다고…… 그 늙은 멍청이는 고유한 분산이 존재한다는 것을 이해하지 못한 거야……"

"이봐, 친구." 나는 그를 불렀다. "곧 새해야! 그렇게 일에 열 내지 마."

그는 나를 놓더니 부산을 떨었다.

"내가 그걸 어디에 뒀지……? 아, 여기 덧신이 있네……! 내가 어디에 그걸 쑤셔 넣었더라……? 아, 여기 있네……"

난리 법석 중의 난리 법석

그는 움클라이데트가 비스듬히 서 있는 의자로 달려들었다. 바로 그 움클라이데트다. 나는 문으로 달려가 달래면서 말했다.

"정신 차려! 12시야! 다들 널 기다리고 있다고! 베로치카가 기다리고 있어!"

"아니야." 그는 대답했다. "거기 친구들에게는 내 복제를 보냈어. 좋은 복제야, 오지랖 넓은…… 바보들에게는 바보가 가야지. 농담 따먹기나 하고, 스탠딩 파티를 하고 춤을 추고, 마치……"

그는 움클라이데트를 손에 들고 돌리더니, 한쪽 눈을 가늘게 뜨고 치수를 재는 듯 어림잡아 보았다.

"당장 꺼지라고 했지!" 나는 필사적으로 고함을 쳤다.

비티카는 잠깐 나를 바라보았고, 나는 주저앉았다. 코미디는 끝났다. 비티카는 마술에 열중한 마법사가 주변 사람을 거미나 쥐며느리, 도마뱀 그리고 다른 조용한 동물들로 바꾸어 버렸을 때와 같은 그런 상태였다. 나는 진 옆에 쪼그리고 앉아 그를 바라보았다.

비티카는 물질화 주문을 위한 고전적인 자세('만티코어' 자세)를 취한 채 움직이지 않았는데, 실험대 위로 분홍색 연기가 솟구치더니 커다란 박쥐 같은 그림자가 위아래로 춤을 추기 시작했다. '메르세데스'도 사라졌고, 종이도 사라졌고, 갑자기 실험대 표면 전체가 투명한 용액이 담긴 가느다란 파이프들로 뒤덮였다. 비티카는 바라보지 않으면서 옴클라이데트를 의자 위에 내려놓고, 파이프 중 하나를 집어 들더니 주의 깊게 살펴보기 시작했다. 이제 그는 여기서 절대로 나가지 않을 것이 분명했다. 그는 활기가 넘쳐서 소파에서 욕조를 들어 올렸고, 대번에 점프하여 선반으로 달려가 거대한 구리 아쿠아비토미터를 실험대로 끌고 왔다. 나는 좀 편하게 자리를 잡았고, 진이 내다볼 수 있도록 병 유리를 닦아 주었다. 그런데 그때 복도에서 말소리들, 발자국 소리들, 문을 쾅쾅거리는 소리가 들려왔다. 나는 벌떡 일어나 실험실을 나가서 그쪽으로 달려갔다.

거대한 건물을 뒤덮고 있던 밤의 정적과 어두운 공허함은 흔적도 없이 사라졌다. 복도에는 대낮같이 환한 전등이 켜져 있었다. 누군가는 쏜살같이 계단을 뛰어갔고, 누군가는 "발카! 전압이 떨어졌어! 어서 어큐뮬레이터로 달려가!" 하고 소리쳤으며, 누군가는 층계참에서 모피코트를 흔들어 털고 있어서 젖은 눈이 사방으로 날렸다. 내 정면에서 우아하게 머리를 숙인 지안 자코모가 생각에 잠긴 얼굴로 빠른 걸음으로 다가왔고, 그 뒤에는 그의 커다란 서류 가방을 겨드랑이에 끼고 그의 지팡이를 입에 문 드베르그가 종종걸음으로 따라왔다. 우리는 인사를 나누었다. 위대한 마법사에게서는 좋은 포도주 냄새와 프랑스 향수 냄새가 났다. 나는 감히 그를 멈춰 세울 엄두를 내지 못했고, 그는 잠긴 문을 관통하여 자기 집무실로 들어갔다. 드베르그는 그의 뒤로 서류 가방과 지팡이를 밀어 넣었으며, 자기는 라디에이터 속으로 기어들었다.

"이게 대체 무슨 난리야?" 나는 고함을 질렀고 계단을 뛰어 내려갔다.

연구소는 연구원들로 가득 차 있었다. 오히려 평일보다 더 많은 것 같았다. 집무실과 실험실들에는 온통 불이 켜져 있었고, 문이란 문은 있는 대로 활짝 열려 있었다. 연구소는 일상적인 업무가 진행될 때와 같은 소리로 가득했다. 전기가 송출되는 소리, 숫자를 불러 주고 주문을 외는 단조로운 목소리들, '메르세데스'와 '라인메탈'이 탁탁거리며 작동하는 소리…… 그리고 이 모든 소리를 덮어 버리는 표도르 시메오노비치의 의기양양한 외침이 으르렁거리며 울려 퍼졌다. "이기 좋아. 이기 아-아-주 조-오-아! 잘들 하고 있어, 내 새끼들! 그런데 어-어떤 멍충이가 바-발전기를 끈 거지?" 그 순간 난데없이 누가 내 등을 제대로 후려쳤고, 나는 층계 난간을 움켜쥐었다. 나는 머리끝까지 화가 치솟았다. 볼로댜 포치킨과 에디크 암페럇이었다. 그들은 무게가 반 톤이나 되는 좌표 계측기를 자기 층으로 끌고 가고 있었다.

"에이, 사샤!" 반갑다는 듯 에디크가 말했다. "잘 있었어, 사샤?"

"사시카, 길 좀 비켜 줘!" 구석으로 뒷걸음질하면서 볼로 댜가 소리쳤다. "끌어, 끌라고……!"

나는 문간에서 그를 붙잡았다.

"너 왜 연구소에 있는 거야? 어떻게 여기 들어왔어?"

"문으로 들어왔지, 문으로. 좀 놔……" 볼로댜가 말했다. "에디크, 더 오른쪽으로! 통과 못 하는 거 안 보여?"

나는 그를 놓고 현관으로 뛰어갔다. 관리자다운 분노가 나를 사로잡았다. "내가 가만두나 봐라." 나는 계단을 네 개 씩 뛰어넘으며 중얼거렸다. "빈둥거리는 것들 내가 가만 안 둬. 아무나 그냥 죄다 들여보낸 것들 내가 가만두나 봐라!" 입구와 출구에 있는 이프리트들은 일은 하지 않고, 놀이에 열중한 나머지 열이 올라 인광을 발사하면서 룰렛에 미쳐 있었다. 내가 보는 앞에서 자기 임무를 잊은 입구 이프리트는 자기 임무를 잊은 출구 이프리트에게 대략 7천만 분자의 판돈을 뜯어냈다. 나는 대번에 룰렛을 알아보았다. 그것은 내 룰렛이었다. 예정되어 있던 파티를 위해 내가 직접 그 룰렛을 만들었고, 그것을 전자 작업장에 있는 캐비닛 뒤에 감추어 두었다. 그 사실을 아는 것은 오직 비티카 코르네예프 하나뿐이었다. 배신자, 나는 확신했다. 다 소문내고 다닌 거야. 그 와중에도 하얗게 온통 눈을 뒤집어쓰고 얼굴이 벌겋게 달아오른 유쾌한 직원들이 끊임없이 현관으로 들어오고 또 들어오고 있었다.

난리 법석 중의 난리 법석

"말도 못 하게 눈이 휘몰아치고 있어! 귀에까지 들어왔 어……"

"너도 나온 거야?"

"그래, 얼마나 지루하던지 말이야…… 다들 고주망태가 되어 가지고. 에고, 그래, 가서 일하는 게 낫겠다 하고 생각 했지. 거기에는 복제를 남겨 두고 나왔어……"

"그러게 말이야. 나는 그 여자와 춤을 추는데 털이 곤두 서는 것 같더라니까. 보드카를 들이켜 봤는데 소용없었 어……"

"일렉트론 더미는 어떨까? 하중이 클까? 그럼 광자를 써 보면……"

"알렉세이, 너 남는 레이저 있어? 가스라도 괜찮아……"

"갈카, 너 남편을 남겨 두고 오면 어떻게 해?"

"나는 벌써 한 시간 전에 나왔거든, 알겠니. 눈 더미에 미 끄러져서, 거의 파묻힐 뻔했어……"

나는 시시비비를 따질 계제가 아니란 것을 깨달았다. 악 마들에게 룰렛을 빼앗는 것은 의미 없는 일이다. 할 수 있 는 것이라고는 다만 소문을 퍼뜨린 비티카에게 가서 어떻 게 되든 담판을 짓는 것이었다. 나는 이프리트들에게 주먹 을 쥐어 보이면서 위협하고는, 지금 연구소에 모데스트 마 트베예비치가 나타난다면 무슨 일이 벌어질까를 상상하 며 계단을 올라갔다.

소장 접견실로 가는 길에 나는 스탠드 홀에서 멈춰 섰다. 여기는 병에서 풀려난 진을 길들이는 곳이다. 악에 받쳐 붉으락푸르락해진 거대한 진은 잔-벤-잔의 방패로 담을 치고 위에는 자기장이 흐르는 우리 안에서 몸부림치며 뛰어다녔다. 고전압 전류는 끊임없이 진을 감전시켰고, 진은 울부짖으며 사어가 된 언어들로 욕을 해 대면서 껑충껑충 뛰고 화염을 내뿜고 혀를 날름거렸다. 다혈질의 진은 궁전을 세웠다가 그 즉시 부수었다가를 반복하더니 결국 기진맥진해서 바닥에 주저앉아 전류에 몸부림치면서 가련하게 울부짖었다.

"그래, 그만…… 이제 좀 내버려 둬요. 그래, 이제 나 더 안 할게요…… 어휴-유-유…… 그래 나 이제 아주 얌전히 있을게요……"

전압기 조정대 옆에는 미동도 하지 않고 침착한 젊은이들이 죽 늘어서 있었다. 원본들은 진폭계 근처에 군집해서 시계를 들여다보며 샴페인 코르크를 뽑았다.

나는 그들에게 다가갔다.

"아, 사시카!"

"사셴치야, 너, 오늘 당직이라고 하던데…… 내가 나중에 네 작업장으로 갈게."

"에이, 누구 사샤에게 잔 좀 갖다 줘. 내가 지금 손이 바빠서 말이야……"

너무나 황당해서 얼떨떨한 나는 어느새 내 손에 잔이 들려 있는 것도 깨닫지 못했다. 코르크는 요란스럽게 튕겨 나가 잔-벤-잔의 방패에 부딪혔고, 얼음 같은 샴페인은 거품을 내뿜으며 흘러넘쳤다. 전압기는 잠잠해졌고, 진도 울부짖기를 멈추고 냄새를 맡기 시작했다. 바로 그 순간, 크렘린의 시계가 12시를 알리며 종을 치기 시작했다.

"야, 친구들! 월요일 만세!"

잔들을 부딪히며 건배했다. 이어 누군가 병을 유심히 보면서 말했다.

"누가 샴페인 만들었지?"

"내가."

"내일 돈 지불하는 거 잊지 마."

"그래, 한 병 더 할까?"

"됐어, 감기 걸려."

"괜찮은 진이 걸렸네…… 좀 예민하긴 하지만."

"공짜한테 바라는 것도 많아……"

"괜찮아. 아기처럼 날게 될 거야. 40번 회전까지만 지원해 주고, 그러고 나서는 자기 신경으로 굴러가게 해야지."

"이봐, 얘들아." 나는 어렵사리 말했다. "이미 밤이 깊은데…… 그리고 축일이잖아. 이제 다들 집으로 가도록 해……"

다들 나를 바라보고 있더니, 내 어깨를 툭툭 쳐 댔고, 이

어 말했다. "괜찮아, 다 지나가." 그리고 무리 지어 사육장
으로 몰려갔다…… 복제들은 방패 중 하나를 굴렸고, 원본
들은 능숙하게 진을 둘러싸고 그의 팔과 다리를 단단히 붙
잡아 진폭계 쪽으로 끌고 갔다. 진은 구차하게 또 머뭇거리
면서 지상의 왕들이 가진 모든 보물을 주겠다고 약속했다.
나는 한구석에 혼자 서서 그들이 진에게 벨트를 채우고 그
의 몸 여러 곳에 마이크로 센서를 부착하는 것을 바라보고
있었다. 그러고 나서 나는 방패를 만져 보았다. 방패는 거
대하고 육중했고, 원형 번개에 맞아 움푹 파인 자국이 있
었으며 군데군데 불에 그을려 있었다. 일곱 마리 용 가죽을
부친 살해범의 담즙으로 붙인 잔-벤-잔의 방패는 번개에
직접 맞을 가능성까지 대비해서 제작되었다. 연구소에 소
장된 방패는 모두 시바의 여왕이 한창때 그 보물 창고에서
직접 가져온 것이었다. 그 일을 한 것은 크리스토발 훈타
도, 메를린도 아니었다. 훈타는 이에 대해서 한 번도 말한
적이 없었지만, 메를린은 아서왕의 의심스러운 권위를 인
용해 가면서 기회가 될 때마다 뻐겨 댔다. 각각의 방패에는
주석 품목 번호판이 못으로 뚫려서 매달려 있었다. 이론적
으로 방패 전면에는 과거의 모든 영예로운 전투 장면이 묘
사되어 있어야 하고, 안쪽에는 장차 다가올 모든 위대한 전
투 장면이 있어야 했다. 하지만 내 앞에 있는 방패의 전면
에는 자동차 대열로 돌격하는 제트기 같은 것이 보였고, 안

난리 법석 중의 난리 법석

쪽은 이상한 단절적 이미지들로 덮여 있어서 추상화를 연상시켰다.

진은 진폭계 위에서 흔들리고 있었다. 그러면서 그는 낄낄거렸고 쇳소리를 내며 외쳤다. "아이고, 너무 간지러워……! 아이고, 못 견디겠다고……!" 나는 복도로 나왔다. 복도에서는 벵골 불꽃 냄새가 났다. 천장 아래에서는 벽을 두드리면서 색색의 연기 줄기를 만들어 내는 폭죽이 빙글빙글 돌았고, 조명탄이 터지고 있었다. 복도에서 나는 금속 제본된 거대한 인큐나불라를 끌고 가는 볼로댜 포치킨의 복제를 만났고, 육중한 용접관 아래에서 녹초가 된 로만 오이라-오이라의 복제 둘을 만났고, '접근금지문제들' 부서의 보존고에서 훔친 선명한 파란색 서류철을 들고 있는 진짜 로만을 만났고, 그다음에는 십자군 복장을 입고 서로 싸우는 유령 떼거지를 훈타에게 호송 중인 '삶의의미' 부서의 험상궂은 조교를 만났다…… 모두들 바빴고 일에 열중해 있었다.

근무 규정은 모든 곳에서 악의적으로 위반되고 있었지만, 이 위반을 바로잡겠다는 그 어떤 의지도 내게서는 이미 완전히 사라져 있었다. 왜냐하면 새해가 된 밤 12시에 눈보라를 뚫고 이곳으로 몰려든 사람들은 보드카를 퍼마시거나 의미 없이 다리를 버둥거리며 춤을 추거나 판돈을 낭비하며 노름을 하거나 온갖 음담패설을 주고받으며 노닥거리기보다는, 일을 마무리하고 무언가 유익한 일을 다시 시작하는 것이 훨씬 더 즐거운 사람들이었기 때문이다. 따로 떨어져 있기보다 서로서로 함께 있는 것을 훨씬 더 좋아하는 사람들이 이곳으로 몰려들었고, 그들은 그 어떤 종류의 일요일도 견딜 수 없는 부류였다. 일요일은 너무나 지루했기 때문이다. 마법사들, 위인들, 그들의 좌우명은 '월요일은 토요일에 시작된다'였다. 그렇다, 그들은 비밀스러운 주문들을 알고 있었고, 물을 포도주로 바꿀 줄 알았으며, 그들 각각은 아무 어려움 없이 보리떡 다섯 개로 수천 명이라도 쉽사리 먹일 수 있을 것이었다. 하지만 그들이 마법사가 된 것은 그 때문이 아니었다. 그것은 그저 표면적인, 외적인 이유였다. 그들이 마법사가 된 것은 아주 많은 것을 알았기 때문이었고, 지식의 양이 너무도 많아 드디어 질적 전환을 일으킬 정도였기 때문이었다. 그리고 마지막으로, 그들이 평범한 사람들과는 전혀 다른 태도로 세계를 대하기 때문이었다. 무엇보다 그들은 인간의 행복과 인간 삶의 의미에 대한 문제를 탐구하는 연구소에서 일했지만, 그들 중 그 누구도 심지어 행복은 무엇이며 삶의 의미가 무엇인가를 정확히 알고 있는 사람은 없었다. 그러면서 그들은 행복이란 미지의 것에 대한 끊임없는 인식에 있는 것이며, 삶의 의미도 그와 마찬가지라는 학문적 가설을 채택하고 있었다. 모든 사람은 영혼 속에서는 마법사다. 그러나 그가 진정한 마법사가 되는 것은 오로지 자기 자신에 대해서는 적게 생각하고 다른 사람에 대해 더 많이 생각할 때이며, 낡은 의미에서의 오락을 즐기는 것보다 일하는 것이 더 즐거울 때다. 그리고 아마도, 그들의 업무 전제는 진리와 멀지 않았다. 왜냐하면 노동이 원숭이를 인간으로 진화시킨 것과 마찬가지로, 노동의 부재는 훨씬 짧은 시간 내에 인간을 원숭이로 바꾸어 놓을 것이기 때문이다. 어쩌면 원숭이보다 훨씬 더 못한 존재가 될지도 모른다.

살면서 우리는 이러한 점을 항상 염두에 두지는 않는다. 백수들이나 놈팡이들, 난봉꾼이나 출세 지상주의자들은 여전히 허리를 버젓이 펴고 돌아다니고 있고, 말도 아주 또박또박 잘한다. (비록 그들의 화제는 극단적으로 제한되어 있기는 하지만 말이다.) 한때 연구소에서 쫄바지를 입고 재즈에 심취한 부류들이 영장류의 어느 단계에 위치하는가를 연구한 적이 있었는데, 놀랍게도 그들이 가장 우수한 마법사의 자질을 가지고 있다는 것이 비교적 빠르게 규명되었다.

어쨌든 연구소가 퇴보하고 있다는 사실을 감추기란 이제 어렵지만, 연구소는 사람이 마법사로 변신하는 모든 가능성을 무제한 제공하고 있었다. 또한 연구소는 배신자에게는 가차 없었고 한 치의 실수 없이 그들을 가려냈다. 배신자에게는 이기적이고 본능적인 행동을(때로는 단순한 생각마저도) 단념하도록 단 한 시간만이라도 설득했고, 그에게 귀 털이 점점 더 무성해지고 있다는 것을 경악하며 자각하도록 만들었다. 그것은 경고였다. 경찰 호루라기가 벌금을 물게 될 수 있음을 경고하듯이, 고통이 트라우마 가능성에 대해 경고하듯이 말이다. 지금은 모든 것이 자기 자신에게 달려 있었다. 인간이 항상 자신의 냉소적인 생각과 투쟁할 수는 없는 법이다. 만일 그렇다면 그는 네안데르탈인에서 마법사로 넘어가는 전환기적 단계에 있는 사람인 것이다. 그는 자신의 냉소적인 생각에도 불구하고 행동할 수 있으며, 그럴 때 그에게 기회가 오는 것이다. 하지만 타협할 가능성도 있고, 모든 것에 손을 내저을 수도 있다. ('어차피 한 번 사는 거야.' '모든 것은 삶에서 얻어야 하는 거야.' '뭔가 사람다운 것이 나는 익숙해.') 그렇게 되면 그에게 남는 것은 단 하나뿐이다. 될 수 있는 대로 빨리 연구소를 떠나야 한다. 그런 사람은 연구소에서 겉으로만 예의 바른 소시민으로 남아, 정직하지만 타성적으로 월급을 뜯어 가게 되는 것이기 때문이다. 그러나 어쨌든 사직하겠다고 결심하는 것은 어렵다. 연구소는 따뜻하고 쾌적하고, 업무도 깔끔하고, 존경받는 직업에 보수도 괜찮고 사람들도 멋지다. 체면이 밥먹여 주는 것은 아니니 수치쯤은 견딜 수 있다. 복도와 실험실에서 동정은 하지만 허용할 수는 없다는 시선으로 바라보고, 귀가 회색 털로 뒤덮인 사람들과는 대화를 나눌 수 없다고 외면하며, 그들은 말을 잃어 가고 눈은 점점 명청해져 간다. 하지만 그런 이들을 향해서는 여전히 연민이 남아 있었고, 그들을 도우려고 애쓸 수도 있었으며, 그들이 사람의 모습을 되찾을 가능성에 기대를 걸 수도 있었다……

그렇지만 다른 사람들도 있었다. 공허한 눈들이다. 버터가 빵 어느 쪽에 발라져 있는지 충분히 아는 사람들이다. 자기 나름으로는 꽤 똑똑하기조차 하다. 자기 나름으로는 인간의 생리가 어떠한지 꽤 잘 알고 있는 지식인들이다. 인간 약점의 모든 힘을 인식하고 계산적이고 무원칙적인 그들은 모든 악을 스스로 선으로 바꿀 줄 알았고, 그것에 지치지 않았다. 그들은 늘 귀를 꼼꼼하게 면도하고, 일부는 모낭을 없애는 놀라운 방법을 개발해 내기도 했다. 그들은 척추가 구부러진 것을 숨기기 위해 용의 코털로 만든 코르셋을 착용하고, 조국에 대한 신실함을 선포하며 거대한 중세 망토와 기사들의 외투를 뒤집어쓰고 다녔다. 그들은 모두가 듣는 앞에서 공개적으로 만성 류머티즘을 호소하고, 여름이나 겨울이나 긴 가죽 털 부츠를 신고 다녔다. 그들은 수단 방법을 가리지 않았고, 마치 거미처럼 끈질겼다. 그들이 자신들의 주 업무에서, 단독으로 공급받은 아파트나 단독으로 공급받은 마당이 있는 저택에서 밝은 미래를 설계하는 데 얼마나 대단한 성과와 큰 성공을 거두었는지 모른다. 비록 그들의 아파트와 저택이 전류가 흐르는 가시철조망 담을 둘러치고 나머지 인류 모두를 차단하고 있었음에도 말이다⋯⋯

나는 소장 접견실 내 당직 위치로 돌아왔고, 아무짝에도 소용없는 열쇠들을 상자에 던져 놓고, J. P. 넵스트루예프의 고전『수학적 마법의 방정식』을 몇 쪽 읽었다. 이 저서는 추리소설처럼 잘 읽혔는데, 그것은 해결되지 않은 문제들과 제안들로 가득 차 있었기 때문이다. 나는 미치도록 일하고 싶었다. 그래서 당직이고 뭐고 집어치우고 내 '알단'에게 가겠다고 이미 작심하고 있던 바로 그때, 모데스트 마트베예비치가 전화를 했다.

무언가를 버적버적 씹으면서, 그는 화가 나서 질의했다.

"대체 어디를 그렇게 쏘다니는 거요, 프리발로프? 벌써 세 번째 전화하는 거요, 제기랄!"

"새해 축하드립니다, 모데스트 마트베예비치." 내가 말했다.

한동안 그는 아무 말 없이 씹기만 하다가, 조금 가라앉은 어조로 말했다.

"당신도 마찬가지요. 당직은 어떻게 돼 가오?"

"방금 건물을 다 돌아봤습니다." 나는 말했다. "다 정상입니다."

"자연발화는 없었소?"

"전혀 없었습니다."

"모든 곳에서 전류는 다 차단된 거고?"

"브리아레오스 손가락이 부러졌습니다." 나는 말했다.

그는 걱정을 했다.

"브리아레오스? 잠깐만…… 아하, 품목 번호 1489…… 왜죠?"

나는 설명했다.

"그래서 어떤 조치를 취했소?"

나는 얘기해 주었다.

"아주 잘 처리했소." 모데스트 마트베예비치가 말했다. "당직 계속하시오. 내 말은 끝이오."

모데스트 마트베예비치가 전화를 끊자마자 '1차행복' 부서의 에디크 암페랸이 전화를 걸어와서 책임 근무자 태만의 최적 계수를 계산해 달라고 공손하게 부탁했다. 나는 동의했고, 우리는 두 시간 후에 전자 작업장에서 만나기로 했다. 그러고 나서 로만 오이라-오이라의 복제가 오더니 무미건조한 목소리로 야누스 폴루엑토비치의 금고 열쇠를 달라고 했다. 나는 거절했다. 그는 졸라 댔다. 하지만 나는 그를 쫓아냈다.

그러자 금세 로만이 황급히 달려왔다.

"열쇠 줘."

나는 고개를 가로저었다.

"못 줘."

"열쇠 줘!"

"너는 목욕탕에나 가. 나는 물품 책임자야."

"사시카, 그러면 나 금고 훔쳐 간다!"

나는 코웃음을 치고는 말했다.

"그러시든가."

로만이 금고로 시선을 돌리더니 온 힘을 다 보냈지만, 금고는 마법에 걸린 것인지 아니면 바닥에 못 박힌 것인지 꼼짝도 하지 않았다.

"대체 거기서 뭐가 필요한 건데?" 내가 물었다.

"RU-16 기술 문서." 로만이 말했다. "어서 열쇠 줘!"

나는 웃으며 열쇠가 든 상자로 손을 뻗었다. 그리고 바로 그 찰나의 순간, 어디선가 위에서 귀청을 찢는 듯한 비명이 들렸다. 나는 벌떡 일어났다.

제4장

비통하도다! 어리고 아직 힘없는 나.

우피리*는 나를 완전히 먹어 치우리……

—알렉산드르 C. 푸시킨**

"부화한 거야." 로만은 천장을 바라보며 침착하게 말했다.

"누가?" 나는 제정신이 아니었다. 비명은 여자 목소리였다.

"비베갈로 우피리." 로만이 말했다. "정확하게는 산송장이지."

"그런데 왜 여자가 비명을 질렀지?"

"이제 알게 될 거야." 로만은 말했다.

그는 내 팔을 잡고서 위로 뛰어올랐고, 우리는 몇 층을

---

* 슬라브 신화에서 사람을 죽여 피를 빨아 먹는 송장이다.

** 시집 『서슬라브의 노래*Песни западных славян*』(1835)에 수록된 열세 번째 시 「흡혈귀*Вурдалак*」의 일부이다. 열여섯 편으로 이루어진 이 연작시에는 19세기 프랑스 소설가 프로스페르 메리메가 달마티아, 보스니아, 크로아티아, 헤르체고비나 등 서슬라브 지역에서 수집해 펴낸 고대 일리리아 국가의 노래 모음집 『구슬라*La Guzla*』(1827)에서 개작한 열한 편이 포함되어 있다.

우리는 몇 층을 순식간에 날아올랐다.

순식간에 날아올랐다. 천장을 뚫고 솟구쳐 들어가면서 우리는 마치 언 버터에 박힌 칼처럼 지붕 아래에 쑤셔 박혔고, 그다음에는 쩝쩝거리는 소리가 들리자 위로 솟구쳤다가 다시 지붕 바닥에 나동그라졌다. 지붕 바닥과 천장 사이는 어두웠는데, 작은 드베르그들이 쥐들과 번갈아서 찍찍 소리를 내며 재빨리 우리를 피했다. 우리가 날아 지나온 실험실과 집무실들에서는 황당한 표정으로 위를 바라보고 있었다.

호기심 많은 군중을 뚫고 우리는 '출산의 집'으로 들어갔고, 실험대 뒤에 완전히 벌거벗고 있는 비베갈로 교수를 보게 되었다. 푸르스름할 정도로 허연 그의 피부는 젖어서 번들거렸고, 젖은 수염은 쐐기 모양으로 축 늘어져 있었으며, 젖은 머리카락은 곯아서 활화산처럼 성난 뾰루지가 솟아 있는 좁은 이마 위에 착 달라붙어 있었다. 공허하고 투명한 눈동자는 거의 껌뻑이지 않으면서 무의미하게 방을 두리번거리고 있었다.

비베갈로 교수는 먹고 있었다. 그의 앞에 놓인 테이블 위에는 사진에서나 볼 법한 커다란 큐벳*이 찐 밀기울을 꼭대기까지 꽉 채운 채 증기를 내뿜고 있었다. 그 누구에게도 아무런 관심을 보이지 않고, 비베갈로는 커다란 손으로

* 비색 분석 또는 분광 분석에서 시료 용액을 넣는 그릇. 사각기둥 모양 또는 원기둥 모양으로 되어 있다.

밀기울을 움켜쥐고 마치 필래프를 먹을 때처럼 손가락으로 주물러 덩어리를 만들어서는 입으로 가져가 수염에 묻혀 가며 한 움큼씩 입 구멍에 쑤셔 넣고 있었다. 그는 버적버적 씹으면서 쩝쩝 소리를 냈고, 코를 킁킁거리면서 한쪽으로 머리를 갸우뚱하고 정말 너무도 맛있는 음식을 음미하듯 눈을 가늘게 뜨고 있었다. 끊임없이 꿀꺽거리며 밀기울을 삼키면서 그는 때때로 목이 막힌 듯 캑캑거리며 불편해했고, 밀기울 통과 그 옆 바닥에 놓인 양동이 가장자리를 움켜쥐고는, 그때마다 그것들을 계속해서 자기 쪽으로 끌어당겼다. 테이블 다른 끝에는 청결한 분홍빛 귀의 젊은 마녀 실습생 스텔라가 서 있었다. 너무 울어서 퉁퉁 붓고 창백한 스텔라는 입술을 달달 떨면서 커다란 조각으로 빵 덩어리를 잘랐고 돌아서서는 손을 뻗어 비베갈로에게 가져다주었다. 중앙 증기압력기는 활짝 열려 있어 내용물이 넘쳤는데, 그래서 그 주변으로 널따랗게 푸르죽죽한 웅덩이가 흐르고 있었다.

비베갈로는 갑자기 불분명하게 말했다.

"이봐, 아가씨…… 이봐…… 우유 가져와! 따라, 그러니까 여기에 바로 따르라고, 밀기울에…… 실 부 플레,* 그러니까……"

* s'il vous plaît. 프랑스어로 '미안합니다' '부디' '부탁입니다' 등의 의미.

스텔라는 서둘러 양동이를 집어 들고 큐벳에 첨벙첨벙 쏟아부었다.

"이봐!" 비베갈로 교수는 소리를 쳤다. "그릇이 작잖아! 저기, 아가씨, 이름이, 이거 그냥 통에다가 부으라니까. 그러니까 말이야, 통에서 바로 먹게⋯⋯"

스텔라는 양동이를 뒤엎어 밀기울 통으로 쏟아부었고, 비베갈로 교수는 숟가락처럼 큐벳을 움켜쥐더니 밀기울을 퍼서 순식간에 믿기지 않을 정도로 크게 벌린 입 구멍으로 쏟아 넣었다.

"맞다, 그에게 전화해야죠!" 스텔라가 가련하게 소리쳤다. "지금 그가 다 먹어 치우고 말 거예요!"

"이미 전화했어." 군중 속에서 누군가 말했다. "어쨌든 너는 그를 피해 있는 게 좋을 거야. 여기서 어서 물러서."

"그래? 그가 온다고? 정말 와?"

"나갔다고 들었어. 오버슈즈를 신고 나갔대. 그를 피하라니까, 네게 말하잖아."

나는 비로소 무슨 일이 벌어지는 것인지 이해했다. 그것은 비베갈로 교수가 아니었다. 그것은 새로 태어난 산송장, 소화기관이 실패한 인간 모델이었다. 그것을 알아채지 못했더라면 나는 교수가 치매에라도 걸린 줄 생각했을 것이다. 극도로 작업에 몰두한 결과로 말이다.

스텔라는 조심스럽게 물러섰다. 누군가 그녀의 어깨를

붙잡더니 군중 속으로 끌어당겼다. 그녀는 내 등 뒤에 숨어 내 팔꿈치를 꽉 쥐었고, 나는 도대체 그녀가 무엇을 그토록 두려워하는 것인지 이해할 수 없었지만 어깨를 넓게 폈다. 산송장은 여전히 씹고 있었다. 사람들로 가득한 실험실에는 소름 끼치는 정적이 흘렀고, 단지 들리는 소리라고는 말 그대로 말처럼 비베갈로가 쩝쩝거리고 들이마시고 큐벳을 훑어가며 밀기울 통 벽을 긁는 소리뿐이었다. 우리는 그저 바라보고 있었다. 비베갈로는 의자에서 내려오더니 머리를 밀기울 통에 틀어박았다. 여자들은 고개를 돌려 버렸다. 릴레치카 노보스메호바야는 속이 안 좋아졌는지, 사람들이 그녀를 복도로 데리고 나갔다. 그러고 나서 에디크 암페랸의 선명한 목소리가 울렸다.

"좋아요. 논리적으로 해 봅시다. 이제 그는 밀기울을 다 먹을 것이고, 그다음에는 빵도 다 먹을 겁니다. 그러고 나서는요?"

앞줄의 사람들이 움직이기 시작했다. 군중은 문 쪽으로 밀집해 몰려들었다. 나는 이해가 되기 시작했다. 스텔라는 가느다란 목소리로 말했다.

"아직 청어 대가리들도 남아 있어……"

"많아?"

"2톤 있어."

"흠, 많군." 에디크가 말했다. "대체 어디에 있는 거야?"

"그건 사실 컨테이너 단위로 제공해야 하거든." 스텔라가 말했다. "그런데 내가 그렇게 하려고 했더니, 컨테이너가 부서졌어……"

"그러니까," 로만이 큰 소리로 말했다. "이미 2분 동안이나 내가 역처리하려고 애를 쓰고 있는데, 전혀 성과가 없네요……"

"나도 그래." 에디크가 말했다.

"그러니 누구든 컨테이너 수리에 특별히 꼼꼼하게 종사해 본 사람이 있다면 정말 좋겠군요." 로만이 말했다. "임시방편으로라도 말이에요. 여기 누구 전문가 없어요? 에디크는 내가 알고. 누구 또 없나요? 코르네예프! 빅토르 파블로비치, 여기 있어?"

"아니, 없어. 혹시 표도르 시메오노비치 데리러 갈까?"

"내 생각에는 아직 걱정할 필요는 없는 것 같아. 어떻게든 처리할 수 있어. 에디크, 자, 같이 집중해 보자."

"어떤 모드로 할 거야?"

"제동 모드로 하자. 경직될 때까지. 여러분, 할 줄 아는 사람은 다들 도와주세요."

"잠깐만." 에디크가 말했다. "만일 우리가 훼손시키면 어떻게 하지?"

"그래, 그래, 맞아." 나는 말했다. "너흰 안 하는 게 좋을 것 같아. 그냥 나를 씹어 먹게 놔둬."

"걱정 마, 걱정 말라고. 우리가 조심할 거야. 에디크, 자 건드리기만 하자. 살짝 한 번만 건드리는 거야."

"그래 시작이야." 에디크가 말했다.

주변은 더 조용해졌다. 산송장은 밀기울 통에서 꼼지락거리고 있었고, 벽 뒤에서는 벨트컨베이어에서 부산을 떠는 지원자들이 이야기하며 두드리는 소리가 들려왔다. 1분이 지났다. 산송장은 밀기울 통에서 기어 나왔고, 수염을 닦더니 노곤하게 우리를 바라보았으며, 갑자기 날렵한 동작으로 믿기지 않을 만큼 멀리 팔을 뻗어 마지막 빵 덩이를 잡아챘다. 그러고 나서 그윽그윽 트림을 해 대며 거대하게 부푼 배 위에 두 손을 얹고 의자 등받이에 기대어 앉았다. 그의 얼굴에는 더없는 행복감이 넘쳐흘렀다. 그는 코를 쿵쿵거리면서 아무 의미 없이 미소를 지었다. 마치 극도로 피곤한 사람이 마침내 간절히 바라던 침대에 누웠을 때 행복함을 느끼듯 의심의 여지 없이 지극히 행복해 보였다.

"작동하기 시작한 것 같아." 누군가 군중 속에서 안도의 한숨을 쉬며 말했다.

로만은 의심스럽다는 듯 입술을 깨물었다.

"나는 그래 보이지 않네요." 에디크가 공손하게 말했다.

"아마 그의 공장이 작업을 끝낸 것 아닐까?" 나는 기대를 담아 말했다.

스텔라는 가련하게 말했다.

"이건 단순히 이완 현상이야…… 만족감의 항진 상태 말이야. 곧 다시 깨어날 거야."

"당신들은 정말 약해 빠졌군요, 전문가랍시고." 정력이 넘치는 목소리가 말했다. "나 좀 내보내 줘요, 가서 표도르 시메오노비치 불러올 테니."

모두들 주위를 둘러보며, 확신이 없다는 듯 미소를 지었다. 로만은 움클라이데트를 손바닥에서 굴리면서 생각에 잠겼다. 스텔라는 속삭이면서 덜덜 떨었다. "대체 왜 그래? 사샤, 나 무서워!" 나로 말할 것 같으면, 나는 가슴을 불룩 내밀고 눈썹을 찌푸린 채, 모데스트 마트베예비치에게 전화하고 싶은 강렬한 욕구와 싸우고 있었다. 내가 짊어지고 있는 책임감에서 끔찍할 정도로 벗어나고 싶었다. 그것은 나약한 소리였지만, 그 책임감 앞에서 나는 정말 무력했다. 나는 모데스트 마트베예비치를 이제 완전히 다른 차원에서 평가하게 되었다. 이어 지난달에 학위를 취득한 「자연 법칙과 행정법의 상관관계에 대하여」라는 석사 논문을 떠올렸다. 그 논문에서는 특유의 강직함과 원칙으로 인해서 행정법들은 자연법과 마술법보다 더 효과적으로 작용할 수 있음이 특별히 입증되었다. 나는 모데스트 마트베예비치가 이곳에 나타나 저 산송장에게 "당신 작작 좀 하시오, 비베갈로 동무!" 하고 고함치고, 그래서 저 산송장이 즉시 그만두게 만들면 얼마나 좋을까 하고 생각했다.

"로만." 나는 건성으로 말했다. "내 생각에는 최악의 경우에 네가 비베갈로 물질화를 해제시켜야 할 것 같아."

로만은 웃음을 터뜨리고는 내 어깨를 쳤다.

"겁쟁이같이 굴지 마." 그는 말했다. "이건 다 장난감이야. 비베갈로와는 그저 엮이고 싶지가 않아…… 저건 무서워할 필요 없어. 네가 무서워할 것은 저기에 있어!" 그리고 로만은 구석에서 얌전하게 보글거리고 있는 두 번째 증기압력기를 가리켰다.

그러는 사이 산송장은 갑자기 불안하게 움직이기 시작했다. 스텔라는 살금살금 움직여서 내게 다가왔다. 산송장이 눈을 번쩍 떴다. 처음에는 몸을 구부리더니 밀기울 통을 바라보았다. 그러고는 빈 양동이를 덜그럭거리며 건드렸다. 그다음에는 굳어서 한동안 미동도 하지 않고 앉아 있었다. 그의 얼굴에 나타났던 만족스러운 표정은 비통한 자괴감의 표정으로 바뀌었다. 그는 일어나더니 콧구멍을 실룩거리면서 재빨리 실험대 여기저기 킁킁 냄새를 맡았고, 기다란 붉은 혀를 내밀어 빵 부스러기를 핥아 먹었다.

"자, 침착해, 얘들아……" 군중 속에서 속삭였다.

산송장은 밀기울 통으로 팔을 뻗었고, 큐벳을 잡아당기더니 이리저리 돌려 보며 관찰하다가 조심스럽게 모서리를 깨물었다. 그의 눈썹이 괴롭게 치켜 올라갔다. 그는 또 한 입 큐벳을 깨물더니 버석버석 씹었다. 그의 얼굴은 마치 극심한 분노 상태일 때처럼 푸르죽죽해졌고 눈가는 촉촉해졌지만, 큐벳 전체를 다 씹어 먹을 때까지 그는 한 입 한 입 계속 베어 먹었다. 그러고 나서 산송장은 손가락으로 이를 확인하며 잠시 생각에 잠겨 앉아 있다가 그다음에는 시선을 돌려 얼어붙은 군중을 천천히 훑어보았다. 그의 시선은 정말 흉측했다. 무언가를 평가하고 선별해 내는 것 같았다. 볼로댜 포치킨은 자신도 모르게 소리 내어 말했다. "자, 자, 너 진정하라고……" 그러자 그 공허하고 투명한 시선은 스텔라에게 가서 꽂혔고, 그녀는 너무 놀라 비명을, 너무도 놀라 영혼 깊이 터져 나오는 비명을 질렀다. 거의 초음파 수준에 달하는 스텔라의 비명은 로만과 내가 이미 네 층 아래의 소장 접견실에서 들었던 바로 그 비명이었다. 나는 소름이 끼쳤다. 스텔라의 비명은 산송장도 당황하게 만들었다. 그는 눈을 내리깔고 손가락으로 실험대를 두드려 댔다.

문에서 요란한 소음이 들려왔고 모두들 그쪽으로 몰려갔다. 이윽고 입을 헤벌리고 서로를 밀치는 군중을 뚫고 수염에서 고드름을 털어 내며 암브로시 암브루아조비치 비베갈로가 들어왔다. 진짜가 말이다. 그에게서는 보드카, 러시아 농민 외투, 추위 냄새가 났다.

"밀라이!" 그는 고함을 질렀다. "이게 대체 다 뭐야, 응? 켈 세투아시엔!* 스텔라, 너 대체 뭐 하는 거야, 이게 뭐야,

눈에 안 보여……! 청어는 어디 있어? 지금 이것이 요구하
잖아……! 이것에서 배양된다고……! 내 작업 대가도 계
산해야 할 거 아니야!"

그는 산송장에게 다가갔고, 산송장은 그 즉시 아주 탐욕
스럽게 그의 냄새를 맡아 대기 시작했다. 비베갈로는 그에
게 농민 외투를 줘 버렸다.

"요구는 충족시켜 줘야 한다고!" 비베갈로는 서둘러 짤
까닥짤까닥 벨트컨베이어 제어판의 전원을 두드렸다. "대
체 왜 바로 전류를 안 준 거야? 어휴, 정말이지 이 레 팜, 레
팜……!** 대체 누가 망가졌다고 했어? 전혀 망가지지 않았
는데, 음모를 꾸몄구먼. 그러니까 말이야, 아무나 만지게
하면 안 된다는 거지. 왜냐하면 이건, 누구나 요구하는 거
라고, 게다가 청어는 이 견본을 위해서……"

벽에 있는 창이 열렸고 벨트컨베이어가 덜컹거리기 시
작했다. 이어 악취를 내뿜는 청어 대가리들이 바닥으로 곧
장 쏟아져 내렸다. 산송장의 눈이 희번덕거렸다. 그는 네발
로 기어 내려와 급작스럽게 껑충껑충 뛰면서 창으로 달려
가 먹어 대기 시작했다. 비베갈로는 옆에 서서 손뼉을 치면
서 기쁘게 쳇소리를 냈고, 끊임없이 마음이 벅차오르는 듯
산송장의 귀를 쓰다듬어 주었다.

* 【원주】 (프랑스어) 대체 일을 어떻게 하는 거야!
** 【원주】 (프랑스어) 여자들이란, 여자들이란……!

군중은 안심이 된다는 듯 한숨을 내쉬고 움직이기 시작했다. 알고 보니, 비베갈로는 지역신문 기자 두 명을 데리고 온 것이었다. 기자들은 낯익은 얼굴이었다. G. 프로니차텔니와 B. 피톰니크였다. 그들에게서도 역시 보드카 냄새가 풍겨 왔다. 플래시를 터뜨리며 그들은 사진을 찍어 댔고 수첩에 기록했다. G. 프로니차텔니와 B. 피톰니크는 과학 전문 기자였다. G. 프로니차텔니는 「오오르트 1세는 별이 빛나는 하늘을 바라보았고, 은하계가 회전하고 있다는 것을 알게 되었다」라는 기사로 유명했다. 그는 또한 지역위원회 위원장과의 여행에 대한 메를린의 서사문학 기록을 작성했고, 오이라-오이라 복제와 무식하기 짝이 없는 인터뷰를 진행했다. 그 인터뷰는 「대문자로 기록될 위대한 사람」이라는 제목을 달고 있었는데, '모든 위대한 학자들이 그렇듯이, 그 역시 말수가 적었다……'라는 문장으로 시작했다. B. 피톰니크는 비베갈로에게 기생하고 있었다. 자동으로 착화되는 구두에 대한, 화물 트럭으로 자동 적재되고 화물 트럭에서 자동 적하되는 당근에 대한, 그리고 비베갈로의 다른 프로젝트에 대한 그의 속보는 지역에서 아주 유명했고, 「솔로베츠의 마법사」라는 기사는 심지어 중앙 잡지 중 하나에 게재되기까지 했다.

산송장이 다시 포만감의 최고봉에 도달하여 졸기 시작할 즈음, 때마침 비베갈로의 조교들이 도착했다. 새해 파티

노름에서 뼛속까지 탈탈 털렸고 그래서 인사성도 없이 아주 무례한 그들은 서둘러 산송장에 검은 정장을 입히고 의자를 가져다 그 아래에 받쳤다. 기자들은 비베갈로를 옆에 세우고 그의 손을 산송장의 어깨에 얹게 하고는 초점을 맞춰 사진을 찍으며 질문하기를 계속했다.

"중요한 것은, 무엇일까요?" 비베갈로는 준비한 듯 천명했다. "중요한 것은 '인간이 행복해야 한다'는 것입니다. 이 말을 따옴표로 강조합니다. 행복은 인간만의 개념인 것이죠. 그렇다면 인간이란, 철학적으로 말하자면 무엇입니까? 인간이란 말입니다, 여러분, 할 수 있고 원하는 존재인 바로 호모 사피엔스인 것입니다. 할 수 있다는 것은 원하는 모든 것이며, 원하는 것은 할 수 있는 모든 것을 말하는 것이죠. 뇨스 파, 여러분? 만일 그가, 그러니까 인간이 원하는 모든 것을 할 수 있고, 할 수 있는 모든 것을 원한다면, 그는 바로 행복한 것입니다. 그렇게 우리는 정의합니다. 여기 우리는, 여러분, 우리 앞에 무엇을 가지고 있습니까? 우리는 모델을 가지고 있습니다. 이 모델은, 여러분, 갈망하고 있고, 그것은 이미 좋은 것입니다. 말하자면, 엑셀-런트, 엑스비, 샤르만트.* 또한, 여러분, 여러분이 직접 보시다시피 이 모델은 할 수 있습니다. 그것도 아주 잘하죠, 왜냐하면

---

* 【원주】 (프랑스어) 멋집니다, 대단해요, 훌륭해요.

난리 법석 중의 난리 법석

그것은 그것이…… 그러니까 행복하기 때문입니다. 여기서 불행에서 행복으로 형이상학적 비약이 일어나게 되는 것입니다. 그리고 그것은 우리에게 전혀 놀랍지 않은 것이죠. 왜냐하면 인간은 행복하게 태어나는 것이 아니라, 행복하게 되어 가는 것이기 때문입니다. 열망과 자신에 대한 올바른 태도 덕분입니다. 자, 이제 이것이 또 깨어납니다…… 그리고 또 갈망하는 것이죠. 그렇기 때문에 이것은 아직은 불안합니다. 하지만 이것은 할 수 있고, 바로 이 '할 수 있다'를 통해서 변증법적 비약이 이루어지는 것입니다. 저거, 저……! 보세요! 보셨나요, 어떻게 할 수 있는지? 오호, 이 녀석, 이 이쁜 것, 오호, 이 녀석, 내 귀염둥이……! 저거, 저거! 저렇게 이것이 할 수 있는 겁니다! 10분 15분이면 이것이 할 수 있죠…… 저기, 거기 피톰니크 동무, 그 사진기좀 내려놓고, 영화 촬영기를 가져와요, 여기서 우리는 변화 과정을 기록해야 합니다…… 여기 우리 모든 게 운동 중에 있지 않소! 흔히들 생각하듯 정지 상태는, 우리에게 여기서는 상대적이고, 우리에게는 운동이 절대적입니다. 바로 그렇죠. 이제 이 녀석은 할 수 있고, 변증법적으로 행복으로 도약하게 됩니다. 만족감으로 말이죠. 보세요, 이 녀석이 눈을 감았습니다. 만끽하고 있는 것이죠. 녀석은 기분이 좋습니다. 내가 여러분에게 과학적으로 확인시켜 드리죠, 이 녀석을 바꿀 준비가 기꺼이 되어 있다는 걸 말이죠.

물론 지금 시점에서는…… 그런데 프로니차텔니 동무, 내가 하는 말은 다 받아쓰도록 해요, 그리고 나중에 내게 보여 주세요. 내가 검토하고 각주를 달아 드리죠…… 자, 이제 이 녀석이 자고 있습니다. 하지만 이게 다가 아닙니다. 우리의 요구란 정말 넓고도, 정말 심오하게 진행되는 것이죠. 그러니까 그것은 말하자면, 유일하게 믿음직한 과정입니다. 그는, 디 케,* 말하자면 비베갈로는 정신세계에 적대적입니다. 이 녀석은, 여러분, 말하자면 브랜드입니다. 우리는 말입니다, 여러분, 학문적 논쟁의 영역에서 이제 그런 구태의연한 태도를 잊을 때가 지난 지 오래입니다. 우리 모두는 물질이 정신을 규정한다는, 물질이 앞서고 정신이 뒤따른다는 것을 알고 있습니다. 잘 알려진 바와 같이, 사투르 벤테르, 논 스투디트 리벤투르.** 우리는 이 경우에 적합하게 이렇게 번역하고자 합니다. 배고픈 아줌마는 온통 먹을 생각뿐이다……"

"그 반대죠." 오이라-오이라가 말했다.

한동안 비베갈로는 멍하니 그를 바라보다가 말했다.

"청중에게서 나온 이 반응을 우리는, 여러분, 그저 분노하며 무시하도록 하겠습니다. 아주 무질서한 것으로 말이죠. 근본적인 것에서, 실제에서 벗어나지 않도록 합시다.

* 【원주】 (프랑스어) 말하기를.
** 【원주】 (라틴어) 배가 부르면 공부하기 힘들다.

이론은 책임질 사람에게 맡기도록 하죠, 이론은 충분히 성숙되지 못했으니까요. 나는 이제 실험의 다음 단계로 넘어가 계속하도록 하겠습니다. 기자들을 위해 설명을 좀 하죠. 물질적 요구의 일시적 만족은 정신적 요구의 만족으로 전환될 수 있다는 유물론 사상에서 출발하겠습니다. 그러니까 영화, 텔레비전을 보는 것, 대중음악을 듣고 또는 직접 부르는 것, 심지어 어떤 책을, 말하자면 『악어』*나 신문 같은 것을 읽거나 하는 것이죠…… 우리는, 여러분, 모든 것에 능력을 가져야 합니다. 비록 물질적 요구는 그 어떤 특별한 능력을 필요로 하지는 않지만, 물질적 요구는 항상 존재하고, 또한 자연은 유물론을 따르게 되어 있습니다. 이 모델의 정신적 능력에 대해서 우리는 아직까지 아무 말도 할 수가 없습니다. 이성적 맹아는 위장의 불만족에 갇혀 있기 때문입니다. 하지만 이 정신적 능력을 이제 우리가 이 모델에게서 분리해 내도록 하겠습니다."

침울한 조교들이 실험대 위에 녹음기와 라디오 수신기, 영사기, 그리고 자그마한 이동식 도서관을 펼쳐 놓았다. 산송장은 무감각한 시선으로 그 문화적 도구들을 둘러보더니, 녹음테이프의 맛을 보았다. 모델의 정신적 능력은 우발적으로라도 나타나지 않고 있다는 것이 분명해졌다. 그

---

* 표도르 미하일로비치 도스토옙스키의 단편소설. 1865년 작. 한 남자가 독일인이 소유한 악어를 구경하러 갔다가 잡아먹힌 후에 일어난 일을 그렸다.

러자 비베갈로는, 그의 표현대로 말하자면, 문화적 기능을 강제로 주입시키라고 명령했다. 녹음기는 달콤하게 노래했다. "사랑하는 그이와 이별했지, 내 사랑을 맹세하면서……" 라디오 수신기는 휘파람 소리를 내며 울랄라 노래했다. 영사기는 벽에 만화영화 〈늑대와 일곱 마리 양〉을 상영하기 시작했다. 두 조교는 산송장 양쪽에 서서 잡지를 손에 들고는 앞다퉈 소리 내어 낭독하기 시작했다……

예상대로 위장 실패 모델은 이 모든 소음에 완전히 무관심하게 반응했다. 그것은 여전히 더 처먹기를 원하고 있었고 그동안에 정신세계를 깡그리 비웃으면서 그저 처먹기만 했고 또 처먹기만을 원했다. 배가 터지도록 먹고 나서도 그것은 정신세계를 무시했고 그렇기 때문에 노곤해져서 동시에 이미 아무것도 원하지 않았다. 눈이 밝은 비베갈로는 어쨌건 (라디오 수신기의) 드럼 비트에 따라 모델의 하체가 반사적으로 움직이는 것이 의심할 수 없이 연결되어 있음을 발견해 냈다. 이 반사적 움직임은 비베갈로를 환희로 가득하게 만들었다.

"다리를 봐!" B. 피톰니크의 팔을 움켜쥐며 비베갈로는 소리쳤다. "다리를 촬영해요! 클로즈업으로! 랴비브라시욘 사 몰레 고시 에튠 그란드 신!* 이 다리는 모든 계략을

---

* 【원주】 (프랑스어) 그의 왼쪽 종아리의 떨림은 바로 위대한 징후입니다!

쓸어버릴 것이고, 나를 옭아매고 있는 모든 꼬리표를 잡아 떼어 낼 것입니다! 우이 산 도트,* 전문가가 아닌 사람은 아마도 내가 이 다리를 대하는 태도를 보고 놀랄지도 모릅니다. 하지만 정녕, 여러분, 모든 위대한 발견은 아주 작은 것에서 비롯되었고, 이 모델은 제한된 요구를 가진 모델로서, 그러니까 보다 구체적으로 말하자면 오직 한 가지 요구만을 가진 채, 사물을 자기 식대로 명명하는, 그러니까 우리 식대로 그 어떤 꾸밈 없이 말하자면, 위장의 요구가 강한 모델입니다. 그렇기에 이 모델의 정신적 요구는 그만큼 제한적인 것이죠. 하지만 우리는 확신합니다. 오직 물질적 요구의 다양성만이 정신적 요구의 다양성을 보장해 줄 수 있다는 것을 말이죠. 언론을 위해서 보다 이해하기 쉬운 예를 들어 설명드리죠. 바로 이 140루블짜리 녹음기 '아스트라-7'에 이 모델이 명료하게 요구를 표현했습니다. 그 요구 중 어떤 것을 우리는 물질적인 것이라고 이해해야 하는 것일까요? 만약 모델이 이 녹음기를 손에 넣게 되면, 모델은 그저 이 녹음기를 가지고 놀 것이란 말이죠. 왜냐하면, 다들 잘 아시겠지만, 이 모델이 녹음기를 가지고 또 무엇을 할 수 있겠습니까? 그리고 일단 한번 가지고 놀기 시작하면, 음악이 나오고, 또 일단 한번 음악이 나오고 나면 그러

---

*【원주】 (프랑스어) 물론, 당연히.

면 듣게 되고 그러고는 또 춤도 추고…… 그러니까 말입니다, 여러분, 음악을 들으면서 춤을 추고 또는 춤추지 않더라도 음악을 들을 수는 있지 않습니까? 이것이야말로 바로 정신적 요구의 충족입니다. 콤프레네 부?"

나는 산송장의 움직임이 현저하게 달라진 데 진작 주목하고 있었다. 그 속에서 뭔가 엇박자가 난 것인지, 아니면 원래 그래야 했던 것인지는 모르겠지만, 산송장은 먹고 휴식을 취하는 이완의 시간이 점점 짧아지고 짧아졌고, 그래서 비베갈로의 연설이 끝나 갈 무렵에는 더 이상 벨트컨베이어를 떠나지 않았다. 보아하니 아마도 그는 그저 움직이는 것이 힘들어진 지경에까지 이른 모양이었다.

"질문해도 되겠습니까?" 에디크가 공손하게 말했다. "이 만족감의 항진 중단을 무엇으로 설명하시겠습니까?"

비베갈로는 침묵한 채 산송장을 바라보았다. 산송장은 게걸스럽게 먹고 있었다. 비베갈로는 에디크를 바라보았다.

"대답하죠." 흡족한 듯 그가 말했다. "질문은, 동무, 아주 적절합니다. 심지어 나는 아주 현명한 질문이라고 말하겠습니다, 동무. 우리 앞에는 물질적 요구가 끊임없이 증대하는 모델의 실질적 사례가 놓여 있는 것입니다. 그리고 단지 표면적인 관찰자들에게는 만족감의 항진이 중단된 것으로 여겨질 수 있습니다. 하지만 실제로는 만족감의 항진이 이제 변증법적으로 새로운 질적 단계로 들어선 것이지요. 그것은, 여러분, 만족감의 항진은 요구의 만족 과정 자체에 용해된 것입니다. 이제 이 녀석은 배부른 상태가 되기 어렵습니다. 이제 요구가 성숙했고, 그래서 이제 이 녀석은 항상 먹어야 하는 것입니다. 이제 이 녀석은 스스로 배우고 터득하게 된 것입니다, 씹는다는 것 그 자체로도 아주 좋은 것이라는 걸 말이죠. 아시겠나요, 암페랴 동무?"

나는 에디크를 바라보았다. 에디크는 공손하게 미소 지었다. 그의 옆에는 표도르 시메오노비치와 크리스토발 호제비치의 복제들이 손을 잡고 나란히 서 있었다. 넓게 벌어진 귀가 달린 그들의 머리는 마치 공항의 레이더처럼 축을 중심으로 천천히 돌았다.

"또 질문해도 될까요?" 로만이 말했다.

"그러시죠." 비베갈로는 피곤하다는 듯 경멸스러운 표정으로 말했다.

"암브로시 암브루아조비치." 로만은 말했다. "만약 저것이 계속 요구하기만 하면 어쩌시겠습니까?"

비베갈로의 시선은 분노로 이글거렸다.

"나는 여기 참석하고 있는 모두에게 이 질문이 선동적이라는 것을 깨달아 주기를 부탁합니다. 이러한 질문은 그저 맬서스주의, 신맬서스주의,* 실용주의, 실조……존……주의, 불신 따위의 악취를 지칠 줄 모르는 인류의 힘 속으로 깊이 퍼뜨려 버리는 것입니다. 대체 이 질문을 통해 진짜 하고 싶은 말이 뭐요, 오이라-오이라 동무? 우리 수요자들에게 요구 제품을 충분히 제공하지 못하게 될 위기와 퇴보의 순간이 우리 과학 기관의 활동에 온다면 어떻게 하겠소? 좋지 않아요, 오이라-오이라 동무! 생각하지 않고 그런 말 한 거요! 우리 작업에 꼬리표가 붙고 그림자가 드리우는 것을 우리는 절대로 허용할 수 없습니다. 그리고 우리는, 여러분, 절대 허용하지 않을 것입니다."

비베갈로는 손수건을 꺼내 수염을 닦았다. G. 프로니차텔니는 이성의 긴장 상태를 감추기 위해 이런 질문을 했다.

"저는, 물론, 전문가가 아닙니다. 하지만 이 모델의 미래는 어떠한 것입니까? 실험이 성공적으로 진행되고 있다는 사실은 이해했습니다. 하지만 이미 이 모델은 아주 적극적으로 요구하고 있습니다."

비베갈로는 씁쓸하게 코웃음 쳤다.

"자, 보시오, 오이라-오이라 동무." 그는 말했다. "벌써 이렇게 건강하지 못한 반응들이 일어나고 있지 않소. 잘 생각하지도 않고 동무는 질문을 했습니다. 그리고 이미 평범한 동지들이 잘못 이해하기 시작했고요. 봐야 할 이상을 보지 않았어요…… 봐야 할 이상을 보지 않았다고요, 프로니

* 인구 증가의 도덕적 제한을 주장한 토머스 R. 맬서스의 인구론에 입각하여 인공적 피임법에 의한 산아 제한을 주장한 학설.

차텔니 동무!" 비베갈로는 기자에게 직접적으로 주의를 주었다. "이 모델은 이미 개발된 단계에 있습니다! 그것이 바로 봐야 할 이상입니다!" 비베갈로는 두 번째 증기압력기로 다가가더니 붉은 털이 가득한 손을 증기압력기의 매끌매끌한 옆구리에 얹었다. "이것이 우리의 이상입니다!" 그는 천명했다. "아니, 더 정확히 표현하자면, 이것이 우리와 여러분의 이상의 모델입니다. 우리는 여기에서, 모든 것을 원하고 그래서 당연히 모든 것이 가능한 종합적 수요자를 보고 있는 것입니다. 세상에 존재할 수 있는 모든 종류의 요구가 이 안에 담겨 있습니다. 그리고 그 모든 요구를 이것은 충족시킬 수 있습니다. 당연히 우리 과학의 도움으로 말이죠. 언론을 위해 설명드리죠. 이 증기압력기 안에, 아니 우리 식대로 말하자면, 이 자동 잠금기 안에 갇혀 있는 종합적 수요자 모델은 무제한도로 원합니다. 우리 모두는, 여러분, 우리 스스로에 대한 모든 존중에도 불구하고, 이것과 비교하자면 그저 아무것도 아닙니다. 왜냐하면 이 모델은 우리가 개념조차 알지 못하는 그런 것을 원하기 때문입니다. 또한 이 모델은 자연으로부터 은총을 기다리지도 않습니다. 이 모델은 완전한 행복을 위해, 그러니까 만족을 위해 필요한 모든 것을 자연에서 가져옵니다. 물질적 마법의 힘이 스스로 주변 환경으로부터 이 모델에게 필요한 모든 것을 추출해 옵니다. 이 모델의 행복은 묘사 불가능한 것입니다. 어쨌든 이 모델은 배고픔도, 갈망도, 치통도, 개인적 불행도 전혀 알지 못합니다. 모든 요구는 발생하자마자 찰나적으로 충족되기 때문이죠."

"저, 죄송하지만." 공손하게 에디크가 말했다. "그 모든 요구는 물질적인 것인가요?"

"말해 뭐합니까, 당연하지요!" 비베갈로는 소리쳤다. "정신적 요구는 그에 상응해서 당연히 해결되는 것이죠! 내가 이미 말하지 않았습니까, 물질적 요구가 많을수록 정신적 요구 또한 그만큼 다양하다고. 이 모델은 정신의 거인이자 거장이 될 것입니다!"

나는 참석해 있는 사람들을 둘러보았다. 대부분은 아연한 모습이었다. 기자들은 필사적으로 받아 적고 있었다. 내가 주시하노라니 몇몇 사람은 끔찍하기 짝이 없다는 시선으로 증기압력기를 바라보았다가 다시 끊임없이 꿀꺽꿀꺽 집어삼키고 있는 산송장을 바라보았다가 했다. 스텔라는 내 어깨에 이마를 갖다 대고 흐느껴 울면서 속삭였다. "나 여기서 나갈래, 견딜 수가 없어, 나갈래……" 나 역시도 이제는 이해되기 시작했다. 오이라-오이라가 우려한 게 무엇이었는지 말이다. 내게는 마법의 힘으로 내던져진 저 거대하게 활짝 열려 있는 주둥이가 동물들을, 사람들을, 도시를, 대륙을, 지구와 행성들을 그리고 태양을 다 빨아들여 집어삼킬 것만같이 여겨졌다……

"암브로시 암브루아조비치." 오이라-오이라가 말했다. "그런데 저 종합적 수요자가 말이죠, 아무리 간절하게 원한다 해도 솟아오를 수 없는 돌을 만들 수도 있을까요?"

비베갈로는 생각에 잠겼지만 아주 잠깐뿐이었다.

"그것은 물질적 요구라고 할 수 없습니다." 비베갈로는 대답했다. "그것은 변덕입니다. 그런 것을 위해 내가 내 복제들을 만든 것이 아닙니다. 그러니까 그들이 변덕 부리라고 만든 게 아니라는 말이죠."

"변덕도 역시 요구일 수 있습니다." 오이라-오이라가 반박했다.

"그런 스콜라철학이나 궤변에 시간 낭비하지 맙시다." 비베갈로는 말했다. "그리고 또한 신비주의적인 종교적 유추 방식도 끌어오지 말도록 합시다."

"그러시죠." 오이라-오이라는 말했다.

B. 피톰니크는 화가 난 듯 오이라-오이라를 노려보고는 다시 비베갈로에게 질문했다.

"그렇다면 언제 어디서 이 종합 수요 모델을 공개하실 건가요, 암브로시 암브루아조비치?"

"답변합니다." 비베갈로는 말했다. "공개는 바로 여기, 내 실험실에서 하게 될 것입니다. 공개 시점은 언론에 통보하도록 하겠습니다."

"가까운 시일 내에 이루어질까요?"

"가까운 시간 내에 이루어질 것이라는 견해가 있습니다. 그러니까 언론 관계자 동무들은 남아서 기다리는 것이 좋겠습니다."

그러자 표도르 시메오노비치와 크리스토발 호제비치의 복제들이 그야말로 명령을 받은 것처럼 뒤로 돌아서더니 나가 버렸다. 오이라-오이라는 말했다.

"암브로시 암브루아조비치, 혹시 당신 생각에는 그 공개가 건물 내에서가 아니라, 도심에서 이루어진다면 어떨 것 같은가요, 위험할까요?"

"우리가 하는 일에 위험이란 없습니다." 비베갈로는 위엄 있게 말했다. "우리 적들이 그것을 두려워하겠죠."

"기억하시나요, 제가 이미 말씀드렸는데요. 그것은 가능한 것이……"

"당신, 오이라-오이라 동무. 그러니까, 불완전하게 믿고 있군요. 구별할 필요가 있습니다, 오이라-오이라 동무. 가능성과 현실을 구별하고, 우연성과 필연성을 구별하고, 이론과 현실을 구별해야 하는 겁니다, 그리고……"

"하지만 말입니다, 아마도 야외 실험장에서는……"

"나는 폭탄을 실험하는 것이 아닙니다." 비베갈로는 거만하게 말했다. "내가 실험하는 것은 이상적 인간의 모델입니다. 어떤 의문이 더 있을 수 있습니까?"

'절대지식' 부서의 어떤 똑똑이가 증기압력기 작업 규정에 대해 여러 질문을 쏟아 냈다. 비베갈로는 기꺼이 설명 모드에 빠져들었다. 침울한 조교들은 정신적 요구를 충족 시키는 자신들의 기계를 챙기고 있었다. 산송장은 계속 처 먹고 있었다. 그런데 산송장에서 탁탁 소리가 나더니, 산송 장의 봉합된 곳곳에서 검은 연기가 솟아오르기 시작했다. 오이라-오이라는 그것을 유심히 바라보았다. 그러고는 갑 자기 큰 소리로 말했다.

"제안드립니다. 특별히 개인적으로 관심 없는 사람은 모 두 지금 당장 이곳을 나가시기 바랍니다."

모두들 오이라-오이라를 돌아보았다.

"이제 이곳은 아주 지저분해질 거예요." 오이라-오이라 는 설명했다. "견딜 수 없을 정도로 지저분해질 겁니다."

"저건 선동입니다." 품위 있게 비베갈로가 말했다.

로만은 내 팔을 낚아채더니 문으로 끌고 갔다. 나는 스텔 라를 끌고 갔다. 나머지 관객들이 우리 뒤를 따라왔다. 연 구소 사람들은 로만을 믿었지만, 비베갈로는 믿지 않았다. 실험실 안에 관계자 외에 남아 있는 사람은 오직 기자들뿐 이었고, 우리 모두는 복도로 나와 복도는 빼곡히 들어찼다.

"무슨 일이에요?" 사람들이 로만에게 물었다. "어떻게 되는 거예요? 왜 더러워진다는 거죠?"

"이제 저게 터져 나올 거예요." 문에서 눈을 떼지 않은 채 로만이 대답했다.

"뭐가 터져 나온다는 거예요? 비베갈로?"

"기자들이 불쌍하네." 에디크가 말했다. "이봐, 사샤. 오늘 우리 샤워장에 누가 근무하지?"

그때 실험실 문이 활짝 열리더니, 조교 두 명이 텅 빈 양동이들로 가득한 커다란 통을 끌며 나왔다. 세 번째 조교는 조심스럽게 둘러보면서 주위를 돌아치며 중얼거렸다. "이봐, 애들아, 나 좀 도와줘, 정말 너무 무거워……"

"문을 닫아요." 로만이 충고했다.

부산을 떨던 조교는 서둘러 문을 쾅 닫았고, 우리에게 다가오면서 담배를 꺼내 물었다. 둥그렇고 커다란 그의 눈동자는 여기저기를 둘러보았다.

"자, 이제 시작될 거예요……" 그가 말했다. "아주 헛똑똑이야, 그렇게 내가 눈짓을 해 줬는데 못 알아듣고…… 저거 처먹는 것 좀 봐……! 아, 정말 미칠 것 같아, 저거 처먹는 거 봐……"

"지금 2시 25분이야……" 로만이 말했다.

바로 그 순간 굉음이 들렸다. 유리 깨지는 소리가 요란했다. 실험실 문이 덜컹덜컹 흔들리더니 문고리가 떨어져 나갔다. 그리고 구멍이 난 곳으로 사진기와 누군가의 넥타이가 날아왔다. 우리는 황급히 뒤로 물러섰다. 스텔라는 또다시 헉헉 흐느꼈다.

"진정해." 로만이 말했다. "이제 다 끝났어. 수요자 하나가 지구에서 적어진 거야."

마치 의사 가운처럼 창백한 조교는 끊임없이 뻐끔뻐끔 줄담배를 피워 댔다. 실험실에서는 첨벙첨벙하는 소리, 기침 소리, 알아들을 수 없는 저주를 퍼붓는 소리 등이 들려왔다. 그리고 몹시 불쾌한 냄새가 풍겨 왔다. 나는 망설이며 우물쭈물 말했다.

"좀 봐야 되겠어, 혹시라도……"

아무도 대답하지 않았다. 모두들 동정하듯 나를 바라보고 있었다. 스텔라는 조용히 흐느끼면서 내 재킷을 부여잡았다. 누군가가 누군가에게 속삭이며 설명했다. "저 사람이 오늘 당직이야, 알겠지……? 어쨌든 누군가는 가서 긁어내야 하니까……"

나는 주저주저하면서 문으로 몇 발자국을 옮겼고, 바로 그때 기자들과 비베갈로가 서로서로를 잡아당기면서 실험실에서 기어 나왔다.

하느님 맙소사, 그들의 몰골이란……!

정신을 차리고서 나는 주머니에서 플라스틱 호루라기를 꺼내 힘껏 불었다. 집의 정령 도모보이-청소대원 비상팀이 동료들을 밀어젖히며 내게 서둘러 달려왔다.

제5장

그것은 세상에서 가장 끔찍한 광경이었음을 믿어 주기
바란다.

—프랑수아 라블레*

　그 무엇보다 나를 놀라게 한 것은, 이 난리 법석에도 비
베갈로가 전혀 당황하거나 의기소침해하지 않았다는 사
실이다. 도모보이들이 화학약품을 뿌리고 향수로 냄새를
제거하면서 청소를 하는 동안, 비베갈로는 목소리를 가다
듬고 말했다.
　"이봐요, 오이라-오이라, 그리고 암페랸 동무. 동무들
역시 계속 두려워하지 않았소. 그러니까 저, 어떻게 말이
죠, 저, 저 녀석을 멈추게 할 수 있을까 말이오…… 있잖소,
당신네, 동무들 말이죠, 당신네들은 건강하지 못한, 말하
자면, '회이론'에 사로잡혀 있어요. 그것을 나는 자연의 힘
과 인간의 가능성에 대한 온갖 불신이라고 말하고 싶소. 그
리고 지금 그것은 대체 어디에 있소, 당신들이 불신한 것

---

* 『가르강튀아와 팡타그뤼엘』(1532~1564) 제1권 제27장에서.

말이오. 터져 버렸소! 배가 터져 버렸단 말이오, 동무들, 그 많은 사람들 앞에서 나를 망신 주고 말이오, 게다가 이렇게 언론의 기자들 앞에서까지……"

기자들은 넋이 나가서 입을 다물고 있었고, 칙칙 소리를 내며 흐르는 화학약품 물줄기에 순종적으로 자리를 비켜 주었다. G. 프로니차텔니는 엄청난 오한이 든 것처럼 덜덜 떨었다. B. 피톰니크는 머리를 흔들며 자기도 모르게 침을 흘리고 있었다.

도모보이들이 실험실을 원래 모습대로 거의 청소했을 때, 나는 안을 들여다보았다. 긴급 팀은 아주 능숙하게 유리를 갈아 끼웠고, 소화기관이 실패한 모델의 유체를 머플 용광로에 넣어 태우고 있었다. 유체는 얼마 남아 있지 않았다. '포 젠틀맨'*이라고 쓰인 버튼 한 줌, 재킷 소매, 믿기지 않게 기나긴 멜빵, 그리고 기간토피테쿠스 화석의 치아를 떠올리게 만드는 거대한 의치뿐이었다. 나머지는, 보아하니, 먼지로 사라진 것 같았다. 비베갈로는 두 번째 증기압력기를 꼼꼼히 관찰하더니, 그것은 자동 잠금 기능을 가지고 있어서 모든 것이 다 정상이라고 발표했다. "언론은 내게 좀 오시지요." 비베갈로가 말했다. "그리고 나머지는 각자 자기의 직무로 돌아가기를 제안합니다." 기자들은 수첩

* 【원주】 (영어) 남성용.

을 꺼내 들었고, 그들 셋은 실험대 앞에 앉아 기사 「발명의 탄생」과 정보 단평 「비베갈로 교수가 말하기를」의 세부 사항을 확인하기 시작했다.

관객들은 흩어졌다. 오이라-오이라도 내게서 야누스 폴루엑토비치의 금고 열쇠를 받아 들고는 나가 버렸다. 다른 부서로 이동하겠다는 요청이 비베갈로에게 거절당한 것에 절망한 스텔라도 나갔다. 눈에 띄게 명랑해진 조교들도 나갔다. 위가 터져 버린 산송장의 최소한도 치의 압력을 어림잡아 계산하는 이론가들 무리에 둘러싸여 에디크도 나갔다. 두 번째 산송장 실험은 오전 8시 이전에는 절대로 시행되어서는 안 된다는 것을 사전에 확인받아 놓고서 나 역시 내 위치로 향했다.

비베갈로의 실험은 내게 아주 불쾌한 인상을 강하게 남겼다. 접견실의 커다란 소파에 앉아 나는 한동안 저 비베갈로가 멍청이인지 아니면 영악한 사기꾼 선전 선동가인지를 이해해 보려고 애썼다. 비베갈로가 만든 산송장들 전부의 과학적 가치는 명백히 제로였다. 사실 석사 학위를 받고 비선형 변형 전공 2년 과정을 이수한 연구원은 누구나 자신의 복제를 바탕으로 모델을 만들 줄 알았다. 이런 모델들의 마술적 특성에 대해 별도로 구별하는 것 역시 전혀 의미가 없었는데, 이미 마술 박사과정생들을 위한 참고서, 도표, 교과서 등이 충분히 있었기 때문이다. 이 모델들은 그 자체로 아무것도 단 한 번도 입증해 내지 못했으며, 과학의 관점에서 볼 때도 카드 마술이나 칼을 삼키는 묘기보다 더 흥미로울 게 없었다. 마치 쓰레기통에 들러붙은 파리처럼 비베갈로에게 들러붙어 있는 저 불쌍한 기자들 역시 당연히 이 모든 것을 잘 이해하고 있었을 것이다. 왜냐하면 비전문가의 관점에서 보자면 이 모든 것은 일상적이지 않다는 점에서 효과적이었고, 무시할 수 없는 전율과 무언가 엄청난 가능성에 대한 막연한 기대를 불러일으킬 수 있었기 때문이다. 서커스 같은 쇼를 펼치려는 비베갈로의 병적인 열정과 문제의 본질을 알아보려는 가능성도(또한 바람도) 상실한 채 흥미로운 것만 추구하는 대중의 폭발적 요구는 정말 가장 납득하기 어려운 것이었다. 출장에는 넌더리 내지만 무한대에서의 작업 상황이 어떻게 되어 가는지 인터뷰하는 것은 너무나 좋아하는 두세 명의 절대지식 부서원들을 제외한다면, 연구소에서 아무도 언론과의 접촉을, 좋게 표현하자면, 악용하지 않았다. 언론은 늘 악의적으로 보도한다는 생각은 아주 타당한 내부 근거를 가지고 있었다.

사실, 가장 흥미롭고 세련된 과학적 결과는 언제나 무언가 초이성적이거나 막연하고 모호해 보이는 특징이 있다. 과학과 동떨어진 사람들은 오늘날 과학으로부터 오로지 기적만을 기대하고, 실제로 진정한 과학적 기적을 눈속임이나 정보과학의 어떤 지적 산물과 구별하지도 못한다. 마술과학과 마법과학 역시 예외가 아니다. 방송 스튜디오에서 저명한 유령 학술회의를 개최하거나, 시선만으로 0.5미터 두께의 콘크리트 벽에 구멍을 뚫거나 하는 것은 많은 사람들이 할 수 있고 그렇기 때문에 누구에게도 필요하지 않다. 하지만 그런 것이야말로 과학이 어느 단계까지 그리고 얼마만큼 동화와 현실의 개념을 혼합하고 결합했는지를 전혀 이해하지 못하는 존경할 만한 대중에게는 경탄을 자아내게 만드는 것이다. 자, 어디 한번 벽을 꿰뚫는 시선의 특징과 '콘크리트'라는 단어의 언어학적 특성 간의 심원한 내적 연관성을 찾으려고 시도해 보라! 아니면 '아우에르스의 위대한 문제'라는 명칭으로 잘 알려진 유명한 문제의 세부 사항들을 해결하려고 시도해 보라! 이 문제는 오이라-오이라가 환상적 일반 이론을 창조하면서 수학적 마술 영역에서 완전히 새로운 시작점의 토대를 만들어 해결했다. 그러나 그 누구도 오이라-오이라라는 이름을 들어 본 적이 없었다. 그 대신 비베갈로 교수는 모두가 너무나 잘 알고 있었다. ("그러니까, 당신이 니이차보에서 일한다고요? 거기서 비베갈로는 어떤가요? 비베갈로가 뭐 또 새로운 걸 발명했나요?") 그렇게 된 것은 오로지 오이라-오이라의 아이디어는 전 지구를 통틀어 오로지 200명에서 300명의 사람만이 이해할 수 있었고, 게다가 그 많은 기자들 가운데, 이 200명에서 300명에 해당되는 기자가, 맙소사, 단 한 명도 없었기 때문이다! 이에 반해 선동적인 헛소리로 가득한 비베갈로의 고전적 작업 '저절로 착화되는 구두 제작 기술의 기반들'은 당시에 B. 피톰니크의 배려 속에 엄청난 센세이션을 일으켰다. (이후에 저절로 착화되는 구두는 오토바이보다 비싸며, 먼지와 습기에 취약하다는 것이 밝혀졌다.)

이미 밤은 깊을 대로 깊어졌다. 나는 너무나 피곤했고 저도 모르게 잠이 들어 버렸다. 그리고 나는 온갖 악귀들 꿈을 꾸었다. 비베갈로처럼 턱수염이 나고 다리가 무수히 많은 거대한 모기들, 탈지유를 담은 말하는 양동이들, 짧은 다리로 계단을 뛰어오르는 커다란 나무통들…… 가끔 어떤 대범한 도모보이가 내 꿈을 들여다보았지만, 그 끔찍한 괴물들을 보고는 깜짝 놀라 내빼곤 했다. 통증 때문에 나는 잠에서 깨었는데, 내 옆에서 음울한 턱수염 모기가 만년필처럼 두터운 침을 내 종아리로 꽂아 넣으려고 애쓰고 있는 것을 보게 되었다.

"저리 가!" 나는 눈을 부릅뜨고 주먹질을 해 대며 소리쳤다.

모기는 모욕적이라는 듯 앵앵거리더니 옆으로 달아났다. 강아지만큼 커다랗고 다갈색 털이 난 붉은 모기였다. 아마도 내가 꿈에서 무심결에 물질화 공식을 말했고 그래서 의도치 않게 비존재로부터 이 흉측한 곤충을 데리고 나온 것 같았다. 그놈을 다시 비존재로 쫓아 보내는 데는 성공하지 못했다. 그래서 나는 『수학적 마법의 방정식』 한 권을 무기로 삼아 쪽문을 열고 모기를 엄동설한 속으로 내쫓아 버렸다. 눈보라는 그 즉시 모기를 휘감았고, 모기는 어둠 너머로 사라졌다. 바로 이렇게 불순한 물의가 빚어지게 되는 거야, 하고 나는 생각했다.

아침 6시였다. 나는 귀를 기울여 봤다. 연구소는 아직 고요했다. 여전히 열심히 일하고 있던가, 아니면 이미 집으로 흩어졌던가 한 것 같았다. 나는 한 번 더 순찰을 돌아야 했지만, 아무 곳에도 가고 싶지 않았다. 그저 무엇이든 먹고 싶었다. 열여덟 시간 전에 마지막으로 먹고 이제까지 아무것도 먹지 못했던 것이다. 나는 나 대신 복제를 보내기로 마음먹었다.

솔직히 아직까지 내 마법은 아주 형편없는 수준이었다. 경험이 없었다. 만일 누구든 옆에 있었다면, 나는 내 무식함을 드러내 보일 엄두를 결코 내지 못했을 것이다. 하지만 나는 혼자였고, 그래서 엄두를 내 보자고 결심했다. 그래도 일단은 연습을 하기로 했다. 나는 『수학적 마법의 방정식』에서 일반 공식을 찾았고, 거기에 내 매개변수를 대입해 필수적인 모든 조작을 수행한 다음, 필요한 모든 표현을 고대 칼데아어로 소리 내어 말했다. 어쨌든 배움과 노동은 모든 난관을 극복한다. 태어나서 처음으로 나는 제대로 된 복제를 얻어 냈다. 복제는 모든 것이 제자리에 있었으며 대체로 아주 나를 닮아 있었다. 단지 왜 그런지 왼쪽 눈이 뜨이지 않았고, 손가락은 여섯 개씩이었다. 나는 복제에게 해야 할 일을 상세히 설명했고, 복제는 고개를 끄덕이고는 발을 질질 끌며 비틀거리면서 나갔다. 그 후로 나는 내 복제를 만나지 못했다. 아마도 우연히 용 고리니치의 벙커로 끌려갔는지도, 아니면 '행운의 수레바퀴'의 가장자리에 채여 끝없는 여행을 떠났는지도 모른다. 모르겠다. 정말 모르겠다. 사실 나는 내 아침 식사를 준비해야겠다고 생각하고는 내 복제에 대해서 순식간에 잊어버렸다.

나는 소박한 사람이다. 나는 그저 닥터 햄 소시지*를 얹은 오픈샌드위치와 블랙커피 한 잔이면 충분했다. 도대체 어떻게 된 것인지는 정말 이해할 수 없지만, 맨 처음 테이블 위에는 기름이 잔뜩 묻은 의사 가운이 나타났다. 몹시도 깜짝 놀란 나는 충격이 좀 가라앉고 나서 가운을 자세히 살펴보았다. 기름은 버터 같은 고체도 아니었고, 식용유 같은 액체도 아니었다. 그 즉시 나는 가운을 없애 버리고, 전부 처음부터 다시 시작했어야 했다. 하지만 그 빌어먹을 자신감으로 내가 창조주-신쯤 되는 줄 착각한 나는 순차 변형 방식을 택했다. 그러자 이번에는 가운과 함께 검은 액체를 담은 병이 나타났고, 그러고는 가운이 서서히 가장자리부

---

* 구소련 국가에서 다양하게 사랑받았던 햄 상표.

터 타들어 갔다. 또다시 나는 서둘러 내 생각을 제거해 버리고, 머그컵과 소고기를 떠올리려고 온 힘을 다해 집중했다. 병은 머그컵으로 변형되었지만 액체는 그대로였고, 가운의 한쪽 소매는 바짝 오므라들었다가 쭉 뻗더니 불그스레해지면서 경련을 일으켰다. 무서워서 나는 식은땀이 났고, 그것이 다름 아닌 암소 꼬리라는 것을 알게 되었다. 나는 의자에서 일어나 구석으로 갔다. 꼬리에는 더 이상 아무 일도 일어나지 않았지만, 그게 아니더라도 그것을 바라보는 것은 정말 오싹했다. 나는 다시 한번 변형을 시도했는데, 이번에는 꼬리에서 싹이 나기 시작했다. 나는 정신을 바짝 차리고, 실눈을 뜨고서 온 힘을 다해 평범한 호밀 빵 조각을 머리에 떠올리려고 애를 썼다. 투명한 버터 접시에 담긴 버터를 잘라 덩어리 빵에서 얇게 썬 호밀 빵 조각에 바르고는 닥터 햄 소시지 슬라이스를 올리는 거다. 소시지가 닥터 햄이든 그저 평범한 폴타바 반훈제 소시지든 상관없다. 커피는 좀 기다려 보기로 했다. 내가 아주 조심스럽게 실눈을 풀고 눈을 떴을 때, 의사 가운에는 커다란 암석 크리스털 조각이 놓여 있었는데 그 안에서는 무엇인가 검은 것이 빛나고 있었다. 내가 그 크리스털을 집어 들자, 가운은 크리스털 아래에서 쫙 펼쳐지더니 뭐라고 설명할 수 없는 형태로 크리스털에 들러붙었다. 이어 나는 크리스털 안에서 내가 그토록 기다리던, 진짜 같은 오픈샌드위치를

난리 법석 중의 난리 법석

발견했다. 나는 끙끙거리면서 생각으로 크리스털을 깨뜨리려고 시도했다. 크리스털은 깨지면서 완전히 산산조각이 났고, 그래서 오픈샌드위치는 형체를 잃고 말았다. "이 멍청이!" 나는 나 자신에게 말했다. "이제껏 처먹은 샌드위치가 수천 개인데, 그래 샌드위치 하나 또렷하게 떠올릴 줄도 모른단 말이야. 자, 긴장하지 말자, 아무도 없잖아. 아무도 너를 못 보잖아. 이게 뭐 면접시험도 아니고, 기말고사도 아니고, 졸업 시험도 아니야. 한 번 더 해 보자." 나는 한 번 더 시도했다. 하지만 차라리 시도하지 않았던 게 나을 뻔했다. 무슨 이유에서인지 내 상상은 제멋대로 진행되었고, 내 머리에서는 그야말로 뜻밖의 갖가지 생각들이 번쩍 나타났다가 사라졌으며, 내가 시도하면 할수록 접견실은 아주 이상한 온갖 물건들로 가득 차게 되었다. 보아하니 그중 대부분은 내 잠재의식에서 나왔고, 유전적 기억의 울창한 정글에서, 그리고 고등교육으로 오래도록 억압받은 원초적 두려움에서 나온 것 같았다. 그것들은 팔다리를 가지고 있었고 끊임없이 움직이면서 혐오스러운 소리를 냈다. 그것들은 아주 망측스러웠고, 아주 공격적이었으며 계속해서 싸워 댔다. 나는 궁지에 몰려 주위를 두리번거렸다. 그 모든 것은 성 안토니우스*를 유혹하는 장면을 묘사한

---

* 성 안토니우스(?251~?356). 모든 수사들의 교부라고 알려진 대大안토니우스. 이집트 출신의 기독교 성인으로, 사막의 교부들 가운데 저명한 지도자의

고대 판화를 생생하게 상기시켜 주었다. 특히 역겨웠던 것은 거미 다리가 달린 타원형 접시였는데, 접시 가장자리를 따라서 보기 드물게 흉측한 뻣뻣한 털이 뒤덮고 있었다. 그게 대체 내게 무엇을 원했는지 모르겠지만, 그것은 깊은 구석으로 물러나더니, 내가 의자를 들어 벽에 짓누를 때까지 전속력으로 내 무릎 아래까지 쫓아왔다. 결국 나는 일부 물건들은 없애는 데 성공했지만, 나머지는 구석구석 흩어 두고 감춰 두었다. 남은 것은 접시, 크리스털에 들러붙은 가운, 주전자 크기만큼 커져 버린 검은 액체가 담긴 머그컵이었다. 나는 머그컵을 두 손으로 들어 올려 냄새를 맡아 보았다. 내 생각에 그것은 만년필용 검은 잉크 같았다. 의자 뒤에서 접시가 꿈틀거리면서 색깔 있는 리놀륨 장판을 다리로 긁어 대며 소름 끼치는 소리를 냈다. 나는 정말 불편하고 불쾌했다.

그때 복도에서 발걸음 소리, 여러 사람의 목소리가 들리더니 문이 활짝 열렸고 문 앞에 야누스 폴루엑토비치가 언제나처럼 "자, 이런" 하고 말하며 모습을 드러냈다. 나는 당황해서 어쩔 줄을 몰랐다. 야누스 폴루엑토비치는 자기 집무실로 걸어가면서 아주 무심하게 눈썹을 한 번 끔뻑하며

한 사람이다. 사막을 순례하는 동안에 일련의 초자연적인 유혹들을 경험한 것으로 유명하며, 히로니뮈스 보스, 막스 에른스트, 살바도르 달리 등 후대의 많은 화가들이 이를 묘사했다. 귀스타브 플로베르는 산문집 『성 앙투안의 유혹』(1874)에서 안토니우스에 대해 썼다.

단번에 내가 창조한 모든 진귀한 것들을 제거해 버렸다. 야누스 폴루엑토비치의 뒤를 따라 표도르 시메오노비치, 두터운 검은 시가를 비스듬히 입에 문 크리스토발 훈타, 눈살을 찌푸린 비베갈로, 그리고 단호한 로만 오이라-오이라가 들어왔다. 그들 모두는 매우 걱정스러운 모습이었고, 아주 서두르면서 내게는 일절 관심을 보이지 않았다. 집무실 문은 열린 채 있었다. 안도의 한숨을 내쉬며 좀 전에 앉아 있던 자리에 앉자마자 그 즉시 나는 내 앞에 김이 모락모락 나는 블랙커피가 담긴 커다란 도자기 머그컵과 샌드위치가 담긴 접시가 놓인 것을 발견했다. 과학의 거장 중 누군가가 나를 배려해 준 것이 분명했지만, 그게 누구인지 나는 알 턱이 없었다. 앉아서 아침을 먹으면서 나는 집무실에서 들려오는 목소리에 귀를 기울였다.

"이것부터 시작합시다." 싸늘하게 경멸하는 어조로 크리스토발 호제비치가 말했다. "그러니까 당신의 그, 미안하지만, '출산의 집'이 내 실험실 바로 아래 위치하고 있지요. 당신은 이미 한 번 폭발을 일으킨 적이 있고, 그때 깨진 내 집무실 유리를 갈아 끼우는 10분 동안 결과적으로 나를 기다리게 만들었잖소. 당신은 보다 본질적인 성격의 근거에는 전혀 관심이 없는 인간이라고 철석같이 생각되기 때문에, 그래서 전적으로 내 개인 사례부터 시작하는 거요……"

"내가 무엇을 하는지는, 친애하는 동무, 전적으로 내 마음입니다." 비베갈로는 가성을 내며 대답했다. "나는 동무네 층에는 관여하지 않아요, 비록 요즘 그 층에서 끊임없이 생명수가 누수 되고 있기는 하지만 말이죠. 생명수는 우리 층 천장을 죄다 적셔 버렸고, 거기에 빈대까지 기어 나오고 있어요. 하지만 나는 동무네 층에 간섭하지 않았어요. 그러니까 동무도 우리 층 일에 간섭하지 마시죠."

"여-여보게," 표도르 시메오노비치가 바이브레이션으로 말했다. "암브로시 암브루아조비치! 그래도 가-가능한 후-후유증에 주-주의를 기울여야 해-했잖소…… 누-누가 대-대체 건물 안에서, 그러니까 요-용을 만드는 사람이 어디 있소, 비-비록 방연 시설이 있지만. 그리고……"

"내가 만든 것은 용이 아니란 말이오. 내가 만든 것은 행복한 사람이라고요! 영혼의 대가 말이오! 어떻게 당신은 그렇게 이상한 주장을 할 수 있는 거요, 키브린 동무. 정말 당신의 논리는 이상하기 짝이 없소, 정말 딴소리하고 있는 거라고요! 이상적 인간의 모델, 그리고 계급을 초월한 불 뿜는 용이라고 말했더니만……!"

"치-친애하는 동무, 그러니까 말이오, 무-문제는 그가 계급을 초월했다는 것에 있는 게 아니라, 그가 화-화재를 유발할 수 있다는 데 있는 거 아니오……"

"또다시 그 소리! 이상적 인간이 화재를 유발할 수 있다니! 당신은 생각이라는 것이 있는 거요, 표도르 시메오노비치 동무!"

"내 마-말은 요-용이……"

"내 말은 당신의 전제가 틀렸다는 겁니다! 당신은 문제를 희석시키고 있어요, 표도르 시메오노비치! 당신은 문제를 온통 호도하고만 있다고요! 물론 모순과 갈등은 지워버려야지요…… 이성과 육체 간의 모순과 갈등…… 도시와 농촌 간의 모순과 갈등…… 남자와 여자 사이의 모순과 갈등, 그리고 또 말이오…… 하지만 어쨌든 당신이 그 간극을 호도하는 것을 우리는 절대 용납할 수 없는 바요, 표도르 시메오노비치!"

"어-어떤 간극 말이죠? 이게 무슨 도-도깨비장난도 아니고, 로만, 대체 이게 뭐란 말이오……? 동무가 내 앞에서 그에게 서-설명했잖소! 내 마-말은, 암브로시 암브-브루아조비치, 동무의 실험은 아-아주 위-위험하단 말입니다. 알겠소……? 도-도시를 마-망칠 수 있다고요, 아-알겠소?"

"아, 무슨 말인지 알겠소. 그러니까 나더러 이상적 인간이 길바닥에서 부화하도록 놔두라는 겁니까!"

"암브로시 암브루아조비치." 로만이 말했다. "제 논지를 다시 반복해서 말씀드리죠. 실험이 위험한 이유는……"

"나는 말이오, 로만 페트로비치, 동무를 오래도록 보아왔지만 정말 이해할 수 없는 것이 어떻게 동무는 그따위 표현을 이상적 인간에게 갖다 댈 수 있는가 하는 것이오. 이상적 인간이 자기에게, 보시다시피, 위험하다는군요!"

그때 로만은, 보아하니 젊은 혈기에 참을성을 상실한 것 같았다.

"그따위가 무슨 이상적 인간이라고!" 로만은 고래고래 소리를 질렀다. "뭐, 귀신 나부랭이 같은 수요자 따위를 가지고!"

무시무시한 침묵이 감돌았다.

"지금 뭐라고 했소?" 끔찍한 목소리로 비베갈로가 질의 했다. "다시 말해 보시오. 지금 이상적 인간을 뭐라고 불렀소?"

"야-누스 폴루엑토비치." 표도르 시메오노비치가 말했다. "그렇게는, 친애하는 동무, 어쨌든 그렇게 해서는 안 되는……"

"절대 안 돼!" 비베갈로는 외쳤다. "맞소, 키브린 동무, 그렇게 해서는 안 되는 거요! 우리는 국제 과학적 성격의 실험을 하고 있는 거란 말이오! 영혼의 대가는 여기서, 바로 우리 연구소 내에서 나타나야만 하는 거요! 그것은 상징적 의미가 있소! 오이라-오이라 동무는, 동무들, 그 실용주의 편향적인 태도를 가지고 문제를 대하고 있는 거란 말이오! 그리고 훈타 동무 역시 협소한 태도로 문제를 바라보고 있소! 그런 식으로 나를 보지 말란 말이오, 훈타 동무. 차르의 앞잡이도 나를 겁주지 못했고, 그리고 당신도 나를 겁주지 못한단 말이오! 과연 우리, 동무들, 정신이 실험을 두려워할 수 있단 말이오! 물론, 과거 외국인이었고 성직자였던 훈타 동무는 가끔 헤매고 다닐 수도 있다는 것이 이해되지만, 당신은 말이오, 오이라-오이라 동무, 그리고 표도르 시메오노비치 동무는 뼛속까지 그저 평범한 러시아 사람이 아니오!"

"악-악선전은 지-집어치우시오!" 드디어 표도르 시메오노비치가 폭발했다. "어-어떻게 동무는 야-양심도 없이 그-그따위 헛소리를 해 대는 거요? 어-어떻게 내가 펴-평범한 사람이오? 그리고 이 펴-평범하다는 말은 무슨 의미로 하는 말이오? 우리 보-복제들한테나 펴-평범하다고 말하는 거 아니오⋯⋯!"

"한 가지는 분명히 말할 수 있습니다." 크리스토발 호제비치가 무심하게 말했다. "과거에 그저 평범한 '위대한 대심문관'으로서 나는 실험이 야외 실험장에서 시행될 것이라는 확답을 받을 때까지 증기압력기로 동무의 접근을 일절 금지하도록 하겠소."

"그리고 도-도시에서 5키-킬로미터 이내로는 아-안 됩니다." 표도르 시메오노비치가 덧붙였다. "아니면 10키-킬로미터 바-밖이 나을 겁니다."

보아하니 비베갈로는 자신의 기구를 끄집어내서 비바람이 몰아치고 영화 촬영을 위한 조명도 없는 야외 실험장으로 끌고 갈 생각을 하니 미칠 지경인 것 같았다.

"자, 알겠습니다." 비베갈로는 말했다. "우리 과학을 민중으로부터 격리시킨다는 것이군요. 그러면 왜 10킬로미터 밖으로 갑니까, 아예 만 킬로미터 밖으로 가라고 하시죠, 표도르 시메오노비치? 어느 쪽으로, 어디로 갈까요? 알래스카 어디로 갈까요, 크리스토발 호제비치, 아니면 당신이 가 봤던 어디로 갈까요? 그냥 직설적으로 말해 주시죠. 그렇게 우리가 등록할 테니까요!"

다시금 침묵이 맴돌았고, 표도르 시메오노비치가 할 말을 잃고 분노해서 씩씩거리는 소리만 들려왔다.

"300년 전이었으면 말이죠." 훈타가 차갑게 말했다. "그 따위 말에 대해 당신을 도시 밖으로 데려가서 당신 귀의 먼지를 탈탈 털고 온통 구멍을 내 버리도록 구형했을 겁니다."

"아무짝에도 쓸모없는 말 하지 마시오." 비베갈로가 말했다. "여기가 무슨 포르투갈인지 아시오. 비판은 듣기 싫다 이겁니까. 300년 전이었으면 말이죠, 그따위 미친 가톨릭 종자하고는 내가 상대도 안 했을 거요."

나는 화가 나서 미칠 지경이었다. 왜 야누스는 아무 말도 하지 않고 있는 거야? 대체 얼마나 더 해야 하지? 그때 정적 속에 발걸음 소리가 들리더니 얼굴이 하얘진 로만이 이를 악물고 접견실로 나와서는 손가락을 튕기더니 비베갈로의 복제를 만들어 냈다. 그러고서 로만은 신이 난 듯 복제의 멱살을 움켜쥐고 사정없이 흔들어 댔고, 수염을 움켜쥐고 몇 번을 세차게 잡아당겼다. 그러고서 좀 진정된 듯 복제를 없앤 후 다시 야누스의 집무실로 들어갔다.

"하지만 아무튼 정말 도-동무를 쫓아내야 하겠소, 비베갈로." 뜻밖에 침착한 목소리로 표도르 시메오노비치가 말했다. "동무는, 정말, 부-불쾌한 상관이오."

"비판은, 비판은 싫다 이거군요." 숨을 헐떡이면서 비베갈로가 응수했다.

그리고 그 순간 드디어 야누스 폴루엑토비치가 입을 열었다. 그의 목소리는 마치 잭 런던 소설에 나오는 대위처럼 위엄 있고 힘이 있고 강직했다.

"실험은, 암브로시 암브루아조비치의 요청에 따라 오늘 10시 정각에 시행될 것입니다. 실험은 매우 예외적인 상황에서 진행되어야 한다는 점을 염두에 두기 바랍니다. 실험이 인명 피해를 발생시키지 않도록 하기 위해, 실험 장소는 도시 경계 밖 15킬로미터 지점의 야외 실험장에서 진행하도록 지정합니다. 이 기회를 빌려 로만 페트로비치의 기지와 용기에 대해 사전에 감사드립니다."

보아하니 한동안 모두는 이 결정을 소화시키고 있는 것

같았다. 어쨌든 나도 소화시켰다. 야누스 폴루엑토비치는 언제나 아주 특이한 방식으로 자신의 생각을 표현하곤 했다. 어쨌거나 모두들 그의 판단이 옳다고 기꺼이 믿었다. 이미 그렇게 판결이 났기 때문이다.

"저는 차를 부르러 가겠습니다." 불쑥 로만이 말했고, 그러고는 아마 벽을 통과해 나간 것 같았다. 접견실로 나오지는 않았기 때문이다.

표도르 시메오노비치와 훈타는 아마도 동의한다는 표시로 고개를 끄덕였던 모양이고, 파송될 비베갈로는 소리 질렀다.

"옳은 결정입니다, 야누스 폴루엑토비치! 지금 소장님은 우리가 상실한 경각심을 다시 상기시켜 주셨습니다. 관계자 외 시선들에서 멀리, 더 멀리 가서 실험해야 하는 것이죠. 단지 저는 트럭이 좀 필요합니다. 제 증기압력기는 아주 무거워서요, 그러니까 아마 5톤은 족히 될 겁니다……"

"물론이죠." 야누스는 말했다. "절차대로 처리하세요."

집무실에서 의자를 끄는 소리가 났고, 나는 서둘러 커피를 마저 마셨다.

그 후 한 시간 동안 나는 연구소에 남아 있던 직원들과 함께 현관으로 몰려가서, 증기압력기, 망원경, 장갑차와 만일의 경우를 대비한 농민 외투를 트럭에 싣는 것을 구경

흡혈귀 알프레드가 헤카톤케이레스를 트럭으로 데려왔다.

했다. 눈보라는 멈췄고, 차갑고 청명한 아침이었다.

로만은 무한궤도 견인 트랙터를 전속력으로 몰고 왔다. 흡혈귀 알프레드가 헤카톤케이레스를 트럭으로 데려왔다. 코토스와 기게스는 신이 나서 수십 개의 머리가 왁자지껄 떠들면서 걷는 중에 수많은 소맷자락을 걷어 올려 가며 기꺼이 따라왔지만, 브리아레오스는 구부러진 손가락을 앞에 내밀고 뒤에서 꾸물꾸물 따라오면서 아프다고 투덜거렸고 밤새도록 잠자지 못한 통에 그의 몇 개의 머리는 꾸벅꾸벅 졸고 있었다. 코토스는 증기압력기를 붙잡았고 기게스는 나머지 물건들을 챙겼다. 그러자 브리아레오스는 자기가 챙길 것이 아무것도 남아 있지 않다는 것을 보고는 명령을 내리고 지시하는 태도로 돌변했다. 브리아레오스는 앞으로 달려가서 문을 열어 잡더니 이따금 쪼그리고 앉아 트럭 아래를 내려다보면서 "출발! 출발!" 아니면 "오른쪽으로 틀어! 붙잡으라고!" 하며 소리쳤다. 결국 브리아레오스는 손을 밟혔고, 증기압력기와 차벽 사이에 끼이고 말았다. 그는 대성통곡을 했고, 그러자 알프레드는 그를 다시 테라리엄으로 데려갔다.

트럭은 차곡차곡 만석이 되었다. 비베갈로는 운전석에서 내렸다. 그는 아주 못마땅해서 죽을 지경인 듯했고, 모두에게 몇 시냐고 물어보고 다녔다. 트럭은 출발했으나, 5분 후에 다시 돌아왔다. 기자들을 태우는 것을 잊었던 것이다.

기자들을 찾을 동안 코토스와 기게스는 몸을 푼답시고 눈싸움을 하기 시작했고, 유리창 두 개를 깨뜨렸다. 그러고서 기게스는 아침부터 취해서 "모두 다 한통속이야, 안 그래?" 하고 소리 지르는 어떤 주정뱅이와 싸움박질을 해 댔고, 결국 질질 끌려 트럭 화물칸으로 떠밀려 들어갔다. 기게스는 눈을 부라리면서 분노에 가득 차 그리스어로 욕을 해 댔다. 자다 깨서 덜덜 떠는 G. 프로니차텔니와 B. 피톰니크가 나타났고, 드디어 트럭은 출발했다.

연구소는 텅 비었다. 8시 반이었다. 아직 도시는 모두 잠자고 있었다. 나도 모두와 함께 야외 실험장으로 가고 싶었다. 하지만 그럴 수 없었다. 나는 한숨을 내쉬고 두 번째 순찰에 나섰다.

비티카 코르네예프의 실험실에 도착하기 전까지 나는 하품을 하면서 복도마다 다니며 이곳저곳 소등을 했다. 비티카는 비베갈로의 실험에 전혀 관심이 없었다. 비티카는 비베갈로 같은 인간은 치명적인 돌연변이가 아닌지 규명이 필요한 유사 동물로 취급했고, 인정사정 볼 것 없이 훈타에게 인계하여 연구해야 한다고 말하곤 했다. 그래서 비티카는 아무 데도 가지 않고, 여전히 소파-변환기에 앉아 담배를 피우면서 에디크 암페랸과 한가하게 수다를 떨고 있었다. 에디크는 그 옆에 누워 생각에 잠긴 채 천장을 바라보며 막대 사탕을 빨고 있었다. 테이블 위 욕조에는 물속에서 농어가 활기차게 헤엄쳤다.

"새해 축하해!" 나는 말했다.

"새해 축하해." 반갑게 에디크가 대답했다.

"사샤에게 물어보자." 코르네예프가 제안했다. "사샤, 비단백질 생명체가 있을 수 있을까?"

"모르겠는데." 나는 말했다. "본 적 없어. 그런데 왜?"

"본 적 없다는 게 무슨 말이야? M-자기장을 한 번도 본적은 없지만 그래도 넌 그 강도를 계산하잖아."

"그래서?" 내가 되물었다. 나는 욕조의 농어를 바라보았다. 농어는 욕조를 빙빙 돌며 유유히 헤엄치고 있었는데, 그제야 농어 내장이 제거되어 있는 것이 보였다. "비티카." 나는 말했다. "결국 해낸 거야?"

"사샤는 비단백질 생명에 대해서 말하고 싶지 않대." 에디크가 말했다. "그리고 그가 옳아."

"단백질 없는 생명도 가능은 해." 나는 말했다. "그런데 농어가 어떻게 내장 없이 살 수 있는 거지?"

"암페랴 동무는 단백질 없는 생명은 불가능하다고 했어." 담배 연기를 토네이도처럼 말아 내뿜으며 방 안 이곳저곳을 물품들을 피해 돌아다니면서 비티카가 말했다.

"내 말은, 생명이 곧 단백질이라는 거야." 에디크가 정정했다.

"무슨 차이가 있다는 건지 모르겠어." 비티카가 말했다.

난리 법석 중의 난리 법석

"네 말은 만일 단백질이 없다면 생명도 없다는 거잖아."

"그래."

"그럼, 이건 뭔데?" 비티카는 물었다. 그러고는 가만히 손을 흔들었다.

그러자 욕조 옆 테이블 위에 고슴도치 같기도 하고 거미 같기도 한 혐오스러운 생물체가 나타났다. 에디크는 화들 짝 일어났고 테이블 위를 내려다보았다.

"어휴." 그는 말하고 나서 다시 누웠다. "이건 생명이 아니야. 이건 좀비야. 정녕 불멸의 코셰이가 비단백질 존재라고 할 수 있단 말이야?"

"네가 원하는 게 대체 뭔데?" 코프네예프가 물었다. "움직이는 거야? 움직이잖아. 먹는 거야? 먹고 있잖아. 그리고 증식할 수도 있어. 지금 이 녀석 증식하게 할까?"

에디크는 두 번째로 화들짝 일어나더니 테이블 위를 내려다보았다. 고슴도치-거미는 꼴사납게 그 자리에서 제자리걸음을 했다. 마치 동시에 사방팔방으로 가고 싶어 하는 것만 같았다.

"좀비는 생명이 아니야." 에디크는 말했다. "좀비는 이성적인 생명이 존재하는 딱 그만큼의 수만 존재할 수 있는 거야. 더 정확하게 말해 줄 수 있지. 마술사가 존재하는 수만큼 말이야. 좀비는 마술사 활동의 일탈인 거야."

"좋아." 비티카가 말했다.

고슴도치-거미는 사라졌다. 그 대신에 테이블 위에는 자그마한 비티카 코르네예프가, 진짜와 완벽하게 똑같지만 손바닥만 한 크기의 복제가 나타났다. 복제는 작은 손가락을 딸깍딸깍 튕겼고, 그러자 더 작은 크기의 미세 복제가 생겨났다. 그리고 미세 복제 역시 손가락을 튕겼다. 만년필만 한 크기의 복제가 또 생겨났다. 그다음에는 성냥갑만 한 크기의 복제가 나타났다. 그다음에는 골무만 한 크기였다.

"만족해?" 비티카가 물었다. "이들 각각이 마술사야. 하지만 이들 중 어느 하나에도 단백질 분자는 없어."

"별로 적절하지 못한 사례야." 에디크는 유감스럽다는 듯 말했다. "첫째로, 이것들은 원칙적으로 프로그램으로 조종되는 기계와 하등의 차이가 없어. 둘째로, 이것들은 발전의 산물이 아니라, 그저 너의 탁월한 단백질 기술의 산물일 뿐이라는 거지. 과연 프로그램으로 조종되는 자가 복제 기계가 진화할 능력이 있는가를 두고 논쟁하는 것이 의미가 있겠어?"

"너는 진화에 대해 너무 많이 알고 있지." 무례한 코르네예프가 말했다. "내게는 다윈도 마찬가지야! 화학적 과정이나 의식적 활동이나 무슨 차이가 있다는 거야. 네 조상들 모두가 다 단백질 분자였다고 할 수는 없어. 네 어머니의 할머니의 할머니는 충분히 복잡한 구조였어. 그저 단백질 분자가 아니었다는 걸 인정해야 할 거야. 그리고 우리의,

소위 의식적 활동이니 어쩌고 하는 것도 어쩌면 역시 진화의 그 어떤 변종인지도 몰라. 자연의 목적이 암페랸 동무를 창조하는 것인지 우리가 어떻게 알겠어? 아니면 혹시 자연의 목적은 암페랸 동무의 손으로 좀비를 창조하는 것인지도 모르지. 아니면 어쩌면……"

"알겠어, 알겠다고. 애초에는 프로토바이러스, 그다음에는 단백질, 그다음에는 암페랸 동무, 그리고 다음에 모든 지구가 좀비로 뒤덮인다 이거잖아."

"그래, 바로 그거야." 비티카가 말했다.

"그리고 우리 모두는 쓸모가 없어져 멸종하게 되는 거고."

"그렇게 되지 않을 거라는 보장도 없잖아?" 비티카가 말했다.

"내가 아는 사람 하나는," 에디크가 말했다. "인간이란 자연에게는 단지 창조의 면류관을 만들기 위해 필요한 중간 연결 고리에 불과할 뿐이라고 확신하지. 마치 레몬 한 조각을 곁들인 코냑 한 잔과 같은 거야."

"그래, 결국 그렇지 않으리라는 법도 없잖아?"

"그렇기 때문에 나는 하기가 싫은 거야." 에디크가 말했다. "자연에는 자신의 목적이 있고, 내게는 내 목적이 있거든."

"인간중심주의자로군." 비티카가 혐오를 담아 말했다.

가장 작은 복제는 개미 크기였다.

"그래." 거만하게 에디크가 대꾸했다.

"인간중심주의자들과는 토론하고 싶은 생각 없어." 무례한 코르네예프가 말했다.

"그렇다면 농담 따먹기나 하자." 에디크가 차분하게 제안하고는 막대 사탕을 하나 더 입에 물었다.

비티카의 복제들은 테이블 위에서 끊임없이 증식하고 있었다. 가장 작은 것은 이미 개미 크기였다. 인간중심주의자와 우주 중심주의자의 논쟁을 듣는 동안 내 머리에는 하나의 아이디어가 떠올랐다.

"이봐, 친구들." 나는 일부러 활기차게 말했다. "대체 너희는 왜 야외 실험장에 가지 않은 거야?"

"뭐 하러?" 에디크가 물었다.

"아니, 어쨌든 재미있을 텐데……"

"나는 서커스에도 절대 가지 않아." 에디크가 말했다. "그리고 또 이유가 있지. 우비 닐 발레스, 이비 닐 벨리스.*"

"너 스스로에게 하는 말이지?" 비티카가 물었다.

"아니. 비베갈로에 대해 하는 말이야."

"이봐, 친구들." 내가 말했다. "나는 서커스를 미치게 좋아해. 너희 농담 따먹기는 어디서 하든 상관없잖아?"

"그래서?" 비티카가 말했다.

---

* 【원주】 (라틴어) 네가 그 무엇도 할 수 없는 곳에서는 아무것도 원하는 게 없어야 한다.

"나 대신 당직 좀 서 줘. 나는 야외 실험장에 달려갈 테니."

"뭘 해야 하는데?"

"전력을 차단하고, 화재를 차단하고, 그리고 모두에게 근무 규정을 상기시키는 거야."

"춥다고." 비티카가 상기시켰다. "한파야. 게다가 비베갈로까지."

"정말 가고 싶어." 나는 말했다. "정말 모두 비밀로 해야 해."

"이 친구 보내 줄까?" 비티카가 에디크에게 물었다.

에디크는 고개를 끄덕였다.

"가시죠, 프리발로프." 비티카가 말했다. "이것은 동무의 기계 작업 네 시간 가격이 될 것이오."

"두 시간." 나는 재빨리 말했다. 그리고 나는 대략 그 정도를 기대했다.

"다섯 시간." 뒤넘스레 비티카가 말했다.

"그럼 세 시간." 나는 말했다. "나도 줄곧 네 작업에 그렇게 해 주었잖아."

"여섯 시간." 냉혈한처럼 비티카가 말했다.

"비탸." 에디크가 말했다. "네 귀에 털이 솟아 자라나고 있어."

"그것도 새빨간 털이." 고소해서 나는 말했다. "어쩌면 푸르스름한 것도 섞여 있을지 몰라."

"그만 좀 해." 비티카가 말했다. "거저먹네. 내가 두 시간
으로 해 줄게."

우리는 함께 접견실을 지나갔다. 가면서 이 석사 둘은 무
슨 사이클로테이션인가에 대해 이해할 수 없는 논쟁을 벌
였고, 그래서 나는 그들이 나를 야외 실험장으로 공간이동
시키도록 하기 위해 그들의 논쟁을 뜯어말려야 했다. 나는
벌써 넌덜머리가 났는데, 나를 서둘러 보내자면서 그들이
너무도 강력한 공간이동 에너지를 가했기 때문에 나는 옷
을 입을 겨를도 없이 야외 실험장 구경꾼들 무리 앞으로 날
아들고 말았다.

야외 실험장에는 이미 모든 것이 준비 완료되어 있었다.
군중은 청동 방패막 뒤에서 몸을 사리고 있었다. 비베갈로
는 갓 조성한 참호 위에 솟구쳐서 대담하게 증기압력기의
커다란 관측 창 안을 들여다보는 중이었다. 표도르 시메오
노비치와 크리스토발 훈타는 40배 쌍안경을 손을 들고서
라틴어로 조용히 이야기를 나누고 있었다. 거대한 모피 코
트를 입은 야누스 폴루엑토비치는 한쪽 옆에 무심하게 서
서 땅 위의 눈을 지팡이로 후벼 파고 있었다. B. 피톰니크
는 수첩을 펼치고 만년필을 준비한 채 참호 옆에 쪼그리고
앉아 있었다. 그리고 사진과 영상 촬영 준비를 마친 G. 프
로니차텔니는 얼어붙은 뺨을 문지르며 피톰니크 등 뒤에

서 발이 시린지 두 다리로 제자리 종종걸음을 쳤다.

하늘은 청명했고 완연한 보름달은 서쪽으로 기울었다. 북극 오로라의 희미한 섬광들이 나타났다가는 별 사이에서 흔들리며 다시 사라져 갔다. 평야에는 눈이 반짝였고, 실린더 모양의 증기압력기의 커다랗고 둥근 동체는 100미터는 족히 떨어진 우리가 있는 곳에서도 선명하게 보였다.

비베갈로는 관측 창에서 고개를 들더니 기침을 해서 목을 가다듬고는 말했다.

"동무들! 도-옹-무-들! 우리는 왜 이 증기압력기를 구경하는 것입니까? 우리는 여러 복잡한 감정에 압도되어 기대감으로 가득 찬 채 이 관측 창의 보호 마개가 어떻게 자동적으로 풀리기 시작하는지를 지켜보게 될 것입니다…… 적으세요, 적어요." 비베갈로는 B. 피톰니크에게 말했다. "그리고 부디 정확하게 적으세요…… 자동적으로, 그러니까 저절로 풀리게 되는 것이죠. 몇 분 후면 우리는 우리 가운데서 이상적 인간의 출현을, 기사 그러니까 산 표르 예산 레프로시*의 출현을 목격하게 될 것입니다…… 우리는 여기서 우리 견본을, 우리 상징을, 날개를 단 우리의 염원을 가지게 될 것입니다! 그리고, 동무들, 우리는 필요와 능력의 이 거인을 적절한 방식으로 맞이해야 합니다! 논쟁이

---

* 【원주】 (프랑스어) 두려움도 결함도 없는 기사.

나 사소한 말다툼, 그 어떤 적대적 비난 없이 말이죠. 우리의 소중한 거인이 우리가 실제로 단일한 대오 속의 단합된 대열이라는 것을 보도록 하기 위해서 말이죠. 그러니 말입니다, 동무들, 태어날 때의 몽고반점이 아직도 남아 있는 사람이 있다면 감추고, 우리 꿈을 향해 손을 뻗읍시다!"

나는 맨눈으로 증기압력기의 관측 창 마개가 돌아가며 풀리고 이어 아무 소리도 내지 않으면서 눈 위로 떨어지는 것을 목격했다. 증기압력기에서는 별에까지 가 닿을 듯한 길고 긴 증기 줄기가 솟구쳐 올랐다.

"언론을 위해 설명드리죠……" 비베갈로가 말을 시작하자마자, 그 순간 끔찍하게 울부짖는 소리가 울려 퍼졌다.

땅이 꿈틀대면서 흐르기 시작했다. 그리고 어마어마하게 거대한 눈구름이 솟구쳐 올랐다. 모두들 나동그라져 서로서로를 덮쳤고, 나 역시 나동그라져 데굴데굴 굴렀다. 울부짖는 소리는 점점 더 강해졌고, 내가 간신히 무한궤도 트럭을 부여잡고 멈춰서 두 발을 딛고 일어섰을 때, 나는 보게 되었다. 죽어 버린 달빛 속에서 지평선 가장자리 깊은 심연이 거대한 찻잔처럼 뒤집어지는 것을, 청동 방패막이 위협적으로 흔들리는 것을, 눈에 처박혔던 구경꾼들이 자빠졌다가는 다시 벌떡 일어나서 허둥지둥 사방팔방으로 달아나는 것을 말이다. 그리고 또 나는 보았다. 보호대에서 무지갯빛 방어막을 둘러친 표도르 시메오노비치와 크리스토발 훈타가 맹렬한 허리케인의 공격 아래서 뒷걸음치고 있는 것을, 그들이 다른 사람들 모두에게 손을 뻗어 이 방어막을 펼쳐 주려고 애를 썼지만, 회오리바람이 찢어 버렸고 거대한 비누 거품처럼 조각난 방어막 파편들이 광활한 평야를 가로질러 하늘의 별까지 닿을 듯 솟구쳐 오르며 터져 버리는 광경을 말이다. 옷깃을 세운 야누스 폴루엑토비치가 바람을 등지고 서서 맨살을 드러낸 땅에 지팡이를 단단히 짚은 채 시계를 들여다보고 있는 것도 보았다. 증기 압력기가 놓여 있던 곳에서는 안쪽에서 붉은 조명에 비친 무성한 증기구름이 소용돌이쳤고 지평선은 급속도로 가파르게 기울어지고 있어서, 마치 우리 모두는 거대한 주전자 바닥에 내팽개쳐진 것 같았다. 그런데 돌연 이 유례없는 난장판 한복판 언저리에서 어깨가 찢어진 녹색 코트를 입고 로만이 나타났다. 로만은 팔을 크게 흔들더니 유리병처럼 반짝이는 커다란 무언가를 포효하는 증기 속으로 던지고는 그 즉시 두 손으로 머리를 감싸고 납작 엎드렸다. 분노로 일그러진 추악한 진의 상판대기가 증기 속에서 불쑥 솟구쳐 나왔고 그의 눈은 광분해서 빙빙 돌았다. 주둥이를 크게 벌리고 소리 없이 낄낄거리면서 진은 두터운 털이 덮인 귀를 흔들며 그을음 냄새를 풍겨 댔고, 눈보라 위로는 높이 솟은 웅장한 궁전의 투명한 벽이 요동치다가 사라지곤 했다. 주황색 불꽃의 기다란 혀로 변한 진은 이윽고 하

난리 법석 중의 난리 법석

늘로 사라져 버렸다. 몇 초 동안은 조용했다. 하지만 곧이어 지평선이 육중한 소리를 내면서 침몰해 버렸다. 내 몸은 위로 높이 솟구쳐 올랐고, 그리고 내가 정신을 차려 보니 나는 트럭에서 멀지 않은 땅에 손을 짚고 앉아 있었다.

눈은 순식간에 사라졌다. 주위 들판은 온통 검은색이었다. 1분 전만 해도 증기압력기가 놓여 있던 곳에는 커다란 분화구가 열려 있었다. 분화구에서는 하얀 연기가 솟아오르고 그을음 냄새가 풍겨 왔다.

구경꾼들도 발을 딛고 일어서기 시작했다. 모두의 얼굴은 손상되고 뒤틀려 있었다. 많은 사람들은 목소리가 나오지 않아서 기침을 해 대고 침을 내뱉고 조용히 신음했다. 청소를 시작하다가 몇몇 사람들은 속옷까지 홀딱 벗겨져 있다는 것을 알게 되었다. 투덜거리는 소리가 들리더니 그다음에는 비명 소리가 들렸다. "바지는 어디 있는 거야? 왜 내 바지가 없지? 나는 바지를 입고 있었단 말이야!" "동무들! 내 시계 본 사람 없어요?" "내 것도요!" "내 것도 없어졌어요!" "이가 없어요, 백금인데! 여름에 막 새로 한 것인데……" "아이고, 내 반지가 사라졌어요, 팔찌도요!" "비베갈로는 어디에 있어? 이게 대체 무슨 난리야? 이게 무슨 뜻인 거지?" "빌어먹을, 시계도 이도 없잖아! 사람들은 다 제대로 있는 거야? 우리 모두 몇 명이었지?" "그러니까 대체 무슨 일이 벌어진 거야? 무슨 폭발이 있었고…… 진이 오고…… 그런데 영혼의 대가는 어디 간 거지?" "수요자는 어디 있는 거야?" "그러니까 대체 비베갈로가 어디 있는 거냐고?" "그런데 지평선 봤어? 그게 뭐랑 비슷한지 알아?" "공간 중첩과 비슷해, 그 장난질을 알고 있어……" "러닝만 입고 있으니 너무 추워, 뭐든 입을 거 좀 줘……" "그놈의 비베-베갈로는 대체 어-어디 있는 거야? 그 멍-멍청이 새끼 어디 있어?"

땅이 다시 꿈틀대기 시작했고, 참호에서 비베갈로가 기어 나왔다. 그는 부츠를 신고 있지 않았다.

"언론을 위해 설명드리지요." 씩씩거리는 소리를 내며 비베갈로가 말했다.

하지만 다들 그가 설명하게 내버려 두지 않았다. 진정한 행복이 대체 무엇인지를 마침내 알기 위해 특별히 들렀던 마그누스 표도로비치 레디킨은 비베갈로에게 달려와 움켜쥔 주먹을 흔들면서 고래고래 소리를 질렀다.

"이게 대체 무슨 사기질이야! 당신 이거 책임져야 할 거요! 이 사기꾼 같으니! 내 모자 어디 있어? 내 모피는 또 어쩐 거야? 나 당신 고발하겠어! 내 모자 어디 있느냐고 묻잖아?"

"프로그램대로 정확히 한 것인데요……" 비베갈로는 두리번거리며 중얼거렸다. "친애하는 우리 대가는……"

표도르 시메오노비치가 그에게 덤벼들었다.

"자, 치-친애하는 동무, 동무 재-애능을 땅에 파묻으시렵니까. 그러니까 '구-욱방마-버업' 부서를 강화시켜야 한다고요. 도-동무의 이상적인 사람들을 저-적의 근거지로 투하시켜야 한다고요. 침략자에 대한 두-두려움을 없애야 해요."

비베갈로는 농민 외투 소매로 몸을 가리면서 뒷걸음쳤다. 그에게 크리스토발 호제비치가 다가오더니 아무 말 없이 비베갈로를 훑어보다가 그의 발밑에 더러워질 대로 더러워진 장갑을 내던지고는 가 버렸다. 우아한 양복을 입은 모습을 서둘러 만들어 내면서 지안 자코모는 멀리서 큰 소리로 외쳤다.

"이건 정말 상상을 초월하는군요, 세뇨르! 저는 언제나 저 사람이 정말 비호감이었지만, 그래도 이런 말도 안 되는 일은 정말 생각해 보지도 못했어요……"

그리고 드디어 이 상황을 해결한 이는 G. 프로니차텔니와 B. 피톰니크였다. 이때까지만 해도 그들은 억지로 미소를 지으면서 무언가 이해할 수 있게 되기를 바라며 한 사람 한 사람의 입을 주목하고 있었다. 하지만 곧 그들은 모든 것이 의당 되어야 할 질서와는 전혀 다르게 진행되었음을 깨달은 것이다. G. 프로니차텔니는 단호한 걸음으로 비베갈로에게 다가가더니 그의 어깨를 치면서 금속처럼 차가운 목소리로 말했다.

"교수 동무, 내 사진기들을 어디서 되돌려 받을 수 있는 거요? 사진기 세 개와 비디오 촬영기 하나 말이오."

"그리고 내 결혼반지도 돌려주시죠." B. 피톰니크가 덧붙였다.

"미안하지만," 비베갈로가 위엄 있게 말했다. "온 부 데 만데라 칸드 온 우라 베주안 데 부.* 설명을 기다리도록 하세요."

기자들은 움찔했다. 비베갈로는 뒤돌아서 분화구로 다가갔다. 분화구 위에는 이미 로만이 서 있었다.

"여기에 없는 게 없습니다……" 비베갈로는 여전히 멀찍이 떨어져 말했다.

대가-수요자는 분화구에 없었다. 그 대신 그곳에는 다른 모든 것이 있었고, 그 이상 엄청나게 많은 것이 있었다. 그곳에는 사진기, 비디오 촬영기, 수표들, 모피 코트들, 반지들, 목걸이들, 바지 여러 벌과 금니들이 있었다. 그곳에는 비베갈로의 부츠도 있었고 마그누스 표도로비치의 모자도 있었다. 비상 팀을 호출하는 내 플라스틱 호루라기도 거기에 있었다. 그 외에도 그곳에서 우리는 자동차 '모스크비치' 두 대, '볼가' 석 대, 지역 시 은행 봉인이 있는 철제 금고, 커다란 스테이크 조각, 보드카 두 상자, 지굴룝스코

---

* 【원주】 (프랑스어) 필요할 때에 당신들을 부르겠소.

예 맥주 한 상자, 니켈 봉이 있는 철제 침대도 발견했다.

부츠를 당겨 신고 나서 비베갈로는 거만하게 미소 지으면서 이제 토론을 시작해도 되겠노라고 천명했다. "질문들 하시죠." 하지만 토론은 이루어지지 못했다. 화가 머리끝까지 치솟은 마그누스 표도로비치가 경찰을 부른 것이다. 젊은 경사 코발료프가 경찰 지프를 타고 쏜살같이 달려왔다. 우리 모두는 어쩔 수 없이 증인으로 채택되었다. 경사 코발료프는 분화구 주위를 돌아다니면서 범죄자의 흔적을 발견해 내려고 애를 썼다. 그러다가 거대한 틀니를 발견하고는 그것을 보고 깊은 사색에 잠겼다. 사진기를 되찾고 모든 것을 새로운 각도에서 보게 된 기자들은 또다시 무한하고 다양한 욕구에 대해 선동적인 궤변을 늘어놓기 시작한 비베갈로의 말을 주의 깊게 경청하고 있었다. 지루하기 짝이 없었고 나는 온몸이 얼어붙었다.

"집에 가자." 로만이 말했다.

"가자." 나는 말했다. "너 어디서 진을 데려온 거야?"

"어제 창고에서 대출했지. 물론 목적은 완전히 다른 데 있었지만."

"아니 대체 무슨 일이 벌어진 거야? 또 그게 엄청 처먹어 댄 거야?"

"아니, 그저 저 비베갈로가 바보 천치라서 그래." 로만이 말했다.

"그거야 알지." 내가 말했다. "그래도 도대체 어떻게 이 난리 법석이 벌어진 거야?"

"모두 여기서 비롯된 거지." 로만이 말했다. "내가 비베 갈로에게 수천 번도 더 말했을 거야. '당신이 계획하는 것 은 그저 전형적인 슈퍼이기주의자를 만들 뿐이에요. 그것 은 가능한 최대로 모든 물질적 가치를 긁어모을 것이고, 그 뒤에 공간을 뒤집어엎어 박제시키고 시간을 멈추고 말 거 예요'라고. 하지만 비베갈로는 그 말을 전혀 이해할 수가 없었던 거지. 진정한 영혼의 만족은 소비하는 것만이 아니 라, 생각하고 느끼는 것에서 비롯된다는 사실을 말이야."

"그건 에밀 졸라가 한 말이야." 우리가 연구소에 착륙할 즈음 로만은 다시 말했다. "그건 모두에게 명확하지. 그보 다 이 모든 일이 다름 아닌 딱 그렇게 진행될 것이라는 사실을 U-야누스가 어떻게 정확하게 알았던 걸까? 그는 이 모든 것을 아주 정확하게 예견하고 있었어. 거대한 파괴도, 그리고 내 생각에 어떻게 대가의 맹아를 파멸시킬 수 있을지도……"

"정말이야." 나는 말했다. "심지어 네게 사례도 했어. 선불로 말이야."

"정말 이상하지, 안 그래?" 로만이 말했다. "이 모든 것을 정말 신중하게 심사숙고해 봐야겠어."

그리고 우리는 신중하게 생각하기 시작했다. 그것은 우리에게 오랜 시간이 걸렸다. 봄이 되어서야, 그것도 아주 우연히 우리는 그 모든 것을 이해할 수 있었다.

그러나 그것은 이미 완전히 다른 이야기다.

온갖
난리 법석

제1장

신이 시간을 창조했을 때, 아일랜드인들이 말하기를,
신은 시간을 충분히 창조했다.

—하인리히 뷜*

1년 중 83퍼센트의 모든 날은 똑같이 시작된다. 알람 소리로 말이다. 이 알람 소리는 마지막 꿈 장면에 섞여 들어가서 어떤 때는 끝부분의 천공지가 발작적으로 딸깍거리는 소리와 결합되거나, 아니면 화가 난 표도르 시메오노비치의 베이스 호통 소리와 섞이거나, 아니면 온도 조절기를 긁어 대는 바실리스크의 발톱 소리와 섞이거나 한다.

그날 아침에 나는 모데스트 마트베예비치 캄노예도프의 꿈을 꾸었다. 꿈에서 그는 전자계산센터장이 되어 내게 '알단'으로 작업하는 법을 가르치고 있었다. "모데스트 마트베예비치," 꿈에서 나는 그에게 말했다. "지금 제게 조언하는 모든 것은 정말이지 병적인 망상입니다." 그러자 그는 고래고래 고함을 쳤다. "동무는 내게 이제 자-악-자-

* 여행기의 형식을 빌린 소설집 『아일랜드 일기』(1957)에서.

악 좀 하시오! 동무가 하고 있는 모든 것이 정말 쓰-으-레 기오! 정말 화-앙-당무계하단 말이오!" 그제야 나는 소리를 지르는 것이 모데스트 마트베예비치가 아니라, 꼬리를 쳐든 코끼리 그림이 그려진 태엽 감는 내 자명종 '우정'이라는 생각을 하게 되었고 겨우 중얼거렸다. "들었어, 들었어." 그리고 나는 자명종이 놓인 테이블을 손바닥으로 두드렸다.

창문이 활짝 열려 있었기에 나는 눈부시게 푸르른 봄 하늘을 보았고 문득 싸늘한 봄 한기를 느꼈다. 창틀을 쪼아가며 비둘기가 배회하고 있었다. 천장 아래 유리 램프 등 주위로는 파리 세 마리가 힘없이 돌아다니고 있었다. 올해 처음으로 보는 파리였다. 파리들은 때때로 갑자기 한쪽 구석에서 다른 구석으로 격렬하게 돌진해서 날아갔는데, 그래서 아직 잠이 덜 깬 나는 아마도 파리들이 자기들을 관통해서 지나가는 평면에서 탈출하려고 애쓰고 있는 중이라는 기이한 생각을 하면서 그 절망적인 노력에 동정심을 느꼈다. 파리 두 마리는 유리등에 앉아 있었고 나머지 한 마리는 사라져 있었다. 그제야 나는 완전히 잠이 깼다.

나는 우선 담요를 걷어차고서 침대 위로 공중 부양 하려고 애를 썼다. 언제나처럼 맨손체조도 샤워도 하지 않고 아침도 먹지 않은 채 하는 이 공중 부양은 반작용의 힘으로 어김없이 나를 소파-침대로 내동댕이쳤고, 내가 나동그라진 침대 어딘가에서는 스프링이 튀어나와 애처롭게 삐걱거렸다. 그리고 나는 어제저녁을 떠올리면서 오늘 나에게 하루 종일 작업이 없다는 생각에 몹시 기분이 상했다. 어젯밤 11시에 전자 작업장으로 크리스토발 호제비치가 오더니 삶의 의미에 생긴 또 하나의 문제를 해결하기 위해 언제나처럼 '알단'에 작업을 추가했고 5분 후 '알단'은 과열되어 불이 붙었다. 도대체 거기 무엇이 과열되어 불이 붙은 것인지 알 수가 없었지만, 어쨌든 '알단'은 장기간 수리 예정으로 들어내어졌다. 그래서 나는 작업하지 못하고 귀에 털이 많은 놈팡이들처럼 그저 이 부서 저 부서를 어슬렁거리고 돌아다니며 내 신세를 한탄하거나 시시껄렁한 농담이나 해야 하는 신세가 된 것이다.

나는 눈살을 찌푸리고 침대에 앉아 프라나* 호흡을 하기 위해 먼저 차가운 아침 공기를 가슴 가득 들이마셨다. 프라나가 안정될 때까지 한동안 기다리면서, 가르침에 따라 무언가 밝고 기쁜 것을 생각했다. 그러고 나서 나는 차가운 아침 공기를 내뱉은 후에 아침 체조 한 세트를 수행하려고 했다. 구舊 요가파에 의해 마련된 요가 체조 세트는 지금은 거의 사라진 마야 세트처럼 하루 열다섯 시간에서 스무 시

---

* 산스크리트어로 생명력을 뜻하는 단어로, 인도철학에서 등장하는 개념이다. 중국철학이나 의학에서 말하는 기氣와 유사한 개념이며 정과 신 사이의 매개체와 같은 역할을 한다.

간이 소요되는 것이었기에 소련 과학아카데미의 새 위원장이 임명되고 나서 구 요가파는 어쩔 수 없이 의견을 굽힐 수밖에 없었다고 들었다. 니이차보의 젊은 세대는 기꺼이 옛 전통을 깨뜨렸다.

115번째 점프를 했을 때 내 룸메이트 비티카 코르네예프가 갑자기 뛰어들어 왔다. 언제나처럼 그는 아침부터 활기차고 에너지가 넘쳤으며 오늘은 웬일인지 심지어 상냥하기까지 했다. 비티카는 젖은 수건으로 내 맨등을 철썩 때리더니 마치 평영을 하는 듯한 팔다리 동작을 하며 방 안을 떠다녔다. 비티카는 자기 꿈 이야기를 하면서 그 꿈을 프로이트, 멀린,* 처녀 르노르망**의 이론을 적용해 가며 그 자리에서 해석했다. 나는 씻으러 다녀왔고, 우리는 방 청소를 한 후에 함께 식당으로 갔다.

식당에서 우리는 '동지여, 더 과감하게! 하악부를 쩍쩍거리시오! G. 플로베르'라고 적힌 색이 바랜 플래카드 아래 우리가 제일 좋아하는 테이블에 자리를 잡고는 케피르*** 병을 따고 지역 뉴스와 여러 소문들을 들으며 아침을 먹기

---

* 아서왕 이야기에 등장하는 마법사. '멀린'을 러시아식으로 읽으면 '메를린'이지만, '예언과선견' 부서의 메를린과는 다른 인물이다.
** 마리 안 르노르망(1772~1843). 나폴레옹 시대에 명성을 얻은 프랑스의 역술가. 18세기 후반에 시작된 프랑스 카드점의 물결에 큰 영향을 미쳤다.
*** 러시아 및 동유럽 국가에서 주로 마시는 캅카스 지방의 전통 발효유. 염소, 양, 소의 젖을 발효시켜 만든 유제품이다.

시작했다.

지난밤 민둥산에서는 의례적인 봄 회합이 있었다. 참가자들은 아주 볼썽사납게 망나니처럼 굴었다. 비이와 호마 브루트는 술에 취해서 서로 부둥켜안고 도시의 밤거리를 어슬렁거리며 지나가는 사람들을 괴롭히고 욕설을 해 댔고, 그러다가 비이가 자기 왼쪽 눈꺼풀을 밟아서 야수처럼 날뛰었다. 비이와 호마는 대판 싸웠고 신문 가판대를 걷어차고 행패를 부리다가 결국 경찰서에 붙잡혀 가서 난동 죄로 각각 15일 구류에 처해졌다. 호마 브루트의 머리를 삭발시키기 위해서 여섯 명이 달라붙어 그를 잡고 있어야 했는데, 대머리 비이는 그 광경을 바라보며 구석에 앉아 모욕적으로 낄낄거리면서 비웃었다. 삭발을 당하는 내내 호마 브루트가 고자질하며 지껄여 댄 이런저런 사건들은 인민재판에 회부되었다.

고양이 바실리는 봄 휴가를 떠났다. 결혼한단다. 머지않아 솔로베츠에는 유전성 경화증을 가진 말하는 암컷 고양이 한 마리가 더 나타나게 될 것이다.

'절대지식' 부서의 루이 세들로보이는 무슨 타임머신을 발명했다면서, 그것에 대해 오늘 세미나에서 발표할 예정이다.

연구소에는 다시 비베갈로가 나타났다. 온갖 곳을 돌아다니며 거대한 아이디어가 섬광처럼 떠올랐다고 자랑하고 있다. 많은 원숭이들의 말은, 아시다시피, 녹음테이프에 기록된 인간의 말을 그러니까 아주 빠른 속도로 앞으로 감을 때 들리는 것과 유사하다. 그래서 비베갈로는 수후미* 동물 보호구역에 있는 개코원숭이의 대화를 녹음해서 천천히 앞으로 감으며 주의 깊게 들었다. 그가 천명한 바에 의하면 무언가 이례적인 결과를 얻을 수 있었는데, 그것이 무엇인지는 정확히 말하지 않는다.

전자계산센터에서는 '알단'이 또다시 과열되어 불탔는데, 판단하기로 사시카 프리발로프는 잘못이 없고 잘못이 있다면 원리적으로 해결책이 부재하다는 사실이 입증된 문제에만 오로지 관심을 가지는 훈타에게 있다고 한다.

'무신론용사' 부서의 노쇠한 마법사 페룬 마르코비치 네우니바이-두비노는 다음 환생을 위해 휴가를 받았다.

'영원한젊음' 부서에서는 오래도록 기나긴 장기간의 투병 끝에 결국 불멸의 인간 모델이 죽고 말았다.

과학아카데미는 연구소 환경 개선을 위해 일정한 예산을 배당해 주었다. 모데스트 마트베예비치는 이 예산으로 줄기에 꽃봉오리를 매단 기하학적 무늬의 주철 철창으로 연구소 창문을 둘러싸고, 뒷마당에는 변압 부스와 석유 저장고 사이에 9미터 높이의 물줄기를 내뿜는 분수를 설치

---

* 조지아 내 압하스 자치공화국의 수도.

하려 하고 있다. 그러자 스포츠국은 모데스트 마트베예비치에게 테니스 코트를 만들 예산을 요청했는데, 모데스트는 과학적 사유를 위해 분수는 필수적이지만 테니스는 어릿광대춤이자 꼴사납게 허우적거리는 짓이라고 선언하며 거절했다……

아침을 먹은 후에 모두 각자 실험실로 흩어졌다. 나 역시 내 실험실을 들여다보러 갔고, 내부가 활짝 열려 있는 '알단' 근처를 침울하게 어슬렁거렸다. '기술정비' 부서에서 온 무뚝뚝한 엔지니어들이 '알단' 내부를 들이파고 있었다. 나와 이야기 나누고 싶지 않았던 그들은 그저 내게 어디든 가서 할 일을 하라고 뚱하게 조언했다. 나는 아는 친구들 실험실을 어슬렁거릴 수밖에 없었다.

비티카 코르네예프는 집중하는 데 방해가 된다고 나를 쫓아냈다. 로만은 실습생에게 강의를 하고 있었다. 볼로댜 포치킨은 기자들과 대화하고 있었다. 나를 보더니 볼로댜는 기분 나쁘게 반기면서 소리쳤다. "아, 바로 이 친구입니다! 인사하세요, 이 사람은 우리 전자계산센터 책임자고요, 이제 이 친구가 여러분에게 모두 설명해 줄 겁니다……" 하지만 나는 아주 능숙하게 내 복제를 만들어 냈고, 기자들을 기절초풍하게 만들고는 그 자리를 재빨리 떴다. 에디크 암페랸은 내게 신선한 오이를 대접해 주었고, 미식가적 관점에서 삶을 볼 때 얻어지는 장점에 대한 활기

발표자는 귀 털이 잔뜩 난 복제 둘과 함께
안장과 페달이 있는 어떤 기계를 전시장에 설치하는 중이었다……

찬 대화에 몰두하다가 증류기가 터지는 바람에 그 즉시 내 존재를 잊고 말았다.

나는 완전히 낙담해서 복도로 나왔고, U-야누스와 맞닥 뜨렸다. 그는 "자" 하고 입을 떼고는 뜸을 들이더니 우리가 어제 대화를 나눴던지 문의했고 나는 대답했다. "아닙니 다, 유감스럽게도 대화를 나누지 않았습니다." 그는 가던 길을 갔고, 나는 복도 끝에서 그가 똑같은 질문을 지안 자 코모에게 하는 소리를 들었다.

결국 나는 절대지식 부서원들에게 끌려갔다. 세미나 시 작부터 자리하게 된 것이다. 부서원들은 하품을 하고 조심 스레 귀 털을 쓰다듬으면서 작은 세미나실 군데군데 앉아 있었다. 위원장 자리에는 모든 '백마법' '흑마법' '회색마 법'의 학위를 있는 대로 보유한 석사 과학아카데미 위원이 자 부서장인 박학다식한 모리스-요한-라브렌티 폽코프- 자드니가 안정적으로 손가락을 얽고 앉아서 산만하기 짝 이 없는 발표자를 흐뭇하게 바라보고 있었다. 발표자는 귀 털이 잔뜩 난 미숙한 복제 둘과 함께 비만에 시달리는 사람 을 위한 운동기구와 유사한, 안장과 페달이 있는 어떤 기계 를 전시장에 설치하는 중이었다. 나는 다른 사람들과 멀찍 이 떨어진 구석에 앉아 수첩과 만년필을 꺼내 들고 대단히 흥미가 있는 척했다.

"자, 그럼." 석사 과학아카데미 위원이 입을 열었다. "다 준비되었습니까?"

"네, 모리스 요한노비치," L. 세들로보이는 응답했다. "준비되었습니다, 모리스 요한노비치."

"그렇다면, 이제 착수해도 되겠지요? 그런데 왜인지 스모굴리야가 보이지 않는군요……"

"그는 지금 출장 중입니다, 요한 라브렌티예비치*." 누군가 청중석에서 말했다.

"아하, 맞습니다, 생각납니다. 기하급수 연구였죠? 맞습니다, 맞아요…… 자, 좋습니다. 오늘 우리 부서 루이 이바노비치가 상대적으로 가능한 몇몇 타임머신 유형들에 대해 짧은 발표를 하도록 하겠습니다…… 내가 맞게 말하고 있습니까, 루이 이바노비치?"

"음…… 사실은…… 사실 저는 제 발표를 이렇게 부르면 어떨까 합니다……"

"그렇다면, 그래요 좋습니다. 그럼 동무가 명칭해 보시죠."

"대단히 감사합니다. 예…… 그러니까 이렇게 불렀으면 합니다. '인위적으로 설계된 임시 공간으로 이동하기 위한 타임머신의 실현 가능성'."

"대단히 흥미롭습니다." 석사 과학아카데미 위원의 목

---

* 모리스-요한-라브렌티 퓹코프-자드니의 긴 성명 탓에 이름과 부칭을 되는 대로 만들어 부르는 우스운 상황이 연출된 것이다.

소리가 울려 퍼졌다. "하지만 내가 기억하기로는 우리 부서원 하나가 이미……"

"죄송하지만, 제가 바로 그 이야기로부터 발표를 시작하고자 했습니다."

"아, 그렇군요…… 그렇다면 죄송합니다, 죄송해요."

처음에 나는 꽤 주의 깊게 듣고 있었다. 심지어 흥미롭기까지 했다. 이 부서의 몇몇은 아주 흥미로운 일을 하고 있음을 알게 되었다. 또한 그들 가운데 일부는 당장 오늘까지도 물리적 시간을 따라 공간이동 문제를 해결하기 위해 고군분투 중이었지만, 솔직히 결과는 얻지 못하고 있었다. 그 대신 누군가가, 내가 이름을 알지 못하는 연로하고 유명한 누군가가 물질적 육신을 이상적 세계로, 그러니까 인간의 상상력으로 창조된 세계로 전치할 수 있다는 것을 입증해냈다. 리만 측량법과 불확실성의 원리, 물리적 진공상태 그리고 호마 브루트의 술 취한 세계같이 우리의 관습적인 세계 외에도 현실을 명확하게 표현하는 특성을 가진 또 다른 세계가 있다는 사실이 밝혀진 것이다. 그 세상은 인류의 모든 역사를 거치면서 창조적 상상력으로 창조된 세계들이다. 예를 들어 우주에 대한 인류의 관념적 세계, 화가에 의해 만들어진 세계, 심지어 여러 세대의 작곡가들에 의해 무감각하게 구성된 반추상적 세계 등 말이다.

몇 년 전 그 연로하고 유명한 누군가의 제자가 관념적 우주 세계로 여행할 기계를 조립했던 사실이 밝혀졌다. 한동 안 그와 단방향 텔레파시 통신이 유지되었고, 당시 그는 자신이 평평한 지구 가장자리에 위치하고 있으며 아래로 대륙코끼리 세 마리 중 한 마리의 꿈틀거리는 코가 보인다고 또 곧 아래로 내려가 거북이에게 다가가려 한다고 통신으로 전하는 데 성공했다. 그러고는 더 이상 그에게서는 연락이 없었다.

발표자 루이 이바노비치 세들로보이는 보아하니 꽤 괜찮은 학자였고 석사였지만, 다른 한편으로는 의식 속에 남아 있는 구석기시대의 잔재로 매우 고통받았고 정기적으로 귀를 면도해야 하는 형편에 시달리고 있었다. 그런 와중에 그는 휘어진 시간을 따라 여행할 수 있는 기계를 설계했다. 그의 말에 따르면, 안나 카레니나, 돈키호테, 셜록 홈스, 그리고리 멜레호프,* 심지어 네모 선장이 살고 활동하는 세계가 실제로 존재하고 있다. 그 세계는 무척 흥미로운 특성과 법칙을 가지고 있는데, 그 세계에 거주하는 사람들이 선명하고 현실적이고 개성적인 모습일수록 그들의 작가는 해당 작품에서 더 재능 있고 열정적이며 진실하게 그들을 묘사하게 된다고 한다.

* 미하일 알렉산드로비치 숄로호프의 『고요한 돈강』(1928~1940)의 주인공. 혁명과 반혁명, 적군과 백군의 치열한 전쟁 속에서 혁명의 본질을 파악하지 못하고 자기의 살길을 찾지 못한 채 마침내 혁명과 인민의 길에서 벗어나 파멸해 가는 청년이다.

온갖 난리 법석

세들로보이가 아주 심취해서 활기차고 생생하게 묘사했기 때문에, 그 모든 것이 나는 무척이나 흥미로웠다. 하지만 그 후에 그는 그것이 무언가 비과학적으로 여겨진다고 퍼뜩 생각했던지 연단에 다이어그램과 그래프를 걸고 원추형 적분 기어, 다중 모드의 시간 전송, 그리고 어떤 투과 스티어링 바퀴에 대해 아주 전문적인 용어로 지루하고도 장황하게 설명했다. 금세 논리적 연결 고리를 잃어버린 나는 참석한 사람들을 구경하기 시작했다.

석사 과학아카데미 위원은 위엄 있게 졸면서 가끔씩 발표자의 말에 의구심이 들 때마다 완전히 반사적으로 오른쪽 눈썹을 치켜떴다. 뒷줄에 있는 사람들은 바나흐 공간*에서 기능적 해상 전투로 잘려 있어 보이지 않았다. 파트타임 실험 조교 두 명은 혼신을 다해 그 모든 것을 줄곧 받아 적고 있었다. 그들의 얼굴에는 절망적인 낙담과 동시에 운명에 완전히 순종하겠다는 표정이 굳어져 있었다. 누군가가 슬며시 담배에 불을 붙이고는 책상 아래 무릎 사이로 연기를 내뿜었다. 앞줄에 앉은 박사들과 학사들은 일상적인 집중력으로 경청하면서 질문과 조언을 준비하고 있었다. 그들 일부는 조롱하는 웃음을 짓고 있었고, 다른 일부의 얼굴에는 미심쩍은 표정이 역력했다. 세들로보이의 학문적

---

* 폴란드 수학자 스테판 바나흐가 함수해석학에 도입한 놈 선형공간 개념.

지도자는 발표자의 한 마디가 끝날 때마다 찬동한다는 듯 고개를 끄덕였다. 나는 창밖을 바라보기 시작했는데, 그곳에는 지긋지긋하게 낡은 창고가 여전히 있었고 가끔씩 소년들이 낚싯대를 들고 달려갔다.

발표자가 서론을 마쳤고 이제 기계가 작동하는 모습을 시연하고 싶다고 천명했을 때 나는 문득 정신을 차렸다.

"흥미롭습니다, 아주 흥미롭군요." 잠에서 깬 석사 과학 아카데미 위원이 말했다. "그럼 어떻게…… 직접 시연하시겠습니까?"

"보시다시피," 세들로보이가 말했다. "여행이 진행되는 과정에 따라 설명을 드리기 위해서 저는 이곳에 남아 있었으면 합니다. 그래서 참석자 중에 누구든 하시면 좋겠습니다만……"

참석자들은 몸을 움츠리기 시작했다. 그들은 모두 평면 지구 가장자리에 놓인 여행자의 수수께끼 같은 운명을 떠올린 것이 분명했다. 석사들 중 누군가가 복제를 보내면 어떻겠느냐고 제안했다. 세들로보이는 그것은 흥미롭지 않다고 대답했다. 왜냐하면 복제는 외부 자극에 그다지 민감하지 않기 때문에 정보를 제대로 전달하지 못하는 좋지 못한 통신원이라는 이유에서였다. 뒷줄에 앉은 사람들은 어떤 종류의 외부 자극이 있을 수 있는가를 질문했다. 세들로보이는 시각, 후각, 촉각, 청각과 같은 평범한 것들이라고

온갖 난리 법석

대답했다. 그러자 뒷줄에서는 또다시 어떤 종류의 **촉각** 자극이 우세한 것인가를 질문했다. 세들로보이는 손을 내저으며 그것은 여행자가 도착한 그 장소에서의 여행자의 행동에 달려 있다고 대답했다. 뒷줄에서 "아하……" 하는 소리가 들려왔고 그러고는 더 이상 질문을 하지 않았다. 발표자는 무기력하게 주위를 돌아보았다. 발표장의 사람들은 모두 제각각 어디로든 시선을 피했다. 석사 과학아카데미 위원은 상냥하게 설득했다. "자, 이게 뭡니까? 젊은이들! 자, 누구 없어요?" 그때 나는 일어나 아무 말 없이 기계로 향했다. 수치스럽고 불쌍하고 처연하게, 발표자가 극도의 고통을 겪고 있는 모습을 참고 볼 수가 없었다.

뒷줄에서 누군가가 소리쳤다. "사시카, 너 어디 가는 거야? 정신 차려!" 세들로보이의 눈이 반짝이기 시작했다.

"제가 하겠습니다." 나는 말했다.

"그럼요, 그럼요, 물론이죠!" 세들로보이는 중얼거렸고, 내 손가락을 부여잡더니 기계로 끌고 갔다.

"잠깐만요." 조심스럽게 손을 빼면서 내가 말했다. "오래 걸립니까?"

"그건 동무가 원하는 대로 됩니다!" 세들로보이는 소리쳤다. "동무가 제게 말하세요, 그대로 제가 하겠습니다…… 아니, 동무가 직접 조종하시죠! 이건 아주 단순하답니다!" 그는 재차 나를 붙잡더니 기계로 끌고 갔다. "자,

이것이 핸들입니다. 이것은 현실과 연결하는 클러치 페달이고요. 이것은 브레이크입니다. 이것은 압축공기고요. 동무 자동차 운전하시죠? 그렇다면 아주 잘되었습니다! 자, 이것은 키보드입니다…… 어디로 가기를 원하시는지, 미래인지 과거인지요?"

"미래요." 내가 말했다.

"아." 그는 말했고, 나는 왠지 그가 낙담한 것처럼 보였다. "묘사된 미래로…… 그러니까 그곳은 온갖 판타지와 유토피아 소설에서 묘사한 곳이지요. 물론 아주 흥미롭습니다. 단지 그 미래는 불연속적일 수도 있다는 점을 염두에 두어야 합니다. 그리고 그곳엔 어쩌면 그 어떤 작가도 묘사한 적이 없는 엄청난 시차가 있을 수도 있습니다. 하지만 어쨌든 괜찮을 겁니다…… 자, 그러니까 이 버튼을 두 차례 눌러야 합니다. 한 번은 지금 스타트 할 때, 그리고 두 번째는 동무가 귀환을 원할 때입니다. 이해하시겠어요?"

"이해했습니다." 나는 말했다. "그런데 만약 기계 어딘가가 고장 나면 어쩝니까?"

"절대적으로 안전합니다!" 세들로보이는 손을 내저었다. "기계에 뭔가 고장이 나면, 심지어 접합 부위에 먼지 하나라도 들어간다면, 동무는 그 즉시 이곳으로 돌아오게 될 것입니다."

"과감히 해 보시오, 젊은 친구." 석사 과학아카데미 위원이 말했다. "그곳, 미래는 어떤지 우리에게 말해 주시오, 하-하-하……"

나는 안장에 기어올라 앉았고, 나 자신이 너무 멍청하게 생각되어 그 누구도 바라보지 않으려고 애를 썼다.

"버튼을 누르시죠, 누르세요……" 발표자는 열정적으로 속삭였다.

나는 키보드 버튼을 눌렀다. 그것은 분명 무언가 스타터 같은 것이었다. 기계는 삐거덕거리며 진동하더니 규칙적으로 떨리기 시작했다.

"회전축이 구부러질 겁니다." 세들로보이가 지긋지긋해 하면서 속삭였다. "하지만 괜찮습니다, 괜찮아요…… 가속기를 켜세요. 네 그렇죠. 자 이제 압축공기를, 압축공기를……"

나는 압축공기를 방사했고, 동시에 부드럽게 클러치를 밟았다. 세상이 희미해지기 시작했다. 발표장에서 내가 들은 마지막 소리는 석사 과학아카데미 위원의 상냥한 질문이었다. "이제 우리는 어떤 방식으로 저 친구를 관찰할 수 있는 거지요?" 그리고 발표장은 사라졌다.

제2장

시간과, 공간의 세 가지 차원의 유일한 차이는 우리의
의식이 시간을 따라 움직인다는 것입니다.

—H. G. 웰스[*]

처음에 기계는 껑충껑충 도약하듯 움직였고, 그래서 나
는 안장에 앉아 있으려고 다리로 프레임을 단단히 감싼 채
온 힘을 다해 조정대 휠을 붙잡았다. 시야 한편으로 나는
휘황찬란한 유령 같은 건물, 탁한 녹색의 들판, 그리고 천
체 정점에서 멀지 않은 회색 안개 속에서 차갑게 명멸하는
빛 등을 어렴풋이 보았다. 그러고 나서 가속기에서 발을 떼
었기 때문에 이런 진동과 점프가 발생하고 있음을 알아차
렸고, 엔진 출력이 (자동차에서나 똑같이) 충분하지 않아서
기계가 그렇게 격렬하게 움직였다는 것을, 게다가 고대와
중세 유토피아 폐허와 끊임없이 맞부딪치고 있다는 것을
알게 되었다. 나는 다시 압축공기를 방사했고, 그러자 그
즉시 움직임이 부드러워져서 그제야 좀 편안하게 주위를

[*] 공상과학소설 『타임머신』(1895) 제1장에서.

둘러볼 수 있게 되었다.

투명한 세계가 나를 둘러싸고 있었다. 시골에나 있을 법한 작은 집들 가운데 원주로 장식된 휘황찬란한 거대한 대리석 건물들이 우뚝 솟아 있었다. 바람 한 점 없는데도 주변에서는 밀 이삭이 흔들렸다. 풀밭에서 퉁퉁하게 살진 투명한 동물 무리가 풀을 뜯고 있었고, 백발이 고운 목자들이 언덕에 앉아 있었다. 그들 모두는 하나같이 책과 오래된 필사본을 읽고 있었다. 이어 내 옆으로 두 명의 투명한 사람이 나타나더니 일어나서 자세를 잡고 말하기 시작했다. 두 사람 모두 맨발이었고, 머리에 화환을 쓰고 주름 많은 키톤*으로 몸을 감싸고 있었다. 한 사람은 오른손에 삽을, 왼손에는 양피지 두루마리를 들고 있었다. 다른 한 사람은 곡괭이에 몸을 기대고 허리에 찬 커다란 구리 잉크병으로 산만하게 장난을 치고 있었다. 그들은 아주 엄격하게 번갈아 말을 했는데, 처음에 나는 그들이 차례차례 순서대로 대화하고 있다고 생각했다. 하지만 그들이 내가 있는 쪽을 단 한 번도 쳐다보지도 않았지만, 내게 말하고 있다는 것을 곧 깨달았다. 나는 귀 기울여 들었다. 삽을 든 그 사람은 자기가 시민이었던 그 멋진 국가의 정치제도의 근간에 대해 아주 장황하고 단조로운 목소리로 설명했다. 그 제도는 탁월하

---

* 아래위가 잇달린 고대 그리스의 옷. 재단하지 않은 것이 특징이다.

게 민주적이었고, 두말할 필요도 없이 시민 중 그 누구에게
도 강압이란 것은 절대 없었으며(그는 이것에 대해 특별히 여
러 번 강조했다), 모든 사람이 부유하고 걱정이라는 것은 전
혀 없이 편안했고, 심지어 제일 가난한 농부조차 최소한 노
예 셋은 부리고 있다고 했다. 그가 숨을 돌리고 입술에 침
이라도 묻히고자 잠시 멈추었을 때, 곡괭이에 몸을 기대고
있던 다른 사람이 끼어들었다. 그는 방금 전까지 자기가 강
에서 세 시간 동안 운송하는 일을 했지만 일전 한 푼 받지
않았는데 그건 자기는 돈이 대체 무엇인지 모르기 때문이
며, 지금은 강 그늘에 앉아 시 창작에 정진하려고 가는 길
이라고 자랑을 늘어놓았다.

그들은 정말 오래도록 말했다. 속도계로 가늠해 보면, 몇
년 동안 말하고 있는 셈이었다. 그러다가 갑자기 그들은 순
식간에 사라졌고 아주 적막해졌다. 투명한 건물을 투과해
서 움직이지 않는 태양이 빛나고 있었다. 불쑥 예기치 않게
땅 위 그리 높지 않은 곳에 육중한 비행 물체들이 나타나더
니 마치 익룡처럼 물갈퀴가 있는 날개를 펴고 연기를 피우
며 천천히 활공했다. 처음에 나는 그것들이 모두 불타고 있
다고 생각했는데, 자세히 보니 커다란 원뿔형 파이프가 내
뿜는 연기라는 것을 발견할 수 있었다. 육중하게 날개를 흔
들며 그것들은 재를 뿌리면서 내 머리 위로 날아갔고, 그러
다가 누군가가 위에서 나뭇가지가 붙어 있는 장작을 내게

온갖 난리 법석

떨어뜨렸다.

내 주변의 휘황찬란한 건물들에서 어떤 변화가 일어나기 시작했다. 건물 원주들은 줄어들지 않았고 건물은 여전히 우스꽝스럽게 호화스러운 그대로였지만, 새로운 꽃 장식들이 나타나면서 대리석은 내 생각에 뭔가 더 현대적인 재료로 교체되었다. 그리고 지붕을 장식한 눈먼 동상들과 흉상들 대신에 전파 송신탑 안테나처럼 생긴 반짝거리는 장치가 나타났다. 거리에 사람은 더 많아졌고, 엄청나게 많은 차들이 나타났다. 독서하는 목자들과 함께 있던 짐승 무리는 사라졌지만, 바람이 없는데도 불구하고 밀 이삭은 여전히 흔들리고 있었다. 나는 브레이크를 밟고 멈추어 섰다.

주위를 둘러보고 그제야 나는 내가 타고 있는 기계가 움직이는 벨트컨베이어 위에 놓여 있음을 깨닫게 되었다. 주위에 득실거리는 수많은 사람들은 천차만별로 다양했다. 대부분은 뭔가 비현실적인 제멋대로인 부류들이었고, 그보다 훨씬 적은 수의 사람은 아주 강인하고 복잡하고 더 비현실적인, 말하자면 거의 소음 없는 기계 같은 모습이었다. 그런 기계가 우연히 사람을 공격하게 되면 충돌이라고 할 수도 없는 상황이 되고 만다. 기계들은 내게 그다지 관심이 없었는데 그것은 아마도 각 기계마다 영감으로 가득한 발명가들이 앞에 앉아 기계장치와 그 목적에 대해 자신의 후예들에게 반투명 상태가 될 정도로 장황하게 설명하고 있었기 때문일 것이다. 발명가들의 말을 듣는 사람은 아무도 없었는데, 사실 그 기계들은 그 누구에게도 특별한 관심이 없는 것 같았다.

사람들을 구경하는 것은 점점 더 재미있어졌다. 우주복처럼 일체형 작업복을 입은 건장한 사내들이 욕설을 해 대면서도 서로를 부둥켜안고 걸어가며 가사가 아주 불량하고 가락도 없는 노래를 고래고래 질러 대는 것을 보았다. 그리고 옷을 일부만 입은 이상한 사람들이 끊임없이 나타났다. 그들은 그러니까 (실오라기 하나 걸치지 않은) 알몸에 녹색 모자와 빨간 재킷만 입었거나, 아니면 (바지도 안 입고, 셔츠도 안 입고, 심지어 속옷도 안 입은 채) 노랑 부츠와 알록달록한 넥타이를 걸치고 있거나, 아니면 맨발에 우아한 구두를 신고 있거나 했다. 주변에 있는 사람들은 아무렇지도 않게 그들을 대했지만, 몇몇 작가들이 '문이 열리고 문지방에는 보풀이 일어난 모자와 검은 안경을 쓴 근육질의 건장한 사내가 나타났다' 같은 글을 쓰는 습관이 있다는 것을 떠올릴 때까지 나는 아주 당황스럽기 그지없었다. 정상적으로 옷을 입은 사람들도 있었지만 그들이 입은 옷은 아주 이상하게 재단된 양복이었다. 또 뜬금없이 얼룩 하나 없는 흰 클라미스*를 걸치고 검게 그을린 얼굴의 텁석부리 남자

* 고대 그리스의 짧은 망토. 애초에는 테살리아 지방에서 남자가 기마용의 겉옷으로 입었던 것으로 알려져 있다.

가 한 손에는 곡괭인지 아니면 무슨 쬠쇠인지를 들고, 다른 한 손에는 이젤인지 팔레트인지를 들고서 군중 여기저기에서 나타났다 사라지곤 했다. 클라미스를 걸친 사람은 아주 산만했고 다리가 많은 기계에 세게 부딪치고는 주위를 둘러보며 화풀이를 해 댔다.

발명가들의 중얼거리는 소리가 없다면 꽤 조용한 편이었다. 대부분의 사람은 침묵을 지키고 있었다. 한 귀퉁이에서 두 청년이 어떤 기계장치를 만지작거리고 있었다. 한 청년이 확신에 차서 말했다. "건설가의 아이디어는 제자리에 머물러서는 안 돼. 그것이 사회 발전의 법칙이라고. 우리는 그 법칙을 고안해 내고 말 거야. 반드시 고안해 낼 거야. 치누신 같은 관료주의자와 트베르돌로보프 같은 보수주의자가 있어도 반드시 해낼 거야." 다른 청년이 자기 목소리를 냈다. "나는 여기서 마모되지 않는 다구조 섬유체 타이어에 퇴화한 아민 결합과 불완전한 산소 그룹을 어떻게 적용시켜야 하는지 찾아냈어. 그런데 나는 아직도 저열 중성자 재생 반응장치를 어떻게 사용하는지 모른다고. 미샤, 미속! 반응장치를 어떻게 해야 하는 거야?" 그 장치를 들여다보았더니 다름 아닌 자전거라는 것을 나는 쉽사리 알 수 있었다.

움직이는 벨트컨베이어는 각양각색 구조의 우주선들이 설치되어 있고 사람들로 가득 찬 광대한 광장으로 나를 데

그것은 일종의 전체주의적인 군사동원 같았다.

려갔다. 나는 움직이는 보도에서 내려왔고 내가 타고 있던 기계도 끌어 내렸다. 처음에 나는 무슨 일이 벌어지고 있는 것인지 이해하지 못했다. 음악이 연주되고 있었고 여기서도 저기서도 연설이 흘러나왔고, 군중 위로 우뚝 선 붉은 곱슬머리의 청년들은 제멋대로 움직이며 끊임없이 이마로 흘러내리는 머리카락을 쓸어 올려 가면서 격정적으로 시를 낭송했다. 시는 알려진 것도 있었고 또 유치찬란한 것도 있었지만, 수많은 청중의 눈에서는, 눈물에 인색한 남자들이나 뜨거운 눈물을 잘 흘리는 여자들이나 그리고 어린이들의 맑은 눈에서나 할 것 없이 눈물이 수도꼭지처럼 흘러내렸다. 준엄한 남자들을 서로서로를 굳게 끌어안고 광대뼈를 부비며 등을 툭툭 토닥거렸다. 그들 중 대부분이 옷을 입고 있지 않았기 때문에, 그 토닥거림은 마치 박수갈채와 같은 소리를 냈다. 피곤해 보이지만 선한 눈매를 가진 말쑥한 중위 두 명이 등 뒤로 손이 결박된 뺀질뺀질한 남자하나를 끌고 내 옆을 지나가고 있었다. 그 남자는 비틀거리며 뭔가 알아들을 수 없는 영어로 소리를 질러 댔다. 그는 누구의 돈으로 어떻게 우주선 엔진에 지뢰를 심어 놓았는지를 모두에게 폭로하고 말해 주려는 것 같았다. 소년들 몇몇은 셰익스피어 전집을 들고 와서 교활하게 주위를 둘러보더니 가까운 우주선 분사 밸브로 살금살금 기어갔다. 군중은 전혀 알아채지 못했다.

나는 곧 군중의 절반이 다른 절반과 작별하고 있다는 것을 알아차렸다. 그것은 일종의 전체주의적인 군사동원 같았다. 연설과 대화를 통해서 나는 남자들이 우주로 발사된다는 것을 알게 되었다. 누군가는 금성으로, 또 누군가는 화성으로, 그리고 이제는 완전히 체념한 표정의 몇몇은 다른 행성들로, 심지어는 은하계 중심으로 보내지는 것이었다. 여자들은 그들을 기다리기 위해 남았다. 누군가는 '판테온'이라고 부르고 누군가는 '냉각기'라고 부르는 거대하고 흉측한 건물로 들어가는 줄에 수많은 사람이 서 있었다. 나는 내가 아주 때마침 왔다고 생각했다. 만약 한 시간만 늦었어도 도시에는 수천 년 동안 얼어붙어 있을 여자들만 남아 있었을 것이다. 그러고 나서 내 시선 안으로 광장 서쪽을 가로지르는 높은 회색 벽이 들어왔다. 벽 너머에서는 검은 연기가 뭉실뭉실 솟아오르고 있었다.

"저기는 뭐죠?" '판테온-냉각기'를 향해 침울하게 비틀비틀 걸어가던, 머리에 스카프를 두른 아름다운 여인에게 나는 물었다.

"'철의 장막'이죠." 걸음을 멈추지 않고 그녀가 대답했다.

시간이 지나면 지날수록 시시각각 나는 점점 더 지루하고 지루해졌다. 주변의 모두는 울고 있었고, 연사들은 이미 목이 쉬어 버렸다. 내 옆의 푸른 우주복을 입은 청년이 분홍색 원피스를 입은 아가씨에게 작별 인사를 하고 있었다.

온갖 난리 법석

아가씨는 아무 감정 없이 무미건조하게 말했다. "차라리 내가 천체의 먼지가 되면 좋겠어. 그러면 우주의 구름이 되어 자기 우주선을 껴안아 줄 수 있을 텐데⋯⋯" 청년은 경청했다. 그러고 나서 군중 위로 합동 오케스트라의 연주가 우렁차게 터져 나왔고, 내 신경은 더 이상 견디지 못해서 나는 안장 위로 뛰어올라 압축공기를 방사했다. 그러는 동안 나는 별 탐사선, 행성 탐사선, 우주 비행선, 이온 비행체, 광자 비행체, 천체 탐사선이 도시 위로 솟구쳐 오르는 모습을 볼 수 있었고, 그다음에는 회색 벽을 제외한 모든 것이 인광 안개로 뒤덮이는 것을 보았다.

2000년 이후에는 일정한 시간적 단절이 시작되었다. 나는 물질이 사라진 시간을 관통해서 날았다. 그런 장소는 아주 어두웠고, 오로지 가끔씩 회색 벽 너머에서 폭발이 일어나고 불빛이 일었다 사그라지곤 했다. 도시는 시시각각 나를 향해 전진하며 에워쌌는데, 매번 도시 건물이 점점 더 높아져 가는 대신 원형 돔은 점점 더 투명해졌고, 광장의 우주선들은 점점 더 작아졌다. 회색 벽 너머에서는 끊임없이 연기가 솟아올랐다.

광장에서 마지막 천체 탐사선이 사라졌을 때 나는 두 번째로 멈춰 섰다. 벨트컨베이어 보도는 다시 움직였다. 우주복을 입은 청년 중에 시끄러운 사람은 없었다. 아무도 욕을 하지 않았다. 거리에는 아주 이상한 옷을 입거나 아니면 아주 촌스러운 옷을 입은 몰개성의 무표정한 사람들이 둘씩 셋씩 무리를 지어 조용하게 걸어 다녔다. 내가 듣고 이해한 바로 그들은 하나같이 과학에 대해 이야기하고 있었다. 누군가를 살려야 한다는 계획을 이야기하는 사람들이 있었고, 아주 이상해 보이는 특이한 조끼를 입은 운동선수 같은 체격의 의학 교수라는 지식인은 키다리 생리물리학자에게 갱생 절차에 대해 설명하는 중이었다. 그 생리물리학자는 만나는 사람들에게 이 모든 계획의 저자이자 제창자, 그리고 집행 책임자가 바로 자신이라고 소개하고 있었다. 어디에선가 사람들이 지구에 구멍을 뚫으려 하고 있었다. 그 계획은 사람들이 가득 모인 거리 한복판에서 곧바로 논의되었고, 분필로 벽과 도로에 설계도가 그려졌다. 나는 귀를 기울여 듣기 시작했지만, 그것은 너무나 지루했거니와 내가 모르는 어떤 보수주의자를 혹독하게 비판하는 장황설로 이어졌기 때문에 나는 기계를 어깨에 짊어지고 멀찌감치 걸어갔다. 그러자 그 즉시 계획에 대한 논의가 중단되고 다시 모두 자기 일에 전념하는 것이었다. 이제 나는 놀랍지도 않았다. 하지만 내가 멈춰 서기가 무섭게 직업이 무엇인지 알 수 없는 어떤 시민 하나가 또다시 온갖 허풍을 쏟아내기 시작했다. 밑도 끝도 없이 무턱대고 그는 음악에 대해 일장 연설을 늘어놓았다. 순식간에 청중이 가득 모여들었다. 청중은 그의 입을 주시하면서 자신들이 무식하기 짝이

온갖 난리 법석

없다는 것을 증명해 주는 질문을 쏟아 냈다. 그때 갑자기 한 남자가 비명을 지르며 거리로 달려왔다. 거미 모양의 기계가 그의 뒤를 쫓아 달려오고 있었다. 쫓기는 남자의 비명으로 판단하건대 그것은 '쌍방향 삼중 유전자 감시체계의 자동 프로그램 인공두뇌 로봇으로, 이제 망가져서…… 오, 오, 이제 저것이 나를 분해할 거예요……!'였다. 이상한 점은 아무도 눈 하나 깜짝하지 않는다는 것이었다. 아마도 그 누구도 기계의 반란을 믿지 않는 것 같았다.

골목에서 거미 모양의 금속 기계 두 개가 더 튀어나왔는데, 먼저 것보다는 작고, 먼저 것만큼 그렇게 흉측하지는 않았다. 내가 소리칠 겨를도 없이 그중 하나는 재빨리 내 부츠를 닦고 다른 것은 손수건을 빨고 다림질했다. 무한궤도를 따라 커다란 흰 탱크차가 다가왔고, 셀 수 없이 많은 전구를 깜빡이면서 내게 향수를 뿌려 댔다. 나는 이제 완전히 떠날 채비를 하고 있었는데, 그 순간 우레와 같은 천둥이 치더니 하늘에서 거대한 녹슨 로켓이 광장으로 떨어져 내렸다. 군중은 즉시 웅성거렸다.

"'소망의 별'이야!"

"맞아, 바로 이거야!"

"당연하지, 이게 바로 그거야! 218년 전에 출발한 이 탐사선에 대해서 우리는 잊고 있었지만, 광속으로 이루어지는 아인슈타인의 시간 단축 덕분에 승무원들은 겨우 2년만 늙은 거야!"

"뭐 덕분이라고? 아, 아인슈타인…… 그래, 그래, 기억 나. 초등학교 2학년 때 배웠지."

녹슨 로켓에서는 왼팔과 오른쪽 다리가 없는 애꾸눈의 남자가 사력을 다해 기어 나왔다.

"여기가 지구인가요?" 그는 짜증스럽게 물었다.

"지구입니다! 지구예요!" 군중 속에서 외침이 터져 나왔 다. 군중의 얼굴들에는 미소가 번져 가기 시작했다.

"천만다행이네요." 남자는 말했고, 모두들 서로 눈짓을 하기 시작했다. 아마 그의 말을 이해하지 못했거나, 아니면 이해하지 못한 척하는 것 같았다.

절름발이 우주 비행사는 자세를 잡고는, 전 인류가 모두 하나 되어 소마젤란은하의 예오엘라 항성계에 위치한 호 시-니-호시 행성으로 날아가서 포악한 사이버네틱 독재 자의 폭압에 신음하고 있는(그는 바로 그렇게 말했다, 신음하 고 있는) 형제들을 이성에 따라 해방시킬 것을 촉구하는 연 설을 했다. 엔진 분사구의 굉음이 그의 연설을 집어삼켰다. 또 다른 녹슨 두 대의 로켓이 광장으로 내려오고 있었다. '판테온-냉각기'에서 서리로 뒤덮인 여자들이 달려 나왔 다. 아비규환이 시작되었다. 나는 내가 귀환해야 할 시기가 왔음을 깨달았고, 서둘러 페달을 밟았다.

도시는 사라졌고 그러고는 오래도록 나타나지 않았다.

뒤쪽에서 사그라지는 단조로운 불길과 섬광이 번쩍이는 벽만이 남아 있었다. 그것은 정말 이상한 광경이었다. 완전한 공허함과 유일하게 남아 있는 서쪽 벽. 하지만 이내 밝은 빛이 타올랐고, 나는 그 즉시 멈추어 섰다.

주위로 사람은 없이 황량하지만 번영한 나라가 펼쳐졌다. 밀 이삭이 일렁이고 있었다. 살진 짐승 무리가 어슬렁거리고 있었는데, 교양 있는 목자들은 보이지 않았다. 지평선에는 눈에 익은 투명한 돔, 구름다리와 나선형 내리막길 등이 은색으로 반짝이고 있었다. 아주 가깝게 다가온 서쪽에는 여전히 높은 벽이 우뚝 솟아 있었다.

누군가 내 무릎을 만져서 나는 움찔했다. 내 옆에는 불타는 듯 반짝이는 깊은 눈을 한 작은 소년이 서 있었다.

"너 뭐가 필요하니?" 나는 물었다.

"너 기계가 망가졌어?" 낭랑한 목소리로 소년이 물었다.

"어른에게는 존댓말을 해야 하는 거다." 나는 훈계하듯 말했다.

소년은 몹시 놀라더니, 잠시 후 그의 얼굴이 밝아졌다.

"아하, 알았어. 이해가 되네. 내 기억이 잘못되지 않았다면, 예전 '강제적 공손 시대'에 그런 관습이 있었지. 내가 '너'라고 부르는 게 너의 정서적 안정을 깨뜨린다면, 네가 만족할 만한 호칭이 무엇이든 그렇게 불러 줄 수 있어."

나는 뭐라고 대답해야 할지 할 말을 찾지 못했고, 그러자 소년이 내 기계 앞에 쪼그리고 앉아 여기저기를 건드려 보더니 내가 전혀 알아들을 수 없는 말을 몇 마디 했다. 그는 아주 착하고 아주 순수하고 아주 건강하고 단정한 어린 소년이었다. 나는 그저 나이에 비해 소년이 지나치게 진지하다는 생각을 했다.

벽 너머에서 육중하게 갈라지는 소리가 났고, 우리는 둘 다 뒤돌아섰다. 나는 발가락이 여덟 개나 있고 비늘로 뒤덮인 소름 끼치는 발이 벽 가장자리를 부여잡고 뛰어올랐다가 그 움켜쥔 발을 풀고 사라지는 것을 보았다.

"애야, 대체 저 벽은 뭐니?" 나는 물었다.

소년은 진지하고도 수줍어하는 시선으로 나를 바라보았다.

"저것이 일명 '철의 장막'이야." 소년이 대답했다. "유감스럽게도 이 두 단어의 어원은 알려진 것이 없지만, 그래도 저 벽이 두 세계를 나누고 있다는 것은 알고 있어. 하나는 '인류애적 상상의 세계'고, 또 하나는 '미래에 대한 공포의 세계'야." 그는 잠시 침묵하더니 이내 덧붙였다. "'공포'라는 단어의 어원도 내게 알려진 바가 없어."

"흥미롭구나." 나는 말했다. "그런데 볼 수는 없어? '공포의 세계'가 대체 어떤 거야?"

"물론 볼 수 있지. 이게 소통 창구야. 호기심을 충족시켜봐."

소통 창구는 구리 문이 닫혀 있는 낮은 아치 모양이었다. 나는 다가가서 주저하며 빗장을 잡았다. 소년이 내 뒤에서 말했다.

"너에게 알려 줘야 할 것 같은데. 만약 거기서 네게 무슨 일이 생긴다면 '140개 세계연합위원회'에 출두해야 할 거야."

나는 문을 활짝 열었다. 콰-앙쾅! 와우! 야-아-아-아! 두-두-두-두-두! 나의 오감 전부가 그 즉시 큰 충격에 휩싸였다. 나는 난생처음 보는 음란한 문신을 어깨뼈 사이에 새긴 알몸의 금발 미녀를 보게 되었다. 다리가 기나긴 그녀는 자동소총 두 대를 못생긴 흑갈색 머리의 백인 남자에게 난사했고, 총알이 명중할 때마다 붉은 스파크가 튀어 올랐다. 그리고 나는 요란한 폭발음과, 추한 괴물들의 영혼이 산산조각 나는 듯한 비명을 들었다. 또 나는 비단백질 고기가 불타고 썩는, 설명할 수 없이 끔찍한 악취를 맡았다. 멀지 않은 곳에서 핵폭발의 불타는 바람이 내 얼굴을 뜨겁게 그슬렸고, 내 혀에서는 대기 중에 흩날리는 원형질의 혐오스러운 맛이 느껴졌다. 나는 황급히 물러서서 경련을 일으키며 문을 쾅 닫았는데, 그 바람에 하마터면 문에 머리가 끼일 뻔했다. 문을 닫으니 공기마저 달콤하고 세상은 아름답게 여겨졌다. 소년은 사라지고 없었다. 한동안 나는 정신을 추스르다가, 문득 그 영악한 녀석이 자기 연합위원회에 고발하러 달려갔으면 어쩌나 하는 생각에 화들짝 놀라서 내 기계로 돌진했다.

또다시 무공간의 시간에서 방사되는 황혼이 나를 둘러싸고 휘감았다. 하지만 나는 호기심에 사로잡혀 '철의 장막'에서 시선을 떼지 않고 있었다. 공연히 시간을 낭비하지 않기 위해 나는 단번에 100만 년 앞으로 도약했다. 벽위로는 원자 버섯구름이 피어올랐고, 이어 내가 있는 쪽으로부터 다시 빛이 벽에 비쳤을 때 나는 몹시도 기뻤다. 그러나 나는 곧 브레이크를 밟고 절망감에 신음하게 되었다. 멀지 않은 곳에 거대한 '판테온-냉각기'가 솟구쳐 있었다. 원형의 녹슨 우주선이 하늘에서 내려왔다. 그리고 인적이 없는 황량한 주변에서는 밀 이삭이 흔들리고 있었다. 원형 우주선은 착륙했고, 거기서 지난번의 푸른 우주복을 입은 조종사가 나왔다. 그러자 판테온 입구에 온몸이 붉은 욕창으로 뒤덮인 아가씨가 분홍 옷을 입고 나타났다. 그들은 서로를 향해 달려갔고 두 손을 움켜쥐었다. 바라보기가 민망해서 나는 시선을 돌렸다. 조금 떨어진 곳에서 다소 당황스럽다는 듯 어떤 노인네가 무심하게 서서 수족관에서 금붕어를 낚고 있었다. 푸른 조종사와 분홍 아가씨는 느릿느릿 말하고 있었다.

다리를 펴려고 나는 기계에서 내려왔고, 그제야 벽 위의 하늘이 이례적으로 청명한 것을 보게 되었다. 폭발음도, 총격 파열음도 전혀 들리지 않았다. 더 대담해진 나는 다시 소통 창구로 향했다.

벽 너머 저편으로는 완전히 평평한 들판이 광활하게 펼쳐져 있었고, 들판에는 깊은 도랑이 지평선까지 바짝 다가가 흐르고 있었다. 도랑 왼쪽에는 생명체라고는 하나도 보이지 않았으며, 들판은 하수도 맨홀 뚜껑처럼 생긴 낮은 금속 돔들로 뒤덮여 있었다. 도랑 오른쪽에는 지평선 바로 근처에서 웬 기마 기사들이 마장마술을 펼치고 있었다. 나중에 나는 그 도랑 가장자리에 금속 갑옷을 입은 땅딸막하고 얼굴이 검은 사람이 다리를 꼬고 앉아 있는 것을 보았다. 그는 아주 두꺼운 나무줄기 같은 기관총을 기다란 끈으로 동여매 가슴에 매달고 있었다. 그 남자는 천천히 껌을 씹으며 때때로 침을 뱉었고, 아무 관심도 없는 듯한 시선으로 나를 바라보았다. 나는 말을 건넬 엄두를 내지 못한 채 문을 붙잡고 마찬가지로 그를 바라보았다. 그의 모습은 그야말로 괴상하기 짝이 없었다. 형언할 수 없는 기이한 외관이었다. 무슨 야수 같았다. 대체 그가 어떤 인간인지 알 수가 없었다.

지겹도록 나를 바라보던 그는 갑옷 안에서 납작한 병을 꺼내 이로 코르크 마개를 뽑더니 한 모금 목구멍에 축이고는, 다시 도랑에 침을 뱉고 쉰 목소리로 말했다.

"헬로! 유 프롬 댓 사이드?"*

"그렇습니다." 나는 대답했다. "그러니까, 예스.**"

"앤드 하우 이즈 잇 고잉 온 아웃 데어?"***

"소-소." 문 뒤로 몸을 숨기면서 내가 말했다. "앤드 하우 이즈 잇 고잉 온 히어?"****

"이츠 오케이."***** 그는 냉담하게 대꾸하고는 입을 다물어 버렸다.

잠시 동안 기다리던 나는 그에게 여기서 무엇을 하고 있는 것인지 물었다. 처음에 그는 마지못해 대답했지만, 나중에는 신이 나서 떠벌려 댔다. 알게 된 바로는 도랑 왼쪽에서 인류가 포악한 제5로봇들의 지배 아래 마지막 나날을 보내고 있다는 것이었다. 인간보다 똑똑하게 만들어진 그곳의 로봇은 권력을 장악했고, 사람들은 지하로 쫓겨 내려가 벨트컨베이어에 배치되었다. 도랑 오른쪽, 그가 지키고 있는 영토에서는 이웃 우주에서 온 외계인들이 사람들을 노예로 삼아 버렸다. 외계인들 역시 권력을 장악한 다음 봉건 질서를 확립했고, 전적으로 초야의 권리를 악용하고 있었다. 여기 사는 이 외계인들 중 그나마 선량한 이들에게서

---

* 【원주】 (영어) 안녕하쇼! 저쪽 세상에서 왔소?

** 【원주】 (영어) 네.

*** 【원주】 (영어) 그래 당신네 그쪽은 어떻소?

**** 【원주】 (영어) 별일 없습니다. / 여기는 어떤가요?

***** 【원주】 (영어) 괜찮소.

사람들은 이런저런 부스러기를 얻고 있었다. 이곳에서 도랑을 따라가자면 20마일 정도 떨어진 곳에 독수리자리 알파 행성에서 온 외계인들이 사람들을 노예로 삼고 있는 지역이 있었다. 이 외계인들은 이성을 가진 바이러스를 인간의 몸에 심어 놓고 무엇이든 그들이 원하는 대로 인간이 하도록 만들었다. 서쪽으로 더 가면 은하 공화국의 커다란 식민지가 있었다. 그곳 사람들 역시 노예가 되어 있었지만 그렇게 비참하게 살지는 않았는데, 그 이유는 총독이 그들을 도살해서 잡아먹기 위해 잘 먹이기도 했거니와, 그들 중에서 은하 공화국 황제 폐하 친위대 A-u 3562 대원을 징발하기 위해서기도 했다. 또 이성적인 기생충에 의해, 이성적인 식물이나 이성적인 광물에 의해, 그리고 공산주의자들에 의해 인간이 노예가 된 지역들도 있었다. 마지막으로 산맥 너머에는 사람들이 누군가에 의해 노예가 된 지역이 있었는데, 그 누군가가 누구인지에 대해서는 제정신을 가진 사람이라면 도저히 믿을 수 없는 온갖 동화들이 무성하다는 것이다……

그때 우리의 대화는 돌연 중단되었다. 들판 위로 접시 모양의 비행 물체 몇 대가 낮게 지나갔다. 그중 몇 대가 빙빙 돌며 공중회전 하면서 폭탄을 투하했다. "또 시작이군." 남자는 중얼거리더니, 엎드려 폭발이 일어난 곳으로 다가가면서 기관총을 들어 지평선에서 마장마술을 펼치는 기사들에게 사격을 가했다. 나는 후다닥 멀리 뛰어가 문을 쾅 닫고는 문에 등을 기대고 한동안 우르릉 쾅쾅 폭탄이 터지는 소리와 비명 소리를 듣고 있었다. '판테온' 계단에 서 있던 푸른 조종사와 분홍 아가씨는 여전히 대화를 중단하지 못했고, 금붕어를 낚던 무심한 노인네는 그들을 바라보며 손수건으로 눈물을 훔쳤다. 나는 다시 문 안쪽을 조심스레 들여다보았다. 폭발로 솟구친 불덩어리가 들판 위로 천천히 부풀어 오르고 있었다. 금속 투구를 쓴 사람들은 하나씩 차례로 물러났고, 그들이 지나간 자리에서는 수염이 덥수룩하고 험상궂은 표정의 창백하고 부상당한 사람들이 쇠몽둥이를 부여잡고 앞으로 기어 나오고 있었다. 갑옷을 입은 기마병들은 방금 전까지 나에게 이야기를 해 주던 사람에게 덮쳐들어 기다란 장검을 휘둘러 대며 양배추를 썰듯 그를 베었고, 그는 소리를 지르면서 기관총을 난사했다. 기관포에서 총을 쏘아 대는 거대한 삼중 궤도 탱크가 도랑을 따라 곧장 나를 향해 굴러오고 있었다. 방사능 구름에서는 또다시 접시 모양의 비행체가 출몰했다……

나는 문을 닫고 단단히 빗장을 질렀다.

그러고 나서 나는 기계로 돌아왔고 안장에 올라앉았다. 나는 수백만 년 후로 날아가서 웰스가 묘사한 죽어 가는 지구를 보고 싶었다. 하지만 거기서 갑자기 기계는 처음으로 웬일인지 작동하지 않았다. 클러치가 눌러지지 않았다. 나는 또 한 번 눌러 보았고, 두 번 눌렀다가, 온 힘을 다해 페달을 밟았다. 무언가 쪼개지는 소리가 나면서 부르릉 울리더니 흔들리는 밀 이삭이 연기처럼 사라져 버렸고, 나는 그야말로 잠에서 깨듯 깨어났다. 나는 우리 연구소 소회의실 시연대에 앉아 있었는데, 모두들 나를 존경스럽다는 표정으로 바라보고 있었다.

"클러치가 어떻게 된 거죠?" 나는 두리번거리며 기계를 찾으면서 질문했다. 기계는 없었다. 나는 혼자 돌아온 것이다.

"그건 중요하지 않습니다!" 루이 세들로보이가 소리쳤다. "동무에게 정말 대단히 감사합니다! 정말 동무는 그야말로 저를 곤경에서 구해 주었어요…… 그래, 어땠나요, 틀림없이 아주 흥미로웠을 겁니다. 그렇죠, 동무?"

청중석에서는 모두가 그럼요, 흥미로웠어요, 하는 뜻으로 와글와글 소리를 냈다.

"하지만 그 모든 것에 대해서 어디선가 읽은 기억이 나는데요." 맨 앞줄에 앉아 있던 석사 중 하나가 미심쩍은 듯 말했다.

"그럼요, 당연하죠! 그럼 뭐라고 생각했나요, 당연하죠!" L. 세들로보이는 소리쳤다. "그것은 바로 이미 **묘사된** 미래였으니까요!"

"모험이 부족했어요." 뒷줄에 앉은 해상기능전 도박사

가 말했다. "그저 대화, 대화만 있으니⋯⋯"

"그런 것에 저는 하등의 잘못이 없습니다." 세들로보이는 단호하게 말했다.

"와우, 대화 말이죠." 시연대에서 내려가면서 내가 말했다. 나와 대화하던 검은 얼굴의 남자를 칼로 베던 모습이 떠올랐고, 나는 아주 기분이 좋지 않았다.

"아닙니다, 뭐가 어때서요." 어떤 조교수가 말했다. "흥미로운 장소에 가게 되는데요. 이게 바로 그 기계죠⋯⋯ 기억나세요? 삼중 유전자⋯⋯ 아, 알고 있죠, 그래요⋯⋯"

"그래서 어떻다는 거지요?" 폽코프-자드니가 말했다. "이미 우리 논의가 시작된 것 같은데요. 그럼 누구 발표자에게 질문이 있는 분 있나요?"

쓸데없이 따지기 좋아하는 조교수는 즉시 다중 진행의 임시 전이에 대해서 질문했고(보시다시피, 그의 관심을 끈 것은 용적 팽창률이었다), 나는 조용히 그 자리를 나왔다.

정말 이상한 느낌이었다. 주위의 모든 것이 너무도 물질적이고 견고하고 실질적으로 보였다. 사람들이 지나가면, 나는 그들의 부츠가 삐걱대는 소리를 들었고 그들의 움직임으로 일어나는 바람을 느꼈다. 모두들 말수가 아주 적었고, 모두들 일만 했고, 모두들 생각만 했고 아무도 수다를 떨지 않았으며, 시를 읽지도 않고 격정적인 연설도 하지 않았다. 모두들 알고 있었다. 실험실은 실험실이고, 노동조

온갖 난리 법석

합 회의는 또 전혀 다른 문제이며, 그리고 경축 모임은 또 다른 문제라는 사실을. 그리고 내 정면에서 털을 가득 채운 가죽 부츠를 삐걱거리며 비베갈로가 걸어오는 것을 보았을 때, 심지어 나는 그에게 어떤 동정심 같은 것까지 느꼈다. 왜냐하면 그는 늘 그렇듯 수염에 수수죽 찌꺼기를 묻히고 있었고, 또 왜냐하면 그는 길고 가는 못으로 역겹게 이를 쑤시며, 내 옆을 지나가면서도 인사조차 하지 않았기 때문이다. 그는 살아 있는 고깃덩어리에다 눈에 띄는 개새끼였고, 손짓을 할 줄도 모르고 학문적 자세를 취할 줄도 몰랐다.

나는 로만을 들여다보러 갔다. 누구에게든 내 모험에 대해 너무나 이야기하고 싶었기 때문이다. 로만은 턱수염을 움켜쥐고 실험대 앞에 서서 페트리접시에 누운 작은 초록색 앵무새를 바라보고 있었다. 작은 초록색 앵무새는 죽어 있었고, 매장용 흰색 필름으로 눈이 동여매어져 있었다.

"앵무새가 어떻게 된 거야?" 나는 물었다.

"모르겠어." 로만이 말했다. "죽었어, 보다시피."

"앵무새가 어디서 났는데?"

"나도 지금 놀라는 중이야." 로만은 말했다.

"아마 인조물 아닐까?" 나는 추측해 보았다.

"아니야, 앵무새 맞아. 그냥 앵무새야."

"그럼 아마 비티카가 또 움클라이데트에 올라앉았나 보

"앵무새가 어떻게 된 거야?" 나는 물었다.

다."

우리는 앵무새 위로 몸을 숙여 조심스럽게 관찰하기 시작했다. 오므린 앵무새의 검은 발에는 고리가 채워져 있었다.

"'포톤', 빛의 입자."* 로만이 읽었다. "그리고 또 무슨 숫자가 적혀 있어…… '십구 영 오 칠십삼'."

"자." 뒤에서 익숙한 목소리가 들렸다.

우리는 뒤를 돌아보았고 몸을 일으켜 차렷 자세를 취했다.

"안녕하신가요." U-야누스가 실험대로 다가오며 말했다. 그는 방 깊숙이에 있는 자기 실험실 문에서 나왔는데, 왠지 피곤하고 아주 슬퍼 보였다.

"안녕하십니까, 야누스 폴루엑토비치." 우리는 가능한 최대로 공손하게 한목소리로 인사했다.

야누스는 앵무새를 보고는 다시 한번 그 "자……"를 되풀이했다. 그는 손으로 새를 집어 들고 아주 애틋하고 상냥하게 선명한 붉은 머리 깃털을 쓰다듬으며 조용히 말했다.

"너 그러니까 무슨 일이야, 포톤……?"

그는 또 무언가를 말하려다가, 우리 쪽에 시선을 주고는

---

* '포톤'은 빛을 입자의 모임이라고 볼 때의 입자이다. 광양자의 크기와 정지 질량은 0이지만 에너지를 가지고 있는 입자로 항상 일정한 속력으로 이동한다.

입을 다물었다. 우리는 옆에 서서 그가 노인네처럼 천천히 걸어서 실험실 한구석의 전기 페치카의 문을 열고 그 안에 초록색 시체를 놓는 것을 바라보고 있었다.

"로만 페트로비치," 야누스가 말했다. "차단기 스위치를 켜 주시겠습니까."

로만은 시키는 대로 했다. 야누스는 마치 특별한 아이디어가 말 그대로 섬광처럼 떠오른 듯한 모습이었다. U-야누스는 머리를 숙이고 페치카 앞에 잠시 서 있더니, 뜨거운 재를 꼼꼼히 긁어낸 후 환기창을 열고 바람에 날려 보냈다. 그는 한동안 창밖을 바라보며 서 있었고, 이어 로만에게 30분 후에 자기 방으로 오라고 말하고는 가 버렸다.

"이상하네." 로만은 그의 뒷모습을 바라보며 말했다.

"뭐가 이상하다는 거야?" 나는 물었다.

"다 이상해." 로만이 말했다.

나 또한 이상한 생각이 들었다. 야누스 폴루엑토비치가 잘 알고 있었을 것이 분명한 그 죽은 초록색 앵무새의 출현도 이상했고, 뭔가 과하게 격식을 갖춘 화장 절차도, 바람에 재를 날려 보내는 의식도 모두 너무 이상했다. 하지만 나는 묘사된 미래로의 여행에 대해 말하고 싶어 죽을 지경이었기에 말하기 시작했다. 로만은 극도로 건성건성 들으면서 무심하게 나를 보고 무작정 고개를 끄덕여 댔고, 갑자기 "계속해, 계속해. 듣고 있어"라고 말하며 책상 아래로 기어 들어가 거기 쓰레기통을 뒤지더니 구겨진 종이와 녹음 테이프 파편을 끄집어냈다. 내가 말을 마쳤을 때 로만은 물었다.

"그럼 세들로보이는 묘사된 **현재**로 여행할 시도는 안 해 봤대? 내 생각에 그게 훨씬 더 재미있을 것 같은데……"

내가 그 제안을 곰곰이 생각하고 로만의 뛰어난 재치에 기뻐하는 동안, 로만은 쓰레기통을 아예 뒤집어 쓰레기를 바닥에 쏟아 놓고 헤집고 있었다.

"뭐야, 왜 그래?" 내가 물었다. "논문을 잃어버리기라도 한 거야?"

"있잖아, 사시카." 로만은 멍한 시선으로 나를 보면서 말했다. "정말 놀라운 일이야. 어제 나 페치카를 청소하고 거기서 불에 탄 초록색 깃털을 발견했었거든. 그래서 이 쓰레기통에 버렸는데, 오늘 그 깃털이 여기에 없어."

"무슨 깃털인데?" 나는 물었다.

"그러니까 말이야, 초록색 새 깃털은 우리 위도에서 극히 드문 거잖아. 그런데 방금 태운 앵무새는 초록색이었지."

"무슨 바보 소리야." 내가 말했다. "네가 깃털을 찾은 건 어제였다며."

"그래, 그렇지……" 쓰레기를 다시 쓰레기통으로 주워 담으며 로만이 말했다.

제3장

시는 부자연스러운 거다. 성탄 선물을 가지러 오는
교구 직원이나 아니면 구두약 광고, 어떤 얼뜨기들
말고는 아무도 시를 말하지 않지. 시는 절대로 얼씬도
못 하게 해라, 아들아.

— 찰스 디킨스*

　밤새도록 '알단'을 고쳤다. 다음 날 아침 내가 전자 작업
장에 도착했을 때, 잠에 취해 열받은 엔지니어들이 바닥에
주저앉아 무지막지하게 크리스토발 호제비치를 욕하고
있었다. 엔지니어들은 그를 인공두뇌 수준에도 못 미치는
스키타이, 야만인, 훈족이라고 씹어 댔다. 절망감이 너무
도 컸기 때문인지 한동안 엔지니어들은 내 조언을 열심히
경청하더니 그대로 하려고 애를 썼다. 하지만 잠시 뒤 그들
의 책임자 사바오프 바알로비치 오딘이 왔고, 그는 즉시 나
를 기계에서 떼어 놓았다. 나는 한쪽 구석으로 밀려났으며,
내 책상에 앉아 사바오프 바알로비치가 고장의 원인을 어

---

* 첫 장편소설 『픽윅 클럽 여행기』 제33장에서.

떻게 규명하는지 구경하기 시작했다.

　그는 대단히 나이가 많았지만 건장하고 힘이 넘쳤으며, 빛나는 대머리에 매끈하게 면도한 그을린 얼굴이었고 눈부시게 흰 명주 정장을 입고 있었다. 모두들 그를 엄청난 경외심과 충정으로 대했다. 한번은 그가 모데스트 마트베예비치를 낮은 목소리로 질책하는 것을 본 적이 있는데, 그 소름 끼치는 모데스트마저 그의 앞에 서서 아첨하듯 굽실거리며 "네, 알겠습니다…… 제가 잘못했습니다, 다시는 이런 일이 없도록 하겠습니다" 하고 되풀이하고 있었다. 사바오프 바알로비치에게서는 괴력의 에너지가 뿜어져 나왔다. 그가 있을 때는 시계도 빨리 갔고, 자기장으로 구부러진 전자 입자들의 궤도가 곧게 펴지는 것도 관측되었다. 게다가 그는 마법사도 아니었다. 백번 양보하더라도 마법 실습생조차 아니었다. 그는 벽을 관통해 다니지도 않았고, 절대로 아무도 공간이동 시키지 않았으며, 비정상적으로 많은 일을 하면서도 절대로 자기 복제를 만들지도 않았다. '기술정비' 부서장으로서 그는 연구소의 세세한 기술적 문제 하나하나까지 모두 알고 있었으며, 키테즈그라드 마법 기술 공장의 기술자문위원으로 위촉되어 있었다. 그 외에도 그의 전문 분야와는 아주 거리가 멀고 정말 생뚱맞기 짝이 없는 일들에까지 그는 전부 통달해 있었다.

　사바오프 바알로비치의 이력에 대해서 나는 비교적 최

근에야 알게 되었다. 옛날 옛적 S. B. 오딘은 온 지구를 통틀어 최고의 마법사였다. 크리스토발 훈타와 지안 자코모는 그의 제자들이었다. 사바오프 바알로비치 오딘의 이름은 악령들을 불러들였다. 진이 갇힌 궤짝도 그의 이름으로 봉인되어 있었다. 솔로몬왕은 그에게 찬미의 편지를 보냈고 그를 기리는 성전을 건축했다. 오딘은 전지전능한 것으로 여겨졌다. 그러다가 16세기 중반 언제쯤 그는 정말로 전지전능해졌다. 빙하기 이전에 어떤 티탄이 완성한 '최상의 완벽성'의 미적분 방정식 수치를 얻어 내면서 그는 그 어떤 기적이라도 창조할 수 있는 능력을 손에 넣었다. 그 어떤 마법사든 저마다 자신의 한계를 가지고 있다. 어떤 마법사들은 귀에서 무성하게 자라나는 털을 제거할 수 없었다. 또 어떤 마법사들은 일반화된 로모노소프-라부아지에 법칙을 구사할 줄 알았지만, 열역학 제2법칙 앞에서는 완전히 무력했다. 또 다른 세 번째 부류의 마법사들은 극히 적은 수였고 시간을 멈추게 할 수도 있었지만, 그것은 리만공간*에서 잠시만이었다. 사바오프 바알로비치는 전지전능해졌다. 그는 모든 것을 할 수 있었다. 그리고 동시에 그는 아무것도 할 수 없었다. 왜냐하면 완벽성 방정식의 제한 조건은 기적이 그 누구에게도 해를 끼치지 않아야 한다는 요구를 충족

* 매 점의 작은 공간에서는 비슷하지만, 공간 전체를 놓고 보면 휘어져 있는 공간.

시켜야 하는 것이기 때문이었다. 그 어떤 이성적 존재에게 든 말이다. 지구상의 존재는 물론이고 우주 어느 부분에든 있는 존재를 포함해서 말이다. 하지만 그런 기적은 아무도, 심지어 사바오프 바알로비치조차 상상할 수 없는 것이었 다. 그래서 S. B. 오딘은 영원히 마법계를 떠나 니이차보의 '기술정비' 부서 책임자가 되었다……

그가 부임하면서 엔지니어들의 작업은 활발하게 진행 되었다. 엔지니어의 활동에는 새로운 의미가 부여되었으 며, 악의적인 장난은 멈추었다. 내가 다음 작업 파일을 꺼 내 일에 착수하려던 순간, 견습 마녀이자 비베갈로의 실습 생인 아주 귀여운 들창코에 회색 눈동자를 한 스텔로치카*
가 와서 다음 호 벽신문을 만들자고 나를 불렀다. 나와 스 텔라는 풍자적 시와 우화, 만평 등을 게재하는 연구소 편집 위원회에 속해 있었다. 이 외에도 나는 날개를 단 편지들이 사방에서 날아 들어올 수 있는 우체통을 감쪽같이 그려 냈 다. 신문의 삽화를 그리는 화가는 나와 동명이인인 알렉산 드르 이바노비치 드로즈드였다. 영화 기술자인 그가 어떻 게 연구소에 들어오게 된 것인지는 모른다. 어쨌든 그는 헤 드라인 전문가였다. 신문 편집장은 로만 오이라-오이라였 고, 부편집장은 볼로댜 포치킨이었다.

* 스텔라의 애칭.

"사샤." 스텔로치카가 정직한 회색 눈동자로 나를 바라보며 말했다. "가자."

"어디를?" 나는 말했다. 하지만 나는 어디인지 알고 있었다.

"신문 만들러."

"뭐 때문에?"

"로만이 간곡히 부탁했어. 케르베르가 욕설을 퍼부어 댔대. 겨우 이틀 남았는데, 아무것도 준비되지 않았다고."

케르베르 프소예비치 됴민 위원장 동무는 우리 신문의 감독관이었으며, 주요 독촉자이자 검열관이었다.

"있잖아." 내가 말했다. "내일 하자, 응?"

"내일은 내가 안 돼." 스텔로치카가 말했다. "내일 나 수후미에 나가야 해. 개코원숭이 녹음해야 하거든. 비베갈로가 제일 책임감 있는 우두머리를 녹음해야 한대…… 비베갈로는 우두머리에게 직접 다가가는 것을 무서워하잖아. 우두머리가 질투한다나 뭐라나. 가자, 사샤, 응?"

나는 한숨을 쉬고는 하려던 일을 덮고 스텔로치카 뒤를 따라갔다. 나 혼자서는 시를 창작할 수 없었기 때문이다. 나는 스텔로치카가 필요했다. 스텔라는 언제나 첫 행과 기본 아이디어를 제시했고, 내 생각에 그것은 시에서 가장 중요한 것이었다……

"어디서 작업할 건데?" 가는 길에 내가 물었다. "지역노동위원회에서 하는 거야?"

"지역노동위원회는 사용 중이야, 거기서 알프레드를 신문하거든. 차 때문에. 로만이 우리더러 자기한테 오래."

"뭐에 대해서 써야 하는 거야? 또 사우나에 대해 써?"

"사우나에 대한 건 이미 있어. 사우나에 대해서, 민둥산에 대해서. 호마 브루트를 비난하는 내용이야."

"빌어먹을 호마 브루트, 정말 지독한 사기꾼 새끼야." 나는 말했다.

"브루투스, 너마저!" 스텔로치카가 말했다.

"오, 좋은 발상인데." 나는 말했다. "좀 더 발전시켜 봐야겠다."

로만의 실험실 테이블 위에는 아무것도 적히지 않은 깨끗한 초대형 켄트지가 펼쳐져 있었다. 그 옆에는 총천연색 포스터물감을 담은 통과 스프레이, 기사 종이들 사이에 화가이자 영화 기술자 알렉산드르 드로즈드가 입에 담배를 물고 누워 있었다. 그의 셔츠는 언제나처럼 단추가 풀려 있었고, 그래서 불룩한 털투성이 배가 드러나 있었다.

"안녕!" 나는 말했다.

"안녕." 사냐*가 말했다.

음악이 요란하게 울려 퍼졌는데, 사냐가 휴대용 수신기

---

* 주인공 알렉산드르(프리발로프)와 동명이인인 알렉산드르(드로즈드)의 애칭으로, 작중에서 사냐 혹은 산카로 불리고 있다.

를 돌린 것이었다.

"그래, 잘되어 가?" 나는 기사들을 긁어모으며 물었다.

기사는 많지 않았다. 머리기사 「축일을 맞이하며」가 있었다. 케르베르 프소예비치의 단평 「1분기 말부터 2분기 초까지의 기간 동안 노동규율 명령 이행 현황에 대한 조사 결과」가 있었다. 비베갈로 교수의 논설 「우리의 책무는 후원 도시와 지역 농장에 대한 책무이다」가 있었다. 볼로댜 포치킨의 기사 「전자 마법에 대한 전연합 회의에 대하여」가 있었다. 어떤 도모보이의 기사 「4층에 증기난방이 배기될 때」가 있었다. 식당위원회 위원장의 논설 「생선도 고기도 없는」은 행간 100퍼센트에 여섯 면을 가득 채우고 있었다. 그 논설은 이런 말로 시작되었다. '화학원소 인燐은 인간에게 공기만큼이나 필요하다.' '접근금지문제들' 부서의 작업에 대한 로만의 단평도 있었다. '우리의 노장들'이라는 칼럼에는 크리스토발 훈타가 「세비야에서 그라나다까지. 1547년」이라는 기사를 투고했다. 그리고 상호 지원 회계에 있어서의 적절한 절차의 부재, 자발적인 소방대원들의 작업을 조직하는 데 있어서의 무질서함의 문제, 테라리엄에서의 사리 분별 없는 도박의 허용(이것은 카드놀이에서 불멸의 코셰이에게 일주일 치 귀리 배급을 몽땅 털린 곰사등이 망아지가 쓴 것이었다) 등과 같은 비판적 내용의 짧은 기사들이 몇 개 더 있었다. 그리고 캐리커처도 몇 개 있었다. 하나는 코가 보라색이 되어 사지를 뻗은 호마 브루트를 묘사하고 있었다. 다른 캐리커처는 사우나를 조롱하는 것인데, 얼음물에 샤워하고 시퍼렇게 꽁꽁 얼어붙은 벌거벗은 남자가 그려져 있었다.

"진짜 진부하기 짝이 없네!" 나는 말했다. "시는 필요 없지 않을까?"

"필요해." 스텔로치카가 한숨을 쉬며 말했다. "기사며 이런저런 것들을 이미 배치해 보았는데, 그래도 여전히 공간이 남아."

"그럼 사냐에게 거기 뭐든 그려 달라고 하면 되지 않을까. 뭐 꽃봉오리 같은 거 말이야, 피어나는 제비꽃은 어때…… 응, 산카?"

"일이나 해, 일들 하라고." 드로즈드가 말했다. "나는 헤드라인도 그려야 한다고."

"생각해 봐." 나는 말했다. "딱 세 마디면 되잖아."

"별밤을 배경으로 해서 말이야." 드로즈드는 점잖게 말했다. "그리고 로켓도 그려야 해. 기사별 표제 작업도 해야 하고. 나는 아직 점심도 못 먹었어. 아니, 아침도 못 먹었지."

"그럼 가서 먹고 와." 내가 말했다. "세 마디만 그리면 돼."

"그렇게는 못 해." 그는 화가 나서 말했다. "나는 녹음기도 샀어. 수수료까지 내고. 그런데 너희는 농담 따먹기나 하고 말이야. 그러느니 차라리 내 샌드위치나 만들어 주지 그래. 버터와 잼만 발라 줘도 괜찮으니까. 그래 차라리 한 열 개쯤 만들어 와 봐."

나는 1루블을 꺼내어 멀찌감치 그에게 보여 주었다.

"자, 헤드라인 다 그리면, 내가 줄게."

"진짜 준다고?" 사냐가 신이 나서 말했다.

"아니, 빌려주는 거지."

"그래, 그래도 괜찮아." 그가 말했다. "단 이것만 고려해라. 지금 나 죽을지도 모른다. 이미 경련이 시작되었어. 사지가 차가워지고 있다고."

"전부 다 거짓말이야." 스텔로치카가 말했다. "사샤, 저기 테이블로 가서 앉자. 그리고 지금 시를 다 써 버리는 거야."

우리는 따로 떨어진 테이블에 앉아서 앞에 캐리커처들을 펼쳐 놓았다. 영감이 떠오를 것이라는 희망을 갖고 한동안 우리는 그것들을 들여다보았다. 잠시 후 스텔로치카가 말했다.

"이 브루트 같은, 이따위 인간들은 조심해야 해, 언제 슬쩍해 갈지 모른다고!"

"뭘 슬쩍해?" 나는 물었다. "브루트가 뭐든 슬쩍한 적 있어?"

"아니." 스텔라가 말했다. "그저 난동을 부리고 싸움박질했지. 이거 나 운 맞춘 거다."

우리는 또다시 기다렸다. '조심해야 해, 슬쩍해 간다고' 외에는 아무것도 내 머리에 떠오르는 것이 없었다.

"우리 논리적으로 생각해 보자." 내가 말했다. "호마 브루트가 있어. 그는 코가 삐뚤어지도록 퍼마셨지. 싸움박질도 했어. 그리고 또 무슨 짓을 했지?"

"아가씨들에게 치근덕거렸어." 스텔라가 말했다. "유리창도 깨뜨렸어."

"좋아." 내가 말했다. "그리고 또?"

"욕을 해 댔지……"

"그것참 이상하네……" 사냐 드로즈드의 목소리가 들렸다. "나는 그 브루트와 함께 영사실에서 일했거든. 그냥 평범한 청년인데. 정상적인 녀석이야……"

"그래서?" 나는 물었다.

"아니, 그렇다고."

"그럼 너는 '브루트'에 맞는 운을 만들 수 있어?" 내가 물었다.

"프루트."

"이미 나왔잖아." 나는 말했다. "소프루트, 슬쩍하네."

"아니, 그게 아니라. 프루트, 회초리. 사람을 때리는 긴 가지 말이야."

스텔라가 신이 나서 말했다.

"동무들, 당신들 앞에 브루트가 있지. 사람을 때리는 프루트를 들고, 브루트를 여기저기 후려치세요."

"그게 뭐야." 드로즈드가 말했다. "육체적 태형을 선전하겠다는 거야, 뭐야. 브루트, 후려쳐, 프루트로 갈겨…… 이런 건 죄다 육체적 태형이라고."

"포므루트, 죽겠네." 나는 말했다. "아니 그냥 지금 므루트, 죽고 있네."

"동무, 앞에 브루트가 있네." 스텔라가 말했다. "그의 한마디면 파리들도 모두 므루트, 죽네."

"너희 시 때문에 파리들이 다 죽겠다." 드로즈드가 말했다.

"너 헤드라인 다 그렸어?" 내가 물었다.

"아니." 드로즈드가 얄밉게 말했다.

"그럼 어서 그 일이나 해."

"명예로운 연구소를 망신시키네." 스텔로치카가 말했다. "브루트 같은 술주정뱅이들이."

"그거 좋은데." 내가 말했다. "그걸로 끝을 맺자. 적어 놔. 그건 참신하고 독창적인 도덕이 될 거야."

"거기 어디에 독창적인 게 있어?" 단순한 드로즈드가 물었다.

나는 그에게 대꾸도 하지 않았다.

"이제는 묘사가 필요해." 내가 말했다. "그가 어떻게 난동을 부렸는지 말이야. 그러니까 이렇게 말이지. 술주정뱅이가 고주망태가 되어서 마치 개코원숭이처럼 호주머니에 손을 넣지 않고, 사람이었는데 망나니가 되었네."

"너무 이상해." 스텔로치카가 혐오스럽다는 듯 말했다.

나는 두 손으로 머리를 감싸 쥐고 캐리커처들을 보기 시작했다. 드로즈드는 엉덩이를 불쑥 내민 채 붓을 들고 켄트지에 채색 중이었다. 통이 좁은 청바지를 입은 그의 다리는 활처럼 휘어 있었다. 그 모습에서 나는 아이디어가 떠올랐다.

"무릎 꿇어!" 내가 말했다. "노래!"

"'작은 메뚜기가 무릎을 꿇고 앉아 있었네.'" 스텔라가 말했다.

"그래, 맞아." 드로즈드가 뒤돌아보지 않은 채 말했다. "나도 그 노래 알아. '손님들은 모두 무릎을 꿇고 기어 다녔네.'" 그는 목청껏 노래를 불렀다.

"잠깐만, 잠깐만." 내가 말했다. 나는 영감이 떠올랐다. "싸움박질하고 욕하던 그의 결과는 이랬다네. 무릎이 꿇린 채 경찰서로 끌려갔지."

"그건 괜찮네." 스텔라가 말했다.

"알겠어?" 내가 말했다. "두어 구절이 더 있어, 연마다 '무릎을 꿇고'가 후렴구가 되도록 말이야. 주량을 넘겨 질편하게 처마시고…… 아가씨 뒤꽁무니를 따라갔지……
뭐 이런 식으로."

"미친 듯이 술을 퍼마셨네." 스텔라가 말했다. "악마도
그를 편들어 주지 않아. 남의 집 문으로 기어 들어가 무릎
을 꿇고 말았네."

"끝내준다!" 나는 말했다. "적어 둬. 남의 집에 난입한 거
지?"

"그럼, 난입해 들어갔지, 침입한 거야."

"아주 좋아!" 나는 말했다. "자, 이제 한 연만 더 만들자."

"무릎을 꿇고 아가씨 뒤꽁무니를 따라갔네." 곰곰이 생
각하며 스텔라가 말했다. "이 앞에 올 첫 행이 필요해……"

"총알." 내가 말했다. "경찰. 거만. 재판."

"그는 비집고 들어가 눌러앉았네." 스텔라가 말했다. "구
차하게 비비고 있지. 면도도 하지 않고 씻지도 않고……"

"그는," 드로즈드가 덧붙였다. "그건 맞아. 뭔가 예술적
사실에 부합하는 거야. 태생적으로 그는 면도도 하지 않고
씻지도 않거든."

"둘째 행을 뭐든 생각해 볼까?" 스텔라가 제안했다. "뒷
걸음-기계-자동소총……"

"혐오스러운." 내가 말했다. "즐거운."

"욕지거리." 드로즈드가 말했다. "장군, 멍군, 그리고 외
통수."*

우리는 다시 오래도록 침묵했고, 의미 없이 서로서로 바라보면서 우물쭈물 입술을 움직였다. 드로즈드는 물이 담긴 찻잔 가장자리를 붓으로 툭툭 쳤다.

"그는 장난치고 촐싹거리네." 결국 내가 말했다. "마치 해적처럼 욕설을 지껄이면서. 아가씨 뒤꽁무니를 따라갔네."

"'해적'은 왠지 좀……" 스텔로치카가 말했다.

"그렇다면, 악마도 그를 편들어 주지 않아. 그렇게 해."

"그건 이미 썼잖아."

"어디……? 아, 그래 맞아. 이미 썼구나."

"마치 줄무늬 표범처럼. 그건 어때?" 드로즈드가 제안했다.

그때 살그머니 긁히는 소리가 들렸고, 우리는 모두 뒤를 돌아봤다. 야누스 폴루엑토비치의 실험실 문이 천천히 열리고 있었다.

"저것 좀 봐!" 드로즈드가 손에 붓을 들고 얼어붙은 채 놀라 소리를 쳤다.

문틈으로 선명한 붉은 머리 깃털이 달린 작은 초록색 앵무새가 슬금슬금 나오고 있었다.

---

* 러시아 시는 행말의 음가를 통일하는 작시법을 준수한다. 여기서 브루트의 이름의 각운 '트'에 맞는 단어들을 나열하고 있으나, 음가 그대로 적기보다는 단어의 의미대로 번역했다.

"앵무새야!" 드로즈드는 소리쳤다. "앵무새라고! 찌-짹-찌-익-짹……"

드로즈드는 마치 빵 부스러기로 모이를 주는 듯이 손가락을 비비는 동작을 했다. 앵무새는 한쪽 눈으로 우리를 바라보았다. 그러고는 로만의 매부리코처럼 구부러진 검은 부리를 크게 벌리더니 허스키한 소리로 외쳐 댔다.

"워-원자로! 워-원자로! 누-우출이야! 지-이-탱하라고!"

"어쩜 저렇게 또-옥똑해!" 스텔라가 외쳤다. "사냐, 앵무새 잡아……"

드로즈드는 앵무새를 향해 움직이다가 그대로 멈추었다.

"저거 혹시 무는 거 아니야." 조심스럽게 그가 말했다. "저 부리 날카로운 거 봐."

앵무새는 바닥을 박차고 날개를 퍼덕이며 뭔가 아주 어색하게 방 이곳저곳을 날아다녔다. 나는 놀라서 앵무새를 지켜보았다. 앵무새는 어제의 그 앵무새와 아주 똑같았다. 어쩌면 한배에서 나온 쌍둥이 형제 앵무새인지도 모른다. 온통 앵무새 천지군, 나는 생각했다.

드로즈드는 붓을 흔들어 댔다.

"아마 달려들지도 몰라." 그는 말했다.

앵무새는 실험실 평형 저울대 위에 앉아 균형을 잡으려

온갖 난리 법석

앵무새는 실험실 평형 저울대 위에 앉았다……

고 씰룩씰룩하면서 아주 명료하게 소리쳤다.

"프르-옥-시마 켄타우-우-리! 루-우비듐! 루-우-루
비듐!"

그러고 나서 앵무새는 깃털을 곤두세우고 머리를 길게
뻗더니 망막을 내려 눈을 감았다. 내가 보기에 앵무새는 떨
고 있는 것 같았다. 스텔라는 재빨리 과일 잼을 바른 빵 조
각을 만들어 껍질을 뜯어서 앵무새 부리 아래로 가져다주
었다. 앵무새는 아무 반응도 없었다. 앵무새는 분명 오한으
로 떨고 있었고, 평형 저울의 양쪽 접시는 조금씩 흔들리면
서 쟁그랑쟁그랑 저울대에 부딪쳤다.

"내가 볼 때 앵무새는 아픈 것 같아." 드로즈드가 말했다.
그러고는 스텔라 손에서 빵 조각을 빼앗더니 먹기 시작했
다.

"얘들아." 내가 말했다. "연구소에서 이전에 앵무새를 본
적이 있어?"

스텔라는 고개를 저었다. 드로즈드는 없다는 표시로 어
깨를 으쓱했다.

"요즘 며칠 부쩍 앵무새가 많아진 것 같아." 나는 말했다.
"어제도 역시 똑같은……"

"아마 야누스가 앵무새로 실험하는 걸 거야." 스텔라가
말했다. "중력을 거스르거나, 반중력, 아니면 뭔가 그런 종
류의 것 말이야……"

복도 문이 활짝 열리더니, 로만 오이라-오이라, 비티카 코르네예프, 에디크 암페랸, 볼로댜 포치킨이 한꺼번에 와르르 몰려 들어왔다. 방이 와자지껄해졌다. 푹 자고 일어나서 활기에 넘치는 코르네예프는 기사를 훑어보면서 요란스레 문체를 비웃으며 씹어 댔다. 부편집장으로서 주로 경찰 쪽 업무를 담당하는 기세등등한 볼로댜 포치킨은 드로즈드의 두꺼운 목덜미를 팔로 휘감고 뒤로 꺾어 조르면서 코밑에 신문을 들이밀고 추궁해 댔다. "대체 헤드라인은 어디 있는 거야? 헤드라인은 어디 있느냐고, 드로즈딜로?" 로만은 우리에게 완성된 시를 달라고 했다. 그리고 신문과는 하등의 관련도 없는 에디크는 캐비닛으로 가더니 요란스러운 소리를 내며 온갖 기구들을 캐비닛에서 끄집어냈다. 그 순간 불쑥 앵무새가 소리를 질렀다. "오베르-르산! 오베르-르산! 태양을 관통해서 도약!" 모두는 얼어붙었다.

로만은 앵무새를 응시했다. 마치 방금 특별한 아이디어가 떠오른 것처럼 그의 얼굴에는 일전의 그 표정이 나타났다. 볼로댜 포치킨은 드로즈드를 놓고는 말했다. "이렇게 장난하겠다는 거지, 앵무새야!" 무례한 코르네예프는 그 즉시 팔을 뻗어 앵무새 몸통을 움켜쥐려 했지만, 앵무새가 훌쩍 날아가는 바람에 간신히 꼬리만 붙잡았다.

"비티카, 그만둬!" 스텔로치카가 화가 나서 소리쳤다.

"대체 뭐 하는 짓이야, 동물 학대라는 거 몰라?"

앵무새도 소리를 질렀다. 모두 다 앵무새 주위로 모여들었다. 코르네예프는 비둘기인 양 앵무새를 잡고 있었고, 스텔로치카는 앵무새 머리 깃털을 쓰다듬었으며, 드로즈드는 앵무새 꼬리 깃털을 부드럽게 손가락으로 뒤적거렸다. 로만은 나를 바라보았다.

"흥미롭군." 그가 말했다. "정말 그렇지?"

"어디에서 이 앵무새 녀석이 여기에 나타난 걸까, 사샤?" 에디크가 정중하게 물었다.

나는 야누스 실험실 쪽으로 고갯짓을 했다.

"야누스에게 왜 앵무새가 필요한 거지?" 에디크가 질의했다.

"지금 내게 묻는 거야?" 내가 되물었다.

"아니, 그냥 수사적인 질문일 뿐이야." 진지하게 에디크가 대꾸했다.

"야누스는 왜 앵무새가 두 마리씩이나 필요한 거지?" 내가 말했다.

"어쩌면 세 마리인지도 몰라." 로만이 조용히 덧붙였다.

코르네예프가 우리에게로 돌아섰다.

"어디에 또 더 있어?" 그는 흥미롭다는 듯 두리번거리며 물었다.

코르네예프의 손에 있던 앵무새는 그의 손가락을 쪼려

온갖 난리 법석

고 하면서 약하게 파닥거렸다.

"앵무새 놓아줘." 나는 말했다. "건강하지 않은 거 안 보이니."

코르네예프는 드로즈드를 밀쳐 내고 앵무새를 다시 저울에 앉혔다. 앵무새는 털을 곤두세우고는 날개를 퍼덕이며 서투르게 펼쳤다.

"자기 멋대로 하라 그래." 로만이 말했다. "나중에 처리하자. 시는 어디 있어?"

스텔라는 우리가 창작하는 데 성공한 모든 것을 재빨리 읊어 댔다. 로만은 턱수염을 문질렀고, 볼로댜 포치킨은 부자연스럽게 큰 소리로 웃어 댔고, 코르네예프는 이렇게 지휘했다.

"총살하는 것으로 하자. 대구경 기관총으로. 너희 언제든 시 창작법 배울 생각 있어?"

"그냥 직접 쏠래." 나는 화가 나서 말했다.

"나는 시 쓸 줄 몰라." 코르네예프가 말했다. "나는 태생이 시인 푸시킨은 아니야. 비평가 벨린스키*지."

"너는 태생이 산송장이야." 스텔라가 말했다.

"뭐라고!" 비티카가 역정을 냈다. "나는 말이야, 우리 신

* 비사리온 그리고리예비치 벨린스키(1811~1848). 제정러시아의 사상가이자 문예평론가로, 19세기 러시아 사실주의 문학비평의 근간을 놓았다. 최초의 국민 시인으로서의 푸시킨의 지위와 의미를 확정시키고, 고골과 도스토옙스키 등 걸출한 문인들의 재능을 발굴했다.

문에 문학비평 지면이 있었으면 해. 나는 비평 기사를 쓰고 싶다고. 그러면 너희 모두를 아주 잘근잘근 씹어 줄 거야! 다차*에 대해 너희가 쓴 것도 되갚아 주겠어."

"어떤 거?" 에디크가 물었다.

코르네예프는 그 즉시 읊어 댔다.

"'나는 다차를 짓고 싶네. 어디에? 바로 그것이 중요한 문제라네! 지역위원회는 아직도 답하지 않고 있을 뿐.' 그런 거 있었잖아? 인정들 하라고!"

"그게 뭐 어떻다고." 내가 말했다. "푸시킨도 시시껄렁한 시들을 썼잖아. 심지어 초등학교 선집에도 온전히 수록되지 못할 시들 말이야."

"나는 알고 있지." 드로즈드가 말했다.

로만은 드로즈드를 돌아보았다.

"오늘 헤드라인이 준비되는 거야, 아니야?"

"준비될 거야." 드로즈드가 말했다. "내가 이미 철자 'K' 도 다 그려 놨어."

"무슨 'K'? 여기서 왜 'K'가 나와?"

"그럼 뭐야, 필요 없어?"

"내가 지금 죽고 말지." 로만이 말했다. "신문 이름이《선

---

* 통나무로 지은 집과 텃밭이 딸린 주말 별장. 소비에트 주택정책의 일환의 결과, 러시아에서는 도시에 사는 사람 가운데 70퍼센트 이상이 다차를 소유하고 있으며, 주말이나 휴양철에 가족 단위로 이곳에서 휴식을 즐긴다.

진 마법을 위하여》*인 거 몰라? 거기 어디 'K' 자가 하나라도 있는지 어디 보여 봐!"

드로즈드는 벽만 바라보면서 입술을 달싹거렸다.

"어떻게 그렇게 됐지?" 마침내 그가 말했다. "대체 내가 어디서 철자 'K'를 본 거지? 정말 철자 'K'가 있었단 말이야!"

로만은 화가 머리끝까지 치솟아서 포치킨에게 모두 각자 자기 자리로 돌려보내라고 명령했다. 나와 스텔라는 코르네예프 팀에 합류했다. 드로즈드는 철자 'K'를 장식체 '3'으로 다시 고쳐 만드는 작업에 미친 듯이 열정적으로 몰두하기 시작했다. 에디크 암페랸은 전기 심리 측정기를 가지고 몰래 도망가려다가 붙잡혔고, 팔이 비틀려서 하늘의 별을 그리는 데 필요한 스프레이를 수리하도록 내던져졌다. 그다음에는 포치킨 차례가 왔다. 로만은 포치킨에게 기사들의 문체와 맞춤법을 수정해 가면서 동시에 타이핑하라고 명령했다. 그리고 로만 자신은 모두의 작업을 어깨너머로 들여다보고 감시하면서 실험실을 빈둥거리며 돌아다녔다.

한동안 작업은 속도를 내며 진행되었다. 우리는 목욕을 주제로 한 여러 글들을 선별해 내고 창작을 완성했다. 「우

---

* 러시아어 원문은 За передовую магию로 K가 없다.

리 사우나에는 언제든지 얼음같이 차가운 물이 쏟아진다네」「청결을 갈망하는 사람은 절대로 찬물에 만족할 수 없다네」「연구소에 있는 200명의 영혼은 모두가 뜨거운 샤워를 원한다네」등등과 같은 것이었다. 코르네예프는 마치 진짜 비평가나 된 것처럼 꼴사납게 욕을 해 댔다. "푸시킨 좀 배워라!" 그는 우리를 어설프게 비난하며 잔소리를 퍼부었다. "아니면 적어도 포치킨만큼만 쓰든가. 천재가 옆에 앉아 있는데도 너흰 어떻게 모방하는 것도 못 하니…… 자, 봐. '여기 길을 따라오는 자동차 ZIM*, 나는 그것을 짓밟아 으깨 버리겠네……' 이 표현에 얼마나 엄청난 육체적 힘이 담겨 있는지 보라고! 얼마나 명료한 감정적 전달인지 말이야!"

우리는 되받아 서투르게 욕을 해 주었다. 사냐 드로즈드는 '선진передовой'이라는 단어의 철자 'И'까지 그리고 있었다. 에디크는 스프레이를 수리하고 나서 로마노프 왕조 개요에 뿌리며 테스트를 했다. 볼로댜 포치킨은 악담과 저주를 퍼부어 대면서 타자기에서 철자 'Ц'를 찾고 있었다. 그럭저럭 일이 진행되고 있었다. 그런데 불쑥 로만이 말했다.

"사샤, 여기 좀 봐."

* 1949년부터 1960년까지 '고리키자동차공장'에서 생산된 6인승 6창의 장축 대형 세단. GAZ-12라고도 불린다.

　온갖 난리 법석

나는 바라보았다. 다리를 웅크린 앵무새가 저울 아래 누워 있었고, 앵무새의 눈은 희끄무레한 망막으로 덮여 있었다. 그리고 머리 깃털은 축 처져 있었다.

"죽었어." 드로즈드가 애석해하며 말했다.

우리 모두는 다시 앵무새 근처로 몰려들었다. 나는 별다른 특별한 생각 없이, 있었다 해도 잠재의식 어딘가에 있었을지도 모르지만, 손을 내밀어 앵무새를 잡고는 앵무새 발을 살펴보았다. 그러자 그 즉시 로만이 내게 물었다.

"있어?"

"있어." 내가 말했다.

앵무새의 웅크린 검은 발에는 흰 금속 고리가 끼워져 있었고, 고리에는 '포톤'이라고 새겨져 있었으며, '190573'이라는 숫자가 있었다. 나는 넋이 나가서 로만을 바라보았다. 아마도 나와 로만의 모습이 비장했던지, 비티카 코르네예프가 말했다.

"뭐야, 너희가 알고 있는 것을 말해 봐."

"말할까?" 로만이 물었다.

"이건 정말 말도 안 되는 헛소리야." 나는 말했다. "아마 속임수일 거야. 어쩌면 이건 복제인지도 몰라."

로만은 다시 주의 깊게 자그마한 사체를 살펴보았다.

"아니야." 그는 말했다. "그렇지가 않아. 이건 복제가 아니라고. 이건 뭐라고 해도 바로 그 원본의 원본이야."

"내가 좀 볼게." 코르네예프가 말했다.

코르네예프는 볼로댜 포치킨과 에디크와 셋이서 꼼꼼하기 그지없게 앵무새를 조사하더니, 만장일치로 이것은 복제가 아니며 우리가 무엇 때문에 그렇게 놀라고 있는지 이해할 수 없다고 말했다. "그러니까 말하자면, 나를 예로 들어 볼게." 코르네예프가 예시를 들었다. "여기 있는 나도 복제가 아니야. 그런데 그 사실에 너희는 왜 놀라지 않는 거야?"

로만은 호기심에 불타오르는 스텔라, 입을 헤벌린 볼로댜 포치킨, 조롱하듯 비웃고 있는 비티카를 둘러보더니, 그들에게 모든 것을 말해 주었다. 엊그제 그가 전기 페치카에서 초록색 깃털을 발견하고 쓰레기통에 던져 버린 것에 대해, 그리고 어제 그 깃털은 쓰레기통에서 없어졌고 그 대신 실험 테이블에(바로 이 테이블에) 죽은 앵무새, 바로 이것과 똑같은 사본 앵무새가, 복제가 아닌 앵무새가 나타났다는 것에 대해, 그리고 야누스가 앵무새를 알아보더니 몹시 애석해하며 방금 언급한 바로 그 전기 페치카에서 앵무새를 화장하고 나서 무슨 이유에선지 그 재를 창밖으로 흩뿌렸다는 것에 대해 말이다.

한동안 아무도 아무 말도 하지 않았다. 로만의 이야기에 별다른 흥미를 느끼지 못한 드로즈드는 어깨를 으쓱했다. 그의 표정으로 보아 아무것도 이해하지 못하는 것이 분명했다. 어째서 술렁대고 동요하는지 이해가 안 되네, 게다가 내 생각에는 이 기관에서 그보다 더 말도 안 되고 더 기분 나쁜 일들이 자주 일어나는데 말이지, 하는 표정이었다. 스텔로치카 역시 실망한 것 같았다. 하지만 세 명의 석사들은 무슨 의미인지 모두 아주 잘 이해했고, 그들의 얼굴에는 거부감이 드러났다. 코르네예프는 단호하게 말했다.

"거짓말이야. 게다가 정말 어설프기 짝이 없네."

"이건 어쨌든 그 앵무새는 아니잖아." 예의 바른 에디크가 말했다. "너희가 아마 잘못 생각한 걸 거야."

"아니, 그 앵무새 맞아." 내가 말했다. "초록색 앵무새, 발에 고리를 끼고 있는."

"포톤?" 볼로댜 포치킨이 검사 같은 어조로 물었다.

"그래, 포톤. 야누스가 그 앵무새를 그렇게 불렀어."

"그럼 숫자는?" 볼로댜가 물었다.

"숫자도 똑같아."

"숫자도 똑같다고?" 코르네예프가 소름 끼친다는 듯 물었다.

"그래, 내 기억으로는 똑같아." 나는 로만을 바라보며 확신 없이 대답했다.

"정확하게 해 봐." 코르네예프가 요구했다. 그는 붉은 손아귀로 앵무새를 가렸다. "말해 봐, 여기 숫자가 뭐였어?"

"19……" 나는 말했다. "음…… 02, 그렇지? 63……"

코르네예프는 손바닥 아래를 들여다봤다.

"거짓말." 그가 말했다. "너는?" 코르네예프는 로만에게 물었다.

"기억 안 나." 로만은 차분하게 대답했다. "내 생각에는 03은 아니고, 05였던 것 같아."

"아니," 나는 말했다. "어쨌든 0과 6이 있었어. 분명히 갈고리 모양의 숫자가 있었던 것은 기억한다고."

"갈고리 모양이라······" 포치킨이 업신여기듯 말했다. "셜록 홈스 나셨네! 핑커톤* 시대구먼! 인과율의 법칙은 그들도 지겨울 텐데······"

코르네예프는 주머니에 손을 찔러 넣었다.

"이건 다른 문제야." 코르네예프가 말했다. "나는 너희가 거짓말하고 있다고 주장하는 게 아니야. 너흰 그저 헷갈리고 있는 거지. 앵무새는 모두 초록색이고, 많은 앵무새들에는 고리가 끼워져 있어. 이 한 쌍은 '포톤' 시리즈에서 왔던 거지. 너희 기억에는 구멍이 뚫려 있어. 엉성한 시를 창작하는 벽신문 편집자들이 다 그렇듯이."

"구멍이 뚫려 있다고?" 로만이 물었다.

"그래, 강판처럼 숭숭 구멍 나 있어."

---

* 앨런 핑커톤(1819~1884). 스코틀랜드 출신의 미국 사립 탐정. 에이브러햄 링컨 대통령의 경호원이었으며, 링컨 암살을 모의한 이른바 볼티모어 음모 사건을 해결하기도 했다. 1850년 핑커톤 탐정 회사를 설립했는데, 통상 이를 탐정의 기원으로 본다.

온갖 난리 법석

"강판 같다고?" 로만은 이상하게 웃으면서 되풀이했다.

"그래, 낡아 빠진 강판 말이야." 코르네예프가 설명했다. "녹까지 슨 강판. 아니 그물 같겠네. 그것도 아주 구멍이 숭숭 뚫린 그물 말이지."

그러자 로만은 아주 이상하게 계속 웃으면서 앞가슴 주머니에서 수첩을 꺼내 뒤적거렸다.

"자, 어디 보자." 로만은 말했다. "구멍이 숭숭 뚫리고 녹슬었다고. 어디 보자…… 190573." 로만은 읽었다.

석사들은 이마가 부딪치는 소리까지 내어 가며 화들짝 앵무새에 달려들었다.

"190573." 고리에 적힌 숫자를 사그라드는 목소리로 코르네예프가 읽었다. 그것은 아주 효과적이었다. 스텔로치카는 그 즉시 만족감에 꺄악꺄악 소리를 질렀다.

"잘 생각해 봐." 드로즈드가 헤드라인 작업을 멈추지 않으면서 말했다. "어느 날 말이야, 복권 번호가 딱 맞은 적이 있었거든. 나는 자동차를 받으러 복권 은행으로 달려갔지, 그런데 말이야, 사실은……"

"너 숫자는 왜 기록해 둔 거야?" 코르네예프가 실눈을 뜨고 로만을 바라보면서 물었다. "너 이게 습관이야? 모든 숫자를 다 적어 두는 거야? 혹시 너 시계 일련번호까지 적어 두는 거 아니야?"

"정말 천재적이야!" 포치킨이 말했다. "비티카, 너는 정말 똑똑해. 네가 문제의 핵심을 지적했어. 로만, 너 정말 부끄러운 줄 알아! 왜 앵무새를 독살한 거야? 너 정말 너무 잔인하다!"

"이 멍청이들!" 로만이 말했다. "너희에게는 내가 비베갈로로 보이냐?"

코르네예프는 로만에게 달려들어 그의 귀를 살폈다.

"지옥에나 가 버려!" 로만이 말했다. "사샤, 너는 그냥 이 멍청이들 구경이나 해!"

"얘들아." 나는 책망을 담아 말했다. "누가 이런 장난을 치겠어? 너희는 우리를 대체 어떻게 생각하는 거야?"

"그럼 어떻게 해야 되는데?" 코르네예프가 말했다. "누군가는 거짓말하고 있는 거라고. 너희건, 아니면 모든 자연의 법칙이건 둘 중 하나가. 나는 자연의 법칙을 믿지. 나머지 모두는 변화하는 거고."

어쨌든 코르네예프는 금세 맥이 빠졌고, 한구석에 앉아 생각에 잠겼다. 사냐 드로즈드는 평온하게 헤드라인을 그리고 있었다. 스텔라는 놀란 눈을 동그랗게 뜨고 모두를 하나하나 차례로 바라보았다. 볼로댜 포치킨은 서둘러 글을 써 내려가면서 무슨 공식을 작성하며 줄을 그었다. 처음 입을 연 것은 에디크였다.

"만약 심지어 그 어떤 법칙에도 위배되지 않았다 하더라도," 신중하게 에디크는 말했다. "그럼에도 불구하고 동일한 방에서의 예상치 못한 많은 앵무새들의 출현과 의심스러운 죽음은 여전히 이상한 게 분명해. 하지만 내가 야누스 폴루엑토비치와의 사이에 있었던 일을 생각하면 놀랍지는 않아. 너희에게는 야누스 폴루엑토비치 자체가 호기심이 극도로 많은 성격이라고 생각되니?"

"그런 것 같은데." 내가 대답했다.

"나도 그렇게 생각해." 에디크가 말했다. "그런데 그가 하는 작업은 대체 뭐야, 로만?"

"어떤 야누스인가에 달렸지. U-야누스는 평행 공간들의 연관성을 탐구하지."

"흠." 에디크가 말했다. "그건 우리가 할 수 없는 거네."

"유감스럽게도." 로만이 말했다. "나도 줄곧 그 생각을 하고 있어. 앵무새와 야누스가 어떻게 연결되는 것인지. 하지만 아무것도 떠오르는 것이 없네."

"정말 야누스는 이상한 사람인 거야?" 에디크가 물었다.

"당연하지. 의심의 여지가 없어. 무엇보다 그들이 두 명이면서도 한 명이라는 것에서 출발해 봐. 우리는 그 사실에 너무 익숙해져서 이제는 거기에 대해서는 생각도 하지 않잖아……"

"바로 그게 지금 내가 하고 싶었던 말이야. 야누스에 대해서는 거의 이야기도 하지 않으면서 우리는 그를 왜 그렇게 존경하는 거냔 말이야. 아마도 우리 각자는 모두 야누스에게서 뭐든 하나씩은 아주 이상한 점을 발견했을 텐데."

"정말 이상한 것 중 첫 번째." 내가 말했다. "죽어 가는 앵무새에 대한 애착."

"그렇다고 쳐." 에디크가 말했다. "그리고 또?"

"수다쟁이들." 드로즈드는 위엄 있게 말했다. "언젠가 내가 야누스에게 돈 좀 빌려 달라고 부탁했지."

"그래?" 에디크가 놀랐다.

"그리고 야누스는 내게 돈을 빌려줬어." 드로즈드가 말했다. "야누스가 내게 빌려준 돈이 얼마였는지는 잊어버렸어. 그리고 이제 어떻게 해야 할지 모르겠어."

드로즈드는 잠시 침묵했다. 에디크는 그가 말을 이어 가기를 기다렸다가 입을 열었다.

"너희가 알고 있는지 모르겠는데, 그러니까 말하자면, 내가 야누스와 야간작업을 했을 때마다 정확히 자정이 되면 야누스는 어딘가 나갔다가 딱 5분 후에 돌아오곤 했고, 그때마다 내가 누구인지 그리고 그가 나가기 전까지 나와 여기서 무엇을 하고 있었던 것인지 기억해 내려고 애쓴다는 인상을 항상 받았거든."

"그래 맞아, 바로 그거야." 로만이 말했다. "그거 아주 잘 알지. 나는 이미 오래전부터 딱 자정이 되면 그의 기억이 완전히 새로 세팅된다는 것을 눈치채고 있었어. 그리고 야누스 역시 자신의 결함을 아주 잘 파악하고 있지. 그는 몇 번이고 미안하다고 사과했고, 예전에 심한 뇌진탕을 당한 후유증 때문이라고 설명하더라고."

"맞아. 야누스의 기억력은 아무짝에도 쓸모가 없어." 볼로댜 포치킨이 말했다. "회계 보고서를 구겨서 책상 아래로 던져 버리더라니까. 그러고는 항상 줄기차게 물어보지. 내가 어제 당신과 만났던가요 안 만났던가요."

"그리고 만났다고 하면, 무슨 얘기를 나누었던가요, 하고 물어보지." 내가 덧붙였다.

"기억력 좋아들 하시네, 기억력이라니." 코르네예프가 참지 못하고 중얼거렸다. "기억력이 여기서 왜 나와? 문제는 그게 아니라고. 야누스가 연구하는 평행 공간들은 어떻게 된 거야……?"

"일단은 먼저 사실 확인부터 해야 해." 에디크가 말했다.

"앵무새, 앵무새, 앵무새……" 비티카가 말을 받았다. "정말 어쨌든 이게 복제일까?"

"아니." 볼로댜 포치킨이 말했다. "내가 다 계산해 봤어. 모든 수치와 범주를 감안한 결과, 이것은 복제가 아니야."

"매일 자정이면," 로만이 말했다. "야누스는 저기 저 자기 실험실로 들어가서 말 그대로 딱 몇 분 동안 문을 잠그고 있거든. 그런데 한번은 너무 성급하게 뛰어 들어가면서 문을 채 닫지 못했어……"

"그래서?" 스텔로치카가 기어드는 목소리로 물었다.

"별거 없었어. 의자에 앉아 있었고, 잠시 더 앉아 있다가 자리로 돌아왔지. 돌아와서는 즉시 또 물어봤어. 자기와 뭐든 중요한 얘기를 하고 있었던 거 아니냐고."

"나는 가련다." 코르네예프가 일어서면서 말했다.

"나도." 에디크가 말했다. "우리 지금 세미나 있어."

"나도." 볼로댜 포치킨이 말했다.

"안 돼." 로만이 말했다. "볼로댜 너는 앉아서 타이핑해. 너를 임시 책임자로 지명할게. 그리고 너, 스텔로치카, 사샤를 데리고 시를 써 줘. 그리고 나는 간다. 저녁에 돌아올 테니 그때까지 신문을 준비해 놔."

그들은 나갔고, 우리는 남아서 신문을 만들었다. 처음에 우리는 뭐든 생각해 내려고 애를 썼지만, 금세 지쳐 버렸고 새로운 것을 생각해 낼 수 없다는 것을 깨달았다. 그래서 우리는 죽어 가는 앵무새에 대해 길지 않은 서사시를 썼다.

로만이 돌아왔을 때 신문은 완성되어 있었다. 드로즈드는 테이블 위에 누워 샌드위치를 꿀꺽꿀꺽 삼키고 있었고, 포치킨은 스텔라와 나에게 앵무새에게 벌어진 일이 어떤 이유로 절대 불가능한 것인지를 설명하고 있었다.

"수고했어." 로만이 말했다. "아주 멋진 신문이네. 헤드라인도 너무 좋아! 야, 끝없이 펼쳐진 별이 빛나는 하늘도 끝내주네! 아니 이렇게 오타가 없어도 되는 거야……! 그런데 앵무새는 어디 있지?"

온갖 난리 법석

앵무새는 어제 내가 로만과 봤을 때 누워 있던 바로 그 페트리접시에, 바로 그 똑같은 자리에 누워 있었다. 나는 이제 숨이 멎을 지경이었다.

"누가 앵무새를 여기에 갖다 놨어?" 로만이 물었다.

"내가." 드로즈드가 말했다. "왜, 그럼 안 돼?"

"아니야. 아무것도 아니야." 로만이 말했다. "이렇게 누워 있게 놔둬. 그래야겠지, 사샤?"

나는 고개를 끄덕였다.

"앵무새가 내일 어떻게 되는지 두고 보자고." 로만은 말했다.

제4장

이 불쌍하고 늙은 순진한 새는 천 마리의 마귀처럼
욕을 해 대지만, 무슨 말을 하고 있는지 자기는 몰라.

—로버트 L. 스티븐슨*

하지만 다음 날 아침 일찍 나는 직접 책임져야 하는 작업
에 몰두해야 했다. '알단'은 이제 수리되어 전투 같은 작업
에 투입될 준비가 되어 있었고, 그래서 내가 아침을 먹고
전자 작업장에 도착했을 때는 이미 작업장 문 앞에 작업 제
안서를 든 복제들이 줄을 서 있었다. 나는 일단 크리스토발
훈타의 복제를 복수하듯 쫓아내는 것부터 시작했다. 그의
제안서는 도저히 필체를 알아볼 수 없다고 평계를 댄 것이
다. (실제로 크리스토발 훈타의 필체는 정말 읽기에 난해하기 그지
없었다. 훈타는 러시아어를 고딕체로 썼기 때문이다.) 표도르 시
메오노비치의 복제는 표도르 시메오노비치가 직접 구성
한 프로그램을 가져왔다. 그것은 그 어떤 나의 조언이나 귀
뜸, 지시 없이 표도르 시메오노비치가 단독으로 컴파일 한

* 모험소설 『보물섬』(1883) 제2부 제10장에서.

첫 번째 프로그램이었다. 나는 그 프로그램을 꼼꼼하게 검토했고, 이내 프로그램이 정확하고 경제적이며 동시에 재치도 곁들여져 구성되어 있음을 매우 만족스럽게 확인했다. 나는 몇몇 사소한 실수를 수정하고 내 조교 아가씨들에게 프로그램을 넘겨주었다. 그러고 나서 나는 겁에 질려 창백한 얼굴의 생선 공장 회계사가 줄에 서서 괴로워하고 있는 것을 발견했다. 그가 너무도 겁에 질린 데다 불편해하는 것을 보고 나는 바로 그를 오도록 했다.

"왠지 좀 불편하네요." 그는 조심스럽게 복제들을 곁눈질하며 웅얼거렸다. "저기 저렇게 저보다 먼저 와서 기다리고 있는 동무들이 있는데요……"

"아니에요, 괜찮습니다. 저건 동무들이 아니에요." 나는 그를 안심시켰다.

"그래도 시민들인데……"

"시민들도 아니에요."

회계사는 완전히 새하얗게 질려서 내게 몸을 기울이고는 더듬더듬 말을 중단해 가면서 속삭였다.

"저거 저기 말이죠…… 내가 보니까 저치들이 눈을 깜빡이지 않아요…… 그리고 저기 말이죠 저 푸른 저치는 내 생각에 아예 호흡을 하지 않는 것 같아요……"

내가 줄 절반의 작업을 처리했을 즈음, 로만이 전화를 했다.

"사샤?"

"응."

"그런데 앵무새가 없어."

"없다니 무슨 말이야?"

"말한 대로야."

"청소 아줌마가 버린 거 아니야?"

"물어봤지. 버리기는커녕 보지도 못했단다."

"혹시 도모보이가 장난친 거 아니야?"

"도모보이가 무슨 실험실 책임자야? 절대 못 그러지."

"그래, 그렇지." 나는 말했다. "그럼 혹시 야누스가 직접 가져간 게 아닐까?"

"야누스는 아직 오지도 않았어. 보아하니 모스크바에서 아직 돌아오지 않은 것 같아."

"그럼 대체 이 모든 상황을 어떻게 이해해야 하는 거야?" 나는 물었다.

"모르겠어. 두고 보자고."

우리는 침묵했다.

"너 나 부를 거지?" 내가 물었다. "뭐든 흥미로운 일이 생기면 말이야……"

"뭘 당연한 걸 그래. 꼭 부를게. 그래 또 봐, 친구."

나는 그 앵무새에 대해 생각하지 말자고 스스로 다짐했다. 결국 그 앵무새는 나와는 아무런 상관이 없는 것이니까. 나는 줄 서 있던 모든 복제의 제안서를 받았고, 프로그램을 하나하나 다 확인했고, 그러고는 한참 전부터 내가 질질 끌고 있던 고약한 문제에 매달렸다. 이 고약한 문제는 절대지식 부서원들이 의뢰한 것이었다. 처음에 나는 그들이 매달리고 있는 대부분의 문제와 마찬가지로, 이 문제 역시 의미도 해결책도 없다고 그들에게 분명히 말했다. 하지만 그 후에 훈타에게 불려 가 면담을 했고, 그런 문제들을 언제나 아주 섬세하게 해결하는 그는 내게 몇 가지 아주 희망적인 조언을 해 주었다. 그렇게 나는 이 문제에 여러 번 매달리고 애쓰다가 다시 미루어 두기를 반복했고, 드디어 오늘 어떻게든 끝장을 내려고 한 것이었다. 그리고 아주 멋지게 해결되었…… 내가 막 문제를 처리하고 아주 기분이 좋아서 해결 결과를 멀찍이 바라보며 의자에 기대어 행복하게 등을 펴던 딱 그 순간에 분노가 머리끝까지 치밀어 붉으락푸르락하는 훈타가 들어왔다. 시선을 내 발에 두고서 건조하고 불쾌한 목소리로 훈타는 언제부터 내가 자신의 필체를 알아보지 못하게 되었는가를 물었다. 그것은 자신에게 사보타주와 같은 것으로 이해되며, 1936년 자신이 마드리드에 있을 때 그런 사보타주 같은 행동은 벽에 매달아 처형시키도록 했다고 내게 알려 주었다.

나는 놀라서 그를 바라보았다.

"크리스토발 호제비치." 내가 말했다. "그래도 결국 저는 문제를 해결했습니다. 당신 말이 정말 맞더군요. 주술 공간은 정말로 네 가지 변수 그 어떤 것에 의해서든 휘어질 수 있어요."

그제야 그는 눈을 들어 나를 바라보았다. 아마도 나는 아주 행복한 표정을 하고 있었던 모양이다. 왜냐하면 훈타가 화가 풀려서 중얼거렸기 때문이다.

"어디 좀 보여 주시죠."

나는 그에게 종이를 내밀었고, 그는 내 옆에 나란히 앉았다. 그리고 우리는 함께 처음부터 끝까지 문제를 훑어보며 정리했고, 더없이 우아한 두 가지 변환을 아주 흡족하게 만끽했다. 그중 하나는 훈타가 내게 실마리를 준 것이었고, 다른 하나는 내가 직접 찾아낸 것이었다.

"동무나 나나 머리는 썩 좋군요, 알레한드로.*" 마침내 훈타가 말했다. "동무는 매우 예술적인 사고를 보유했어요. 어떻게 찾아낸 것이지요?"

"제 생각에는 우리 둘 다 훌륭한 것 같네요." 나는 진심으로 말했다.

"나도 그렇게 생각합니다." 그가 말했다. "우리 이것은 출판하도록 합시다. 이 정도 결과는 출판해도 그 누구에게도 부끄럽지 않은 것이죠. 자동제어 슈즈 따위도, 투명인간

* '알렉산드르'를 스페인식으로 부른 것.

온갖 난리 법석

바지 따위도 절대 비할 게 아니죠."

우리는 아주 기분이 좋아져서 훈타의 새로운 문제를 분석하기 시작했다. 훈타는 곧바로 예전에는 스스로를 종종 **일자무식**이라고 생각했고, 나를 처음 만났던 바로 그 순간에 곧바로 나를 수학적으로 아주 무식하다고 확신했었다고 고백했다. 나는 그에게 전적으로 동의했으며, 이제는 그가 아마도 퇴직해야 할 때가 된 것이 아니냐는 속마음을 내비쳤다. 아무짝에도 쓸모없는 나로 말할 것 같으면 벌써 연구소에서 세 번은 목이 잘려 숲으로 쫓겨나야 했다는 말도 덧붙였다. 그는 내 말에 동의하지 않았다. 그는 퇴직이라는 말은 가당치도 않다면서 차라리 거름 주는 일을 할지라도 연구소를 떠날 수 없다고 했고, 나에 대해서는 그래도 어쨌든 일정한 지적 능력이 필수적인 숲 벌목 작업이라 할지라도 나 같은 사람을 숲으로 보내다니 가당치도 않다면서 차라리 콜레라 격리병동의 위생 관리 부대에서 영양사의 조수로 임명되는 것이 적절하다고 열변을 토했다. 우리가 머리를 맞대고 앉아서 누가 더 자신을 비하하는지 경쟁적으로 몰두하고 있을 때, 표도르 시메오노비치가 작업장을 들여다보았다. 그는 자신이 작성한 프로그램에 대한 내 의견을 알고는 참을 수가 없던 모양이었다.

"프로그램이라!" 아주 불쾌하게 악마같이 웃으면서 훈타가 말했다. "나는 자네의 프로그램을 보지는 못했지만,

테오도르, 그래도 나는 이것보다는 훨씬 천재적일 것이라고 확신하네……" 훈타는 표도르 시메오노비치에게 극도로 혐오스럽게 두 손가락으로 자신의 문제가 적힌 종이를 내밀었다. "어디 실컷 감상해 봐, 여기 바로 빈약함과 너절함의 표본이 있으니까."

"이, 이보게." 표도르 시메오노비치는 필체를 알아보고 나서 당혹스럽다는 듯 말했다. "이-이것은 바로 벤 베-베찰렐의 무-문제인데. 카-칼리오스트로가 이 무-문제는 해-해결이 어-없다고 이미 이-입증했다고."

"우리도 이 문제에 해결이 없다는 것을 알고 있어." 곧바로 역정을 내면서 훈타는 말했다. "그래도 어떻게든 이 문제의 해결을 찾아내고 싶다고."

"어-어떻게 자네 그-그렇게 이상한 노-논리를 말할 수 있나, 크-크리스토…… 대-대체 어-어떻게 해결을 찾는다는 거야, 어-어떻게 말이야, 해결이 없는데? 무-무슨 무-무모함이야……"

"미안하지만, 테오도르, 자네는 참 이상하기 짝이 없게 추론하는군. 무모하다는 것은 해결을 찾는 거야, 그 해결이 있다면 말이야. 지금 말하는 것은 해결이 없는 문제를 어떻게 다룰 것인가 하는 거야. 이것은 아주 원론적인 문제지. 자네같이 응용공예나 하는 인간은 유감스럽게도 절대로 근접하지도 못하는 그런 문제란 말이야. 내가 쓸데없이

온갖 난리 법석

자네와 이 주제에 대해 이야기를 시작했다는 생각이 드는군."

크리스토발 호제비치의 말투가 더할 수 없이 모욕적이었기 때문에 표도르 시메오노비치는 진정으로 화를 냈다.

"이-이보게, 저-정말 이-이럴 텐가." 그는 말했다. "나는 자-자네와 이-이런 마-말투로, 게-게다가 이 젊은 친구 아-앞에서 토-토론할 수 어-없네. 자-자네는 저-정말 나를 노-올라게 하는군. 이건 교-교육적이지 아-않네. 자네 더 마-말하고 싶다면, 나와 보-복도로 나-나가서 얘기하지."

"그러지." 훈타는 스프링처럼 몸을 쭉 펴더니 허벅지에 있지도 않은 칼자루를 움켜쥐는 몸짓을 하며 대답했다.

그들은 서로를 쳐다보지도 않은 채 거만하게 머리를 치켜들고 거드름을 피우며 밖으로 나갔다. 아가씨들은 킥킥거렸다. 나 역시 별로 겁먹지 않았다. 나는 두 팔로 머리를 감싼 채 자리에 앉아서 남은 서류들을 들여다보았다. 한동안 복도에서 들려오는 표도르 시메오노비치의 베이스 목소리, 크리스토발 호제비치의 건조하고 분노에 가득한 외침이 쩌렁쩌렁하게 귓전에 울려 퍼졌다. 그러고는 표도르 시메오노비치가 절절하게 포효했다. "내 집무실로 가게 허락해 주시죠!" "그러시죠!" 훈타가 이를 갈며 소리쳤다. 그들은 이젠 존댓말을 쓰고 있었다. 그리고 목소리는 멀어져

갔다. "결투야! 결투!" 아가씨들이 재잘재잘 떠들기 시작했다. 훈타에게는 싸움꾼이라거나 상습 결투자라는 나쁜 평판이 따라다녔다. 훈타는 자기 실험실로 결투 상대를 끌고 가서 레이피어나 사브르, 미늘창 중에 무기를 선택하도록 하고는, 자기가 무슨 장 마레*나 된 것처럼 테이블 위로 뛰어 올라가고 캐비닛을 뒤집어엎곤 했다. 그렇다고 해도 표도르 시메오노비치를 걱정할 필요는 없다. 그들은 실험실에서 30분 정도 테이블을 사이에 두고 음울하게 입을 다물고 있을 것이 분명했고, 그러고 나면 표도르 시메오노비치가 무거운 한숨을 내쉬고 식료품 저장고를 열어서 천국의 행복을 주는 묘약을 두 잔 가득 따르게 될 것이다. 그러면 훈타는 콧수염을 꼬면서 콧구멍을 벌렁거리며 단숨에 들이켤 것이다. 표도르 시메오노비치는 그 즉시 또 한 잔을 가득 채우고 실험실로 신선한 오이를 대령하라고 소리쳐댈 것이다.

그때 로만이 전화를 해서 내게 당장 자기에게 오라고 이상한 목소리로 말했다. 나는 위층으로 뛰어 올라갔다.

실험실에는 로만과 비티카, 에디크가 있었다. 그리고 그들 말고도 실험실에는 초록색 앵무새가 있었다. 살아 있었

---

* 장 마레(1913~1998). 프랑스의 영화배우이자 영화감독, 무대연출가, 스턴트맨, 화가, 조각가이다. 장 콕토에게 발탁되어 배우로 활동했고, 고전적인 얼굴과 특이한 배역으로 호평을 받았다.

다. 어제와 똑같이 평형 저울대에 앉은 앵무새는 한쪽 눈으로 또 다른 쪽 눈으로 모든 사람을 한 명씩 차례로 바라보다가 부리로 깃털을 파기도 하면서 아주 기분이 좋은 듯했다. 하지만 앵무새와 달리 과학자들은 기분이 아주 좋지 않아 보였다. 로만은 앵무새 위로 머리를 숙인 채 서서 때때로 발작적으로 한숨을 쉬었다. 창백한 에디크는 편두통이 말 그대로 그를 집어삼킬 것 같은 표정을 하고 관자놀이를 조심스럽게 문지르고 있었다. 비티카는 마치 말을 타고 노는 소년처럼 의자 위에 흔들대고 앉아서, 미친 듯이 눈을 데굴거리며 뭐라는지 불분명하게 중얼거렸다.

"바로 그놈이지?" 나는 소곤소곤 물어보았다.

"바로 그놈이야." 로만이 대답했다.

"포톤?" 나 역시 기분이 아주 나빠졌다.

"포톤."

"번호도 똑같아?"

로만은 대답하지 않았다. 에디크가 애처로운 목소리로 말했다.

"우리가 만약 앵무새 꼬리에 깃털이 몇 개인지 알았다면, 꼬리 깃털을 세어 보고 엊그제 잃어버린 그 깃털이 이놈 것인지 아닌지 알 수 있을 텐데 말이야."

"내가 가서 브렘* 책 가져올까?" 내가 제안했다.

"죽은 몸은 어디에 있지?" 로만이 물었다. "자 거기부터 시작해야겠어! 이봐, 탐정들, 시체는 어디에 있지?"

"시-이-체!" 앵무새가 악을 썼다. "자-앙-례식! 시-이-체는 배-애-로! 루-우비듐!"

"제길, 뭐라고 하는지 알 수가 있어야지." 로만은 진심으로 말했다.

"시체는 배로—그건 전형적인 해적식 표현이야." 에디크가 설명했다.

"그럼 루비듐은?"

"루-우비듐! 비-이-추-욱량! 어-엄-청나!" 앵무새가 말했다.

"루비듐 비축량이 엄청나대." 에디크가 통역했다. "어디에 있다는 것일까?"

나는 몸을 숙이고 고리를 살펴보았다.

"혹시 이 앵무새가 그놈이 아닐 수도 있지 않을까?"

"그럼 그놈은 어디 있다는 거야?" 로만이 물었다.

"음, 그건 다른 문제지." 나는 말했다. "그건 설명하기가 더 쉽지."

"설명해 봐." 로만이 제안했다.

"잠깐만." 나는 말했다. "먼저 이 문제부터 해결하자. 이

---

* 알프레트 브렘(1829~1884). 독일 동물학자로, 동물 연구서 『브렘의 동물의 생활Brehms Tierleben』을 써서 19세기 이후 동물 지식의 대중화에 크게 기여했다.

온갖 난리 법석

앵무새가 그놈이야 아니야?"

"내 생각에는 그놈 같아." 에디크가 말했다.

"내 생각에는 그놈이 아니야." 나는 말했다. "여기 고리의 3이 있는 자리에 긁힌 자국이 있어……"

"사-아-암!" 앵무새가 소리쳤다. "사-아-암! 오-르-은-쪽으로 그-읍회전! 도-올-풍! 도-올-풍!"

비티카가 갑자기 벌떡 일어났다.

"좋은 생각이 있어." 그는 말했다.

"어떤 생각인데?"

"연상 질문이지."

"그건 어떻게 하는 건데?"

"잠깐 기다려 봐. 다들 앉아서 조용히 하고 방해하지 마. 로만, 너 녹음기 있지?"

"딕터폰 있어."

"이리 줘 봐. 단 모두들 아무 말 하지 말아야 해. 내가 이제 이 악당 놈을 까발려 버릴 테니. 이제 내게 다 말하게 될 거야."

비티카는 의자를 끌고 와서 딕터폰을 손에 든 채 앵무새 맞은편에 앉아 얼굴을 찌푸리고 앵무새를 한쪽 눈으로 쳐다보면서 힘껏 외쳤다.

"루-우비듐!"

앵무새가 움찔거려서 하마터면 저울에서 떨어질 뻔했

다. 균형을 잡기 위해 날개를 퍼덕거리고 나서 앵무새는 응답했다.

"비-추-욱량! 부-운-화구! 리-이치!"

우리는 서로를 바라보았다.

"비-이-추-욱량!" 비티카가 울부짖었다.

"어-엄-청나! 사-안-더미! 사-안-더미! 리-이치 마-아-자! 리-이치 마-아-자! 로-오보트! 로-오보트!"

"로봇!"

"부-웅-괴! 부-울-났어! 부-울-났어! 치-이워! 드라-암바* 치-이워!"

"드람바!"

"루-우비듐! 비-추-욱량!"

"루비듐!"

"비-추-욱량! 부-운화구 리-이치!"

"합선되었어." 로만이 말했다. "빙빙 맴돌고 있어."

"잠깐만, 잠깐만." 비티카가 중얼거렸다. "이제……"

"뭔가 다른 분야로 시도해 봐." 에디크가 조언했다.

"야누스!" 비티카가 말했다.

앵무새는 부리를 벌리더니 재채기를 했다.

"야-누스." 비티카가 위엄 있게 말했다.

---

* '드람바'는 아이작 아시모프의 로봇공학 3원칙에 따라 만들어진 로봇으로, 스트루가츠키 형제의 소설 『지옥에서 온 남자』에 나온다.

"비-이-추-욱량!" 비티카가 울부짖었다.

"철자 'p'가 없잖아."* 내가 말했다.

"그런가." 비티카가 말했다. "그럼 자…… 넵스트루–우
예프!"

"저–업견실로 가–아–알–래!" 앵무새는 말했다. "마–
아법사! 마아법사! 나–알개가 마–알해! 나–알개가 마–알
해!"

"이건 해적 앵무새가 아닌데." 에디크가 말했다.

"저 녀석에게 한번 시체에 대해 물어봐." 내가 요청했다.

"시체." 내키지 않는 듯 비티카가 말했다.

"자–앙례–시–익! 시–이간이 어–업–서! 여–언–설! 여–
언–설! 허–엇소리! 이–일해! 이–일해!"

"저 녀석 주인이 누구였는지 참 궁금하군." 로만이 말했
다. "이제 우리 어떻게 해야 하지?"

"비탸." 에디크가 말했다. "이 녀석 우주 전문용어를 아
는 것 같아. 뭔가 간단한 다른 걸 시도해 봐, 일상적인 것으
로 말이야."

"수소폭탄." 비티카가 말했다.

앵무새는 고개를 숙이고는 부리로 제 다리를 쪼며 청소
를 했다.

"증기기관차!" 비티카가 말했다.

* 지금까지 앵무새가 말한 러시아어 단어에는 모두 철자 p가 들어 있다.

앵무새는 아무 말이 없었다.

"아무 소용이 없네." 로만이 말했다.

"빌어먹을." 비티카가 말했다. "철자 'p'가 포함된 일상적 단어가 하나도 생각나지 않아. 의자, 책상, 천장…… 소파…… 아! 벼-언-환기!"

앵무새는 비티카를 한 눈으로 쳐다보았다.

"코르-으네예프, 제-에발!"

"뭐라고?" 비티카는 물었다. 난생처음으로 나는 비티카가 당황해서 어쩔 줄 모르는 것을 보았다.

"코르-으네예프, 무-우례해! 무-우례해! 참 자-알난이-일꾼일세! 보-오기 드문 머-엉청이야! 아-아주 조-오아!"

우리는 낄낄거렸다. 비티카는 우리를 바라보더니 앙갚음하듯 말했다.

"오이-르-아-오이-르-아!"

"느-을-근이, 느-을-그니!" 기다렸다는 듯 앵무새는 소리쳤다. "조-좋지! 다-닳아빠졌어!"

"이건 아닌 것 같아." 로만이 말했다.

"왜 아니라는 거야?" 비티카가 물었다. "아주 좋은데. 그럼…… 프리-이발로프!"

"수-순박한 계-에획! 소-오-박해! 그-은-면해!"

"얘들아, 저 녀석 우리 모두를 다 알고 있어." 에디크가 말했다.

"얘-애들아." 앵무새는 반응했다. "후-우추 아-알갱이! 제-에로! 제-로-오! 주-웅력!"

"암페랸." 비티카가 서둘러 말했다.

"화-아-장터! 너무 빠-알리 요-오절했어!" 앵무새는 말하고 나서 잠시 생각하더니 그러고는 덧붙였다. "암페-에-어미터!"

"뭐라고 횡설수설이야." 에디크가 말했다.

"횡설수설은 없어." 생각에 잠긴 채 로만이 말했다.

비티카는 손끝으로 걸쇠를 툭 튀겨서 딕터폰을 열었다.

"녹음테이프가 다 되었어." 비티카는 말했다. "아쉽네."

"있잖아." 내가 말했다. "내 생각에 제일 간단한 방법은 야누스에게 직접 묻는 거야. 이 앵무새는 정체가 무엇이고, 어디서 나타난 것이고, 그리고 대체……"

"누가 가서 물어볼 건데?" 로만이 질의했다.

아무도 응답하지 않았다. 비티카가 녹음테이프를 들어 보자고 제안했고, 우리는 동의했다. 녹음된 소리는 아주 기이했다. 딕터폰에서 녹음된 소리가 처음 나오자마자 앵무새는 곧장 비티카 어깨로 날아 앉아 두드러진 관심을 가지고 귀 기울여 듣기 시작했다. 그러면서 가끔씩 "드라-암바가 우-라-아늄을 무-우시해!" "마-앗-아!" "무-우례한 코르-으네예프, 무-우례해! 무-우례해!" 같은 소리를 쏟아 냈다. 녹음테이프가 끝나자 에디크가 말했다.

"이 말들로 어휘 사전을 만들어서 기계 분석을 해 보면 어떨까 하는데. 어쨌든 몇 가지는 분명해졌어. 첫째, 이 녀석이 우리 모두를 다 알고 있다는 거야. 이게 벌써 놀라운 거지. 그러니까 이놈은 벌써 여러 번 우리 이름을 들었다는 의미야. 둘째, 이놈은 로봇도 알고 있어. 그리고 루비듐도 알고. 그런데 루비듐이 대체 어디에서 사용되는 거지?"

"우리 연구에서." 로만이 말했다. "다른 곳에서는 전혀 사용된 적이 없어."

"일종의 나트륨 같은 거야." 코르네예프가 말했다.

"루비듐이…… 좋아." 내가 말했다. "그럼 이 녀석이 대체 어디서 달 분화구에 대해 알게 된 거지?"

"왜 그 분화구가 달이라고 생각해?"

"그럼 지구에서 산을 분화구라고 부르냐?"

"자 봐. 첫째, 애리조나 분화구가 있어. 그리고 둘째, 분화구는 산이 아니라 구멍 같은 거야."

"시-이간의 부-운화구." 앵무새가 알려 주었다.

"저 녀석 전문용어 쓰는 게 정말 끝내주는군." 에디크가 말했다. "나는 저 녀석이 절대로 공용이었다는 생각이 안 들어."

"그래." 비티카가 동의했다. "만약 앵무새가 줄곧 야누스와 함께 있었다면, 야누스는 정말 이상한 작업을 한 게 틀림없어."

"궤-에도의 이-이상한 저-언환." 앵무새가 말했다.

"야누스는 우주에는 관심이 없어." 로만이 말했다. "내가 아는 한 말이야."

"아마 예전에 작업했던 것은 아닐까?"

"예전에도 작업한 적 없어."

"로봇은 또 뭐야." 답답하다는 듯 비티카가 말했다. "분화구…… 대체 여기서 분화구가 왜 나오는 거야?"

"혹시, 야누스가 SF를 읽는 게 아닐까?" 내가 예상해 보았다.

"소리 내서? 앵무새에게 읽어 주려고?"

"그래…… 좀 그렇지……"

"금성." 비티카가 앵무새에게 말했다.

"수-욱명적인 지-입착." 앵무새는 말했다. 그리고 잠시 생각하더니 설명을 덧붙였다. "부-우서졌어. 허-엇수고야."

로만은 일어나서 실험실 여기저기를 돌아다니기 시작했다. 에디크는 실험대 위에 옆으로 누워서 눈을 감았다.

"어떻게 이 녀석이 여기 나타나게 된 거지?" 내가 물었다.

"어제와 마찬가지야." 로만이 말했다. "야누스 실험실에서 왔어."

온갖 난리 법석

"직접 본 거야?"

"그럼."

"그런데 정말 한 가지가 이해되지 않아." 내가 말했다. "이놈이 죽었던 거야 아니면 안 죽었던 거야?"

"우리가 어떻게 알겠어." 로만이 말했다. "내가 뭐 수의 사라도 되냐. 비티카도 조류학자가 아니고. 그리고 이건 어쩌면 앵무새가 아닌지도 몰라."

"그럼 대체 뭐란 말이야?"

"내가 어떻게 알아?"

"어쩌면 이놈은 복합적으로 유도된 환영인지도 몰라." 에디크가 눈을 뜨지 않은 채 말했다.

"누가 유도한 건데?"

"그러니까 바로 그것에 대해서 내가 지금 생각하는 중이야." 에디크가 대답했다.

나는 손가락으로 눈을 꽉 누르고 나서 다시 앵무새를 바라보았다. 앵무새는 분열되었다.

"앵무새가 분열되고 있어." 나는 말했다. "이건 환영이 아니야."

"나는 복합적인 환영이라고 했어." 에디크가 상기시켰다.

이번에 나는 두 눈을 다 눌렀다. 잠시 동안 장님처럼 아무것도 볼 수 없었다.

"자." 코르네예프가 말했다. "나는 지금 우리가 인과관계의 법칙이 깨진 사례를 다루고 있다는 것을 알리는 바야. 그렇기 때문에 결론은 단 하나, 이 모든 것은 환영이며 우리는 이제 일어나서 줄을 서서 노래를 부르며 정신과로 가야 한다는 거지. 자 다들 일어나!"

"나는 안 가." 에디크가 말했다. "나에게 아이디어가 하나 있어."

"뭔데?"

"말 안 할래."

"왜?"

"너희가 날 때릴 거야."

"말 안 하면 때린다."

"때려라."

"너 아이디어도 없으면서 그러는 거지." 비티카가 말했다. "그저 있다고 생각되는 거지. 에고, 정신과에나 가야겠다."

문이 삐걱거리며 열리더니 복도에서 실험실로 야누스 폴루엑토비치가 들어왔다.

"자⋯⋯" 그는 말했다. "안녕하세요."

우리는 모두 일어났다. 야누스는 우리를 빙 돌면서 한 명씩 차례로 악수를 했다.

"포톤이 또 여기 있어요?" 앵무새를 보더니 그가 말했다. "이 녀석이 동무들을 방해하지 않나요, 로만 페트로비치?"

"방해요?" 로만이 말했다. "저를요? 왜 이 녀석이 방해를 합니까? 방해하지 않아요. 반대로요……"

"어쨌거나 매일같이……" 야누스 폴루엑토비치가 말을 시작했다가 돌연 입을 다물었다. "우리 어제 무슨 대화를 나누었지요?" 야누스는 이마를 문지르며 물었다.

"어제 동무는 모스크바에 가 계셨어요." 로만은 공손한 목소리로 말했다.

"아하, 그렇군요…… 맞아요. 그래 좋습니다. 포톤! 이리 오렴!"

앵무새는 파드득 날아오르더니 야누스 어깨에 내려앉아 그의 귀에 대고 속삭였다.

"수-우수, 수-우수! 사-아탕수-우수!"

야누스 폴루엑토비치는 앵무새가 아주 사랑스럽다는 미소를 지으면서 자기 실험실로 가 버렸다. 우리는 어이가 없어 멍하니 서로를 바라보았다.

"여기서 나가자." 로만이 말했다.

"정신과로 가지고! 정신과로!" 열받은 코르네예프는 우리가 그의 실험실에 있는 소파로 가려고 복도를 걸어가는 내내 중얼거렸다. "분화구 리치로 가자고! 드라-암바! 사-아탕수-우수!"

제5장

사실들은 언제나 충분하다. 부족한 것은 상상력이다.

—드미트리 I. 블로힌체프*

비티카는 바닥에 생명수를 담은 실험 용기들을 내려놓았고, 우리는 소파-변환기에 널브러져 담배를 피웠다. 몇 분이 지났을까 로만이 물었다.

"비티카, 너 소파 꺼 놓은 거야?"

"응."

"내 머리에 자꾸 이상한 생각이 떠오르네."

"꺼 놓았어. 그리고 차단시켜 두었어." 비티카가 말했다.

"아니야, 얘들아." 에디크가 말했다. "만일 그래도 어쨌든 환영이 아니었다면 어쩔래?"

"환영이 아니라고 누가 그래?" 비티카가 물었다. "내가 정신과에 가자고 제안했잖아."

"내가 마이카 꽁무니를 따라다닐 때 말이야." 에디크가

---

* 드미트리 이바노비치 블로힌체프(1907~1979). 소련의 이론물리학자. 여기에 쓰인 제사는 블로힌체프가 1959년 학술지 《철학의 제문제》에 발표한 논문 「현대물리학의 발전에 대한 몇 가지 질문Некоторые вопросы развития современной физики」에서 인용한 것이다.

말했다. "그때 나는 스스로가 무서워질 정도로 그런 환영에 시달렸거든."

"왜?" 비티카가 물었다.

에디크는 잠시 생각했다.

"나도 몰라." 그러고는 말했다. "아마 너무 빠져 있어서 그랬던 것 같아."

"내가 물어보는 것은 대체 왜 누군가가 우리에게 환영을 불러일으키는가 하는 거야." 비티카가 말했다. "그리고 또 우리는 마이카가 아니잖아. 우리는 다행히 석사들이야. 누가 우리를 능가할 수 있지? 그래, 야누스. 또 키브린. 그리고 훈타. 아마 자코모도 그럴지 모르지."

"여기 사샤가 좀 약하지." 미안한 듯한 말투로 에디크가 말했다.

"그래서 뭐?" 나는 물었다. "그럼 뭐, 환영을 본 게 나 하나란 말이야?"

"어쨌건 이건 믿을 만한 거야." 비티카는 생각에 잠겨 말했다. "만일 사시카만…… 그것을…… 저기……"

"아니, 됐어." 나는 말했다. "너희 내게 작작 좀 해라. 다른 방식은 없는 거야, 정말? 눈을 꾹 눌러 봐. 아니면 저 딕터폰을 다른 외부 사람에게 줘 버려. 한번 들어 보고, 거기 녹음된 게 있는지 없는지, 뭐라고 하나 물어보라고."

석사들은 미안하다는 듯 미소를 지었다.

"역시 너는 훌륭한 프로그래머야, 사샤." 에디크가 말했다.

"피라미야." 코르네예프가 말했다. "치어 수준이지."

"그래, 사센카." 로만이 한숨을 쉬었다. "너는 아마 상상도 하지 못할 거야. 내가 본 진짜, 완전히 현실과 똑같은, 치밀하게 유도된 환영이 어떤 것이었는지 말이야."

석사들 얼굴에는 꿈을 꾸는 듯한 표정이 나타났다. 아마도 그들에게 달콤한 기억이 떠오른 것 같았다. 나는 질투를 느끼면서 그들을 바라보았다. 그들은 미소를 지었다. 그들은 웅얼웅얼했다. 그들은 누군가에게 윙크도 했다. 그러다가 불쑥 에디크가 말했다.

"겨울 내내 그녀 집에는 매화꽃이 피었어. 그 향기가 얼마나 좋은지 표현할 수가 없을 정도야, 나는 그저 상상만 할 수 있을 뿐이지……"

비티카는 정신을 차렸다.

"버클리*주의자들." 비티카가 말했다. "구제 불능의 유아론주의자들이야. '내 상상이 얼마나 끔찍한지 몰라!'"

"그래." 로만이 말했다. "환영은 논의의 대상이 되지 못해. 너무 순진한 거지. 우리는 어린이들도 아니고 아낙네들

---

* 조지 버클리(1685~1753). 아일랜드의 철학자로, 물질적인 것은 없고, 오직 정신적인 사건과 그것을 지각하는 사고방식이 있을 뿐이라는 시각지각론을 주장했다.

도 아니야. 불가지론자로 남아 있고 싶지 않다고. 에디크, 네 아이디어가 뭐야?"

"내 아이디어……? 아…… 그래, 있었어. 그냥 그런 원시적인 거지 뭐. 매트릭스 같은 거."

"음……" 로만은 미심쩍다는 듯 말했다.

"그래서 어떻게 하자는 거야?" 내가 물었다.

에디크는 썩 내키지 않는 듯 설명을 했다. 내가 알고 있는 복제 외에도 물체나 존재의 완전한 복사본, 매트릭스가 또한 존재하고 있다는 것이다. 복제와 달리 매트릭스는 원본과 원자구조까지 완벽하게 일치한다. 기존의 방식으로 그 둘을 구별하기란 불가능하기 때문에 특수 장비가 필요하며, 그것들을 구별하는 일은 시간이 많이 소요되는 매우 복잡한 고밀도 작업이라는 것이다. 한창때 발사모는 '철가면'이라는 별명으로 대중에게 널리 알려진 필리프 부르봉*의 매트릭스적 천성을 증명해 내면서 과학아카데미 석사 학위를 받았다. 루이 14세의 이 매트릭스는 프랑스 왕위를 장악하기 위한 목적으로 예수회 비밀 연구소에서 만들어졌다는 것이다. 그리고 오늘날 매트릭스들은 리샤르 세귀르의 생체입체술로 만들어지고 있다고 한다.

그때 나는 리샤르 세귀르가 누구인지 몰랐으나, 그 즉시

---

* 알렉상드르 뒤마의 「달타냥 로망」 중 세 번째 이야기 『브라즐론 자작 : 10년 후』(1847~1850)의 제3부 「철가면」의 내용.

매트릭스에 대한 아이디어만이 오로지 앵무새의 그 놀라운 유사성을 설명할 수 있다고 말했다. 그게 전부였다. 그렇다면 어제 죽은 앵무새가 어디로 사라졌는가 하는 것은 여전히 이해되지 않은 채 남아 있는 것이다.

"그건 말이야." 에디크가 말했다. "내가 뭐 설득하려는 건 아니야. 야누스는 생체입체술과 아무 상관도 없는걸."

"바로 그거야." 나는 더 과감하게 말했다. "그러느니 차라리 묘사된 미래로 여행하는 것을 전제하는 게 더 나을 것 같아. 알고 있어? 마치 루이 세들로보이처럼 말이야."

"그래서?" 코르네예프는 별 관심 없이 말했다.

"그저 야누스가 어떤 SF 속으로 날아가서 거기서 앵무새를 데리고 이리로 끌고 나온 거야. 앵무새는 죽고, 그러고 나서 다시 그 소설의 같은 쪽으로 날아갔고 또다시…… 그러면 왜 앵무새가 똑같은지 이해할 수 있지. 그것은 똑같은 동일한 앵무새고, 그 앵무새가 왜 그런 과학 용어를 구사하는지도 이해할 수 있게 되는 거야. 그리고 말이야……" 나는 얘기가 꽤 그럴듯하게 풀리고 있다고 느끼면서 계속 말했다. "그러면 야누스가 왜 항상 똑같은 질문을 하는지 설명하는 것도 가능하잖아. 야누스는 매번 돌아와야 할 바로 그날로 돌아온 것인지 걱정되는 거야…… 내가 너무 잘 설명한 거 같은데, 안 그래?"

"그럼, 그런 SF가 있다는 거야?" 에디크가 흥미롭다는 듯 물었다. "앵무새가 등장하는……?"

"그건 몰라." 나는 솔직히 말했다. "하지만 거기 우주선에는 온갖 동물이 다 있을 수 있지. 고양이도 있고, 원숭이도 있고, 그리고 아이들도 있어…… 다시 말하지만, 서구에는 SF가 무지하게 많아서, 모두 다 읽을 수는 없어……"

"그래, 좋아…… 첫째, 서구 SF에 등장하는 앵무새가 과연 러시아어를 말할까?" 로만이 말했다. "그리고 중요한 것은 우주에 있는, 백번 양보해서 소비에트 SF에서 왔다고 쳐도, 이 앵무새가 어떻게 코르네예프, 프리발로프, 오이라-오이라를 알고 있을 수 있느냐 하는 거야……"

"나는 그 얘기를 하는 게 아니야." 귀찮다는 듯 비티카가 말했다. "물질적 몸을 이상 세계로 전이시키는 문제는 이상적 몸이 물질세계로 전이되는 것과는 완전히 다른 문제야. 나는 현실 세계에서 독자적으로 존재하기에 적합한 앵무새의 이미지를 창조한 작가를 찾아낼 수 있을 거라고 생각하지 않아."

나는 반투명인간 창조자를 떠올렸지만, 비티카에게 반박할 적절한 말을 찾을 수 없었다.

"하지만 어쨌든, 우리 사센치야가 어떤 희망을 보여 주네." 비티카가 호의적으로 말했다. "이 친구 생각에서 뭔가 고상한 광기 같은 게 느껴져."

"이상적인 앵무새라면 야누스는 태우지 않았을 거야."

에디크가 확신에 차서 말했다. "이상적인 앵무새였다면 부패하지도 않았을 거고."

"왜 아닌데?" 불쑥 로만이 말했다. "왜 우리는 이렇게 일관적이지 못하지? 세들로보이는 왜 안 되는 건데? 대체 왜 야누스가 L. 세들로보이를 따라 한다는 거지? 야누스는 자기 주제가 있어. 해결하려는 자기 문제가 있다고. 야누스는 평행 공간에 대해 연구하고 있어. 여기서부터 출발해 보자!"

"그래, 그래 보자." 나는 말했다.

"그럼 너는 야누스가 어떤 평행 공간과 연결하는 데 성공했다고 생각하는 거야?" 에디크가 물었다.

"야누스는 이미 오래전에 연결해 냈어. 이후에 야누스가 더 진척했을 수 있다고는 왜 가정하지 않는 거지? 야누스가 물질적 몸을 전이시키는 작업을 진행하고 있다고는 왜 가정하지 않느냐는 말이야. 이것은 매트릭스라는 에디크 말이 맞아. 이것은 매트릭스가 되어야 한다는 것이 맞는다고. 왜냐하면 전이된 대상이 완전히 똑같은 정체성을 유지하는 것이 필수적으로 보장되어야 하기 때문이야. 실험에 따라서 전송 모드를 선택하게 되는 거야. 처음 두 차례 전이는 실패한 거지. 앵무새가 죽었잖아. 하지만 오늘 실험은 성공한 것 같아……"

"그런데 앵무새가 왜 러시아어를 하는 거야?" 에디크가 물었다. "그리고 앵무새는 왜 그런 용어들을 알고 있는 거지?"

"그건 그쪽 평행 공간에도 러시아가 있다는 의미지." 로만이 대답했다. "그리고 그곳에서는 이미 리치 분화구에서 루비듐을 채굴하고 있는 거겠지."

"비약의 연속이군." 비티카가 말했다. "그럼 대체 왜 앵무새야? 왜 개나 고양이, 기니피그는 아닌 거야? 왜 그냥 녹음기는 안 되지? 그리고 마지막으로, 어떻게 저 앵무새가 오이라-오이라는 늙었고, 코르네예프는 훌륭한 연구자라는 것을 알고 있느냐는 말이야."

"유치해." 내가 말했다.

"유치하지만, 훌륭해. 그런데 죽은 앵무새는 대체 어디로 간 걸까?"

"그러니까," 에디크가 말했다. "이런 식으로는 안 돼. 우리는 지금 아마추어같이 굴고 있어. 무슨 연애편지 작가들 같다니까. '친애하는 과학자 여러분! 내 방 아래 지하에서 1년째 노크 소리가 들려옵니다. 어떻게 이런 일이 있는 건지 설명해 주세요……' 우리에겐 체계가 필요해. 비티카, 종이 어디 있어? 우리 다 기록해 보자……"

그래서 우리는 필체가 멋진 에디크에게 하나하나 전부 적도록 했다.

첫째, 우리는 발생한 일이 환각이 아니라는 가정을 채택했다. 환각이라면 전혀 흥미로울 것이 없기 때문이다. 그러고 나서 우리는 이 가정이 답할 수 있는 질문들을 만들었다. 이 질문들을 우리는 두 그룹으로 분류했다. 한 그룹은 '앵무새', 다른 그룹은 '야누스'였다. '야누스' 그룹은 로만과 에디크가 고집해서 포함시키게 되었는데, 로만과 에디크는 이상한 야누스와 이상한 앵무새 사이에 연관이 있다는 것을 온몸으로 직감할 수 있다고 주장했다. 하지만 그들은 '온몸으로'와 '직감하다'는 개념의 물리적 의미는 무엇이냐는 코르네예프의 질문에는 대답하지 못했다. 그래도 그들은 야누스 자체가 매우 흥미로운 연구 대상이며, 사과는 사과나무에서 멀리 떨어지지 않는다고 강조했다. 나는 별다른 의견이 없었기 때문에, 질문 대부분은 나머지 친구들이 만들었다. 그렇게 만들어진 질문의 최종 목록은 이랬다.

왜 10일, 11일, 12일에 관찰된 각각의 1번, 2번, 3번 앵무새는 우리가 똑같은 것이라고 착각할 정도로 서로 유사한 것인가?

왜 야누스는 1번 앵무새를 불태운 것이며, 그리고 아마도 1번 이전에 있었을 (0번) 앵무새는 왜 깃털만 남아 있게 된 것인가?

깃털은 어디로 사라진 것인가?

2번 (죽은) 앵무새는 어디로 사라진 것인가?

2번과 3번 앵무새의 이상한 어휘는 어떻게 설명할 것인

온갖 난리 법석

가?

우리가 처음 보는 3번 앵무새는 어떻게 우리 모두를 알고 있는 것인가?

("왜 그리고 무엇 때문에 앵무새는 죽게 되었는가?"라고 내가 덧붙였는데, 코르네예프가 "왜 그리고 무엇으로 시체의 푸른색이 독살의 첫 징후라고 판단할 것인가?"라고 중얼거렸다. 그리고 내 질문은 적지 않게 되었다.)

야누스와 앵무새를 연결하는 것은 무엇인가?

왜 야누스는 항상 자신이 어제 누구와 무엇에 대해 이야기를 나누었는지를 기억하지 못하는가?

자정마다 야누스에게는 무슨 일이 일어나는 것인가?

왜 U-야누스는 항상 미래형으로 말하는 이상한 습관이 있는 반면, A-야누스에게는 그런 습관이 전혀 관찰되지 않는가?

왜 그들은 두 명이며, 야누스 폴루엑토비치는 두 얼굴의 한 사람이라는 전설은 대체 어떻게 생겨나게 된 것인가?

그러고 나서 우리는 한동안 부단히 목록을 쳐다보며 열심히 생각해 보았다. 나는 또다시 고상한 광기 같은 영감이 떠오르기를 간절히 바랐지만, 내 생각은 산만해졌고 그럴수록 점점 더 사냐 드로즈드의 견해로 기울기 시작했다. 이 연구소에서 그런 일은 벌어질 수 없는 것이다. 나는 이 싸구려 회의론이 그저 내 무지와 변화하는 세상의 범주에 대해 생각하는 습관이 결여된 결과임을 이해했지만, 그것은 이미 내가 어찌할 수 없는 것이었다. 만약 우리 앞에 나타났던 세 마리나 네 마리의 앵무새가 동일한 앵무새라고 가정한다면, 이제껏 벌어진 일은 정말로 놀라운 것이 아닐 수 없다. 그 앵무새들은 서로 너무나 똑같아서 나도 처음에는 헷갈렸다. 그것은 지극히 당연하다. 나는 수학자고, 나는 숫자를, 무엇보다 숫자의 일치를 존중한다. 특히 여섯 자리 숫자는 번호가 매겨진 대상과의 일치라고 내게 자동적으로 연상된다. 하지만 그 둘이 똑같은 동일한 앵무새일 수 없다는 점은 분명하다. 똑같은 앵무새라면 인과관계의 법칙에 위배되기 때문이다. 그따위 하찮은 앵무새로 인해, 심지어 죽어 버린 앵무새로 인해 위대한 인과관계 법칙을 포기할 마음이 나는 전혀 없다. 어쨌건 그 둘이 똑같은 앵무새가 아니라면 모든 문제는 사라진다. 그런데 일련번호가 일치하잖아. 그건 뭐, 누군가 우리가 알아채지 못하게 앵무새를 갖다 놓은 거다. 그리고 또 뭐가 있지? 그 학술 용어들은 어떻게 설명할 수 있지? 생각해 보자, 학술 용어…… 분명 아주 간단하게 설명할 방법이 있을 수 있다…… 내가 이런 생각을 말해야겠다고 결심하고 막 입을 떼려는 순간, 갑자기 비티카가 말했다.

"얘들아, 어떻게 된 건지 알 것 같아."

우리는 아무 말도 할 수 없었다. 비티카를 향해 일제히,

요란스럽게 몸을 돌릴 뿐이었다. 비티카가 일어섰다.

"이건 그저 다 헛소리야." 비티카는 말했다. "이건 그저 허무맹랑한 허섭스레기라고. 정말 평범하고 진부한 거야. 이야깃거리도 안 되는 유치한 거……"

우리는 천천히 일어섰다. 나는 마치 흥미진진한 추리소설의 마지막 쪽을 읽는 것 같은 느낌이 들었다. 회의적이었던 내 생각은 한꺼번에 사라져 버렸다.

"시간 역행이야!" 비티카가 근엄하게 진술했다.

에디크는 드러누웠다.

"좋아!" 에디크가 말했다. "아주 잘났어!"

"시간 역행이라고?" 로만이 말했다. "그러면…… 어휴……" 로만은 손가락을 빙빙 돌렸다. "그러면…… 아하…… 만일 그렇다면……? 그래, 그러면 이해가 되지, 앵무새가 우리 모두를 왜 알고 있는 것인지……" 로만은 허풍스럽게 초대하는 듯한 몸짓을 했다. "가자, 그렇다면, 그곳으로……"

"그렇기 때문에 매번 야누스가 어제 무슨 대화를 했었는지 물어보는 거야……" 비티카가 말을 가로챘다. "그리고 그 SF 같은 용어들도……"

"잠깐만 기다려 봐!" 내가 미친 듯이 소리쳤다. 흥미진진한 추리소설의 마지막 쪽이 아랍어로 쓰이는 꼴이었다. "잠깐만! 시간 역행이 대체 무슨 말이야?"

"아니야." 로만이 유감스러운 듯 말했고, 그 즉시 비티카의 표정에서 시간 역행은 말도 되지 않는다는 것을 깨달았음이 분명해졌다. "그건 말이 안 되고." 로만이 말했다. "이건 마치 영화 같은 거야…… 영화를 떠올려 봐……"

"어떤 영화?!" 나는 소리쳤다. "말해 줘!!!"

"영화는 정반대야." 로만이 설명했다. "이해하겠어? 시간 역행 말이야."

"개쓰레기야." 비티카는 낙담해서 말하고는 두 팔을 포개어 소파에 엎드렸다.

"그래, 안 돼." 에디크 역시 유감스럽다는 듯 말했다. "사샤, 너무 애쓸 필요 없어. 어차피 안 돼. 시간 역행이라는 것은 정의하자면, 시간을 따라 역방향으로 움직이는 거야. 중성미립자처럼 말이야. 하지만 문제는 뭐냐 하면, 만약 시간 역행이었다면 앵무새가 시간을 거슬러 날아가서 우리 눈앞에서 죽는 일은 없었을 거야, 오히려 살아났을 거라는 거지…… 그렇긴 해도 그 자체는 썩 괜찮은 아이디어야. 시간 역행-앵무새는 어쩌면 우주에 대해 정말 무언가 알고 있을지도 몰라. 그놈은 미래에서 과거로 와서 살고 있는 거니까. 그런데 시간 역행-야누스는 반대로 우리의 '어제'에 무슨 일이 있었는지 정말 알지 못하는 거야. 왜냐하면 우리의 '어제'는 그에게는 '내일'이 되기 때문이지."

"그렇게 된 거구나." 비티카가 말했다. "나도 그렇게 생각했어. 왜 앵무새가 오이라-오이라가 '늙었다'고 말한 거지? 그리고 왜 야누스는 가끔씩 어떻게 그렇게 내일 일어날 일에 대해 자세하고 정확하게 예견하는 거지? 야외 실험장에서 있었던 일 기억하지, 로만? 그들은 미래에서 온 것이 분명해……"

"애들아, 정말 그게 가능하다고 생각해? 시간 역행이라는 게?"내가 말했다.

"이론적으로는 가능하지."에디크가 말했다. "우주에 있는 물질 절반은 시간의 반대 방향으로 움직이고 있다고. 그런데 사실 아무도 그것에 대해 연구하지 않았어."

"그게 대체 누구에게 필요하며, 그리고 누가 그걸 감당하겠어?"비티카가 우울하게 말했다.

"할 수만 있다면 그건 정말 끝내주는 실험이 될 거야."로만이 말했다.

"그건 실험이 아니야, 제물이 되는 거지……"비티카가 중얼거렸다. "하고 싶은 대로 해. 하지만 그 시간 역행 때문에 뭐든 후유증이 있을 거야…… 본능적으로 직감할 수 있어."

"어휴, 본능적이라니……!"로만은 말했고, 그리고 나머지 모두는 아무 말도 하지 않았다.

모두들 침묵하고 있는 동안 나는 우리가 실험했던 데이터를 미친 듯이 계산해서 총계를 냈다. 시간 역행이 이론적으로 가능하다면 그것은 이론적으로 인과법칙을 위반하는 것도 가능함을 의미했다. 사실 그것은 어쩌면 위반이 아닐 수도 있다. 인과법칙이란 단지 정상 세계에서나 역행 세계에서나 각각 그 범위에서만 유효한 것이기 때문이다…… 따라서 앵무새는 세 마리도 네 마리도 아닌 단 한마리, 동일한 한 마리라고 가정할 수 있는 것이다. 그렇다면 어떻게 되는 것인가? 10일 아침부터 앵무새는 페트리접시에 죽은 채 누워 있었다. 그다음에 불에 태워져 재로변했고 바람에 흩어져 날아갔다. 그럼에도 불구하고 11일아침에 앵무새는 다시 살았다. 불탄 흔적 하나 없었을 뿐아니라, 온전하고 상처 하나 없었다. 그리고 결국 정오 무렵에는 숨을 거두고 다시 페트리접시 위에 놓여 있었다. 이것이 진짜 중요한 것이다! 나는 이것이 진짜 중요하다는것을 직감했다. 바로 페트리접시였다…… 장소만 동일성을 유지했다……! 12일에 앵무새는 다시 살아서 설탕을 달라고 했다…… 그것은 시간 역행이 아니고 거꾸로 돌린 영화도 아니지만, 그래도 시간 역행으로 인한 무언가가 거기있다…… 비티카가 옳았다…… 시간 역행에서 보자면 사건의 진행은 이런 것이다. 앵무새는 살았고, 앵무새는 죽었고, 앵무새는 불태워졌다. 세부 사항은 무시하더라도 우리의 관점에서 생각한 시간 역행은 정확히 반대였던 것이다. 앵무새를 불에 태우고, 앵무새는 죽었고, 앵무새는 되살아

온갖 난리 법석

났다…… 마치 세 파트로 잘린 필름과 같았다. 처음에 세 번째 파트를 상영하고, 그다음에 두 번째 파트를, 마지막에 첫 번째 파트를 상영하는 것처럼…… 하지만 뭔가 어떤 연속성의 단절이 있다…… 연속성의 단절…… 단절점……

"얘들아!" 나는 기어드는 목소리로 말했다. "시간 역행은 반드시 연속적이어야 하는 거야?"

한동안 그들은 아무런 반응이 없었다. 에디크는 담배를 피우며 연기를 천장으로 내뿜고 있었고, 비티카는 여전히 엎드린 채 꿈쩍하지 않았고, 로만만이 멀뚱히 나를 바라보았다. 이내 그의 눈동자가 휘둥그레졌다.

"자정이야!" 그는 무섭게 속삭이는 목소리로 말했다.

모두 다 벌떡 일어났다.

마치 내가 챔피언컵에서 결승 골을 넣은 것만 같았다. 모두들 내게 달려들어 끌어안고, 내 뺨이 침투성이가 되도록 입을 맞추고, 내 어깨와 목을 두드리고 나를 소파로 집어 던지더니 자기들도 달려들었다. "똑똑이!" 에디크가 소리쳤다. "끝내주는 머리야!" 로만이 외쳤다. "나는 여태 네가 딱 바보인 줄 알았는데!" 무례한 코르네예프가 말했다. 차차 그들은 진정되었고, 그러고는 모든 것이 척척 순조롭게 진행되었다.

처음에 로만은 뜬금없이 이제 자신이 퉁구스 운석의 비밀*을 알게 되었다고 발표했다. 로만은 그것에 대해 우리

모두들 내게 달려들어 끌어안고,
내 뺨이 침투성이가 되도록 입을 맞추고,
내 어깨와 목을 두드렸다.

에게 당장 말해 주고 싶다고 했고, 우리는 얼마나 역설적인 궤변이든 기꺼이 듣겠다고 동의했다. 우리는 무엇보다 우리에게 가장 관심 있는 일을 서둘러 먼저 말하고 싶지 않았다. 그렇다, 우리는 전혀 서두르지 않았다! 마치 우리가 미식가나 된 양 생각하면서 말이다. 허겁지겁 음식에 덤벼들거나 하지 않았다. 냄새를 만끽하고 눈으로 감상하고 입맛을 다시고 손을 비비면서 주위를 서성대며 한껏 음미하고 있었다……

"자, 그럼 이제 드디어 명확히 해 볼까." 관심을 집중시키려는 듯한 목소리로 로만이 입을 열었다. "퉁구스 불가사의에 대한 뒤죽박죽인 문제 말이야. 우리 이전에 이 문제에는 상상력이라곤 완전히 상실한 사람들이 전념했어. 온갖 혜성, 비물질 운석, 자가 폭발 원자력 우주선, 온갖 우주 구름이나 양자 발전기 등 이 모든 것이 지나치게 진부하고 진실과는 아주 거리가 먼 것들이지. 퉁구스 운석은 내게 언제나 외계인의 우주선이라 여겨졌고, 그래서 그 우주선은 이

* 원인을 알 수 없는 대규모 공중폭발 사건인 '퉁구스카 폭발'은 1908년 6월 30일 오전 7시 17분 현재 러시아 시베리아 크라스노야르스크 지방, 예니세이강 지류인 포드카멘나야퉁구스카강 유역 북위 60도 55분, 동경 101도 57분 지점의 밀림에서 발생했다. 대략 1000~1500만 톤으로 추정되는 거대한 불덩이가 서쪽에서 동쪽으로 날아가다가 폭발했고, 폭발한 불덩이로 2,150제곱킬로미터의 숲이 소실되었다. 거대한 불덩이에 대해 블랙홀 추락설, 대운석 추락설 등 수많은 가설이 나왔지만, 기술력의 미비 및 정부의 무관심으로 당시 진상이 제대로 규명되지 않아 수많은 음모론적 해석의 대상이 되었다.

미 떠났기 때문에 폭발 현장에서 찾을 수 없는 거라고 항상 추정했었어. 오늘까지만 해도 나는 퉁구스 운석의 추락은 우주선의 추락이 아니라 오히려 우주선의 이륙으로 인한 것이라고 생각했어. 그리고 이 막연한 가설이 이제 많은 것을 설명해 주고 있어. 불연속 시간 역행에 대한 아이디어가 이 문제를 대번에, 또 영원히 해결해 주었어…… 1908년 6월 30일 포드카멘나야퉁구스카 지역에서는 대체 무슨 일이 일어난 걸까? 바로 그해 7월 중순에는 외계인들의 우주선이 또다시 태양계 공간을 침범했지. 하지만 그것은 공상과학소설에서 나오듯이 단순하고 흉측한 외계인들이 아니었어. 동료들아, 그것은 시간 역행자였던 거야! 시간이 우리를 향해 흐르고 있는 다른 우주에서 우리 세계로 온 존재들이었다고. 상반되는 시간 흐름의 상호작용 결과, 시간 역행자들은 우리 우주를 거꾸로 돌린 영화처럼 인식하게 하는 평범한 역행에서 개별적이고 불연속적인 역행 유형으로 바뀌게 된 거지. 이 불연속성의 본질은 아직 우리에게 중요하지 않아. 중요한 것은 다른 거야. 중요한 것은 바로 우리 우주에서 그들의 생명이 이제 일정한 리듬의 사이클에 조건 지워졌다는 거지. 그저 단순하게 가정해 보자면, 만약 시간 역행자들의 어떤 일정한 주기가 지구의 하루와 같게 되면, 우리가 볼 때 그들의 삶도 하루를 사는 것 같을 수 있다는 거야. 그러니까 7월 1일에 그들은 우리와 똑같이 일하고 먹고 생활했어. 하지만 정확히 자정이 되면 그들은 그들의 장비와 함께 유한한 존재인 우리처럼 7월 2일을 맞이하는 것이 아니라, 6월 30일이 시작되는 그 순간으로, 우리 관점에서 판단하자면 앞으로 가는 것이 아니라 이틀 전으로 되돌아가게 되는 거지. 마찬가지로 6월 30일이 끝나는 그 시점에 그들은 7월 1일을 맞이하는 것이 아니라, 6월 29일이 시작하는 시점으로 가는 거야. 계속 그런 식인 거지. 지구에 근접하게 되면서 시간 역행자들은 지구가 궤도에서 아주 이상한 단절적 도약을 하고, 이 도약이 우주항법을 어렵게 만든다는 사실을 놀라워하면서 발견한 거야. 더 일찍 발견하지 못했다는 게 아마도 더 놀라웠을 거야. 아직 지구 시간 주기에 들어오지 않았지만 지구 위에 위치한 그들은 우리 시간으로 7월 1일, 거대한 유라시아 대륙 한복판에서 어마어마한 화재를 발견했고, 그 엄청난 연기는 우리 시간으로 2일, 3일 그리고 7월의 다른 날들에 그들이 이미 우주에서 초정밀 망원경으로 관측한 것이었어. 대재앙 자체는 시간 역행자들의 호기심을 자극했지만, 그들의 과학적 호기심은 결정적으로, 지구에 진입해서 우리 시간으로 6월 30일 아침이 되어 사라지게 된 거지. 시간 역행자들은 그 어떤 화재도 기억하지 못하고, 우주선 아래로는 그저 타이가의 잔잔한 녹색 바다가 펼쳐져 있는 것만 보게 돼. 호기심 많은 선장은 그의 시간 계산대로 어제 자기 눈으로 목격한 화재 참사의 진원지가 있는 바로 그 자리에 착륙하라고 명령하지. 그다음은 예측할 수 있는 거야. 토글스위치는 덜컥거리고, 스크린은 먹통이고, 행성 내비게이터는 웅웅거리다가 그 속에서 k-감마플라즈마가 폭발하는 거지……"

"뭐라고? 뭐?" 비티카가 물었다.

"k-감마플라즈마. 아니면 뮤-델타-이온플라스트라고도 하지. 화염에 휩싸인 우주선은 타이가에 떨어졌고, 당연히 타이가를 불태웠지. 바로 그 장면을 카렐린스코예 마을의 농부들과 그리고 역사에 목격자로 기록된 다른 사람들이 보게 된 것이지. 화재는 끔찍했어. 시간 역행자들은 바깥을 내다보며 떨면서 내연성과 내열성이 탄탄한 우주선 동체 안에서 기다리기로 결정했지. 자정이 될 때까지 그들은 맹렬하게 번지는 화염에 타들어 가는 타이가의 탁탁 소리를 두려워 떨면서 듣고 있었는데, 정확히 자정이 되자 순식간에 모든 것이 조용해진 거야. 놀랄 일도 아니지. 시간 역행자들은 새로운 날에 진입한 거니까. 우리 식의 시간 계산으로는 6월 29일인 거지. 그리하여 용감한 선장이 밤 2시 무렵 신중에 신중을 기해 밖에 나오기로 결정했을 때, 그가 강력한 탐조등 빛 아래 보게 된 것은 잔잔하게 흔들리는 소나무들과 우리가 말하는 용어로 모기 또는 각다귀라는 피를 빠는 작은 곤충 무리가 그 즉시 탐조등 불빛으로 돌진해 오는 모습이었어."

로만은 숨을 고르며 우리를 둘러보았다. 우리는 아주 마음에 들었다. 우리는 꼭 같은 방식으로 앵무새의 비밀을 어떻게 처리할지 기대했다.

"시간 역행자 외계인의 이후 운명은 말이야." 로만은 계속했다. "우리가 그다지 관심 가질 만한 것이 없어. 어쩌면 6월 15일에는 조용하고 침착하게 이번에는 알파-베타감마-무중력 비가연체를 사용해서 이상한 이 행성을 떠나 집으로 돌아갔을지도 모르지. 아니면 모두들 모기에 물려 감염되어 한꺼번에 죽었을지도 몰라. 시간 역행자 외계인들의 우주선은 오래도록 시간의 심연에 가라앉았고, 실루리아기 바다의 삼엽충들이 우주선을 기어 다니다가 우리 지구에 불쑥불쑥 나타나곤 했을 수도 있지. 그리고 하나 더 빠뜨릴 수 없는 것은 906년엔가 901년엔가 언젠가 타이가 사냥꾼 한 명이 이 우주선을 우연히 발견했고, 그의 말을 전혀 믿지 못하는 친구들에게 오래도록 장황하게 이야기해 주곤 했다는 거야. 자, 이제 내 짧은 강연을 마치면서 나는 포드카멘나야퉁구스카 지역에서 무엇이든 발견하기 위해 고군분투한 영광스러운 탐험가들에게 연민을 표하고 싶다. 명확성에만 집착한 그들은 오로지 폭발 후 타이가에서 무슨 일이 일어났는지에만 관심이 있었고, 그들 중 누구도 폭발 이전에 무엇이 있었는지는 알아내려고 애쓰지 않았던 거야. 딕시.*"

　로만은 기침을 하고 생명수 한 컵을 단숨에 들이켰다.

　"발표자에게 질문 있는 사람 있어?" 에디크가 질의했다. "질문 없어? 좋아. 그럼 이제 우리 앵무새로 돌아가자. 누구 발표할 사람?"

　모두가 발표하겠다고 했다. 그리고 모두가 떠들어 대기 시작했다. 목이 쉰 로만까지도 목소리를 높였다. 우리는 서로서로 질문 목록을 한 장씩 뜯어냈고 의문 사항을 하나하나씩 지워 갔다. 30분 정도 지난 뒤, 관찰한 현상을 통해 세부적으로 다듬어진 명료한 그림을 그려 낼 수 있었다.

　1841년 가난한 지주이자 퇴역 해군 소위 폴루엑트 흐리산포비치 넵스트루예프 집안에 아들이 태어났다. 아기의 성별뿐 아니라 출생 일자와 시간까지 정확하게 예측한 먼 친척 야누스 폴루엑토비치 넵스트루예프를 따서 아기의 이름은 야누스로 지어졌다. 이 친척은 조용하고 겸손한 노인으로, 나폴레옹 침략 직후 퇴역 소위 폴루엑트의 영지로 이사했고, 별채에 살면서 과학 연구에 몰두하며 지냈다. 그는 모든 과학자가 그렇듯이 아주 이상한 점이 많은 기인이었지만, 자신의 이름을 받은 아이를 온 마음을 다해 사랑하여 잠시도 떨어지지 않고 그에게 수학, 화학, 다른 과학적

* 【원주】 dixi. 나는 말했다, 이상. (라틴어의 결어구)

지식을 줄기차게 가르치며 주입시켰다. 젊은 야누스의 삶은 늙은 야누스가 없는 날이 단 하루도 없었다고 할 수 있다. 그래서 늙은 야누스가 해가 거듭할수록 늙고 쇠약해지기는커녕 반대로 점점 더 건강해지고 활기 넘치게 되는 것에 다른 사람들이 놀라워하는 이유를 젊은 야누스는 이해할 수 없었다. 19세기가 끝날 무렵 늙은 야누스는 분석적 마법, 상대주의적 마법, 통합적 마법의 최종 비밀을 젊은 야누스에게 상세하게 알려 주었다. 그들은 계속 함께 살았고, 나란히 붙어서 함께 연구했고, 모든 전쟁과 혁명에 함께 참여하면서 이래저래 역사의 모든 격변을 겪으며 지냈다. 그러다가 마침내 '요술과 마술 과학연구소'에 오게 된 것이다……

솔직히 말해서 이 도입부 전체는 지나치게 문학적이다. 야누스들의 과거에 대해서 우리가 확실하게 아는 것은 야누스 폴루엑토비치 넵스트루예프가 1841년 3월 7일 태어났다는 사실뿐이다. 어떻게 그리고 언제 야누스 폴루엑토비치 넵스트루예프가 연구소의 소장이 된 것인지에 대해 알려진 바는 전혀 없다. 심지어 우리는 U-야누스와 A-야누스가 두 얼굴의 한 사람이라고 누가 처음으로 알아채고 말했는지도 몰랐다. 이에 대해 내게 처음 말해 준 것은 오이라-오이라였고, 나는 이해할 수 없었기 때문에 그저 믿을 뿐이었다. 오이라-오이라는 자코모에게 들었고, 젊고 존경받는 사람이 한 말이기 때문에 로만도 역시 믿었다. 코르네예프에게 이 이야기를 해 준 것은 청소부였고, 그때 코르네예프는 솔직히 그 자체가 너무 허접해서 생각해 볼 가치도 없다고 생각했다. 하지만 에디크는 사바오프 바알로비치와 표도르 시메오노비치가 이에 대해 이야기를 나누고 있을 때 듣게 되었다. 당시 에디크는 조교였고, 그래서 신을 제외한 모든 것을 믿었다.

야누스들의 과거는 우리에게 그렇게 몹시 피상적으로 알려졌다. 대신 미래에 대해서 우리는 아주 정확하게 알고 있었다. 지금은 학문보다는 연구소 행정에 더 몰두하고 있는 A-야누스는 머지않아 실용적인 시간 역행이라는 아이디어에 미친 듯이 몰두할 것이다. 아마 그 아이디어에 평생을 바칠 것이다. 그는 유명한 러시아 우주 비행사들이 그에게 선물한 포톤이라는 이름의 작은 초록색 앵무새 친구를 데리고 갈 것이다. 이 일은 5월 19일에 일어나게 될 것인데, 1973년 아니면 2073년이 될 것이다. 그렇게 영리한 에디크는 앵무새 고리의 비밀스러운 숫자 190573을 해독해 냈다.* 그리고 그날로부터 머지않아 A-야누스는 스스로는 물론이고, 실험 순간에 그의 어깨에 앉아 설탕을 달라고 할 앵무새 포톤을 시간 역행자로 변환시키는 성공

* 러시아의 날짜 표기 방식은 일-월-연의 순서이므로, 190573은 ××73년 5월 19일을 의미한다.

을 마침내 거두게 될 것이다. 우리가 조금이라도 시간 역행에 대해 이해한다면 바로 이 순간에 인류의 미래는 야누스 폴루엑토비치 넵스트루예프를 잃게 될 테지만, 대신 인류의 과거는 두 명의 야누스를 한꺼번에 갖게 될 터인데, 그것은 A-야누스가 U-야누스로 변화하거나 시간 축을 따라 과거로 미끄러져 돌아올 것이기 때문이다. 그들은 매일 만나게 될 것이지만, 먼 친척이자 스승인 U-야누스의 온화하게 주름진 얼굴이 요람에서부터 익숙한 A-야누스는 단 한 번도 의심할 생각조차 하지 못할 것이다. 그리고 매일 자정이 되면, 현지 시각으로 정확히 0시 00분 00초 00테르티아가 되면, A-야누스는 우리 모두와 마찬가지로 오늘 밤에서 내일 아침으로 이동해 갈 것이지만, U-야누스와 그의 앵무새는 바로 그 시각, 1마이크로양자에 해당하는 순식간에, 우리 식으로는 오늘 밤에 어제 아침으로 이동하게 될 것이다.

그것이 바로 각각 10일, 11일, 12일에 관찰된 1번, 2번, 3번 앵무새가 서로 아주 똑같아 보인 이유였다. 그들은 그저 동일한 앵무새였던 것이다. 불쌍한 늙은 포톤! 아마도 노쇠함이 앵무새를 압도했는지 중풍이 덮쳤는지 모르겠지만, 어쨌든 앵무새는 병에 걸려 로만의 실험실에 있는 가장 좋아하는 저울 위에서 죽기 위해 날아온 것이다. 앵무새는 죽었고, 슬픔에 잠긴 앵무새 주인은 앵무새를 화장시키고 재를 날려 보냈는데, 그렇게 한 것은 죽은 시간 역행자가 어떻게 반응하게 될지 알지 못했기 때문이다. 아니면 알았기 때문에 그랬는지도 모른다. 우리는 당연히 이 과정 전체를 마치 부분 부분을 재편집한 영화처럼 본 셈이다. 9일, 로만은 페치카에서 죽은 앵무새의 깃털을 발견했다. 앵무새 포톤의 시체는 이미 없고, 내일 화장될 것이다. 내일, 10일, 로만은 페트리접시에서 또 앵무새를 발견한다. 같은 시간 U-야누스는 같은 곳에서 죽은 앵무새를 발견하고 페치카에서 화장시킨다. 남겨진 깃털은 그날 자정까지 페치카에 남아 있다가, 자정이 되면 9일로 이동하게 된다. 11일 아침, 앵무새 포톤은 아프기는 하지만 아직 살아 있다. 앵무새는 우리가 보는 앞에서 저울(지금 앉아 있기를 그렇게 좋아하는 바로 그 저울) 아래서 죽어 가게 되고, 단순한 사냐 드로즈드는 앵무새를 페트리접시에 담아 놓는다. 앵무새는 자정까지 페트리접시에 누워 있지만 자정이 되는 순간 10일 아침으로 이동하여 거기서 U-야누스에게 다시 발견되어 화장되고 바람에 재로 날리지만, 남겨진 앵무새 깃털은 자정까지 있다가 9일 아침으로 이동해서 로만에게 발견될 것이다. 12일 아침, 살아 있는 앵무새 포톤은 활기에 넘치고 코르네예프의 질문에 대답을 해 주고 설탕을 요구하다가, 자정이 되면 11일 아침으로 도약하여 병에 걸려 죽어페트리접시에 담겨 있게 되고, 자정이 되면 10일 아침으로 도약하여 화장되고 재로 흩어지게 된다. 하지만 깃털은 남아 9일 아침으로 도약하고, 로만이 발견하여 쓰레기통에 버려질 것이다. 13일, 14일, 15일 그리고 계속 이어지는 날에도 밝고 명랑하고 수다스러운 앵무새 포톤은 우리 모두에게 즐거움을 주고 우리는 앵무새의 응석을 받아 주면서 설탕이나 후추 알갱이로 모이를 줄 것이고, U-야누스는 우리에게 와서 앵무새가 우리 작업을 방해하지는 않는지 물어볼 것이다. 연상되는 질문을 적용해 가다 보면, 우리는 앵무새로부터 우주 공간으로의 인류의 확장에 대해 흥미로운 많은 사실들을 알아낼 수 있을 것이며, 의심할 바 없이 우리 개개인의 개별적인 미래에 대해서도 의미 있는 어떤 사실을 알아낼 수 있을 것이다.

우리가 논리적 추론에서 이 단계에 도달했을 때, 갑자기 에디크의 표정이 어두워지더니 앵무새 포톤이 자신, 암페랸에게 불시에 죽음을 맞이하게 되리라고 암시한 것이 마음에 걸린다고 말했다. 정서적으로 재치라고는 상실한 코르네예프는 모든 마법사의 죽음은 불시에 찾아오게 마련이며, 그럼에도 우리 모두는 그때 거기 있을 것이라고 말했다. 로만은 앵무새가 전적으로 우리 중에 에디크를 가장 좋아하기 때문에 오직 에디크의 죽음만 기억하고 있는 것이라고 말했다. 에디크는 우리보다 자신이 늦게 죽을 수도 있는 가능성이 아직 남아 있음을 깨닫고 기분이 좀 나아졌다.

하지만 죽음에 대한 대화는 우리 생각을 우울한 방향으로 이끌었다. 코르네예프를 제외한 우리 모두는 문득 U-야누스가 불쌍해지기 시작했다. 실제로, 잘 생각해 보면, U-야누스의 상황은 끔찍했다. 첫째, 그 자신은 위대한 과학적 무욕의 표본이었고, 때문에 자신의 아이디어의 결실을 향유할 기회를 실질적으로 상실해 있었다. 게다가 그에게는 밝은 미래 같은 것은 없었다. 우리는 이성과 형제애의 세계로 향해 갔지만, 그는 매일같이 '피 흘린 니콜라이'*, 농노법, 세나트 광장에서의 총격**을 맞이하러 간 것이다. 그리고 또 누가 알겠는가, 아마도 아락체옙시나***, 비로놉시나,**** 오프리치니나*****를 맞이하러 갔는지도 모

---

* 볼셰비키에게 처형된 제정러시아 마지막 차르 니콜라이 2세를 일컫는 말.

** 데카브리스트의 난을 가리킨다. 1825년 12월 14일(구력, 현재로는 12월 27일), 제정러시아의 차르 니콜라이 1세의 대관식을 앞두고 데카브리스트라 명명된 청년 장교들이 제국의 개혁과 입헌군주제 실현, 농노제 폐지를 외치며 '세나트 광장'(원로원 광장, 현재는 데카브리스트 광장이라고 불린다)에서 일으킨 봉기이다. 니콜라이 1세는 몸소 봉기 진압을 지휘하며 총격으로 진압했고, 이후 전제 정치를 더욱 강화하게 된다.

*** 18세기 말에서 19세기 초 파벨 1세와 알렉산드르 1세 통치기에 신임받던 러시아 정치가 알렉세이 안드레예비치 아락체예프 백작의 군대와 경찰 개혁, 국가 통치 강화를 옹호한 19세기 전반의 흐름을 이른다. 포악한 군정. 아락체예프는 니콜라이 1세의 즉위와 함께 요직에서 물러났다.

**** 18세기 전반 안나 이오아노브나(또는 이바노브나) 여제 시기, 여제의 애인이었던 쿠를란트-젬갈렌 공국 출신 귀족 에른스트 요한 폰 비론이 섭정한 1730~1740년의 반동 정치를 가리킨다.

온갖 난리 법석

른다. 그러고는 시간의 깊은 심연 어딘가에서, 불쾌한 어느 날, 허여멀건 가발을 쓴 그는 '상트-페테르부르크 데 시앙스 아카데미'******에서 심하게 분칠하고 가발을 쓴 동료를 만나게 될 것이다. 이미 일주일은 족히 U-야누스를 아주 이상하게 홀끔거리던 그 동료는 숨을 헐떡이며 공포에 질린 눈동자로 손뼉을 치면서 중얼거릴 것이다. "넵스트루예프-으 씨……! 이게 대체 워찌 된 거져? 어즈께 《소슥》 신문에서 특벼러게 보도되어즈나요, 쇼크로 도라가셔 가꾸……" 그러면 U-야누스는 이 대화가 의미하게 될 바가 무엇인지를 너무도 잘 알고 이해하면서 어쩔 수 없어 쌍둥이 형제에 대해서든 가짜 소문에 대해서든 뭐든 이야기해야 할 것이다……

"그만둬." 코르네예프가 말했다. "다 쓰잘머리 없는 얘기야. 대신 그는 미래를 알고 있잖아. U-야누스는 아직 우리가 가고 있고 가야 할 곳에 이미 다녀왔다고. 그리고 그는 아마도 우리 모두가 언제 죽을지도 아주 잘 알고 있을지 몰라."

***** 1565년 이반 4세가 귀족을 억압하기 위해 만든 군주 직할 영지, 또는 이를 토대로 한 군사·정치 체제를 가리킨다. 이반 4세의 공포정치를 감행하기 위해 창설된 단체가 오프리치니크이다.

****** 1725년 설립된 러시아 과학아카데미의 초기 공식 명칭으로, 당시에는 유럽식으로 '아카데미 데 시앙스Académie des sciences'(과학아카데미)로 불렸다.

"그건 전혀 다른 문제야." 에디크가 서글프게 말했다.

"노인네가 힘들 거야." 로만이 말했다. "그에게 더 친절하고 다정하게 대해 주자. 특히 너 말이야, 비티카. 너는 항상 왜 그렇게 그에게 무례하게 대하는 거니?"

"그럼 대체 그 인간은 왜 그렇게 나를 괴롭히는 거야?" 비티카가 퉁명스럽게 대답했다. "우리가 무슨 대화를 했던가요, 우리가 어디서 만났던가요……"

"그러니까 이제 왜 그러는지, 왜 귀찮게 하는지 너도 알게 되었잖아. 그러니까 좀 제대로 처신하라고."

비티카는 눈살을 찌푸리고 시위하듯 질문 목록을 검토하기 시작했다.

"그에게 모두 다 자세하게 설명해 주어야 해." 내가 말했다. "우리가 알고 있는 모든 것을 말이야. 또 그에게 끊임없이 가까운 미래에 대해 예고해 주어야 해."

"에이, 빌어먹을!" 로만이 말했다. "야누스는 이번 겨울에 다리가 부러졌단 말이야. 빙판에 미끄러져서."

"미리 방지해야 해." 내가 단호하게 말했다.

"뭐라고?" 로만이 물었다. "너 지금 자기가 무슨 말을 하고 있는 건지 이해는 하고 있는 거야? 다리 골절은 이미 오래전에 접합되었어……"

"하지만 다리는 아직 부러지지 않았는데." 에디크가 반박했다.

몇 분 동안 우리는 어찌 된 일인지 파악하려고 노력했다. 비티카가 갑자기 말했다.

"잠깐! 대체 이게 뭐지? 얘들아, 우리 해결하지 않은 질문이 하나 남아 있어……"

"어떤 질문?"

"깃털은 어디로 갔는가?"

"그래서 뭐야, 어디로 간 거야?" 로만이 말했다. "8일로 갔을 거야. 마침 8일에 내가 페치카를 켜고 불을 지폈거든……"

"그래서 그러고 나서는 어쨌는데?"

"그러고는 내가 깃털을 휴지통에 버렸지…… 8일, 7일, 6일에는 깃털을 보지 못했어…… 음…… 그럼 깃털은 어디로 간 거지?"

"청소부가 버렸을 거야." 내가 추측했다.

"이것에 대해 생각하는 것 자체가 흥미로워." 에디크가 말했다. "만일 아무도 깃털을 태우지 않았다고 가정해 봐. 영원한 시간 속에서 깃털은 어떤 모습을 하고 있을까?"

"더 흥미로운 게 있어." 비티카가 말했다. "예를 들어, 만일 '스코로호트'* 공장에서 미처 다 제작하기 전의 시점으로 돌아가면 야누스 부츠는 어떻게 되는 거지? 그리고 야

* 러시아어로 '빠른 걸음'이라는 의미이다.

누스가 저녁에 다 먹어 치운 음식은 어떻게 되는 거야? 그리고 또……"

하지만 우리는 이미 지겨워져 있었다. 그래도 얼마간 더 논쟁을 벌였다. 그다음에 사냐 드로즈드가 와서 논쟁을 벌이고 있는 우리 사이를 비집고 소파에 앉더니 라디오 수신기 '스피돌라'를 켜고는 2루블을 달라고 조르기 시작했다. "이봐, 좀 달라고." 사냐는 애처롭게 졸랐다. "돈 없어." 우리는 그에게 말했다. "혹시라도 남은 게 있을지 알아…… 봐 봐, 좀 주면 어떠냐……!" 논쟁을 지속하는 것은 불가능했고, 그래서 우리는 밥을 먹으러 가기로 했다.

"결론적으로 보면……" 에디크가 말했다. "우리 가설은 그렇게 환상적인 것도 못 돼. 훨씬 더 놀라운 U-야누스의 운명에 비하면 말이야……"

그건 정말 그래, 그렇게 우리는 생각했고 식당으로 갔다.

막간을 이용해서 나는 전자 작업장에 들러 식사하러 간다고 말했다. 복도에서 나는 U-야누스와 마주쳤다. 그는 나를 유심히 바라보더니 무엇 때문인지 미소를 짓고는 우리가 어제 만나지 않았던가를 물었다.

"아니요, 야누스 폴루엑토비치." 나는 말했다. "어제 우리는 만난 적이 없습니다. 소장님은 어제 연구소에 안 계셨잖아요. 어제는요, 야누스 폴루엑토비치 소장님, 아침에 곧바로 모스크바로 떠나셨거든요."

온갖 난리 법석

"아하, 그렇군요." 그는 대답했다. "내가 깜빡했네요."

그가 너무도 상냥하게 미소를 짓는 바람에 나는 결심하게 되었다. 어쩌면 약간 주제넘고 뻔뻔한 것일 수도 있겠지만, 나는 최근에 야누스 폴루엑토비치가 내게 특별히 잘 대해 주고 있다는 것을 잘 알았다. 그래서 지금 그와 특별히 불편한 일은 생기지 않을 것이라는 확신이 있었다. 나는 조심스럽게 주위를 둘러보면서 목소리를 낮추고 물었다.

"야누스 폴루엑토비치, 혹시 질문 하나 드려도 될까요?"

야누스는 눈썹을 추켜세우고는 한동안 나를 뚫어져라 바라보았고, 그다음에는 무언가를 떠올린 듯 물었다.

"그런데, 질문이 하나인 것이 분명한가요?"

나는 그가 옳다는 것을 깨달았다. 그 모든 것을 어떻게 해도 단 하나의 질문에 담을 수 없었다. 전쟁이 일어날까요? 제가 뭐든 이룰 만한 연구자가 될까요? 보편적인 행복의 비결을 찾을 수 있을까요? 언젠가는 마지막 바보 하나까지 끝내 사라질 날이 올까요……? 하지만 나는 말했다.

"제가 내일 아침에 찾아봬도 될까요?"

야누스는 고개를 젓더니, 내 느낌에 왠지 좀 심술궂게 대답했다.

"아니요. 그렇게 하지 못할 겁니다. 내일 아침부터 당신은, 알렉산드르 이바노비치, 키테즈그라드 공장에서 오라고 할 것이고, 나는 당신을 출장 보내야 할 거예요."

나는 스스로가 바보가 된 느낌이었다. 이 단호한 확신에는 자유의지를 가진 독립적 인간으로서의 내가 이제는 나와 상관없이 완전히 결정된 일을 마주하며 느끼는 굴욕적인 무언가가 있었다. 그리고 그 말은 내가 키테즈그라드 공장에 가고 싶은지 아닌지는 전혀 상관없다는 말이었다. 이제 나는 ('해고당할 때까지!') 죽을 수도 없고, 아플 수도 없고, 변덕을 부릴 수도 없는 그런 운명임을 의미하는 것이다. 처음으로 나는 '운명'이라는 그 단어의 끔찍한 의미를 깨달을 수 있었다. 사형이나 실명 같은 운명이 얼마나 불행한지는 알고 있었다. 하지만 세상에서 가장 유명한 아가씨와의 사랑도 운명이고, 키테즈그라드(이미 내가 3개월 넘도록 한 번은 가 보기를 그렇게 열망했던 곳임에도) 출장이나 흥미진진한 세계 일주까지도 모두 운명 지워진 것이라면, 그것은 정말 몹시도 기분 나쁜 일이었다. 미래에 대해 미리 알게 된다는 것은 이제 내게 완전히 새로운 의미로 다가왔다……

"좋은 책을 끝에서부터 읽는 것은 좋지 않아요, 그렇지 않습니까?" 야누스 폴루엑토비치는 노골적으로 나를 관찰하면서 말했다. "그리고 질문에 대해서는 말이죠, 알렉산드르 이바노비치, 그것은…… 이해해 주세요, 알렉산드르 이바노비치, 모두에게 단일한 미래라는 것은 없답니다. 미래는 다양해요. 또한 당신의 행동 하나하나가 미래 속에 다른 무언가를 만들게 되지요…… 그것을 이해해야 합니다."

그는 확고하게 말했다. "당신은 반드시 그것을 이해해야 합니다."

나중에 나는 정말 그것을 이해하게 되었다.

그러나 그것은 이미 완전히-완전히 다른 이야기다.

니이차보 전자계산 실험실 연구원
A. I. 프리발로프의
짧은 후기 및 해설

'요술과 마술 과학연구소'에서의 생활에 대해 제시된 수기는 엄밀한 의미에서 볼 때 사실적이지 않다. 그러나 이 수기는 G. 프로니차텔니와 B. 피톰니크의 유사한 주제와도 명백하게 구별되며 광범위한 독자층에 추천할 수 있다는 장점이 있다.

우선 말해 두고 싶은 것은 저자들이 상황을 파악하고, 연구소 작업에서 보수적인 업무와 진보적인 업무를 분리해 낼 수 있다는 것이다. 이 수기는 비베갈로의 속임수에 대해 경탄하는 기사를 읽을 때나 혹은 '절대지식' 부서 연구원들의 무책임한 예측을 열광적으로 설명하는 글을 읽을 때 경험하게 되는 그런 짜증스러움을 전혀 불러일으키지 않는다. 아울러 마법사를 하나의 인간으로 대하는 저자들의 올바른 태도가 매우 유쾌하다. 저자들에게 마법사는 두려운 경외와 경배의 대상이 아니며, 영화 속 짜증 나는 바보처럼 끊임없이 안경을 잃어버리고 불량배의 따귀를 때릴 엄두도 못 내면서 그저 짝사랑하는 아가씨에게 '차별적이

고 통합적인 미적분 과정'의 일부를 낭독해 주는 그런 인물
도 아니다. 이 모두는 저자들이 타당한 어조를 취하고 있음
을 의미한다. 장점은 또한 저자들이 초보자의 관점에서 연
구소 풍경을 묘사하면서도, 동시에 행정규칙과 마법의 규
칙 간의 깊은 연관성을 간과하지 않았다는 데 있다고 할 수
있다. 수기의 단점이라고 할 만한 것은 대부분 저자들의 근
본적인 인도주의적 지향성에서 비롯된 것이다. 전문 문학
가로서 저자들은 종종 소위 사실의 진실성보다는 소위 예
술적 진실성을 선호하는 것으로 보인다. 아울러 전문 문학
가로서 대부분의 문학가들이 그렇듯이 현대의 마법이라
는 문제에 대해 완고하게 감정적이며 애석할 정도로 무지
한 면을 보이고 있다. 이 수기의 출판에 전혀 반대하지는
않지만, 그럼에도 불구하고 나는 몇 가지 구체적 오류와 결
함을 지적할 필요가 있다고 생각한다.

　1 —— 수기의 제목은 수기의 내용에 전혀 부합하지 않
는다고 판단된다. 우리 사이에 아주 광범위하게 통용되는
이 관용구를 사용하여 아마도 저자들은 쉬고 있을 때도 마
법사들은 끊임없이 일하고 있다는 것을 말하고 싶었던 듯
하다. 그리고 실제로 거의 그렇다. 하지만 이는 수기에서
거의 드러나지 않는다. 저자들은 색다른 정취에 과도하게
몰입하면서 더 흥미로운 모험과 효과적인 에피소드를 제

공할 수 있다는 유혹에서 벗어나지 못했던 것이다. 어느 마법사의 삶에서나 본질적인 모험 정신은 수기에 거의 반영되지 않았다. 물론 제3부의 마지막 장은 사고의 과정을 보여 주고자 저자들이 노력했다고 생각되기는 하지만, 오히려 매우 초보적이고 지엽적인 논리적 과제에 집중하면서 부적절한 재료를 선정한 것으로 생각된다. (게다가 이 과제를 서술하면서 아주 단순한 논리적 실수를 저질러 놓고 그것이 마치 등장인물들이 허술하기 때문인 양 묘사하기를 주저하지 않는 꼼수도 보인다.) 어쨌건 저자들에게 이런 문제에 대한 내 의견을 말해 주었을 때, 그들은 그저 어깨를 으쓱하고는 다소 불쾌한 듯 내가 지나치게 진지한 태도로 수기를 받아들이고 있다고 밝혔다.

2 ── 과학으로서의 마법의 문제에 대해 이미 언급한 저자들의 무지는 책 전반에 걸쳐 악의적인 농담으로 진행된다. 예를 들어 M. F. 레디킨의 논문 주제를 만들면서, 저자들은 무려 열네 개(!)의 사실적 오류를 범했다. 저자들의 마음에 쏙 들었던 것이 분명한 '하이퍼자기장'이라는 입체적 용어 역시 수시로 부적절하게 본문에 삽입되곤 한다. 저자들은 보아하니 소파-변환기가 M-자기장 방출기가 아니라 mu-자기장 방출기임을 모르는 것 같다. 또한 '생명수'라는 용어는 2세기 전부터 쓰이기 시작했다는 것도, 아

쿠아비토미터라고 불리는 비밀 장비와 '알단'이라고 불리는 전자계산기는 자연계에는 존재하지 않는다는 것도, 전자계산 실험실의 책임자는 프로그램 테스트에 거의 관여하지 않는다는 것도, 테스트를 위해서는 저자들이 시종일관 아가씨들이라고 부르는 우리 연구소 수학-프로그래머 두 명이 있다는 것도 모르는 것 같다. 제2부 제1장에서의 물질화 실험에 대한 묘사는 정말 조잡하기 그지없다. 저자들의 양심에는 그저 '마법장좌표 벡터'와 '아우에르스 주문'과 같은 허접한 용어만 남아 있을 뿐이다. 스토크스 방정식은 물질화와 아무 관련이 없으며, 묘사된 장면의 토성은 천칭자리에 위치할 수 없다. (내가 알기로 저자 중 한 명이 전문 천문학자이기 때문에 이 마지막 오류는 특히나 더 용납할 수 없다.) 이런 종류의 오류와 무지의 사례는 계속 이어 갈 수 있지만, 저자들이 그 무엇도 수정할 수 없다고 단호하게 거절했기 때문에 더 하지는 않겠다. 저자들은 또한 스스로도 이해하지 못하는 전문용어들을 삭제하는 것도 거부했다. 저자 중 한 명은 동료들을 위해 전문용어가 필수적이라고 천명했고, 다른 한 명은 전문용어가 뉘앙스를 살려 주기 때문에 필요하다고 말했다. 어쨌건 나는 압도적 다수의 독자는 올바른 전문용어와 잘못된 용어를 구별할 수 없을 것이며, 어떤 용어가 사용되더라도 합리적인 독자는 전혀 믿지 않을 것이라는 저자들의 주장에 동의할 수밖에 없었다.

3 —— 위에 언급한 바와 같이, 예술적 진실성(저자 중 한 사람의 표현대로)에 대한, 그리고 인물의 유형화(다른 저자의 표현대로)에 대한 열망은 서술에 등장한 실제 인물들의 형상을 상당히 왜곡시키는 결과로 이어졌다. 저자들은 전반적으로 인물들의 변별성을 없애려는 경향을 보였으며, 그나마 비베갈로와 크리스토발 호제비치 훈타만이 어느 정도 그럴듯할 뿐이다. (여기에 나는 그 누구보다 가장 뛰어나게 묘사되었지만 단편적으로 등장할 뿐인 흡혈귀 알프레드는 고려하지 않았다.) 예를 들어, 저자들은 계속해서 코르네예프는 무례하다고 단언하면서, 독자들이 이 무례함에 대해 적절한 연상을 할 수 있을 것이라고 생각하는 듯하다. 그렇다, 코르네예프는 정말 무례하다. 하지만 바로 그렇기 때문에 묘사된 코르네예프는 실제 코르네예프와 비교하면 마치 '반투명인간 창조자'(저자들이 직접 사용한 표현대로)처럼 여겨지게 된다. 이와 마찬가지인 것이 E. 암페랸의 악명 높은 공손함이다. R. P. 오이라-오이라는 수기에 묘사된 기간 동안 두 번째 부인과 이혼하고 세 번째 결혼을 앞두고 있었음에도 수기에서의 로만은 전혀 실체가 없다. 제시한 사례들은 아마도 독자들이 수기에서 묘사된 나 자신의 이미지에 너무 많은 신뢰를 부여하지 않도록 하기 위해 충분하리라고 판단된다.

4 —— 삽화에 대한 몇 마디.

삽화들은 아주 신뢰할 만한 높은 수준이며 매우 설득력 있게 보인다. (심지어 나로서는 삽화가 인접한 니이카보[전승과 예언 과학연구소]와 직접 관련되어 있다고 생각할 정도였다.) 이는 진정한 재능이란, 정보가 결여되어 있을지라도 현실에서 완전히 동떨어지지는 않는다는 추가적 증거이기도 하다. 하지만 동시에 삽화가는 내가 위에서 이미 언급한 권위를 가진 저자들의 눈으로 세상을 보는 불행에 처했다는 것을 지적하지 않을 수 없다. 그럼에도 불구하고, 이 수기를 명예훼손, 불신, 허위 정보 및 단절로 받아들여 문학-비평적 추적을 선동하려는 시도가 있다면, 니이카보 연구원들에게 고유한 유머 감각이 그것을 멈추게 하기를 간절히 바란다.

저자들은 내게 수기에 등장하는 몇몇 이해하기 어려운 용어와 알려지지 않은 이름들에 대해 설명해 줄 것을 의뢰했다. 이 의뢰를 수행하면서 나는 일정한 난관에 부딪혔다. 저자들이 고안해 낸 ('아쿠아비토미터' '임시 전이' 등과 같은) 용어들에 대해서 당연히 나는 설명할 생각이 없다. 그리고 철저한 전문 지식을 요하면서도 꽤 자주 쓰이는 전문용어를 설명하는 일이 크게 유용하지도 않을 것이라고 생각한다. 예를 들어 물리학 진공 이론을 잘 모르는 사람에게 '하이퍼자기장'이라는 용어를 설명하는 것은 불가능하다. '공간이동'이라는 용어 역시 훨씬 더 포괄적이며, 게다가 학파마다 다른 의미로 사용한다. 요컨대 해설에서 나는 첫째, 충분히 널리 알려진 인명과 용어와 개념에 대해서, 둘째 우리 작업에서만 특징적인 개념에 대해서 언급하는 것으로 범위를 제한했다. 또한 마법과 직접적인 관련은 없지만 내 생각에 독자들에게 의구심을 불러일으킬 만한 몇몇 개념들에 대해서도 해설을 제공했다.

골렘 Голем

뢰브 벤 베찰렐이 점토로 만든 최초의 인공두뇌 로봇의 하나. (참고로, 1952년 체코슬로바키아 코미디 영화 〈황제와 골렘Císařův pekař–Pekařův císař〉에 등장하는 골렘은 실제와 매우 유사하다.)

공중 부양 Левитация

그 어떤 기계장치 없이 날아오를 수 있는 능력. 새, 박쥐, 곤충들의 공중 부양은 널리 알려져 있다.

기쓰네 Кицунэ

「수인」 참조.

다나이데스 Данаиды

그리스 신화에서 다나오스왕의 범죄를 저지른 딸들로, 다나오스의 지시대로 결혼식 날 밤에 남편을 죽였다. 처음에는 밑 빠진 욕조에 영원토록 물을 채우는 벌을 받았다. 이후 사건을 다시 검토하면서 법원은 다나이데스의 결혼이 강제로 이루어졌다는 사실에 주목했다. 이는 그들의 형벌을 완화시키는 상황으로 작용했고, 그들은 더 의미 없는 작업으로 재배치되었다. 우리 연구소에서 다나이데스는 얼마 전 자신들이 깔아 놓은 아스팔트마다 다시 깨뜨리는 일에 종사하고 있다.

도모보이 Домовой

사람들의 미신 속에 등장하는 초자연적 존재로, 사람이 사는 모든 주거 공간에 기거한다. 도모보이에게는 초자연적 능력은 전혀 없다. 이들은 재교육이 불가능할 정도로 완전히 능력을 상실한 마법사이거나, 아니면 드베르그와 일부 가축 사이에서 만들어진 잡종이다. 연구소에서 이들은 M. M. 캄노예도프의 감독 아래 있고, 특별한 자격이 필요 없는 잡일에 동원된다.

드라큘라 백작 Дракула, граф

17~19세기의 유명한 헝가리 흡혈귀. 백작이었던 적은 없다. 반인륜적인 범죄를 어마어마하게 저질렀다. 경비병들에 의해 체포되어 엄청나게 모인 군중 앞에서 사시나무 말뚝으로 장엄하게 관통되었다. 놀라운 생명력으로 구별된다. 부검 결과 그의 몸속에서 은탄환 1.5킬로그램이 발견되었다.

드베르그 Гном

서유럽 신화에서 지하의 보물을 지키는 흉측한 난쟁이. 나는 연구소의 몇몇 드베르그와 대화를 해 보았다. 그들은 정말로 흉측하고 정말로 난쟁이였지만, 보물에 대해서는 아무 개념이 없었다. 대부분의 드베르그들은 잊히고 심하게 쪼그라든 복제이다.

라마피테쿠스 Рамапитек

현대적 관점에 의하면, 진화 사다리에서 자바원인인 호모 에렉투스의 직전 단계 인류이다.

『**마녀 잡는 망치**』 《*Молот ведьм*》

고대 3급 고문 교본. 마녀를 식별하기 위한 목적으로 특별히 교회를 위해 교회에 의해 작성되었다. 현대에는 구태로 간주되어 폐기되었다.

맥스웰의 도깨비 Демон Максвелла

위대한 영국 물리학자 맥스웰의 사고실험의 중요한 요소. 열역학 제2법칙을 위배하는 것이 가능한가에 대한 실험이다. 맥스웰의 사고실험에서 도깨비는 움직이는 기체 분자로 가득한 상자를 분리해 둔 벽의 작은 문을 지키고 있다. 도깨비의 업무는 평균보다 빨리 움직이는 분자를 다른 쪽으로 내보내고, 평균보다 느리게 움직이는 분자는 못 나오도록 문을 닫는 것이다. 이상적인 도깨비는 그렇게 해서 별다른 노동비용을 들이지 않고 한쪽 절반은 매우 높은 온도로, 다른 절반은 아주 낮은 온도로 만들어 온도 차에 의한 영구적 동력을 얻어 낼 수 있다. 하지만 비교적 최근에 와서야 이런 업무를 수행할 수 있는 도깨비들은 오직 우리 연구소에만 있다는 사실이 밝혀졌다.

무뇌증 Анацефал

뇌와 두개골이 없는 기형. 일반적으로 출생 시 또는 출생 몇 시간 후에 사망한다.

바실리스크 Василиск

수탉의 몸과 뱀의 꼬리를 달고 시선만으로 누구든 죽일 수 있는 동화 속 괴물. 사실 지금은 멸종된 깃털 달린 고대 도마뱀의 모습으로, 시조새의 최초의 형태이다. 최면술을 할 수 있으며, 연구소 내 테라리엄에 두 개의 견본이 보존되어 있다.

박제사 Таксидермист

박제를 만드는 박제사. 나는 저자들에게 이 희귀한 단어를 추천했는데, C. J. 훈타를 허수아비 제조사라고 부를 때면 그가 노발대발했기 때문이다.

뱀파이어 Вампир

「우피리」 참조.

베르볼프 Вервольф

「수인」 참조.

베찰렐, 뢰브 벤 Бецалель, Лев Бен

중세의 유명한 마법사로 황제 루돌프 2세의 궁정 연금술사.

산송장 Кадавр

대체로 말해서 초상화, 동상, 우상, 허수아비 등과 같은 살아 있는
듯한 무생물 물체를 이른다. (예를 들어, A. N. 톨스토이의 『칼리오스
트로 백작』을 참조하라.) 역사상 최초의 산송장 중 하나는 조각가 피
그말리온의 작품으로 잘 알려진 갈라테이아이다. 현대 마법에서
는 산송장이 사용되지 않는다. 일반적으로 산송장들은 경이로울
만큼 멍청하고 변덕스럽고 히스테릭하며, 조련되는 경우가 거의
없다. 연구소에서는 실패한 복제 또는 복제와 유사한 연구원들을
비아냥거리며 산송장이라고 부르기도 한다.

세귀르 리샤르 Сэгюр Ришар

환상소설 『리샤르 세귀르의 비밀』*의 주인공으로, 입체 사진법을 발명했다.

솔로몬의 별 Звезда Соломонова

세계문학 속에 등장하는 마법의 힘을 가진 육각형의 별. 현재는 다른 대부분의 기하학적 주문과 마찬가지로 모든 힘을 잃었으며, 그저 무지한 사람들을 협박하는 데만 쓰일 뿐이다.

수인獸人 Оборотень

특정한 동물로 변신할 수 있는 능력을 가진 사람. 늑대로 변하거나(베르볼프), 여우로 변하거나(기쓰네), 기타 동물로 변신한다. 왜 그런지 이해할 수 없지만 미신을 믿는 사람들에게 끔찍한 공포를 불러일으킨다. V. P. 코르네예프의 경우에는 사랑니 통증에 시달릴 때 수탉으로 변신했고, 그 즉시 통증이 사라졌다.

* 프랑스 작가 모리스 르나르가 알베르장과 공동 집필한 소설. 1925년 작.

신탁 Оракул

고대인들의 관념에서 신과 인간의 의사소통 수단. 새의 비상(점술가들), 나뭇잎의 사각거리는 소리, 선지자들의 횡설수설 등을 그렇게 간주했다. 예언이 하달되는 장소 역시 신탁이라 명명되었다. '솔로베츠 신탁'이란 이미 오래전부터 소소한 예견을 하는 강력한 전자계산기를 설치하고자 마련되어 있던 작은 암실이다.

『우파니샤드』 «Упанишады»

4대 성전聖典에 대한 고대 인도의 해석서.

우피리 Упырь

민담에 등장하는 피를 빨아 먹는 죽은 인간. 실제로는 존재하지 않는다. 현실에서 우피리(흡혈귀, 뱀파이어) 등은 이런저런 이유로 난해한 악의 길을 택한 마법사들이다. 그들을 퇴치할 원시적인 수단은 사시나무 꼬챙이와 토종 은으로 주조된 총알이다. 본문에서 '뱀파이어'라는 단어는 온갖 곳에서 은유적인 의미로 사용되고 있다.

유령 Фантом

귀신, 환영. 현대적 개념으로 보자면 죽은 세포 정보의 응집체이다. 유령은 아무런 위해를 가할 수 없음에도 불구하고 미신적 공포를 불러일으킨다. 연구소에서는 법적인 목격자로 간주될 수 없음에도 불구하고 역사적 사실을 명확히 밝히는 데 유령을 이용한다.

이프리트 Ифрит

진의 일종. 일반적으로 이프리트는 건장한 아랍 군사 지휘관의 잘 보존된 복제이다. 연구소에서 M. M. 캄노예도프는 이들을 무장 경비원으로 쓰고 있는데, 다른 진들과 달리 고도의 훈련으로 단련되어 있기 때문이다. 이프리트의 화염 방사 메커니즘은 제대로 연구되어 있지 않은 상태이며, 누구에게도 필요하지 않기 때문에 앞으로도 완전히 연구될 리가 없을 것이다.

인큐나불라 Инкунабула

초기 활판 인쇄본을 일컫는다. 일부 인큐나불라 가운데는 엄청나게 거대한 크기도 있다.

인큐버스 Инкуб

살아난 시체의 일종으로 산 사람을 덮쳐서 성적 쾌락을 탐하는 습성이 있다. 실제로는 존재하지 않는다. 마법 이론에서 '인큐버스'라는 용어는 완전히 다른 의미로 쓰이는데, 살아 있는 유기체의 사악한 에너지를 측정하는 단위를 뜻한다.

잔-벤-잔 Джян бен Джян

고대 발명가 또는 고대 전사. 그의 이름은 항상 방패의 개념과 연결되어 있으며 단독으로는 나오지 않는다. (예를 들어, 귀스타브 플로베르의 『성 앙투안의 유혹』에서 언급된다.)

점술가들 Авгуры

고대 로마 시기, 새들의 비행과 행동으로 미래를 예언한 성직자들. 그들 대부분은 고의적인 사기꾼이었다. 현재는 새로운 방법이 개발되었음에도 불구하고, 여전히 연구소 점술가들의 대다수가 그렇게 한다.

족 Триба

여기서는 부족. 대체 무슨 이유에서 『운명의 서』 편집자들이 라마피테쿠스를 부족이라고 불렀는지 전혀 이해할 수 없다.

진 Джинн

아랍과 페르시아 신화의 악령. 거의 모든 진은 솔로몬왕과 솔로몬왕 시대 마법사들의 복제이다. 군사적 또는 정치 난동의 목적으로 사용된다. 매우 사악하고 혐오스럽고 비열한 성격과 감사의 감정이 완벽하게 결여되어 있다는 특징이 있다. 무식함과 무지막지한 공격성으로 그들 대부분은 감옥에 갇혀 있다. 현대 마법에서 실험용 생물로 폭넓게 쓰인다. 특히 E. 암페랴은 열셋의 진을 대상으로 실험하여 사악한 바보가 사회에 미치는 악영향의 질량을 정의한 바 있다.

테르티아 Терция

60분의 1초.

피티아 Пифия

고대 그리스 델포이 신탁을 전하는 여사제. 독가스를 들이마시며
신탁을 전했다. 우리 연구소에서는 피티아를 훈련시키지 않는다.
담배를 많이 피우고, 예언 일반 이론을 연구한다.

하르피이아 Гарпии

그리스 신화 속 회오리바람의 여신. 실제로는 좀비의 일종인데
초기 마법사들이 시도한 품종개량 실험의 부산물이다. 매우 불결
하고 게걸스럽고 괴팍한 외모의 늙은 여자 머리를 단 커다란 붉
은 새의 모습이다.

호문쿨루스 Гомункулус

무식한 중세 연금술사들이 인위적인 플라스크에서 만든 것으로 상상한 유사 인간형 생물. 실제로는 플라스크에서 인공 생물은 만들어질 수 없다. 호문쿨루스는 특수한 오토클레이브에서 합성되고 생체역학 모델링에 사용된다.

흡혈귀 Вурдалак

「우피리」참조.

히드라 Гидра

고대 그리스 신화에서 머리가 여러 개인 물뱀. 우리 연구소에는 실제 존재하는 머리 여러 개의 파충류 가운데 용 고리니치의 딸이자 스코틀랜드 네스호에서 발견된 플레시오사우루스가 보존되어 있다.

후기

　마법사와 마녀와 마술사와 요술사에 대한 이야기는 오래전부터, 1950년대 후반부터 우리가 구상했던 것이다. 처음에 우리는 소설에서 무슨 사건을 다룰지 전혀 알지 못했고, 단지 우리 주인공들이 모든 시대와 여러 민족의 동화, 전설, 신화 그리고 괴담에 등장하는 인물이어야 한다는 것만 알았다. 그리고 이 모든 것은 공동 저자 중 한 명에게는 개인적인 경험으로 잘 알려진, 다른 저자 한 명에게는 수많은 과학자 지인들의 이야기를 통해 잘 알려진, 없는 것이라곤 없는 저명한 현대적 과학 연구소를 배경으로 한다. 오랜 시간에 걸쳐 우리는 장차 우리의 주인공들의 장난, 별명, 우스꽝스러운 특징들을 수집했고, 그것을 개별적인 카드(물론 당연히 분실했다)에 모두 기록했다. 실질적으로 진전되지는 않았다. 우리는 그 어떤 사건도 줄거리도 생각해 낼 수 없었다.

그리고 모든 것은 두 명의 풀코보 천체관측소 직원, 일반 연구자 보리스 스트루가츠키와 선임 엔지니어 리디야 카미온코가 키슬로보츠카야고르나야 역에서 지루함에 지쳐 가던 비 오는 저녁에 실질적으로 시작되었다. 역사 마당은 1960년 10월이 한창이었다. 보리스는 북캅카스의 습하고 풀이 무성한 산에 대형 망원경을 설치하기 위한 탐색을 마친 참이었고, 이제 원정 장비의 이전과 잔존물 상각 및 결산 보고서 작성 등 모든 지겨운 절차가 끝나기를 기다리고 있었다. 한편 새로운 장치를 디버그 하기 위해 고산지대 기차역에 도착한 L. 카미온코는 천문학적인 관측에 적합한 날씨가 절대적으로 부족했기 때문에 자포자기 심정으로 빈둥거리는 중이었다. 그렇게 지루했던 어느 날 저녁, 그들은 시작도 끝도 없는 이야기를 지어내기 시작했다. 이야기에서도 그렇게 비가 내리고, 그렇게 흐릿한 전등이 갓도 없이 밧줄에 매달려 있고, 마찬가지로 낡은 가구와 장비 상자가 가득한 축축한 테라스가 있고, 똑같이 침울한 지루함이 뒤덮고 있다. 다만 이야기 속에서는 그럼에도 불구하고 절대적으로 불가능한 온갖 재미있는 일들이 벌어진다. 이상하고 우스꽝스러운 사람들이 어디에서인지 불쑥 나타나고 그 어떤 마법 같은 행동을 수행하고 황당무계하고 터무니없는 말들을 늘어놓고, 그리고 네 쪽에 걸쳐 이어지는 완

전히 초현실적인 이 모든 아브라카다브라는 멋들어진 표현으로 끝나게 된다. '소파가 없었다!!!'

보리스는 모스크바를 경유해 집으로 돌아가는 길에 공동 저자 형을 방문해서 가족들이 함께 있는 곳에서 이 초안을 소리 내어 읽었고, 우호적인 웃음과 전반적인 지지를 얻었다. 하지만 어쨌건 그때는 그저 거기서 끝났을 뿐이다. 우리는 신비하게 사라진 그 소파가 사실은 소파-변환기라고 밝혀지는 것도, 거기 묘사되었던 이상한 유형의 사람들이 사실은 소위 이 변환기를 쫓는 마법사들이라는 것도 생각해 내지 못했다. 모든 것이 순조롭게 진행되었지만, 이로부터도 1년 이상의 심사숙고와 자기 교정의 시간이 걸렸다.

아주 좋았던 『월요일은 토요일에 시작된다』의 창작 과정은 내 기억에서 완전히 사라졌다. 새까맣게 잊어버려서 지금은 편지들과 일기장에서 산발적으로 흩어져 있는 글들을 다시 읽을 때면, 그게 무슨 맥락에서 나온 것인지 다 이해되지 않는다.

61/03/19 아르카디의 편지 :
……네가 생각해 낸 여덟 번째 하늘은 지금은 불필요한 것 같다……

（가장 이상한 점이다. '여덟 번째 하늘', 그것은 『월요일……』의 가장 초기 제목 중 하나로 고려했던 것이다. 그런데 정말 내가 그렇게 일찍, 1961년 3월에 그 표현을 생각해 냈단 말인가? 지금으로서는 절대로 불가능해 보인다.）

61 / 07 / 23 아르카디의 편지 :
……『마법사들』을 확 줄여 버리면 어떨까? 전지 4면을 넘지 않는다면 그리 나쁘지 않을 것 같긴 한데……

61 / 08 / 04 아르카디의 편지 :
……마법사들에 대한 의견이야. 잘 모르겠다. 이건 좀 유쾌하고 장황하지 않은 소품이어야 할 것 같아. 기껏해야 전지 3면 정도로. 세 부로 나누고. 첫 번째는 다 썼으니까……

（이상한 점 둘째, 셋째. 어떻게 '마법사들을 확 줄여 버리'자는 거지?! 그렇다면 그때 이미 우리는 무언가 완성된 글을, 이제 '확 줄이기'만 하면 되는 원고를 가지고 있었다는 의미인가? 그리고 '첫 번째는 다 썼다'는 것은 무슨 뜻인가? 생각건대 그즈음에는 심지어 초고조차도 아무것도 쓴 게 없는 것 같은데…… 이상하고 이상하다……）

……두 번째. 주인공은 이제 마법사들이 자신을 가만히 내

버려 둘 것이라고 확신해. 하지만 하루 종일 그가 가는 곳마다 마법사들은 말 그대로 프리시 비서*처럼 따라다니지. 마법사들은 불쌍하게 벽이나 하수도 맨홀에서 튀어나와 그에게 이해할 수 없는 신호를 보내고, 아가씨와의 데이트를 방해하다가 주인공이 불같이 화를 내기 시작하면 애처롭게 울부짖으며 날아가 버리는 거야. 그들의 아둔함과 무식함은 놀라움 그 이상이야. 마법사들은 다른 사람들과 아주 쉽게 구별할 수 있는데, 그들에게 구구단 7단을 물어보면 돼. 지구에는 전 우주의 온갖 곳에서 온 마법사들이 모여 있어. 그들은 태곳적부터 잃어버린 백색이론이 필요한데, 백색이론은 어떤 나무에 숨겨져 있다가 그다음에는 장인의 소파에, 그다음에는 우리의 주인공에게로 옮겨진 거야……

그리고 기타 등등.

(프리시는 대체 누구란 말인가? 그리고 대체 무슨 말을 하는 것인가? 이 시기에 우리가 무언가를 썼던 것인지 아니면 아무것도 쓰지 않았는지 모르겠지만, 분명한 점은 미래의 『월요일……』을 처음 시작할 때의 구상은 최종본과는 완전히 달랐던 것으로 보인다는 것이

---

* 러시아어로 '프리시'는 여드름이나 뾰루지를 의미하며, 여기서 고유명사로 쓰인 프리시 비서는 귀찮고 성가시게 끊임없이 괴롭히는 여드름이나 뾰루지 같다는 의미로 사용되었다.

다.)

62 / 11 / 01 아르카디의 편지 :

……1964년 국립아동문학출판사 출판 계획에 '일곱 번째 하늘'이란 제목을 포함시켰어. 제목은 아직 필수 사항은 아니지만, 책은 완성해야 하니까. 마법사에 대한 책. 유쾌하고 아무 의도도 없는. 어때? 환상이지! 그렇지?

……종합기술박물관에서 안드레예프, 그로모바, 드네프로프, 폴레슈크, 파르노프, 옘초프와 함께 불만을 터뜨렸어. (…) 연단에서 나는 외쳐 댔지. "마녀와 마술사들에 대한 걸 써야 해. 과학은 우리의 본보기가 아니야." 그랬더니 어땠는지 알아? 박장대소에, 박수갈채에, 분기탱천했다고!……

이 무렵이라면 우리에게는 다 해 봐야 키슬로보츠카야에서 쓴 초안을 수정하고 재구성해서 장차 「……난리 법석」의 한 장 정도 분량이 될 숨겨 둔 원고밖에 없었을 것이라는 강한 의심이 든다. 그리고 드디어……

63 / 09 / 06 아르카디의 일기 :

……보리스가 도착했고, 우리는 『신이 되기는 어렵다』를 수정했고, 「소파를 둘러싼 난리 법석」의 얼개를 세웠

다……

64 /01 /18 아르카디의 일기 :

……1963년 12월 26일에야 레닌그라드에서 돌아왔다. 우리는「소파를 둘러싼 난리 법석」을 완성했다……

드디어! 3년이 채 지나지 않아서 장차 소설의 첫 부분이 완성된 것이다. 그래도 전체 원고가 완성되기까지는 아직 멀었다. 그 당시의 메모들, 스케치, 농담과 착상들이 꽤 많이 남아 있다.

인간은 마법사가 될 수 있는 동물이다. 늑대는 늑대로 태어나 평생 늑대로 살아간다. 돼지는 돼지로 태어나 평생 돼지로 남아 있다. 인간은 원숭이로 태어나지만, 늑대로도 돼지로도 그리고 마법사로도 성장할 수 있다.

연구소 소장은 수인 키르 야누스다. 그는 삼등분될 수 있다. (…) 성부, 성자, 성령으로.

대조적인 점 : 마법사들에게 터무니없는 일을 하도록 강제한다. 회합, 집단 농장 견학.

(100만 루블도 아니고 시간도 아니고) 코페이카 동전 한 푼을 아끼는 회계.

마법사들은 모든 사람을 행복하게 만들고 싶어 한다. 기본적인 줄거리는 '행복' 부서의 작업이다. **아이디어** : 현재 사람들 머리에 놓인 복지를 무너뜨려서는 안 된다. **하지만 그것이 그들에게는 가장 쉬운 일이다.**

'행복과만족' 부서. 그곳에서는 언제나 고안한 것과는 다른 것이 산출된다.

'서커스기술' 부서. 연구소는 원래 '서커스기술 과학연구소'로 설립되었다. 이에 대해서는 경의를 담아 회상되곤 하며, 지금까지도 '서커스기술' 부서는 모범으로서 기능하고 있다. (그것은 천체측량학과 유사하다.)

독단적이며 모든 것을 억압하는 공식 이론이 어떻게 작업을 방해하는지를 보여 줄 것.

그리고 기타 등등. 『월요일……』은 아직이었고, 저자들은 그 길을 그저 어렴풋이 감지할 뿐이었지만, 그것은 올바른 길이었다. 일은 순조롭게 진행되고 있었다. 그리고 빠르게 진척되었다.

64 / 06 / 25 아르카디의 일기 :

……5월을 레닌그라드에서 보내면서「소파를 둘러싼 난리 법석」의 또 다른 두 부, 「성탄절 전야」와 「시간과 자신에 대하여」를 쓰고 완성했다……

제목의 빈번한 교체에 주목해야 한다. 저자들은 새로운 소설의 부 제목을 어떻게 붙여야 할지 아직 모를 뿐 아니라, 소설 자체의 제목 역시도 아직 모르고 있다. 어쨌든, '월요일은 토요일에 시작된다'라는 제목은 당시에 이미 존재하고 있었다. 이 제목에는 꽤나 재미있는 사연이 있다.

1960년대 초반은 헤밍웨이 열풍의 시대였다. 요새는 그 어떤 작가의 작품이든 그렇게 큰 즐거움으로 경탄하면서 읽지 않으며, 그 어떤 작가에 대해서도 그렇게 열정적으로 말하지 않고, 그 어떤 작가의 책이든 구하러 그렇게 흥분해서 쫓아다니지도 않는다. 그리고 중요한 것은 모두가, 고등학생부터 아카데미 학자에 이르기까지 모두가 독자층이었다는 것이다. 하루는 보리스가 풀코보 천체관측소 자기 작업실에서 일하고 있을 때, 시내에서 갑자기 전화가 왔다. 보리스의 오랜 친구 나타샤 스벤치츠카야가 전화를 한 것인데 그녀는 (당시에는) 헤밍웨이에 있어 해박한 전문가였고 헤밍웨이 숭배자였다. "보라." 그녀는 흥분을 억누르며 말했다. "너 중앙서점에 헤밍웨이의 새 소설이 막 깔렸다는 거 알고 있니, '월요일은 토요일에 시작된다'라는 제목이야……" 보리스의 심장은 그 순간 요동쳤고 달콤하게 옥죄어 왔다. 그것은 정확히 헤밍웨이적인 작품명, 우울하면서도 끔찍하게 절망적인 동시에 서늘하고도 사악한 인간적인 제목이었다…… 월요일은 토요일에 시작된다. 그렇다면 우리 삶에 축일이란 없는 것이며, 평일에서 평일로 이어지고, 흐린 것은 흐린 대로, 암울함은 암울한 대로 남아 있게 되는 것이다…… 보리스는 단 1초도 망설이지 않았다. "사!" 외마디 소리를 질렀다. "있는 대로 다 사. 돈이 되는 대로 다 사라고……!" 천사 같은 웃음소리가 대답으로 들려왔다……

농담은 썩 잘 풀렸다. 그리고 대개의 농담이 일반적으로 그렇듯 허무하게 사라지지도 않았다! 보리스는 즉시 훌륭한 허구를 압수해서, 이것이 훌륭하고도 절망적인 사랑에 대한 미래의 멋진 소설의 놀라운 제목이 될 것이라고 공언했다. 이 소설은 오래도록 완성되지 않았고 심지어는 미처 고안되지도 않았으며, 압수된 제목은 메모장에 기록된 채 오랜 시간을 방치되어 기다리고 있다가 드디어 몇 년 후 비로소 빛을 보게 되었다. 사실, 아르카디와 보리스 스트루가츠키는 애초에 '월요일은 토요일에 시작된다'와는 완전히

후기

상반되고 순전히 낙관적인 의미의 제목을 붙였었지만, 제목을 바꾼 것을 결코 후회하지 않았다. 나타샤도 반대하지 않았다. 내 생각에 그녀는 심지어 흡족해했던 것도 같다.

그렇기에 역사적으로 정당하기 위해서는 스트루가츠키 형제의 인기 있는 소설의 기원에 있었던, 풀코보 천체관측소 전직 연구원인 두 명의 훌륭한 여성들에게 경의를 표해야 한다. 이야기 구성의 중추가 되는 그 위대한 구절, '**소파가 없었다**'의 공동 저작자인 친애하는 리디야 알렉산드로브나 카미온코, 또한 무한히 슬프고도 어쩌면 반대로 유쾌하고 낙천적인 아포리즘, '월요일은 토요일에 시작된다'를 고안해 낸 친애하는 나탈리야 알렉산드로브나 스벤치츠카야, 그대들 만세!

전체적으로『월요일……』은 대체로 유쾌하기 그지없는 집단 창작의 결과이자 파티였다.

'우리는 우리에게 필요한가?' : 국립광학연구소 실험실 한 곳에 실제로 걸려 있던 슬로건.

'여기 길을 따라오는 자동차 ZIM, 나는 그것을 짓밟아 으깨 버리겠네.' : 레뱌드킨 대위*풍의 작시법에 있어 위대한

---

* 이그나트 티모페예비치 레뱌드킨은 표도르 도스토옙스키의『악령』(1872)에 등장하는 인물로, 글쓰기 강박증에 걸린 시인이다.

전문가인 내 오랜 친구 유라 치스탸코프의 천재적인 시.

'우리는 다차를 짓고 싶네. 어디에? 바로 그것이 중요한 문제라네……' : 신문《새로운 풀코보를 위해》에서의 인용문.

그리고 기타 등등, 그 밖에 기타 등등.

마지막으로, 검열이 우리 소설을 너무 많이 망가뜨리지는 않았다는 것을 언급하지 않을 수 없다. 이야기는 우스웠고, 작품에 대한 생트집 역시 우스웠다. 검열관은 ZIM에 대한 그 어떤 언급도 원고에 있어서는 안 된다고 삭제할 것을 강력하게 요구했다. ('여기 길을 따라오는 자동차 ZIM, 나는 그것을 짓밟아 으깨 버리겠네.') 그 이유가 당시 몰로토프는 유죄판결을 받고 낙인찍혀 당에서 제명되었고 그의 이름을 딴 자동차 공장은 GAZ(고리키자동차공장)로 개칭되었으며, 마찬가지로 ZIS(스탈린공장)는 그즈음 이미 ZIL(리하초프*공장)로 개칭되었기 때문이다. 저자들은 쏩쓸하게 비웃으며 그럼 그 구절을 이렇게 하면 어떻겠느냐고 독설적으로 제안했다. '여기 길을 따라오는 자동차 ZIL, 나는 그것을 짓밟아 으깨 버리겠네.' 그리고 어떻게 되었겠는가? 아

---

* 드미트리 세르게예비치 리하초프(1906~1999). 러시아의 고대 문헌학자이자 사회 활동가. 고대 러시아 문학과 예술 연구에 대단한 공헌을 한 인물로, 소련 시절 러시아 인텔리겐치아의 정신적인 이정표였다.

주 놀랍게도 문학 수장은 그 헛소리에 기꺼이 동의했다. 그래서 이 구절은 그렇게 덜떨어진 형태로 여러 차례 출판되고 재발간되었다.

그때 우리는 많은 것을 지켜 낼 수 없었다. 예를 들어, '국가보위국 장관 말류타 스쿠라토프' 같은 것 말이다. 또는 메를린의 이야기에서 한 구절, '호수 한가운데서 굳은살이 가득한 손이 솟구쳤는데……' 같은 것 말이다. 사랑스럽고 소소한 여러 표현들이 누군가에게는 파괴적으로 여겨졌던 모양이다……

여러 출판본과 초고 더미로 분절되면서 언젠가 잃어버렸던 모든 것(또는 거의 모든 것)이 류데니* 동료들의 호의적이고 헌신적인 노력으로 이 판본에서 무사히 복원되었다. 스베타 본다렌코, 볼로댜 보리소프, 바딤 카자코프, 빅토르 쿠릴스키, 유리 플레이시만—여러분 모두에게 감사드린다!

보리스 스트루가츠키

* '류데니'는 '스트루가츠키 형제 작품 연구회'를 가리키는데, 스트루가츠키 형제가 호모 루덴스에서 착안하여 『파도가 바람을 잦아들게 한다』에서 사용한 단어에서 비롯되었다. 연구회는 스트루가츠키 형제 작품에 나오는 단어집 만들기, 인용집 만들기 등을 추진했으며 스트루가츠키 형제에 관한 책이나 작품 선집 출간에도 참여했다.

해제

  이따금 요리 책보다 더 많이 팔릴 가치가 있는, 서양에서는 잘 알려지지 않은 소설을 우연히 발견하게 된다. 『월요일은 토요일에 시작된다』가 바로 그런 소설이다.

  영어권에서 이 소설이 왜 거의 알려지지 않았는지 내가 이해할 수 있을지 모르겠다. 러시아 감독 안드레이 타르콥스키가 견디기 힘들 정도로 강력한 영화 〈잠입자〉(1979)로 제작한 바 있는, 위대한 SF 『노변의 피크닉』(1972)으로 스트루가츠키 형제가 서양에 가장 잘 알려지게 되었기 때문일 것이다. 그 영화가 어쩌면 스트루가츠키 형제의 책들에 대한 서양의 인상을 결정해 버린 것 같다. 사실 원작 소설 『노변의 피크닉』은 타르콥스키의 영화적 걸작보다 훨씬 더 다채롭고 생동감이 넘친다. 그리고 (사실) 그것은 러시아 SF의 이 두 거장이 쓴 모든 소설이 그렇다. 형제의 창작

물은 방대하고 다양하지만, 그 모든 작품에서 그들은 변함 없이 언제나 창의적이고 매력적이며 생각할 거리를 주는 훌륭한 작가였다. 그리고 『월요일은 토요일에 시작된다』 는 기발하고 흡인력 있는 읽을거리일 뿐 아니라 처음부터 끝까지 그저 큰 즐거움이다. 어떤 소설은 감탄을 자아내고, 어떤 소설은 더 냉정하면서도 거리감 있는 경외심을 불러 일으킨다. 이 소설과는 사랑에 빠지게 된다.

소련 시절의 레닌그라드 출신인 젊은 컴퓨터 프로그래 머 사샤는 카렐리야 지역(러시아가 스웨덴 및 핀란드와 국경 을 접하고 있는 곳)의 때 묻지 않은 자연을 여행하기 위해 북 쪽으로 운전해 가다가 친구들을 만난다. 이 소설이 창작된 1960년대 중반에 컴퓨터라는 것은 완전히 새로운 최신 기 계였고 그 크기는 작은 집 규모였다. 그렇기에 사샤의 직업 은 오늘날 쓰는 용어가 암시하는 것보다 훨씬 더 최신식이 며 첨단 기술적이다. 사샤는 두 명의 히치하이커를 태우게 되는데, 그들은 사샤에게 자신들의 직장인 '요술과 마술 과학연구소'에서 일하자고 설득한다. (러시아어 원어로 보자 면 여기에는 언어유희가 있다. 연구소 명칭은 '니이차보'로 약칭되 는데, 그 발음은 러시아어로 '상관없어!' 또는 '아무것도 아니야!'라 는 의미의 '니치보'와 동일하게 들린다.) 처음에는 내켜 하지 않 던 사샤는 결국 동의한다. 그는 실수 연발이지만 아주 멋지 고도 이따금 매우 유쾌한 일련의 모험을 하게 된다.

이 연구소는 마법을 활용하고 연구하는데 마법은 여기서 특이하고 예측할 수 없는 과학의 한 분야로 간주된다. 유머의 대부분은 저자들이 관찰한 전형적인 *학계*에 대한 묘사가, 신화와 러시아 민담 속 마술적 인물 및 인공물과 결합하는 방식에서 비롯된다.

형제는 그들이 말하는 것이 무엇인지 알고 있었다.『월요일은 토요일에 시작된다』를 창작할 당시 보리스는 여전히 학계 천문학자이자 컴퓨터 엔지니어로 일하고 있었고 (그는 1966년에 전업 작가가 되었다), 아르카디의 조탁된 언어는 그가 소련 시대의 대규모 조직에서 일한 경험이 풍부하다는 것을 의미했다. 이 이야기의 마법적인 요소들이 제아무리 다채롭고 독창적이라 한들, 이 소설을 그토록 생생하게 만드는 것은 이런 종류의 인간 조직이 어떻게 기능하는가에 대한 심오한 통찰이다. '기능'은 사실 적합한 단어는 아니다. 솔로베츠에 있는 연구소는 끝내주고 색채가 풍부하고, 더할 나위 없이 그럴싸하게 역기능적이다. 그곳에서 그들이 연구하고자 하는 우주는 무한하다. 그러한 것에 대해 제대로 연구하기 위해서는 무한한 시간이 필요할 것이다. 그러한 상황에서, 일하는 것이 우주의 엔트로피를 증가시키는 부작용을 낳는다는 것을 제외하고는, 그들이 일을 하든 안 하든 아무 상관이 없다. 그래서 그들은 생산적인 작업은 하지 않는다. 인정하지 못하겠지만 오늘날 대부분의 대학들은 비슷한 논리를 따르고 있다.

이따금 이 소설과 「해리 포터 시리즈」를 비교하기도 한다. 유사점은 확실히 분명하다. 두 작품 모두 북쪽에 설립된 공식 기관에서 마법을 공부하는 일단의 사람들에 대한 익살맞고 창의적인 해석이다. 롤링이 스트루가츠키 형제의 앞선 소설을 알고 있었을 가능성이 있다고 나는 생각하지만, 이 소설의 풍미는 「포터 시리즈」와 상당히 다르다는 것을 인정해야 한다. 롤링의 등장인물들에게 마법은 일관성 있는 체계이다. 복잡하지만 이해할 수 있고 그것을 연구하는 사람들에 의해 매우 진지하게 받아들여진다. 스트루가츠키들의 마법은 즐겁기는 마찬가지이지만, 훨씬 더 낯설고 무작위적이다. 소원을 들어주는 거대한 말하는 꼬치고기, 나무 위의 인어, 이야기의 시작만 기억할 수 있는 고양이, 지출하고 나면(하지만 실수로 떨어뜨리는 경우는 안 되는) 주머니로 다시 돌아오는 마법의 동전, 꿈을 해석할 수 있는 소파, 공상과학소설 속 상상된 미래로 탑승자를 데려갈 수 있는 오토바이, 이 모든 것은 놀랍도록 창의적이고 매력적이며 풍부한 상상력의 산물이다. 그러나 그것은 또한 의도적으로 독자의 예상을 뒤엎는 방식으로 제시되는바, 그런 맥락에서 조앤 K. 롤링보다 필립 K. 딕에 더욱 가깝다. 소설의 일부는 테리 프래칫을 떠올리게 만들기도 한다. 스트루가츠키 형제의 다채로운 마법사들과 뱀파이어들, 관료들,

잘난 체하거나 거들먹거리거나 단순히 이상한 이들은 차라리 디스크월드의 등장인물들처럼 여겨진다. 그러나 재차 이야기하지만, 프래칫은 소설에서 일관된 줄거리와 인식할 수 있는 윤리적 도식을 제공한다. 스트루가츠키 형제는 실제로 그런 방식으로 세상을 보지 않으며, 그들의 소설은 도덕적으로 더 개방적이고, 더 삽화揷話적이다. 간단히 말해서 『월요일은 토요일에 시작된다』는 심오하고도 아름답게 윈 극단이다. 너무나 왼쪽 극단이어서 아예 밖으로 빠져나갔다가 예기치 않게 오른쪽에서 다시 등장한다.

연구소는 마법을 과학적으로 탐구하려 하지만, 이 소설이 상정하고 있듯이 모든 방식의 체계화에 저항하는 것이 마법의 본질이다. 그렇기에 이 책을 과학적 오만함에 대한 풍자로, 더 구체적으로는 소련에서 행해진 과학에 대한 풍자로 읽고 싶을 수 있다. 소설의 주요 인물 중 하나인 암브로시 암브루아조비치 비베갈로는 악명 높은 소련 '과학자'(따옴표는 역설적 의미로 사용했다) 트로핌 리센코를 모델로 한다. 비베갈로의 거창하고 황당한 실험은 여기서 아주 우스꽝스럽게 묘사되어 있다. 하지만 이 소설을 '과학에 대한 풍자'라고 부르는 것은 그것을 실제보다 훨씬 무미건조하고 덜 감칠맛 나게 만든다. 나는 이 소설을 인류의 신화와 온갖 이야기 가운데 마법이 자리할 위치에 대한 탐색으로 읽고 싶다.

마법이 인간 스토리텔링의 기본 방식이라는 것을 부정하기란 어렵다. 오래된 모든 신화와 시는 초월적이고 마법적인 힘과 전이에 대한 내용을 담고 있다. 중세 로망과 서사시는 환상적이고 기적적인 것으로 가득 차 있다. 18세기에서 19세기에 이르러서야 비로소 어떤 마법적인 일이 일어나지 않는 스토리텔링 방식(때로는 '사실주의'라고 부르는)이 생겨났고, 신빙성이 표어가 되었다. 나는 사실주의 소설 그 자체에 반대하지는 않는다. 단지 이야기에 대한 인류의 욕구라는 더 큰 맥락에서 보자면 사실주의 소설들이 일탈이라는 것을 인정할 필요가 있다고 생각한다.

『월요일은 토요일에 시작된다』는 마법에 관한 소설이지만, 마법에 관한 다른 책들과는 다르다. '마법'을 전제로 한 거의 모든 서사가 공유하는 한 가지 특징은 마법에는 *규칙*이 있다는 것이다. 왜냐하면 '마법적 사고'에는 규칙, 즉 심리적 규칙 그 자체가 있기 때문이다. '마법적 사고'는 미신, 의식, 기도, 종교뿐만 아니라 강박적 행동에서도 아주 흔하게 볼 수 있는 인간 마음의 작용 방식과 유사하며, 인간의 행동과 믿음은 우주적 사건과 인과관계가 있다는 것을 인정한다. *규칙이라고는 하나도 없는* 마법에 대한 판타지를 쓴다면 어떨지 궁금하다. 그것은 신선할 것이고 어쩌면 숨겨진 진실을 끄집어낼지도 모른다. 수백만 명의 사람들은 마법 때문에 판타지를 사랑한다고 생각하지만, 실제로는 규칙 때문에 사랑하는 것이다.

『월요일은 토요일에 시작된다』는 그다지 소설적이지는 않지만, 내가 생각할 수 있는 그 어떤 소설보다도 가깝게 다가온다. 대부분의 사람들에게 과학과 마법은 서로 반대말이 아님을 스트루가츠키 형제는 이해하고 있는 것이다. 왜냐하면 '과학'은 이제 대부분의 사람들에게 너무 복잡하고 전문화되어 있고 이해할 수 없으며, 그 기술적 경이로움의 수준이 마치 마법적 상태의 효과와 같다고 여겨지기 때문이다. 1억 명 중 단 한 사람이라도 자신의 아이폰에서 무슨 일이 일어나고 있는지 *제대로* 이해하지 못한다. 아카데미의 과학 출판물들은 사회의 평균적 구성원인 여성이나 남성이 볼 때 아마도 연금술적 고블린어이거나 아니면 실제로 동화로 여겨질 수 있다.

이는 결국 이 경이로운 소설의 심오한 수준에 대해 이해하게 하는 이상한 결과를 가져온다. 우리는 '무대 마법'과 구별하기 위해 '진짜 마법'을 이야기한다. 무대 마법은 환각으로서, 물론 전혀 마법이 아니다. 그것은 '가짜 마법'이다. 하지만 여기서 아이러니한 점은 '비현실적인' 무대 마법은 실제로 수행할 수 있는 종류의 마법인 데 반해, 진짜 마법은 *실제로는 행해질 수 없는 종류의 마법*이라는 것이다. 이것은 훌륭한 아이러니이며, 그 이상이다. 그것은 무대, 스크린, 책, 노래를 망라할 수 있는 퍼포먼스가 현실의 논리를 뒤집는 방식의 징후를 보여 준다. 이 기이한 역설이 이 최상급 소설의 핵심이다. 만약 마법이 '진짜'라면, 그것은 무대의 논리, 공연 및 극단의 논리, 그리고 논쟁하고 계략을 꾸미며 중요한 기회를 찾는 사람들의 논리에 스며들 것이다. 하지만 마법이 현실 세계의 일부가 아닌 비현실적인 것이라면, 그것은 꿈, 소원 성취, 심리적 환상의 논리로 후퇴하게 된다. 그렇다면 상상력 창조의 이 연습은 우리를 어디로 데려갈 것인가?

애덤 로버츠

옮긴이의 말

인간에 의한 인간 착취가 없는 세상, 인간이 노동과 자본의 종속에서 해방되어 진정한 휴식과 자유를 향유하는 세상, 그것은 공산주의 이론의 제1가치였다. 그리고 그 공산주의로 가기 위한 과도적 체제인 사회주의를 세계 최초로 실현한 소련은, 20세기 초 급격한 혁명부터 20세기 말 급격한 붕괴까지, 20세기에서만이 아니라 어쩌면 인류사에서 가장 '환상적인' 국가였다. 이 환상적인 국가에서 태어나고 성장한 여덟 살 터울의 형제 아르카디(1925~1991)와 보리스(1933~2012) 스트루가츠키는 체제의 이상만큼이나 비현실적인 소비에트 일상을 체험하고 목도하며 그들의 환상적 문학성을 키워 갔다. 노동에서 인간을 해방시키겠다는 공산주의의 이상은 소비에트 현실에서는 끊임없는 노동의 연속으로 인간을 구속했고, 수많은 '노동 영웅'의 등장은 그들을 표본 삼아 자신도 노동 영웅이 되고자 하는 대중의 욕망을 자극하며 노동에 매진하게 했다. 휴식과 안식이 제거된 소비에트 현실은 그 이상과는 달리, '일요일-안식'이 소거되어 피로에 지치게 했고 끊임없는 권태와 무기력한 무위를 낳았다. 축일이 없는 세상, 일요일 없이 토요일에 월요일이 시작되어 일과 노동만 강조되는 세상, 그 암울한 세상은 소비에트 사회의 모든 생활상과 현실을 압축해 놓은 환유적 풍경이자, 소비에트의 노동 제일주의, 과학만능주의에 대한 스트루가츠키 형제의 날카로운 풍자가 집중된 공간이다. 일요일 없이 토요일에 월요일이 시작되는 세상, 그것은 소비에트 현실에 대한 가장 압축적이고도 놀라운 아포리즘이었고, 그것이 바로 『월요일은 토요일에 시작된다』에서 벌어진 '난리 법석'의 실상을 통찰하게 하는 핵심이기도 하다.

휴가 중인 레닌그라드 출신 프로그래머 알렉산드르 이바노비치 프리발로프가 두 명의 히치하이커와 조우하며 시작되는 소설은 크게 세 부분의 '난리 법석'으로 구성된다. 첫 번째 「소파를 둘러싼 난리 법석」은 프리발로프가 묵게 된 '닭다리오두막'에서의 기이한 체험에 대한, 두 번째 「난리 법석 중의 난리 법석」은 두 명의 히치하이커가 일하기를 제안한 '니이차보'(요술과 마술 과학연구소)에서 새해를 맞는 밤 프리발로프가 목도한 연구소의 진풍경에 대한, 세 번째 「온갖 난리 법석」은 니이차보의 연구와 연구소장 야누스의 실체에 대한 내용이다. 약간의 시차를 두고 있는 이 세 부분은 그 내용과 분위기, 함의에서도 구별된다.

「소파를 둘러싼 난리 법석」에서는 무엇보다 동슬라브 신화와 민담, 러시아 문학 및 세계문학과의 광범위한 상호 텍스트성이 특징적이다. 나중에 '니이차보'의 박물관으로 밝혀지는 '닭다리오두막'은 동슬라브 신화의 마귀할멈 바바-야가가 사는 공간이며, 박물관지기 나이나 키예브나 고리니치는 바바-야가의 형상을 희극적으로 과장하고 변형시킨 그로테스크한 인물이다. 그 명명 또한 민담 모티프의 총합이라 할 수 있는데, 이름 나이나는 알렉산드르 푸시킨의 극시 『루슬란과 류드밀라』에서, 부칭 키예브나는 키예프 창건 신화의 전설적 세 인물인 호리프, 키이, 셰크 중 '키이'에서, 성姓 고리니치는 러시아 영웅서사시에 등장하는 용 고리니치에서 만들어진 것이다. 프리발로프가 닭다리오두막 마당에서 맞닥뜨린 말하는 고양이 바실리와 늙은 참나무 역시 『루슬란과 류드밀라』에 나오며, 말하는 꼬치고기는 '꼬치고기 가라사대'로 널리 알려진 러시아 민담에 등장한다. 나이나 키예브나에게 통보된 민둥산에서의 연례 국가 비행은 흐론 모나도비치 비이가 소집한 것인데, 비이는 동슬라브 신화에서 눈꺼풀이 땅에 닿는 괴물이자 악마적 힘의 상징인 '비이'와 고골의 동명 작품 『비이』를 직접적으로 연상시키며, 민둥산 역시 다양한 예술적 장르로 구현된 동슬라브 신화의 공간이다.

「난리 법석 중의 난리 법석」에서는 니이차보에서 이미 반년 정도 근무 중인 프리발로프가 처음으로 새해 당직을 서면서 겪는 일련의 '난리 법석'을 보여 준다. 여기서 독자들은 비로소 '니이차보'가 어떤 곳인지 만나게 된다. '요술과 마술 과학연구소'의 축약어인 '니이차보'는 스트루가츠키 형제의 독자층에는 이미 그 자체로 대명사가 되어 있다. 하지만 '니이차보'라는 명명은 또 다른 의미에서 주목할 만한데, 그 발음은 러시아어로 '아무것도 아닌' '별것 아닌'이라는 의미를 갖는 '니치보ничего'*와 동음이의의 언어유희를 보여 주기 때문이다. 이 연구소가 요란뻑적지근하게 하는 연구란 결국 '아무것도 아닌' '별것 아닌' 것이라는 의미를 전달한다. 프리발로프조차 어떤 의미인지 알지 못해 추측하고 헤아리게 만드는 과도한 축약어들은 소련 시기 난무했던 언어적 관습의 실상이다. 합리성과 편의의 명목으로 과도하게 축약된 용어들은 그 내부의 수신자들에게조차 해독이 어려운 소통 불능을 낳았고, 무수한 축약어들은 그 의미를 표류하도록 만든 공허

---

* 한국어 어문 규범의 외래어 표기법에 따르면 '니체고'가 되지만 현지 발음은 '니치보'에 가깝다.

한 기표 그 자체였다. 스트루가츠키 형제는 소비에트 사회에 난무했던 축약어들과 과학적 편의주의로 만들어진 무수한 신조어들로 인한 소통 불능을 풍자하면서, 『월요일은 토요일에 시작된다』에서 이러한 현실을 희화하는 다양한 신조어들을 창조해 낸다. '염장생선가공공급수요협회 Солрыбснабпромпотребсоюз' '움클라이데트умклайдет' '이얼마나신기한가경탄하는подумаешьэканевидаль' '중앙공급아카데미Центракадемснаб' 등 형제의 신조어와 축약어들은 의미 작용을 어렵고 낯설게 만들 뿐만 아니라, 과도한 장황함으로 축약어 본연의 기능을 상실한 아이러니한 용어들이다. 편의주의와 합리주의, 경험의 교훈을 맹목적으로 신봉하는 소련의 독사doxa는 미지의 것은 당연히 '과학적 용어'와 개념의 발달, 그리고 인식의 문제로 설명할 수 있다고 선전했다. 하지만 존재-기의를 결코 온전히 대체할 수 없는 용어-기표에 대한 맹신은 기호-문서가 존재와 실존을 앞서는 역설적 현실을 낳고 말았다. 이미 미하일 불가코프가 소설 『거장과 마르가리타』에서 '기록이 없으면 인간 존재도 없다'는 코로비예프의 말로 기호가 존재를 대체하고 허상이 실존을 앞서는 소비에트 사회의 시뮬라크르적 현실을 고발하려 했던 것처럼, 스트루가츠키 형제 역시 용어/개념-기표에 대한 맹신으로 의사소통의 불능을 넘어 존재에 앞서는 언어 현상이 빚어낸 소비에트의 그로테스크한 현실을 풍자하고 있는 것이다. 기표와 기의의 괴리라는 언어 층위에서 구현된 소련의 그로테스크한 현실은 또한 소비에트 사회의 이중적 특성, 나아가 거대과학의 이중성, 인류의 진보라는 명목하에 연구의 부속품으로 인간 존재를 전락시킨 인류의 현실에 대한 스트루가츠키 형제의 경각심을 응축해 보이고 있다. 『월요일은 토요일에 시작된다』에서 끊임없이 등장하는 '복제 (인간)' '견본' '인간 모델' '복사본' 등 과학만능주의로 야기된 시뮬라크르적 존재들은 진위성의 문제를 이 작품의 또 다른 주제로 상정하게 한다.

「온갖 난리 법석」에서는 공상과학소설의 전형적 서사 장치인 텔레포테이션이 두드러진다. 앞부분에서 소파에서 잠자던 프리발로프가 체험한 온갖 환영들, 당직 중이던 프리발로프와 로만이 비베갈로 실험실로 몇 층을 날아오르는 것 등도 텔레포테이션이기는 하지만, 절대지식 부서 세미나에서 인위적인 임시 공간으로 프리발로프를 이동시킨 타임머신은 현재의 시공간과는 전혀 다른 가상현실 세계로 자유롭게 진입하도록 하는 텔레포테이션의 응축체이다. 텔레포테이션은 또한 연구소장 야누스의 실체와 그의 앵무새 '포톤'으로도 구현된다. 끊임없이 어제로 돌아가는 야누스는 평범한 인간들의 어제를 미래로 살게 되는 시간 역행자이다. 그러나 미래에서 과거로 돌아가는 삶은, 과학의 힘으로 미래를 알고 살아가는 삶은 행복한 것인가. 프리발로프는 자유의지를 가진 독립적 인간으로서 자신의 의지와 상관없이 완전히 결정된 삶을, '운명'이라는 이름으로 이미 결정된 삶을 살아가는 것이 얼마나 불행한가를 깨닫게 된다. 그 삶은 인간에게서 설렘도, 기대도, 희망도 앗아 가고 오롯이 기계로 살아가게 만들 끔찍한 모습일 수 있는 것이다. 모든 정신적 상상력의 산물을 부정하고 유물론적 이상과 과학적 지식에 신적 지위를 부여한 소비에트 사회의 비정상성은 상상력과 환상의 영역을 제거했고, 인간의 이성으로 밝힐 수 없는 미지의 영역을 허용하지 않았다. 그리고 '일요일'로 상징할 수 있는 안식과 상념의 시간을, 성찰과 숙고로 만들어지는 '느린 학문'인 인문학의 시간을 제거한 소련의 현실은 결국 인간 상실의 문제를 초래하게 되었다.

이 외에도 소설에는 서문에 해당하는 글과 후기가 있다. '동화는 모두 천차만별이다'라는 문장으로 시작되는 서문은 이후 판본에서 포함되지 않은 경우가 있고, 이 경우 초판의 '젊은 과학자들을 위한 동화'라는 부제 역시 빠졌다. 1965년 초판본을 원전으로 삼은 이 한국판에는 서문과 부제도 포함시켰다. 비록 동화와 환상을 부정하는 과학이라 할지라도 그 미래를 담당할 젊은 과학자들만큼은 동화적 상상력을 상실하지 않기를 염원한 형제의 희구가 부제 '젊은 과학자들을 위한 동화'에 담겨 있다고 생각되기 때문이다. 아울러 작중 후기에는 소설에 대한 프리발로프의 견해와 용어 해설이 곁들여져 있다. 후기에 제시되지 않은, 제시되었더라도 추가 해설의 필요가 있는 용어와 개념들은 되도록 옮긴이 주로 제공하고자 했다.

보리스 스트루가츠키가 「후기」에서 밝히듯, 작품의 핵심 구절 '소파가 없었다'는 보리스가 풀코보 천체관측소에 근무할 당시 동료였던 리디야 알렉산드로브나 카미온코가 창작한 문장이다. 작품의 표현대로 '앉거나 눕거나' 하는 소파는 소비에트 주거 현실에서, 특히 소련 주거 문화를 퇴행시킨 공동 거주 아파트 '코무날카'에서 매우 중요한 휴식의 공간이었다. 그 '소파가 없었다'는 것은 소비에트 일상 곳곳에서, 가장 안락해야 할 집에서조차 안락과 휴식이 사라졌던 현실을 반영한다고 할 수 있다. 소파의 부재는 그러한 맥락에서 작품 제목 '월요일은 토요일에 시작된다'의 일요일의 부재와 상응한다. 역시 보리스의 풀코보 천체관측소 동료였던 나탈리야 알렉산드로브나 스벤치츠카야가 고안해 낸 그 제목이야말로 '우울하면서도 끔찍하게 절망적인 동시에 서늘하고도 사악한' 소비에트 현실을 압축해 표현한 것이다.

스트루가츠키 형제가 창작에 쏟은 3~4년의 기간만큼의 시간을 번역에 쏟았다. 꼬박 3년 반의 시간 동안 작업했던 절반의 번역 원고를 소실한 것을 비롯해 온갖 우여곡절(작품의 표현을 빌리자면 온갖 난리 법석)을 겪으며 번역을 마무리했다. 번역 과정 내내 근 60년 전 형제의 상상력이 어떻게 지금의 과학의 성취를 그토록 놀랍게 예견하고 있었는지 경탄을 거듭했다. 번역 과정 내내 러시아인은 박장대소를 터뜨릴 수 있는 무수한 구절들이 러시아 문학과 문화를 잘 모르는 독자들에게 오롯이 전달되지 못할 수 있다는 안타까움과 한계에 답답했다. 번역 과정 내내 거의 연금술에 달하는 형제의 놀라운 언어 조탁 능력에 경탄하는 만큼 상응하는 번역어와 표현을 찾지 못하는 내 무능에 절망했다. 그리고 무엇보다 번역 과정 동안 발생하고 지금도 진행 중인 초유의 팬데믹 상황과 이전에는 상상도 못 할 환상적 현실에 어쩌면 우리가 생각하는 것보다 현실과 환상은 그 경계가 없는 것일지도 모른다는, 일찍이 스트루가츠키 형제가 작품을 통해 내내 보여 준 그 세상을 경험했다. 책이 나오기까지 지루하도록 오랜 시간을 인내해 준 현대문학과 김현지 팀장께 깊은 감사를 드린다.

이희원

스트루가츠키 형제 작품 목록*

중장편

1974	지옥에서 온 남자*Парень из преисподней/Paren' iz preispodnei*
1976	세상이 끝날 때까지 아직 10억 년*За миллиард лет до конца света/Za milliard let do koncha sveta*
1979	개미집의 딱정벌레*Жук в муравейнике/Zhuk v muraveinike*
1980	우정과 우정 아닌 것에 관한 이야기*Повесть о дружбе и недружбе/ Povest' o druzhbe i nedruzhbe*
1985	파도가 바람을 잦아들게 한다*Волны гасят ветер/Volny gashyat veter*
1986	미운 백조들*Гадкие лебеди/Gadkie lebedi* [집필 1967, 러시아어판 독일 발간 1972, 러시아어 완전판 1987]
	절뚝대는 운명*Хромая судьба/Khromaya sud'ba* [완전판 1989]
1987	저주받은 도시*Град обреченный/Grad obrechennyi* [집필 1975]
1988	악의에 짓눌린 사람들, 혹은 40년 후*Отягощенные злом, или Сорок лет спустя/Otyagoshennye zlom, ili Sorok let spustya*
1990	*불안Беспокойство/Bespokoistvo* [집필 1965]

단편

1958	자동반사*Спонтанный рефлекс/Spontannyi refleks*
1959	잊힌 실험*Забытый эксперимент/Zabytyi eksperiment*
	SKIBR의 시험*Испытание СКИБР/Ispytanie SKIBR*
	개인적인 추측들*Частные предположения/Chastnye predpolozheniya*
	성냥개비 여섯 개*Шесть спичек/Shest' spichek*
1960	비상사태*Чрезвычайное происшествие/Chrezvychainoe proisshestvie*
1962	파시피다에서 온 사람*Человек из Пасифиды/Chelovek iz Pasifidy*
1968	첫 번째 배를 타고 온 첫 사람들*Первые люди на первом плоту/ Pervye lyudi na pervom plotu* [집필 1963]
1989	가난하고 악한 사람들*Бедные злые люди/Bednye zlye lyudi* [집필 1963]

희곡

1989	무기 없음*Без оружия/Bez oruzhiya* [완전판 1991]
1990	페테르부르크에 사는 수전노들*Жиды города Питера/Zhidy goroda Pitera*

시나리오

1981	소원기계 Машина желаний/Mashina zhelanii
1990	스토커 Сталкер/Stalker [영화 1979]
1985	불로장생의 약 다섯 스푼 Пять ложек эликсира/Pyat' lozhek eliksira [영화 1990]
1987	먹구름 Туча/Tucha
	일식의 날 День затмения/Den' zatmeniya [영화 1988]
2005	마법사 Чародеи/Charodei [영화 1982]

S. 야로슬랍체프(아르카디 스트루가츠키 필명)

1974	지옥으로의 탐험 *Экспедиция в преисподнюю/Ekspedichiya v preispodnyuyu* [완전판 1988]
1984	니키타 보론초프의 생애에 관한 자세한 이야기 *Подробности жизни Никиты Воронцова/Podrobnosti zhizni Nikity Voronchova*
1993	인간들 사이의 악마 *Дьявол среди людей/D'yavol sredi lyudei* [집필 1991]

S. 비티츠키(보리스 스트루가츠키 필명)

1994	운명 찾기, 혹은 예절에 관한 스물일곱 가지 정리 *Поиск предназначения, или Двадцать седьмая теорема этики/Poisk prednaznacheniya, ili Dvadchat' sed'maya teorema etiki*
2003	이 세계의 힘없는 자들 *Бессильные мира сего/Bessil'nye mira sego*

* 작품 연도는 잡지 발표일을 기준으로 하되 바로 단행본으로 출간된 것은 단행본 발행일을 기준으로 삼았다. 검열로 인해 집필과 출간의 시차가 있는 경우 따로 표시하였다. 희곡은 작품 발표 없이 공연한 경우, 초연일을 기준으로 삼았다.

옮긴이 이희원

한국외국어대학교 노어과를 졸업하고 모스크바 국립대학교에서 문학 석사, 문학 박사 학위를, 미국 미들베리컬리지에서 문학 석사 학위를 취득했다. 현재 상명대학교 글로벌지역학부 교수로 재직 중이다. 옮긴 책으로는 『아르세니예프의 생』 등이 있다.

월요일은 토요일에 시작된다

초판 1쇄 펴낸날 2022년 3월 17일
초판 2쇄 펴낸날 2024년 12월 20일

지은이 아르카디 스트루가츠키 · 보리스 스트루가츠키
옮긴이 이희원
펴낸이 김영정

펴낸곳 (주)현대문학
등록번호 제1-452호
주소 06532 서울시 서초구 신반포로 321 (잠원동, 미래엔)
전화 02-2017-0280
팩스 02-516-5433
홈페이지 www.hdmh.co.kr

ISBN 979-11-6790-022-7 03890

* 책값은 뒤표지에 있습니다.
* 파본은 구입처에서 교환해 드립니다.